청어산문선
010

참 좋다

추호경 산문집

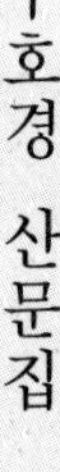

도서출판
청어

참 좋다

추호경 산문집

작가의 말

두어 해 전, 그동안 발표했던 글 중 다시 들려주고 싶은 이야기들을 모아 소박한 에세이집 『에움길』을 세상에 내놓았습니다. 걱정이 앞섰으나 뜻밖에 과분한 사랑을 받았고, 이후 발표한 작품들과 지난번에 미처 싣지 못한 글들을 모아 다시 책을 엮어보라는 권유가 이어졌습니다. 그 따뜻한 응원에 힘입어 이번에 다시 한번 용기를 내어 보았습니다.

이마누엘 칸트는 생의 마지막 순간 "Es ist gut(아, 좋다)"이라는 말을 남겼다고 합니다. 간병인이 티스푼으로 먹여준 설탕 탄 와인이 달콤해서였는지, 아니면 평생을 건너온 자신의 삶에 건네는 완벽한 긍정이었는지는 알 수 없습니다. 다만 분명한 것은 그 순간 그에게 '지금 이대로 충분하다'는 평온함이 있었다는 사실입니다.

저 역시 요즘 나의 일상이 고마울 정도로 참 좋습니다. 그 감사한 마음을 담아 어느 하루의 풍경을 그린 「참 좋다」라는 글을 이 책의 머리에 두었습니다. 이어지는 50편의 글들은 다섯 갈래로 나누었습니다. 이웃과 가족 간의 에피소드부터 법조인으로서의 고뇌, 사회를 향한 제언 그리고 삶과 죽음에 대한 묵상(두 분에 대한 회상 포함)까지 골고루 담겼습니다. 편의상 분류하긴 했으나, 결국은 모두 나름 자신을 지키며 치열하게 살아온 한 사람의 삶의 기록들입니다.

대학에서 철학을 전공하고 뒤늦게 법조인이 된 저는 검사 시절엔 "변호사 같다"는 말을, 변호사가 된 후엔 "검사 같다"는 말을 듣곤 했습니다. 피의자의 사정을 살피느라 엄격하지 못하다는 혹은 의뢰인의 요구보다는 원칙을 앞세운다는 비판 섞인 평가였을지도 모릅니다. 하지만 저는 그런 저를 바꿀 수 없었습니다. 그것이 곧 저였기 때문입니다.

보건학에서 중요하게 다루는 '항상성(homeostasis)'의 핵심은 끊임없이 변화하는 외부 환경에 반응하면서도 동시에 내부의 중요한 균형점을 지켜내는 일입니다. 저에게 그 균형점은 '나 자신에 대한 믿음'과 '인간성에 대한 깊은 신뢰'였습니다. 덕분에 저는 변호사 같은 마음으로 검사직을 수행했고, 검사의 눈을 잃지 않은 채 변호사 노릇을 할 수 있었습니다. 그런 의미에서 이 책 역시 지난 『에움길』에 이어, 경계에 선 한 법조인이 세상을 바라보는 정직한 시선을 담고 있다 할 것입니다.

이 책을 펴내기까지 고마운 분들이 참 많습니다. 저에게 맘껏 글 쓸 기회를 내어주신 《경제포커스》 정영훈 대표님, 글 발표 때마다 늘 따스한 격려를 보내신 이광복 한국문인협회 명예이사장님, 아직도 미숙한 저에게 글쓰기의 길을 밝혀주신 멘토 G 선생님, 그리고 투박한 원고를 멋진 책으로 빚어주신 청어출판사 이영철 대표님과 이설빈 편집장님께 깊은 감사를 올립니다.

마지막으로 곧 다가올 금혼식을 앞두고, 고집 센 저자와 50년을 함께하며 좋은 글감이 되어준 아내에게 이 책을 바칩니다. 아내의 헌신적인 사랑과 인내 덕분에 저의 일상이 비로소 '참 좋을' 수 있었습니다.

독자 여러분께서도 이 글들을 통해 조금이나마 삶의 균형을 되찾고, "참 좋다!"라고 나직이 읊조릴 수 있는 평온함을 만나시길 소망합니다.

2026년 2월　　양평 효란재(曉蘭齋)에서

차례

작가의 말

참 좋다 • 10

Ⅰ.
─────────────

Ⅱ.
─────────────

V.

참 좋다

잠에서 깨어나 커튼 사이로 스며든 햇살을 살며시 보면서 숨을 크게 들이쉬니 아직 살아 있음을 확인할 수 있어서 참 좋다.

이렇게 또 하루를 시작할 수 있게 해주셔서 감사하다고 그분께 기도를 올리고 나면 나도 모르게 산뜻한 의욕이 샘솟으니 더욱 좋다.

아직 변호사 현업에 종사한다고는 하지만 일감이 적당히 줄어 이곳 양평으로 내려와 살면서 재택근무를 주로 하니 오늘 같은 날 출근을 하지 않아도 돼서 참 좋다.

거실에서 실내 체조를 간단히 하고 나서 아내가 방금 텃밭에서 직접 채취한 블루베리와 부추 등으로 만들어 주는 상큼한 주스를 마실 수 있어서 더욱 좋다.

마당으로 나와 보니 얼굴은 해님의 다사로운 미소와 바람의 상쾌한 간지럼을 느끼고, 귀는 뒷산에서 보내오는 새들의 지저귐을 들을 수 있어서 참 좋다.

화단 곳곳에 아내가 정성 들여 가꾼 백일홍, 벨가못, 백합, 노발리스

장미, 한련화, 수국 등이 눈 비비며 환하게 웃어 주니 더욱 좋다.

면도 거품을 얼굴에 바르고 거울을 보니 우스꽝스러운 모습이다. 그래도 눈동자가 여전히 빛을 잃지 않고 있어서 참 좋다.

남에게 건강을 뽐낼 정도는 아니지만 그래도 오늘 하루 내가 하고자 하는 일들을 별 지장 없이 할 수 있을 만큼은 될 것 같으니 더욱 좋다.

아침 밥상에 앉아 갓 지어낸 밥과 국에서 피어오르는 구수한 내음을 맡으며 아내의 음식 솜씨가 항상 내 식욕을 고르게 지켜줌을 고마워할 수 있어서 참 좋다.

'짠순이' 소리를 들으면서도 내가 특별히 좋아하는 사과나 굴비, 해삼 같은 먹을거리에는 돈을 아끼지 않는 아내와 함께 산다는 것은 더욱 좋다.

돈은 항상 부족하긴 한데 그래도 누구에게 손 벌리진 않고 약간 절약하여 성당에 헌금도 하고 조금은 남을 도울 정도가 돼서 참 좋다.

가까운 친척 사업을 도와준다고 했다가 짊어진 은행 빚 원리금을 매달 갚아 나가는 것이 부담은 되지만 그로 인해 일을 놓지 않고 계속할 수 있어서 오히려 더욱 좋다.

2층 서재에 올라가 브람스의 교향곡 1번을 작게 틀어놓고 야옹이가 지켜보는 가운데 어제 못 마친 수필의 마무리 작업을 할 수 있어 참 좋다.

사무실에서 보낸 일거리까지 간단히 끝낸 다음 베란다로 내려와 아내와 함께 유유히 흐르는 남한강의 윤슬을 내려다보면서 커피를 마시고 담소를 나누니 더욱 좋다.

강 건너에 소대장으로 월남에서 대침투작전 중 적의 기습 폭격으로 전신에 파편이 박히고도 천운으로 살아난 군대 동기가 사는데, 오늘도 그 내외와 만나 가성비 좋은 양평 맛집에서 점심을 함께할 수 있어서 참 좋다.

전상(戰傷) 후유증으로 갖은 고생을 겪는데도 세상을 원망하지 않고, 장로로서 신앙심이 깊으며, 보험회사 중역을 지낸 뒤 시골서 노인회장을 맡아 온갖 어려운 마을 일들을 적극 도와주는 이 친구에게서 많은 걸 배울 수 있어서 더욱 좋다.

집에 돌아와 가볍게 낮잠을 자고 일어나니 몸이 한결 개운하고, 아래층 거실에서는 아내가 손자 녀석에게서 온 전화를 받으면서 마냥 즐거워하니 참 좋다.

기특하게도 손자가 검도 대회에서 우승한 것에 그치지 않고 이제는 자기도 반장인 누나처럼 공부도 열심히 해서 고모부 같은 훌륭한 사람이 되기로 할머니한테 약속했다니 더욱 좋다.

딸이 사준 내 발에 꼭 맞는 운동화를 신고 산책길에 나선다. 약간 경사진 당너머길을 따라 걸어 내려와 오빈교 아래 물소리길을 거쳐 양근성지 앞을 지나 양강섬으로 가는 부교(浮橋)를 건너 공원을 한 바퀴 돌고 돌아오는 코스는 걷기에 참 좋다.

걷다 보면 나도 모르게 마음이 차분해지고 사고가 명료해진다. 오늘은 생각지도 않게 머릿속이 가지런히 정리되면서 그동안 나를 애먹었던 다음 주 재판이 있는 사건의 어려운 쟁점에 대하여 밝은 길이 보이니 더욱 좋다.

집에 돌아와 샤워를 간단히 한 후 아내가 정성 들여 차려준 갈매기살 구이, 상추쌈과 된장찌개로 저녁을 먹으니 밥맛이 꿀맛이라 참 좋다.

싱크대에 하루 동안 쌓인 식기들 설거지와 주방 청소는 내 몫이다. 집 안팎 일은 아내 혼자 거의 다 하는데, 이것이라도 남겨 두어 하루에 한 가지는 아내를 꼭 도울 수 있도록 해주니까 더욱 좋다.

설거지가 막 끝나갈 때 핸드폰 진동음이 울린다. 교통사고를 냈다고 하는 다급한 목소리의 주인공에게 상세히 그 법적 처리 절차를 설명해 주자 그쪽도 흡족해하며 고마워하니 마을변호사로서 제대로 일을 한 것 같아서 참 좋다.

내일은 인천지검 강력부장으로 근무할 때 함께 일했던 검찰 후배들과 오찬 모임이 있어 서울에 가야 하는데, 마침 의료 소송을 한 건 의뢰하겠다는 분이 있어 오후에 만나자고 약속을 잡았으니 모처럼 '현역'으로서 활기 있어 보일 것 같아 더욱 좋다.

아내와 약속한 대로 전에 보았던 옛날 영화를 한 번 더 본다. 영화에 관한 한 아내와 나는 취향이 거의 일치하여 항상 함께 볼 수 있는 것이 참 좋다.

오늘은 브래드 피트의 앳된 모습도 다시 보고 로버트 레드포드 감독과 함께 '오롯이 이해할 수는 없어도 오롯이 사랑할 수는 있음'을 되새길 수 있어서 더욱 좋다.

밤이 깊어 자야 할 시간이다. 오늘 하루 그분의 마음을 아프게 해드리지 않았었나, 다른 사람들을 괴롭히지는 않았었나, 그중에 버릇이 된 것은 없었나 반성할 수 있어서 참 좋다.
오늘 하루를 나에게 허여해 주심에 감사드리며, 이제는 내가 바라는 무엇이 이뤄지게 해달라기보다는 더 이상 바랄 것이 없다는 마음을 갖도록 해 달라고 기도하고 잠자리에 들 수 있어서 더욱 좋다.

모든 것이 참 좋다.

《한국문학인》 2024년 가을호

I.

이상한 동네

서울에서 멀지 않은 한적한 어느 전원마을, 이곳은 주로 은퇴한 노부부들이 옹기종기 모여 사는 고요한 보금자리다. 그저 평화롭게만 보이지만, 조금 자세히 들여다보면 이 동네에는 유난히 '이상한' 일들이 많다.

1. 아침을 여는 소리 – '여왕님!'

이 동네에는 아침 8시가 조금 넘으면 어김없이 '여왕님!' 하는 소리가 울려 퍼진다. 언덕 위의 하얀 집에 사는 나이 든 남자가 자기 아내를 부르는 소리다. 웬만한 동네 사람들은 이제 그 소리의 의미를 다 안다. 그것은 그 남자가 이제 설거지를 마쳤으니 아침 식사를 하자는 신호이며, 만약 '여왕님!' 소리가 한 번 더 크게 울리면 그 부인이 앞마당이 아닌 텃밭 같은 곳에 가 있어 첫 번째 부르는 소리를 잘 듣지 못했으리라는 것까지 말이다.

다른 남자들은 자기 부인을 '여왕님'이라 부르는 것이 내심 못마땅하지만, 여자들은 그 호칭이 꽤나 부러운 모양이다.

한번은 그 하얀 집에서 아랫집 은퇴 교수님과 옆집 원로 목사님 댁에서 준비해 온 재료로 장작불에 묵은지 등갈비찜을 조리하여 몇몇 이웃들과 나눠 먹은 적이 있다. 와인을 몇 잔 마셔 취기가 오른 한 남자분이 "나도 와이프를 '여왕님'이라고 불러 왕이 돼 볼까 한다."고 너스레를 떨었다. 그러자 박식하신 교수님이 정색하며 이렇게 설명했다.

"영어의 'Queen'은 '왕비'와 '여왕' 두 가지 뜻이 있습니다. 왕비의 남편은 'King'으로서 그야말로 왕이지만, 여왕의 남편은 왕위 계승권이 없는 'Prince of Consort'일 뿐입니다. 여왕에게 충성 서약도 해야 하죠."

그러면서 그 교수님은 이 집의 주인께서는 진정으로 사모님을 잘 받들어 모시겠다는 뜻으로 '여왕님!'이라 부르는 것일 거라고 덧붙였다. 아마도 이 설명을 들은 그 남자분은 왕이 되겠다는 생각을 조용히 접었을 것이다.

한 여자분이 짓궂게 "진짜 여왕님이 맞아요?"라고 물었더니, 그 집 안주인은 눈 하나 깜빡하지 않고 "전에는 무수리였는데 이제는 정말 여왕님 맞아요."라고 답했다. 아침에 일어나면 남편이 "아니, 오늘은 여왕님이 왜 이리 예쁘세요?" 하고 인사하고, 여왕님은 궂은일을 하면 안 된다며 설거지와 주방 청소를 깔끔히 마친 다음에 마당을 돌아보는 자기를 '여왕님!' 하고 불러주니 정말로 여왕이 된 기분이란다. 전에는 서재에만 틀어박혀 지내던 남편이 이제는 텃밭 잡초도 뽑고 잔디 관리도 도맡아 해주니 살맛이 난다고 했다.

그 집 주인 남자는 현재도 1주일에 한두 번은 서울 사무실에 나가는 현직 변호사로, 검찰 고위직을 거쳐 모 공공기관의 장까지 지낸 인물이다. 지금은 시골 외삼촌 같은 편안한 모습이지만, 평검사 시절에는 어떤 고위층도 그의 사무실에 조사받으러 가면 쩔쩔맸을 정도로 준엄했고, 집안에서도 공직자 가족으로서의 자세를 강조하며 무척 엄격하고 권위적이었는데, 그것이 변호사가 되고서도 계속됐다고 한다. 누구는 이런 걸 '정의의 사도' 같다고 평하면서 변호사로서 큰돈을 못 버는 이유도 그것 때문이라고 했다고 한다. '여왕님'이 다른 여자분들에게 살짝 귀띔하기를, 이 동네에 내려오고 나서부터는 그런 '오만'을 벗어버리고 사람이 싹 달라졌다고 한다. 지난날 모범적인 공직자가 되겠다고 지나치게 엄하게 굴어 집안 식구들까지 옥죄었던 것을 속죄라도 하듯이 이제는 자기를 살뜰히 배려한다는 것이다. 이 대목에서 원로 목사님 사모께서는 '자기를 낮추는 것만이 그분께 가까이 가는 길'이라고 설교하던 믿음직한 현역 시절의 그 누구의 모습이 떠올랐다.

그날 그 집에 왔던 여자분들은 묵은지 등갈비찜만 먹은 게 아니라, '여왕님'이 "그이가 저를 여왕님으로 대하니까 저도 모르게 저 역시 그이를 왕으로 모시게 되더라고요."라고 한 말을 안고 돌아갔다.

어찌 됐거나 그 누구 때문에 이 동네가 사는 방식까지 달라져 가는 이상한 동네가 된 건 틀림없다.

II. 장사는 뒷전인 민물장어집

이 동네에는 전철역 부근에 민물장어 전문 식당이 하나 있다. 노년에 들어선 여사장과 듬직한 착한 딸이 운영하는 집인데, 건물도 큼지막하고 그 앞에 주차장도 널따랗게 확보돼 있다. 물론 음식 맛도 좋다. 그런데 손님은 별로 없다. 그래도 사람 좋은 여사장은 태평이다. 전기세 낼 돈만 나오면 충분하단다.

'여왕님'도 가끔 그 집을 이용한다. 물론 외식을 하더라도 만 오천 원 이상 하는 곳은 피하는 식으로 긴축재정을 펴는 여왕님이라 식대가 비교적 고가인 이곳엔 부군('Prince of Consort', 이하 'PoC로 줄임)의 생일 같은 특별한 날에만 온다.

그날도 특별한 날이었다. 아들이 내려와 집 구석구석을 살피며 지붕 보수, 보일러실 대청소 등 노인들이 하기 힘든 일거리를 해주었다. 함께 따라온 초등학교 5학년짜리 손자 녀석도 신통하게 할머니를 도와 토란 줄기 다듬기와 화단에 물 주기 등 꽤 많은 일을 했다.

그래서 네 식구가 민물장어집에 간 것이다. PoC는 호기롭게 장어 '특대' 네 마리를 주문했다. 그런데 여사장이 자기네 집 장어는 꽤 크기 때문에 세 마리만 시키란다. 그것도 '특대'는 필요 없고 '대' 자로 충분하단다. PoC가 자기 손자는 어리지만 어른 만큼 먹는다고 강조해도 소용없고, 결국 '대' 세 마리로 마무리 지었다. 그런데 벌건 숯불과 함께 내온 세 마리의 민물장어는 큼지막하고 두툼한 것이 '특대'임이 분명했다. 정말 네 명이서 세 마리를 먹었는데도 부족함을 모를 정도였다.

PoC가 식사로 빠가사리 매운탕과 공깃밥을 시키려고 하자 이번에도 여사장이 제지하며 된장찌개를 맛있게 끓여 줄 테니까 그걸로 밥이나 먹고 가란다.

그러면서 그 여사장이 여왕님 손자에게 묻는다.

"학생, 빠가사리 매운탕 좋아해요?"

"예, 아주 맵지만 않으면 맛있게 먹어요."

"그럼 학생 거는 내가 따로 하나 끓여 줄게 먹어볼래요?"

"아네요. 오늘은 장어를 워낙 맛있게 먹어서 그 맛만 잘 간직하겠습니다."

손자가 점잖게 사양하자 여사장은 기특해하면서도 모처럼의 호의를 베풀 기회를 놓친 것이 무척 서운한 표정이다.

그러나 조금 후에 "이건 서비스입니다." 하고 공깃밥과 된장찌개가 나왔을 때, 여왕님네 네 식구는 갓 지은 쌀밥에서 모락모락 피어나는 김과 정성스레 끓인 찌개의 구수한 된장 냄새에서 더없는 호의를 느낄 수 있었다.

그 민물장어집 여사장은 매사가 그런 식이다. 그렇게 해서 돈은 어떻게 벌려는지 걱정이다. 그래도 그 얼굴에는 웃음이 가득하다. 손님이 많으면 돈 들어오니까 좋고, 손님이 없으면 편히 쉴 수 있어서 좋단다.

식사를 마치고 식당을 나올 때 여사장은 손자에게 직접 농사지은 것이라면서 비닐봉지에 싼 햇땅콩을 쥐여 주었다. 그러면서 끝내 아쉬운지 "다음에는 빠가사리 매운탕을 먼저 해줄 테니 꼭 먹어요." 했다. 손자는 고맙다고 허리를 굽혀 인사를 했다.

아무튼 이상한 식당이고, 이상한 경영주다.

여왕님의 아들이 서울로 가는 승용차를 타면서 여왕님에게 한마디 했다.

"저 사장님이 이렇게 하시는 것이 장삿속만은 아닌 것 같아요. 그런데 손해 보는 듯하면서도 남을 배려하는 것이 이 동네에서는 전혀 이상해 보이지 않은 것이 정말 이상해요."

III. 서로 유산을 안 받겠다는 삼 형제

이 동네에는 걸으면서 사색에 잠기기 좋은 산책 코스가 많이 있다. 몇 주 전 토요일, 하루 8,000보를 실천하는 PoC는 그날도 점심 식사 후 어김 없이 산책에 나섰다. 대로 조금 못 미쳐 네거리 굴다리를 거쳐 강가 쪽으로 걸어가고 있는데 휴대폰 진동이 울렸다.

"변호사님과 같은 동네에 살고 있는 주민입니다. 실례가 되겠지만 급히 상담 올릴 일이 있어서 전화했습니다."

군(郡)의 마을변호사로 봉사활동을 하고 있는 PoC에게는 시도 때도 없이 이런 전화가 곧잘 걸려 온다. 상담할 내용이 좀 복잡한 것이라고 말을 꺼내는 민원인이 마침 산책길에서 그리 멀지 않은 강가의 카페에 있다고 하기에 PoC는 그리로 갔다. 비슷하게 생긴 중년에서 막 노년에 이른 남자 셋이 벌떡 일어나서 반가이 맞았다.

"토요일 편히 쉬시는데 이렇게 귀찮게 해드려서 송구스럽습니다. 두 아우가 모처럼 서울서 내려왔기에 오늘 아니면 결론이 안 날 것 같아서…."

그중 나이가 제일 들어 보이는 남자가 청소 용역업체 대표라는 명함을 건넸고, 남은 두 사람도 종합병원의 내과 과장과 대학의 부교수 명함을 내밀었다. PoC도 명함을 건네고 수인사를 하자 맏형이라는 남자가 바로 용건을 말했다.

"○○고등학교 교장을 끝으로 정년퇴임하신 저희 선친께서 지병으로 지난 8월에 작고하시면서 뜻하지 않게 70억 원이 넘는 큰 유산을 남기셨습니다. 20여 년 전에 아버님에게 돈을 빌려서 사업을 하시던 분이 망해서 외국으로 이민 가시면서 이거라도 가지려면 가지라고 주시고 간 쓸모없는 야산이 이번에 아파트 부지로 재개발되면서 저희가 큰 보상을 받게 된 거죠."

"아, 그러니까 상속재산 분할 문제로 형제분들끼리 의견이 안 맞는다는 그런 말씀이겠네요."

PoC가 이렇게 받아치자 둘째라는 의사가 이렇게 답했다.

"예, 바로 그겁니다. 동생인 저희 둘은 서울에서 이미 튼튼하게 자리 잡아 재력이 충분하고, 형님은 그동안 이런 시골에서 고생하시고 또 아버님을 계속 모시느라고 애 많이 쓰셨으니까 이제 50억 정도 가지고 여생을 편히 지내시라고 해도 영 말씀을 안 들으시는 거예요.”

셋째라는 교수도 거들었다.

“그렇습니다. 큰형님 말씀은 5년 전에 형수님이 먼저 돌아가시고 슬하에 자식도 없어 돈 들어갈 일이 없으니까 자식들이 딸린 저희 둘이 더 가져가라는 겁니다. 그게 말이 됩니까? 저희 둘은 좋은 대학 다니고 유학까지 다녀와 사회적으로 성공한 편인데, 형님은 시골에서 저희들 뒷바라지하시느라고 공부도 제대로 못하시고….”

그 대목에서 맏형이 버럭 소리를 내질렀다.

“내가 왜 배움이 부족해? 방통대 나와 나도 대학 졸업장 있어. 그리고 너희들이 공부를 열심히 해 장학금을 받고 해서 좋은 대학 가고 유학도 갈 수 있었던 것이지 내가 너희들에게 해준 건 없어!”

PoC는 여기서 무슨 법리 이야기 같은 걸 꺼내 봐야 아무 소용이 없으리라는 걸 알아채고는 이렇게 제안했다.

“옛날 민법에는 장남의 상속분은 고유 상속분에 2분의 1을 더하는 것으로 돼 있었죠. 그에 따른다면 세 분의 상속분은 ‘1.5:1:1’, 즉 ‘3:2:2’가 됩니다. 유산을 나눈 세 분의 몫은 30억: 20억: 20억이 되어 두 동생분의 뜻이 어느 정도 반영되는 셈입니다. 그런데 큰형님께선 그것이 싫다고 하시니 큰형님이 더 받으실 몫 10억 원은 아버님 이름으로 장학기금으로 내놓는 것이 어떻겠습니까? 그러면 돌아가신 어르신께서도 매우 좋아하실 것 같은데….”

PoC의 뜻밖의 방안 제시에 세 남자는 잠시 어리둥절하다가 맏형이 입을 열었다.

“역시 변호사님은 현명하시군요. 전에 군청에서 변호사님과 대면상담을 한 옆집 아주머니가 변호사님은 법만 잘 아시는 것이 아니라 경륜이 있으셔서 좋은 길을 안내하실 거라고 했는데….”

“별말씀을 다….”

그때 셋째인 교수가 끼어들었다.

“아버님은 경제적인 이유로 시골 학생이 교육을 제대로 못 받는다면 그 사회는 정의롭지 못하다고 강조하셨습니다. 변호사님, 제 몫이랄 수 있는 20억 원 중 10억 원을 그 장학기금에 보태면 안 되겠습니까?”

그 말이 나오자마자 기다렸다는 듯이 첫째와 둘째도 10억 원씩 더 출연(出捐)하겠다고 나섰다.

“그러면 모두 40억 원이 되는데, 아예 장학재단을 설립하는 것이 좋을 듯하군요. 재단 명칭은 어르신의 아호를 따고…. 장학재단 설립이 다른 공익재단 설립 절차보다 조금 까다롭긴 하지만 제가 도와드리겠습니다.”

이렇게 해서 PoC는 요즘 기부 약정 공증 및 에스크로 예치, ‘△△장학재단’의 정관 초안 작성과 이사진 선정(PoC와 삼 형제는 재단 이사회 구성에는 일절 참여하지 않기로 했음), 사업계획 및 수지예산서 작성 등 그 설립 절차 준비 업무를 아무런 보수 없이 해주고 있는데, 세무 문제도 있고 일반 송무 사건과는 달라 세부 업무가 매우 번거로워 꽤나 힘들다. 그래도 마음은 즐거운지 전보다 훨씬 밝은 표정이다.

그런데 오늘 아침에는 첫째 아들에게서 전화가 와서 조건을 바꿔야 하겠다고 했다. 삼 형제가 그 재산은 원래 아버님 것이니 아버님의 뜻대로 다 쓰기로 합의를 봤다면서 70억 원 전부를 재단의 기본재산으로 출연하겠다는 것이다.

참으로 이상한 삼 형제다. 상속재산이 있으면 상속인끼리 조금이라도 더 차지하려고 다투는 것이 통상이고, 그 덕에 변호사들도 먹고살게 마련인데, 이 삼 형제는 서로 재산을 안 물려받으려고 하여 공연히 나이 든 노 변호사에게 힘든 봉사 일거리나 주니 말이다.

　이 동네는 정말 이상하고, 이상한 사람들이 많이 산다. 그런데 다른 동네 사람들이 이 동네 사는 사람들은 다 행복해 보인다고 하니 그것 또한 참 이상하다.

《경제포커스》 2025. 11. 20.

새끼발가락

오늘 아침에도 양쪽 새끼발가락을 잘 주물러 주었다.

아침마다 약 20분가량 스트레칭을 하는 나는 마지막 단계로 발바닥을 양손으로 비벼 주는데 특히 새끼발가락을 정성 들여 문지르면서는 무슨 주문처럼 계속 고맙다고 중얼거린다. 정말로 나는 새끼발가락이 고맙다. 우리는 잘 모르고 지내고 있지만 양쪽 새끼발가락이 발의 가장 바깥쪽에 자리 잡아 균형을 유지하고 있는 덕분에 체중이 분산되고, 우리 몸 전체가 안정감을 지닐 수 있는 것이다. 새끼발가락은 또 걷거나 달릴 때 발의 앞쪽에 가해지는 압력을 적절히 나눠 주어 발에 무리가 가지 않도록 하는 역할도 한다. 재작년 척추관협착증이 심하게 와 그 통증으로 큰 고생을 하다가 꾸준한 '바른 걷기'의 실천으로 이를 극복한 나로서는 항상 나를 바르게 걷도록 도와주는 새끼발가락이 여간 고맙지 않을 수가 없다.

평소 눈에 잘 띄지 않아 발톱을 깎을 때나 그것이 있다는 겨우 알게 되는 새끼발가락은 그것이 무슨 역할을 하는지 잘 알려지지 않는데, 한번 그곳에 탈이 생겨야만 그 존재감을 드러낸다. 한번은 새로 산 등산화의 사이즈가 한 치수 작았는데도 그냥 신고서 산행을 강행했다가 오른쪽 새끼발가락에 물집이 생기고 발톱이 까맣게 멍든 일이 있었다. 그때 정말 새끼발가락의 그 조그만 부상 때문에 한동안 절룩거리며 걸었고, 온몸의 컨디션이 완전히 망가졌었는데, 그런 까닭에 나는 그 뒤부터 새끼발가락을 애지중지 잘 모신다. 걷기로써 그런대로 건강을 지탱하고 있는 나는 새끼발가락의 이러한 균형 유지 기능이 신체를 안정적으로 지켜주는 항상성(homeostasis)의 기본이 아닌가 하는 과대평가(?)까지 하곤 한다.

지압을 하는 사람들은 발바닥은 우리 몸의 축소판이고 거기에 중요한 신경계와 내장의 기관(器官)이 다 연결되어 있다고 한다. 새끼발가락도 소화기관 중 어디와 직결되어 있다고 들었는데 정확히 기억이 잘 안 난다. 나는 편의상 그것이 췌장(膵臟)이라고 생각하고, 내 췌장이 건강하기를 빌며 새끼발가락을 비벼 준다.

언젠가 TV에서 한 말기 췌장암 환자가 자기가 췌장이 얼마나 고마운지를 모르고 너무 소홀히 해서 이 벌을 받는 것이라고 말하는 것을 본 일이 있다. 사실 췌장이라는 장기가 어디에 있고 어떤 기능을 하는지 정확히 아는 사람은 그리 많지 않다. 위(胃) 뒤쪽 명치끝과 배꼽 사이의 상복부에 숨어 있다시피 위치하는데, 인슐린과 글루카곤 등 소화효소를 적절히 분비하여 음식물을 분해하고 혈당을 일정하게 조절하는 기능을 한다. 이렇게 중요한 췌장의 존재와 역할을 알게 되는 것은 그것이 고장 나고 나서다. 그때는 거의 불치의 단계가 돼서인데….

오늘은 서울로 출근을 하는 날이다. 막 오빈 전철역으로 들어서는데 청소도구를 들고 화장실 쪽으로 가던 미화원 아주머니가 먼저 고개를 끄떡이며 인사를 한다. 보통은 내가 먼저 아주머니에게 "수고 많이 하십니다." 하고 인사를 건네는데 오늘은 선수를 뺏긴 셈이다.

나는 오빈역에 들어서면 왠지 기분이 좋아진다. 이용객이 그리 많지 않은 작은 규모의 전철역이어서 그런지 이 역은 관리가 매우 잘 되고 있다. 특히 청소를 깔끔히 잘하여 그 어느 역보다도 깨끗한데, 한번은 2층으로 올라가는 에스컬레이터 바닥의 틈새까지 그 아주머니가 정성 들여 닦아내는 것을 보고 감탄한 일이 있다. 내가 오빈역에 들어서면 기분이 좋은 것이 괜히 그런 것이 아니다.

오빈역에 들어서면 나는 거의 예외 없이 화장실에 들른다.

최근에 본 일본 영화 〈퍼펙트 데이즈〉에서 과묵하고 지적인 주인공 히라야마가 자기 직업에 충실하게 무릎을 꿇고 공중화장실 변기를 열심히 닦는 장면이 인상적이었는데, 그 히라야마보다도 더 열심히 닦는지 오빈역의 남자 화장실 소변기는 방금 새로 설치한 것처럼 항상 깨끗하다. 그래서 다른 공중화장실의 경우는 그 변기가 지저분해서 소변이 마려워도 그냥 참고 지나치기도 하는데 오빈역에서는 꼭 들르고 소변을 안 보면 그냥 손이라도 씻고 나온다.

나의 지정석이다시피 한 둘째 칸 뒤쪽 경로석에 앉아 읽을 책을 펼치면서 나는 오빈역의 미화원 아주머니가 꼭 새끼발가락 같은 분이라는 생각이 문득 들었다. 그분을 '새끼발가락'으로 비유한 것은 다른 사람들이 잘 몰라 주어도 나에게는 매우 고맙고 중요한 분이라는 의미이다.

나에게 새끼발가락 같은 분이 또 있다. 거의 매일 우리 집을 찾아오는 우편집배원 아저씨가 바로 그분이다.

우리 집에는 우편물이 많이 온다. 옛날에는 손 글씨로 쓴 안부 편지들이 있어 그걸 기다리기도 했으나 요즘은 그런 건 카톡으로 전부 해결하다시피 하므로 거의 없다. 전기요금·전화요금·TV수신료 청구서, 세금 고지서, 각종 모임의 소집 통지서 같은 것들이 대부분이다(전에 그렇게 많이 오던 결혼식 청첩장은 모바일로 대신해서 그런지 요즘엔 거의 없다). 해외에 나가 있는 딸과 사위의 국내 주소를 우리 집으로 옮겨 놓았기 때문에 그들의 세금과 건강보험 관련 서신들, 그들 소유의 부동산과 관련된 연락 사항들도 오고 있다. 또 내가 재택근무 위주로 하고 가능하면 서울 사무실에 잘 나가지 않으려고 하니까 상담을 원하는 고객이나 소송의뢰인이 관련 서류를 등기로 보내오기도 한다(대개는 이메일을 이용하는데 서류 스캔과 이메일 송부가 익숙하지 않은 분은 우편으로 보낸다). 게다가 정기 간행물 구독도 제법 많이 하기 때문에 우편집배원 아저씨는 거의 매일 빠지지 않고 우리 집엘 오는 셈이다.

우리 집이 야트막한 동산의 중턱에 자리 잡고 있어서 남한강이 내려다보이는 그 전망은 제법 수려하지만 거기까지 올라오는 우편집배원으로선 약간 짜증스럽기도 할 것이다. 그러나 눈이 오나 비가 오나 한여름에 땡볕이 내리쬐어도 그분은 항상 사람 좋은 미소를 지으며 오르내린다. 그분 덕분에 내가 굳이 서울까지 출근 안 하고도 양평 집에서 편안하게 웬만한 업무는 다 볼 수 있으니 참으로 고맙고 정말 새끼발가락 같은 분이다.

그 우편집배원은 나한테만 그런 분이 아니라 아내에게도 무척 고맙게 해준다. 전에 한번은 내가 출타 중일 때 아내가 꼭 필요로 하던 대리석 평판(平板)을 용케 당근에서 나눔 받아 왔는데 차에서 내려놓고는 너무 무거워서 옮기지 못하고 있는 것을 마침 그분이 보고는 윗 마당 그네 있는 곳까지 날라주기까지 했다고 한다. 가끔 우체통 안에 박카스나 캔 커피가 놓여 있는 것이 보이는 것은 아내의 감사 표시 방식일 텐데, 그 뒤에도 그런 친절이 베풀어지고 있음을 미루어 알 수 있다. 그 우편집배원 아저씨는 나나 아내에게 새끼발가락같이 고마운 분임이 틀림없다.

　서울 사무실에서의 일이 의외로 빨리 끝나 조금 일찍 양평 집으로 돌아왔다. 그동안 숙제로 남아 있던 한 사건이 순조롭게 잘 해결이 된 것은 나를 항상 도와주는 주니어 변호사 덕분이다. 남의 눈에 띄지 않게 주인의식을 가지고 자기 소임을 다하는 그 변호사 역시 나에게는 새끼발가락처럼 고마운 사람이다. 연륜이 좀 쌓이고 나서는 내가 지시하지 않아도 해야 할 일을 알아서 잘 챙겨서 하니 나는 변호사 일을 거저먹는 듯한 느낌이 들 때도 있다.

　아내가 정성스럽게 차린 저녁 밥상에는 구수한 된장찌개, 내가 좋아하는 보리굴비와 서산 어리굴젓 그리고 아내가 직접 담근 뒷맛 깔끔한 동치미가 올라와 있다. 나는 괜히 기분이 좋아서 한마디 했다(식탐이 좀 있는 나는 맛있는 음식만 보면 곧잘 흥분하곤 한다).

　"이 세상은 새끼발가락 같은 분들 덕분에 제대로 돌아가는 거지? 나도 이제부터 당신의 영원한 새끼발가락이 될 거야."

　그랬더니 '새끼발가락'의 의미를 제대로 알고 있는지 아내는 바로 이렇게 반격해 왔다.

　"새끼발가락이면 균형이나 잘 잡으세요. 괜히 엄지발가락 행세하지 마시고…."

　아내의 내 단점 지적은 정말 촌철살인이다. 조그만 일 하나 해 놓고도 크게 생색내려고 하려는 내 못된 습성을 또 정확히 깨우쳐 준다.

　알았다! 이제 '칭찬 밝힘증'도 버리고 굳이 생색내려고도 하지 않으

며 묵묵히 자기 할 일을 하는 진정한 새끼발가락이 되리라. 그리고 아
내를 삼가 엄지발가락으로 섬기며 잘 모셔야겠다. 엄지발가락이 어느
장기와 연결되어 있는지는 모르지만 내일 아침부터는 엄지발가락도 정
성껏 주물러 주겠다고 결심해 본다.

《경제포커스》 2025. 2. 15.

이웃

　달포 전쯤 양평 읍내에 나갔다가 대학 후배 A를 우연히 만났다. 서울의 어느 사립대학에서 오랫동안 사회과학 쪽 강의를 쭉 해오다가 정년을 마친 그는 3년쯤 전에 서울 생활을 정리하고 부부가 양평으로 내려와 살고 있다. 처음 이사 와서 펜스 울타리를 치는 문제로 이웃들과 약간의 트러블이 좀 있었는데, 워낙 소심하기도 하지만 서울서 낳고 자라서 쭉 생활을 해온 도회지 사람이라 그런지 아직도 이곳 생활에 썩 익숙하지는 못한 것 같다.

　식사 때가 아니어서 우리는 찻집에 들어가 그동안의 소소한 소식들을 서로 나누고 최근의 세상 돌아가는 이야기도 했다. 거의 끝나갈 무렵 A는 나에게 다소 엉뚱한 질문을 하나 던졌다.

　엊그제 서울 나들이 가기 위해 전철역 쪽으로 걸어 내려가는데 동네 아주머니가 올라오기에 미소를 지으며 인사를 했다고 한다. 그런데도 뜻밖에도 그 아주머니는 그냥 모른 척하고 휑하니 지나쳐 가 버렸는데 도대체 왜 그랬는지 모르겠다는 것이다. 그 이후 그 일이 영 신경이 쓰여 맘이 불편한데 선배님 생각엔 그 아주머니가 왜 그랬겠냐는 것이다.

　그걸 내가 어떻게 알 수가 있나? 그 아주머니의 얼굴도 모르고 또 어떤 분인지 전혀 짐작도 안 가는데 A를 외면하고 그냥 가 버린 이유를 난들 어떻게 알 수 있냔 말이다.

그러나 A가 워낙 진지하게 말하고 또 심각한 고민에 빠져 있는 것 같은데 내가 그냥 모르겠다고만 할 수는 없는 분위기였다. 그래서 나도 덩달아 그와 함께 골똘히 생각하다가 언뜻 전에 어느 책에서 본 것이 생각나 그것을 말해줬다.

"김수환 추기경님이 이런 말씀을 하신 적이 있답니다. '이웃은 어쩌면 나의 모습을 비추어 보는 큰 거울이라 할 수 있습니다. 이웃과 마주쳤을 때 그 이웃이 나를 외면하거나 미소를 보내지 않는다면 바로 목욕하고 바르게 앉아 자신을 곰곰이 되돌아봐야 합니다.'라고 말입니다. 오늘 집에 가셔서 바로 샤워를 싹 하시고 정좌하신 다음에 자신을 돌이켜보십시오. 그러면 뭔가가 보일 겁니다."

내가 이렇게 조언했으나 A는 별로 탐탁해하지 않는 표정이었고, 우리는 언제 안사람들과 함께 식사나 한번 하자는 인사를 하고는 바로 헤어졌다.

그러고는 그 일을 까맣게 잊고 있었는데 사나흘 뒤 오후에 A에게서 흥분된 목소리로 전화가 왔다.

"선배님, 찾았습니다! 그리고 해결도 잘 됐습니다." 하는 것이었다.

그의 설명에 의하면 자초지종은 이러했다. 나에게서 별 신통치 않은 이야기를 들었지만 그래도 혹시나 해서 내 처방대로 그날 귀가 후 바로 샤워를 하고 2층 서재에 올라가 참선하듯 가부좌를 틀고 앉아 곰곰이 생각해 보았다고 했다.

도대체 그 아주머니가 왜 자기를 그렇게 싫어하는가를 한참 동안 추적해 봤으나 여전히 알 수가 없었다고 한다. 그래서 이번에는 화살을 자신에게 돌려 자기가 그 여자에게 잘못한 일이 없는가를 곰곰이 생각해 보았으나 역시 떠오르는 것이 없었다고 한다. 평소 접촉할 일이 거의 없는 그 아주머니에게 무슨 척질 만한 일이 생길 수 없기 때문이다.

그래도 생각해 보자. 또 생각해 보자. '아, 이웃은 내 모습을 비춰주는 큰 거울이라고 했지.' 하면서 거울에 낀 뿌연 김을 닦아내듯이 하고 그 거울을 들여다보며 자신이 그 아주머니에게 잘못한 일이 없는지 시간 역순으로 천천히 더듬어 나갔다는 것이다. 이렇게 자기 자신을 진지하게 되돌아보는 것은 참으로 오랜만이라고 했다.

얼마간 그러고 있는데 흑백 영화 화면 같은 것이 떠오르더니 드디어 보였다고 한다. 한 달쯤 전에 자기 아내와 함께 승용차를 타고 가다가 마침 걸어 올라오는 그 아주머니를 마주친 일이 있었다. 그때는 그 여자가 먼저 허리를 굽혀가며 A 부부에게 반갑게 인사를 했는데, 차의 속도 때문에 A 쪽에서는 미처 답례 인사를 제대로 하지 못하고 그냥 지나쳤다는 것이다.

'아, 그것 때문이었구나!' 하고 깨닫게 된 A는 다음날 자기 생일날이라는 핑계로 약간의 떡과 과일을 싸 들고 아내와 함께 두 집 건너의 그 아주머니 댁을 방문했다고 한다. A의 부인이 어쩌면 정원을 이렇게 예쁘게 가꾸셨냐고 말문을 열자, 그 아주머니는 자기는 할 줄 아는 게 그것뿐이라고 화답하였고, 이렇게 해서 자연스럽게 그 아주머니와 화해가 잘 되었으며, 돌아올 때는 그 여자가 손수 만들었다는 깨강정까지 받아왔다고 한다.

나는 우연찮게 김수환 추기경 말씀이 생각나 이를 전한 것뿐인데 A에게 큰 도움을 준 것 같아 흐뭇했다. 사실 김 추기경이 했다는 위와 같은 말씀은 '네 이웃을 네 몸같이 사랑하라'는 성서의 말씀과 같이 자기 자신에 대한 존경과 사랑은 바로 다른 사람에 대한 존경과 사랑으로 이어진다는 깊은 뜻을 내포하고 있을 것이다.

따지고 보면 사람들은 모두가 이웃이다. 이웃은 가깝고 바로 친척과 같다고 하여 '이웃사촌'이라고도 하지 않는가. 이웃과는 절대로 등지는 일이 없도록 하자. 공자가 "덕이 있는 사람은 외롭지 않고 반드시 이웃이 있다[德不孤 必有隣]."고 했다는데, 역으로 말하면 친하게 지내는 이웃들이 있으면 덕 있는 사람이 되는 것이 아닌가.

또 『예언자』의 칼릴 지브란도 이렇게 말했다. "네 이웃은 벽 뒤에 사는 너의 또 다른 자아이다."라고. 맞는 말이다. 이웃을 통해 나를 알고 서로 이해하면 모든 벽은 허물어질 것이다. 세상을 그렇게 살면 얼마나 좋을까.

A의 전화를 받고 잠시 이웃의 의미에 대해 생각해 보았는데, 아무튼 이번 일을 계기로 A가 이제는 이곳 양평에서도 좋은 이웃으로 잘 살아갈 것 같은 느낌이 든다.

내가 오늘 아침 밥상머리에서 A에게 있었던 일을 아내에게 말해주었더니 흥미 있게 듣더니 참 조언을 잘했다고 추어올린다. 그러고는 가끔 그렇듯이 아내는 이렇게 한마디 덧붙이는 것이었다.

"부부 사이는 촌수를 따질 수도 없는 가까운 이웃이래요. 당신의 이웃인 저의 얼굴이 가끔 언짢아 보일 때 과연 당신이 어떠했는지 한번 잘 돌이켜보시면 어떨까요? 그러면 당신도 참 좋은 이웃이 될 거예요."

또 아내한테 한 방 얻어맞은 것 같다. 분명 좋은 이웃은 아니라는 취지일 것이다. 법조인으로서는 그런대로 좋은 점수를 받고 있다고 생각되는데 아내는 아직도 나를 그렇게 좋게 평가하지 않는 것 같으니 답답하다.

하기야 "좋은 변호사는 나쁜 이웃이다."라는 법언(法諺)도 있는데, 나는 원초적으로 좋은 이웃이 될 수가 없는가?

A는 이제 좋은 이웃이 될 것 같다. 그러니 이참에 나도 좋은 변호사가 되기를 포기하고서라도 좋은 이웃이 한번 되어 볼까….

사람의 가치는 이웃을 어떻게 대하는지에서 나타난다는데, 이웃에게 진정성 있는 존재로서의 나 자신을 선물하는 좋은 이웃이 되어 보는 것도 나쁘지는 않을 것 같다. 그러면 아내도 좋아할 테니까….

법정 스님은 아름다움이란 이웃에게 빛이 되어주는 일이라고 했지. 크게 바라지는 말자. 눈부시도록 강한 빛은 아니더라도 이웃의 삶을 조금이라도 밝게 비춰주는 그런 아름다운 사람이 되었으면 좋겠다.

그리고 이웃은 나의 모습을 비추어 보는 큰 거울이라고 했으니, 아내의 말을 받들어 그 거울 속의 자신을 곰곰이 되돌아보며 좋은 이웃이 되는 수련을 해야겠다.

《경제포커스》 2023. 10. 24.

나눔

　오늘 점심 메뉴는 잔치국수였다. 내가 국수를 좋아하기도 하지만 올해 처음 땄다는 호박을 잘게 썰어 살짝 고명을 올린 것이라 더욱 맛있게 먹었다.

　나는 호박 음식을 참 좋아한다. 애호박전이나 호박새우젓무침은 물론 호박죽, 호박곶이볶음 등 호박으로 만든 음식이라면 사족을 못 쓴다. 그래서 곧잘 "나는 워낙 호박을 좋아하다 보니 마누라도 호박 같은 여자를 얻은 모양이야." 하고 농담하는데, 이제는 아내도 "호박만큼만 사랑해 주면 고맙죠." 하고 응수한다.

　식사를 마친 뒤 "그분들도 호박을 땄으려나?"라고 내가 혼잣말을 했다.

　두 달쯤 전, 서울에서 여러 일들을 보고 양평에 돌아와 오빈 전철역에 내렸을 때는 꽤 늦은 시각이고 매우 피곤했다. 역 대합실을 나와 왼쪽으로 꺾어 들자 반갑게도 낯익은 차가 눈에 띄었다. 조수석 문을 여니 아내가 "놀랐죠? 혹시나 하고 나와 봤는데 만났네요." 한다. 아내의 환한 얼굴을 보자 그날 하루의 피로가 싹 가시는 것 같았다.

집에 와서 따듯한 유자차를 내놓는 아내의 얼굴을 다시 보니 정말이지 그날은 유난히 더 밝고 예뻐 보였다. 그래서 내가 이렇게 묻지 않을 수가 없었다.

"당신 오늘 무슨 좋은 일 있었어?"

"그냥요….'

"그냥이라니? 궁금하니까 말해 봐요."

아내는 잠시 주저하더니 이내 신이 나서 "당근에서 맨날 물건을 사기만 했는데 오늘 처음으로 나눔을 했더니 여덟 명이나 와서 가져갔어요."라고 말했다.

세일이 아니면 여간해서 물건을 잘 안 사는 타고난 살림꾼인 아내는 '당근 마켓'을 곧잘 이용한다. 소소한 살림살이나 꽃나무 같은 것은 주로 당근을 통해 사들이곤 하고, 지난번에 내가 허리 아팠을 때는 '꺼꾸리'라는 운동기구도 당근을 이용해서 마련해 줬다. 그런데 그날 처음으로 당근 마켓에 호박 모종을 '나눔' 하겠다고 올려놓아 보았다고 한다.

작년에 호박 농사가 잘됐고 튼실한 호박씨를 따로 골라 놓았다가 올 이른 봄에 밭 한 곁에 심었더니 그 모종이 너무 많이 올라와 혹시나 필요한 사람들이 있을까 해서 당근에 한번 올려봤다는 것이다. 그런데 놀랍게도 바로 수요자들이 집으로 몰려와 순식간에 다 가져갔다고 한다. 아내는 그때까지도 흥분이 가라앉지 않았는지 "어제 비가 왔으니까 오늘 모종을 가져가신 분들이 잘 키우시겠죠. 작년에 우리가 먹은 것처럼 호박을 푸짐하게 드실 수 있었으면 좋겠는데요."라고 희망 사항을 말했다. 이러는 아내의 모습에서 정말 소녀 같은 순수함이 느껴졌다.

‘나눔’에 재미 붙인 아내는 그 뒤에도 상수리나무 묘목이나 맨드라미·아기연꽃·백일홍 같은 꽃모종을 당근에 내놓아 나눠주었고, 손녀딸이 서울로 이사 갈 때 그냥 놓고 간 자전거도 그 자전거를 살 때의 손녀딸과 같은 나이의 딸을 둔 분에게 나눠 드렸다.

아무튼 아내는 ‘나눔’을 한 이후 매우 쾌활해지고 표정도 밝아졌는데, 나는 여기서 이 세상을 아름답게 만드는 것이 바로 나눔과 베풂이구나 하는 느낌이 와닿았다.

사실 나눔이라고 하면 나도 남 못지않게 하는 편이다. 사위가 선물한 고급술을 집에 두면 왠지 불안하고 바로 모임에 가지고 가 친구들과 나눠 마셔야 맘이 편한 것을 보면 그런 것 같기는 하다. 그런데 한 가지, 매번 나눔을 하면서 꼭 생색내려고 한다는 데 문제가 있다.

생색내는 것 때문에 실수를 하기도 하는데 한번은 정말 큰일 날 뻔했다.

내가 한국의료분쟁조정중재원 초대 원장 임기를 마칠 즈음이다. 전체 직원들과의 송년 행사가 막 끝나갈 무렵 단상에 오른 나는 근로자 대표를 불러 올라오도록 했다. 그러고는 1,000만 원짜리 수표가 든 봉투를 그에게 건네며 그 취지를 설명했다. 이번에 우리 원이 사상 처음으로 기관경영평가를 받았는데 뜻밖에도 A등급이라는 좋은 결과가 나왔다. 나는 기관장으로서 연봉의 55%라는 망외의 성과급을 받게 됐는데, 이것은 직원 여러분이 모두 열심히 한 덕분이기에 그 일부를 여기 내놓겠으니 직원 복지를 위해 적절히 쓰기 바란다는 것이 그 요지였다. 그러자 갑자기 환성과 박수가 터져 나오고 정말로 송년 모임의 하이라이트가 되었다. 생색을 제대로 낸 셈이다.

　그러고 나서 1주일 남짓 지나서였다. 정보통으로 알려진 검찰 후배인 모 부장검사에게서 전화가 왔는데, 선배님이 근로자 대표에게 1,000만 원을 주셨다는데 사실이냐고 물었다. 내가 그렇다고 하자 그가 한숨을 푹 쉬며 "아니길 바랐는데…." 했다. 모 공공기관의 장이 연임 운동의 일환으로 노조위원장에게 금품을 교부한 것 때문에 지금 다른 청에서 조사받고 있다면서 나 역시 임기 말인데 1,000만 원씩이나 근로자 대표에게 건네줬으니 꼼짝없이 걸려들 수 있다고 크게 걱정하는 것이었다. 내가 "하하! 그러면 자네가 날 구속하면 되겠네."라고 얘기했는데도 그는 심각하게 "지금 농담하실 때가 아닙니다."라고 잘라 말했다. 내가 조금 뜸을 들인 다음 "법상 우리 원의 원장 임기는 3년으로 하고, 중임할 수 없다고 되어 있으니 염려 말게나. 연임은 원천적으로 불가능해."라고 하자 그가 '후유!' 하면서 "그럼 안심이네요." 했다.

　사실 가슴이 철렁했던 것은 바로 나였다. 나는 별생각 없이 직원들이 고마워 그 돈을 내놓은 것이지만, 만약 법에 원장이 임기 종료 후 연임이 가능하도록 규정되었더라면 나는 꼼짝없이 연임을 위한 '매수 행위'를 자행한 것이 되는 셈이다. 등줄기에 식은땀이 흘렀다. 생색 한 번 냈다가 범죄자가 될 뻔했던 것이었다.

　나는 언제쯤이나 생색내는 못된 버릇에서 벗어날까?

　나눔도 필요하지만 진짜 중요한 것은 그렇게 함으로써 더욱 큰 기쁨을 얻거나 어떤 보상을 받겠다는 욕심을 갖지 않는 것이라는 점을 나도 알고는 있다. 그런데 그 욕심이 잘 버려지지 않는다.

　나눔은 무조건적이어야 한다. 내가 뭔가를 주고서도 무슨 희생이나 대가를 치렀다는 생각, 아니 베풀었다는 마음조차 갖지 않아야 한다.

그리고 가능하면 내가 도움을 준 그 사람이 도움을 받았다는 사실까지도 느끼지 못하도록 해야 할 것이다.

아내는 생색내려는 나의 이런 결점을 잘 알고 있다. 그래서 언젠가 나에게 어른스럽게 이런 충고를 한 일이 있다. 우리가 남을 돕고 있는 것은 그분께서 다 알고 계시니 너무 신경 쓰지 말고, 오히려 도울 기회를 준 그 사람들에게 고마워하는 마음을 가져보자고 말이다. 아내가 나눔을 한 후에 그렇게 맑고 예뻐 보이는 것은 바로 나눔의 기회를 준 그들에게 고마워하는 그런 마음가짐을 가져서인가?

나도 그렇게 한번 해 보자. 정말 잘 될지는 모르지만 그렇게만 된다면 나도 지금보다 조금은 더 예뻐 보일지 모르지 않은가.

《경제포커스》 2024. 7. 9.

빗방울

오늘은 새벽에 가느다란 빗방울 소리를 들으며 잠에서 깨어났다. 봄날 아직 어둠이 채 다 가시지 않은 시각에 2층 침실의 창문과 지붕을 건반 삼아 조심스레 두드리던 빗방울 소리는 마치 쇼팽의 〈빗방울 전주곡〉처럼 청아한 선율이 되어 내 꿈결로 들어와 나와 함께 노닐다가 내 기상 시각에 맞춰 나를 깨운 것이다. 그런데 이상하게도 같은 규칙적인 속삭임일 텐데도 내가 들은 이 새벽의 빗방울 소리는 쇼팽의 빗방울 선율에서와 같은 깊은 외로움과 불안의 음색(音色)은 전혀 찾아볼 수 없고 뭔가 축복하고 북돋아 주는 찬양 같은 느낌이 들었다.

상쾌한 기분으로 깨어난 나는 하루의 첫 번째 일과인 스트레칭을 시작했다. 비가 오는 바람에 아침 산책은 생략하고 대신 서재에서 다른 날보다 좀 더 많은 글을 쓸 수 있었다.

아침 식사를 할 때 아내에게 오늘 아침에 듣는 빗방울 소리는 마치 찬양 음악 같다고 말하자 아내도 이번 비에 엊그제 옮겨 심은 꽃모종들이 잘 살아나겠다며 정말 축복 같은 비라고 맞장구를 쳤다. 버릇대로 핸드폰으로 유튜브 음악 채널을 맞추니 'Rain Forest'라는 타이틀과 함께 빗소리와 어우러진 CCM 피아노 찬양곡이 흘러나왔다. 음악까지 합쳐지니 더욱 빗방울 소리가 찬양이라는 실감이 났다.

　아침 식사 후, 아내는 치과 진료차 서울로 가고, 나는 습관적으로 서재로 다시 올라가 책상 앞에 앉았다. 그런데 창밖을 보니 어느새 비가 그치고 해까지 났다. 나는 특별히 급한 서류 작업 거리도 없기에 아내의 출타 중에 마당 일을 좀 해 놓아서 점수 좀 따자는 생각이 들었다.

　밖으로 나와 호미를 들고 아내의 텃밭으로 들어가 잡초를 캐내기 시작했다. 그런데 이게 생각보다 꽤 힘들었다. 비 온 뒤라 땅이 적당히 축축해져 호미가 잘 들어가긴 하지만, 잔디밭의 잡초 제거와 달리 그냥 솎아내기만 하면 되는 단순 작업이 아니라 텃밭의 잡초 처리는 선별 작업까지 해야 하므로 생각처럼 쉽기만 한 일이 아니었다. 텃밭을 그냥 갈아엎고 씨를 뿌리면 될 것을 굳이 잡초만 가려서 뽑아내려고 한 것은 아내의 뜻을 살려 거기에 드문드문 나 있는 부추(신품종이라 귀한 거란다)와 부끄러워하며 고개를 내민 제비꽃·노루귀·패랭이꽃 같은 키 작은 들꽃들을 다치지 않게 보존하려 하기 때문이다.

　오랜만에 마당 일을 하니 힘들기만 하고 능률은 별로 오르지 않았다. 두 시간 남짓 일했는데도 아내의 '옆구리 텃밭'의 반 정도만 겨우 잡초를 뽑아낼 수 있었다. 허리도 아프고 뽑아낸 잡초도 커다란 고무 함지 두 개에 가득 차 이제 그만하기로 하고 일어섰다. 바람이 불면서 비닐봉지 하나가 날아가 바위 옆 블루베리 가지에 걸렸다. 가서 그 비닐봉지를 줍는데 블루베리 나무 밑에 작년에 아내가 뿌린 퇴비의 흔적이 아직 남아 있었다.

　지난해 늦은 가을이었다. 아내는 전부터 전지(剪枝)한 솔가지들을 모아 뒷마당 퇴비장에서 잘 숙성시켜 퇴비를 만들어 두었는데 그 귀한 퇴비를 마당 곳곳에 심어진 블루베리 나무 밑에 정성껏 뿌려주는 것이었다. 필시 TV나 인터넷에서 블루베리 나무에는 솔잎 퇴비가 최고의 영양제라는 '지식 나눔'이 있었을 것이다. 내가 비료를 주려면 진작 줄 것이지 블루베리 열매도 다 따 먹고 나서 왜 이제 뒷북을 치냐고 약간 빈정거리는 투로 말하자 아내가 살짝 미소를 지으며 이렇게 답했다.

"사비(謝肥)예요. 우리에게 맛있는 블루베리를 많이 먹게 해줘서 고맙다고 인사드리는 거예요."

약간이나마 빈정거리는 마음을 가졌던 내가 부끄러워졌다. 이렇게 아내에게는 식물도 고마움을 표시할 대상인 것이다. 우리 집에 드나드는 야생 고양이들이 뭐가 그리 고마운지 아내는 그 녀석들한테도 연신 고맙다며 이마트에 가면 꼭 사료를 한 포대 사 와서는 나눠 먹이곤 한다.

이런 아내이고 보니 나와 달리 돌아가는 세상사에 대하여 별로 불만을 토로하지 않는다. 정말 비가 오고 바람이 부는 자연 현상도 모두 섭리로 받아들이는 듯했다. 눈이 너무 많이 와서 이걸 어떻게 다 치우나 하고 투덜거리는 나에게는 춥다고 전기난로 켜 놓고 서재에만 틀어박혀 있는 나를 운동 시키려고 이렇게 눈이 오는 거라고 한다. 그런데 실제로 우리 집에서 차도까지 꽤 긴 언덕길의 눈을 다 치우고 나면 꼭 필요한 만큼의 운동을 한 것처럼 몸이 개운해진다. 강풍이 불 거라는 기상예보에 내가 큰 걱정을 하면 아내는 그래야만 까치들이 부실한 자기네 둥지를 보수하거나 다른 곳으로 옮기게 된다면서 자기도 우리 집 지붕에 한 번 올라가 본다(부끄러운 사실이지만, 우리 집안의 힘든 일은 대부분 아내 몫이다).

실제로 심한 바람으로 사과나무의 어린 열매가 여러 개 떨어졌을 때도 아내는 바람 덕분에 따로 적과(摘果)하지 않아도 된다며 좋아라 했다. 내가 산책하러 나가려는데 보슬비가 내려 큰 우산을 써도 바짓가랑이가 다 젖겠다면서 도로 현관 안으로 들어오면, 당신이 맨날 그 바지만 입는다고 해서 못 빨았는데 오늘 축축해져서 돌아오면 빨게 되니 얼마나 좋으냐며 나를 다시 현관 밖으로 떠밀곤 했다.

사실 자연 현상에 대해서는 이를 탓해서 좋을 것이 하나도 없다. 거기에 다 무슨 뜻이 있으려니 하고 고맙게 받아들이는 것이 현명한 태도일 것이다.

간단히 씻고 점심을 먹었다. 아내가 차려 놓고 간 밥상의 보리밥과 열무김치, 두릅, 풋고추에 막된장, 그리고 발라 놓은 보리굴비와 서산어리굴젓까지 곁들인 식단은 매우 훌륭해 혼자 먹어도 맛있었다.

다시 마당으로 나가 두어 바퀴 돌고 나서 하루 중 가장 기다려지는 일과인 오수(午睡)를 즐기러 2층으로 올라가는데 문리대 동문인 K에게서 전화가 왔다.

"추변, 지난 토요일 출판기념회에 갔었나?"

"그럼 갔었지. 대단한 성황이었어."

"나도 꼭 가야만 했는데 갑자기 일이 생겨서…. 그런데 오늘 시내 나온 김에 큰 책방에 가서 소정(素井: 시집을 낸 친구 K의 아호)의 그 시집을 사 보려고 했더니 없더구만."

"어, 그래. 내가 한 권 더 갖고 있으니까 다음 주 우리 만날 때 가지고 나갈게."

지난 토요일에 있었던 출판기념회장 입구에서 방명록에다 이름을 쓰는 참석자에게 시집을 넣은 봉투를 하나씩 주었다. 그런데 나중에 보니까 착오였는지 내가 받은 봉투엔 시집이 두 권 들어 있었다. 아마도 이런 일이 있으려고 그런 모양이다.

K가 왜 J의 시집을 꼭 구해 보려는지는 알 만한데 "소정 이 친구 정말 은인같이 고마운 놈이야…" 하면서 K가 장광설을 늘어놓으려고 해서 내가 "됐네! 스무 번을 채웠으니 이제 그만하게나." 하고 제지했다. K는 틈만 나면 대학 3학년 ROTC 첫 병영 훈련 때 완전군장에 장거리 행군을 하던 중 기진맥진해서 더 이상 버텨내지 못할 정도였던 자기를 J가 부축하고 M1 소총까지도 대신 메어 주었다며 이렇게 고마울 수가 없다고 늘어놓았다. 정말로 내가 그 말을 들은 것이 스무 번 가까이 된다. 말을 막은 나한테 심통이 났는지 K는 "추변 너는 똑똑하고 정의감이 있어 다 좋은데 사람이 영 감사할 줄 모르는 게 큰 흠이야. 다음 주에 시집이나 꼭 가지고 나와." 하며 전화를 끊었다. K는 J 덕분에 자기가 무사히 병영 훈련을 마쳤다는 감사의 표시를 꼭 또 한 번 더 하고 싶었던 모양이다.

낮잠을 자려고 침대에 누웠는데 이미 잠은 달아나고 평소에 잔잔한 미소를 항상 머금는 J의 얼굴이 어른거렸다. 소정(素井)은 그의 고향인 황해도 연백군의 마을 이름이라고 들었는데, 정말 그에게 잘 어울리는 아호인 것 같다. 무표정에 가까울 정도로 자기 감정을 잘 드러내지 않는데 자세히 보면 달관한 사람만이 가질 수 있는 그런 엷은 미소를 짓고 있는 것이다. 나만 그런 생각을 하는지는 몰라도 이러한 그의 미소를 보고 있노라면 정말로 맑고 깨끗한 샘물이 계속 솟아나는 것 같고 또 묘하게 다사로운 정감까지 느껴진다. 그런 미소를 지닐 수 있는 그가 부럽기도 하고 한편으로는 어릴 때 고향을 떠나 남하한 후 여러 어려움을 겪으며 신산한 삶을 살아왔을 터인데 어떻게 저런 부처님 같은 미소를 지닐 수 있을까 궁금하기도 하다.

‘부처님 같은 미소’라고 하니 갑자기 돌아가신 어머니가 생각난다. 우리 세대의 삶보다 배는 더 어려운 삶의 역경을 거쳐오셨을 것임에도 어머니는 독실한 불자답게 항상 부처님 같은 맑고 자애로운 미소를 품고 계셨다(어머니가 다니시던 절의 신도들은 이런 어머니를 ‘보현보살’이라고 불렀던 것으로 기억된다). 경제적으로도 물론 어려웠지만 글 쓰는 작가답게 까탈스러운 아버지의 성품을 잘 받들어 모시고 여섯 자녀의 온갖 짜증을 다 받아주시면서도 그 미소는 잃지 않으시는 것이 정말 신기할 정도였다.

K로부터 ‘감사할 줄 모르는 놈’이라는 핀잔을 듣고 보니 오래전 어머니가 하신 말씀이 생생하게 되살아난다. 제20회 사법시험 합격 후 총무처장관으로부터 합격증을 받고 아내와 함께 셋이서 광화문의 어느 식당에 갔을 때였다. 기쁜 마음에 맛있는 음식을 먹고 난 다음 흡족한 기분에 싸여 있는데 어머니가 이렇게 말씀하신 것이다.

“호경이 너도 이제 얻을 걸 얻었는데, 지금부터는 감사할 줄 알아야 하겠지.”

어머니의 이 말씀은 내가 감사할 줄 모르는 놈이라는 따끔한 지적이었다. 그 지적을 오늘 또 친구한테서 받은 것이다.

아깝게도 오늘 낮잠 자기는 그른 것 같다. 다시 서재로 와 책상 위에 놓아둔 봉투에서 시집을 꺼냈다.

‘보릿대 울음소리’

J 이 친구 정말 대단하다. 정치학과를 졸업하고 정치 활동을 크게 벌이거나 정부 고위직에 올라 이름을 떨쳐서 대단한 것이 아니다. 자기를 전혀 내세우지 않고 그냥 조용한 점이 오히려 더 대단한 것이다. ROTC 병영 훈련도 함께 받았고 대학 시절부터 지금까지 내내 가끔씩 어울렸는데 정말 그가 있는지 없는지 모를 정도로 묵묵히 지내는 그런

스타일이다. 군 제대 후에 평범하게 모 그룹에 입사하여 순탄하게 직장 생활을 하다가 상무이사를 끝으로 나와서는 한 공공기관의 본부장을 지냈다. 그다운 아주 단순한 커리어다.

그가 조용한 것은 능력이 없어서가 아니다. 서울문리대 입학 동기 모임인 '동숭 클럽'에 여러 가지 문제가 생겼을 때 뜻밖에도 그가 나서서 다양한 인적 네트워크를 동원하여 깨끗이 해결해 주곤 하기도 했다. 한번은 누군가가 템플 스테이를 한번 해 보자고 제의했는데 많은 인원을 이끌고 명찰(名刹)에 묵을 기회를 마련하기가 쉽지 않던 터에 그가 유명한 펜 화가 김영택(金榮澤) 화백을 동원하여 송광사에 1박할 기회를 만들어 내고 게다가 참가한 동문이 모두 김 화백의 소품 한 점씩 선물 받을 수 있도록 주선까지 했다. 또 노래도 잘하여 그가 술 한잔 걸치고 황해도 연백 땅에 두고 온 동생을 그리며 망향가를 부르면 모두가 눈물을 글썽이게 된다. 노래를 그냥 잘하는 정도가 아니다. 서울시립합창단의 정식 단원으로도 활동했다.

이런 그가 시집을 냈단다. 2년 전 희수(喜壽)를 넘긴 나이에 시를 써서 등단했다고 하더니 이번에 시집까지 출간한 것이다.

내 버릇대로 시집의 아무 페이지나 펼쳐서 읽어 보았다.

사계 천국

백화만발(百花滿發)하니
꽃잎 따서 머리에 꽂고

녹음방창(綠陰方暢)하니
산들바람 가슴에 담고

낙엽이 수북이 쌓이니 바스락 바스락
낙엽을 밟는다

찬 겨울 세찬 바람에
뜨거운 고구마
두 손에 굴린다

이 땅에 흐르는 사계가
천국이다

이 시를 읽는 순간 나는 죽비로 어깨를 맞은 것처럼 정신이 번쩍 들
었다.

아, 소정 시인에게는 네 계절이 다 천국이구나. 봄·여름·가을·겨울,
계절 따라 일어나는 모든 자연 현상이 그에게는 다 선물이고 그래서
그는 항상 감사하며 사는 것이구나.

이제 수수께끼가 좀 풀리는 것 같았다. J는 그동안 많은 선행과 배
려를 베풀어 왔다. 그러나 그가 한결같이 부처님 같은 그 잔잔한 미소
를 머금을 수 있었던 것은 그의 베풂에서 비롯되는 것이라기보다는 바
로 세상일이나 자연 현상이나 그 모든 것에 항상 감사하는 바로 그

마음에서 비롯된다는 것을….

나의 어머니도 그 힘들고 어려운 삶 속에서도 항상 감사하며 사셨고 그래서 보현보살 같은 미소를 잃지 않으셨던 것이다.

멈췄던 빗방울이 다시 창문과 지붕을 두드린다.

나는 1층으로 내려와 마당으로 나갔다. 그러고는 우산도 쓰지 않은 채 얼굴을 하늘로 향하여 빗방울을 맞이하였다. 그 시원한 감촉이 매우 상쾌했다. 이 빗방울이 내 가슴속까지 깊이 스며들어 감사의 씨앗을 심고 잘 키워 주기를 기대해 본다.

《경제포커스》 2025. 4. 28.

왕초보 요리 교실

　내가 드디어 요리를 배우기로 했다. 이 얘기를 한 친구에게 전했더니 정색하며 "왜 너답지 않게 자꾸 궁상떠느냐?"라고 핀잔을 준다. 몇 달 전에 설거지를 본격적으로 시작했다고 고했을 때도 그 친구는 "추호경도 이제 갈 데까지 갔구나!" 하고 몹시 실망스러운 반응이었다. 너 하나만이라도 안사람한테 제대로 주인 대접 받고 사는 걸 보는 것이 큰 낙이었는데 이제 그것마저 무너져 버렸다며 소주 한 병을 더 시켰던 걸로 기억된다.

　그런데 그건 그 친구가 잘못 알고 있는 것이다. 나는 아내의 주인이 아니다. 나는 아내를 여왕으로 깍듯이 받들고 있고, 핸드폰의 전화번호 이름 칸에도 '여왕님'이라고 명기해 놓고 있다(그렇다고 내가 신하가 되는 건지는 모르지만…).

　따지고 보면 설거지도 내가 하고 싶어서 자의적으로 시작했던 것은 아니었다. 아내가 양발의 무지외반증을 한꺼번에 수술받는 바람에 한동안 제대로 서 있을 수가 없었고 그래서 싱크대에 쌓이게 된 그릇들을 그냥 계속 놔둘 수만은 없어 한두 번 씻다 보니까 그렇게 된 것이었다.

이번에 요리를 배우기 시작한 것 역시 자의 반, 타의 반으로 하게 된 셈이다. 양평군의 평생학습센터에는 매우 수준 높은 강좌가 몇 개 있다고 하여 이번 상반기에 그럴듯해 보이는 인문학 강좌 하나를 신청하려고 했다. 그랬더니 담당자가 인기 강좌는 지원자가 많아 원하는 대로 다 수강하기 어렵다면서 예비적으로 다른 강좌도 한두 개 더 신청해 보라고 권유했다. 아내도 원래 원했던 '샐러드에 반하다' 강좌 외에 한 강좌 더 신청하면서 나보고는 '남성 왕초보 요리 교실' 강좌를 하나 써넣어 보라고 했다. 여왕님의 명이기에 어길 수가 없어서 그냥 그 강좌를 덤으로 써넣었던 것이었다.

드디어 발표 날, 아내는 신청한 두 강좌 모두 떨어지고 나는 인문학 강좌는 안 되고 덤으로 써넣은 왕초보 요리 교실 수강생으로 선정됐다는 통지를 받았다. 그래도 다 떨어진 것보다는 나아 마치 대학 제2 지망 학과에 합격한 기분이었다. 통지받은 날 저녁 나는 합격 턱으로 아내와 함께 멋진 외식을 했다.

강의 첫날 들어가 보니 평일 오전이라 그런지 대부분의 수강생이 현역에서 은퇴한 나이의 남자이고 간혹 자영업자로 보이는 비교적 젊은 사람도 있었다. 공통된 점은 다들 가정에 충실한 타입이고 선량해 보인다는 것이다. 커다란 조리대 하나에 4인 1조로 편성된 수강생이 자리 잡고 앉았는데, 앞치마를 두르며 그릇을 배열하고 칼과 조리 기구를 다루는 폼이 다들 음식 만들어 본 경험이 상당히 있어 보여 나는 좀 주눅이 들었다.

강사 선생님은 오십 전후의 여성인데, 그렇게 봐서 그런지 "지식이 많은 사람보다도 요리를 많이 해 본 사람이 더 지혜롭다."라는 서양 격언이 바로 떠오를 정도로 인자한 현인(賢人)의 풍모였다. 선생님의 간단한 자기소개와 강좌 진행에 관한 설명에 뒤이어 수강생들이 한 명씩 짤막하게 어디 사는 누구이며 이 강좌를 듣게 된 동기를 말하는 시간을 가졌다. 내 차례가 되자 나는 '삼식이' 노릇을 하다 보니 아내한테 미안하기도 하던 차에 여기 요리 강좌 선생님께서 아내에게 사랑받는 비법을 잘 가르쳐주신다는 소문을 듣고 수강 신청을 하게 됐다고 너스레를 떨었다.

선생님은 웃으면서 그렇다고 여기서 뭐 좀 배웠다고 와이프가 요리할 때 이건 이렇게 하는 거고 그건 그렇게 하면 안 된다는 식으로 잔소리하면 절대 안 된다고 미리 조심을 시켰다.

앞에서 내가 아내를 여왕으로 받든다고 했으나 사실은 아내가 나를 헌신적으로 모시고 있다. 식사만 해도 그렇다. 유난히 정확히 시간에 맞춰 하루 세 끼를 꼭 찾아 먹는 못된 버릇이 있는 나에게 한 끼도 거르지 않고 잘도 챙겨 준다. 초임 검사 시절 아침 출근길엔 항상 밥 먹을 시간이 부족하기 마련인데, 아내는 거의 매일 내가 굼뜨게 옷 입고 넥타이 매는 시간을 이용, 날김에 쌀밥과 명란젓을 살짝 얹어서 내 입에 넣어 주곤 했다. 음식도 내 입맛에 꼭 맞게 아주 잘하는데 간밤의 피로를 싹 가시게 해주는 칼칼한 김치콩나물국은 정말 일품이다. 요즘에는 내가 서울 사무실을 잘 나가지 않고 주로 재택근무를 하여 하루 세 끼를 다 집에서 먹는 때가 많은데도 식사 때마다 매번 반찬을 달리하여 질리지 않게 해준다. 정말 나는 호강하는 '삼식이'다. 그래서 솔직히 좀 미안하기도 하던 차에 이번에 요리 강좌를 듣게 됐다.

첫날 배운 요리는 '봄동 된장국'이었다.

봄동은 봄을 가장 먼저 알리는 채소 중 하나로서 비타민과 항산화 물질이 풍부해 노화 방지에 효과적이라고 알려져 있다. 진즉에 아내가 겉절이로 해주어 그 아삭한 식감을 즐긴 일은 있으나 된장국은 올해 들어서 아직 먹어보지 못했는데 참 잘됐다 싶었다.

그런데 선생님이 미리 시범을 보이고 나서 직접 만들어 보니 정말 요리라는 것이 이렇게 어려운 것인가 하고 놀랐다. 멸치를 볶다가 미리 담가 두었던 다시마를 건져 함께 끓여 육수를 만들어 내는 것부터 봄동의 뿌리를 잘라 내고 한 잎씩 뜯어서 흐르는 물에 깨끗이 씻은 다음 먹기 좋은 크기로 칼로 썰고 부재료인 마늘을 다지고 청양고추와 붉은 고추는 둥근 형태로 총총 썰고 대파는 어슷썰기로 잘라 준비하는데('어슷'이란 순우리말도 이때 처음 알았다) 어느 하나 쉬운 것이 없었다. 우리 조의 다른 분들은 익숙하게 자기 역할을 알아서 잘들 했지만, 나는 방해나 되지 않게 멸치를 볶고 막대 모양으로 두부를 써는 정도에 그쳤다. 정작 멸치 다시 육수에 된장을 풀어 준 후 끓기 시작할 때 바지락과 두부를 넣고 다시 끓어오르면 중불로 줄여 다진 마늘과 소금·고춧가루를 넣고 한동안 더 끓이다가 마지막에 대파를 얹는 주된 과정은 음식을 망칠까 두려워 함부로 덤비지 못했다. 더구나 간을 맞추기 위해 까나리 액젓을 넣는다거나 맛술로 감칠맛을 더하는 것은 엄두를 못 냈다. 그동안에 조장 격인 한 분은 어느새 냄비 밥을 다 지어 놓았다.

드디어 완성된 첫 요리, 수저로 국물을 조금 떠서 맛을 보니 '와!' 이건 정말 대박이었다. 나의 기여도는 미미했지만 그래도 공동으로 만든 첫 작품이 이 정도라면 나도 가능성이 있다는 희망이 들었다.

강좌를 마치고 나는 담임 선생님한테 칭찬을 들은 초등학생처럼 들

떠서 가벼운 발걸음으로 집에 돌아왔다.

다음 주 두 번째 강좌의 요리는 '마파두부'였다.

이상하게도 내가 좋아하는 음식만 골라서 만들어 볼 심산인 모양이다. '마파두부(麻婆豆腐)' 하면 청나라 말기에 마차 사고로 남편을 잃은 진(陳) 씨 부인이 생계를 위해 쓰촨성 청두 북쪽 만복교(萬福橋) 옆에 조그맣게 식당을 차려 막고기와 두부 등 값싼 재료로 매콤짭짤한 음식을 만들어 오가던 노역자와 상인들의 허기를 달래 주었다는 애잔한 사연이 있다. 지금은 가장 대중적이며 중국을 대표하는 요리가 되었고, 청두시의 원조 식당이라는 곳은 명소가 되어 관광객이 줄을 잇고 있다고 한다. 마오쩌둥에 의해 문화혁명의 승리를 기원한다는 의미로 한때 '문승(文勝)두부'라고 그 이름이 강제로 바뀐 적도 있었는데 한참 뒤 제 이름을 도로 찾았다니 다행이다(진 씨 부인이 마마를 앓아 얼굴이 얽었기 때문에 '마파(麻婆)'두부라고 부른다는 설도 있다).

내 경우는 중국집에 가서 비교적 싼 가격에 짜장면이나 볶음밥 같은 것 말고 좀 색다른 것을 먹어본다고 마파두부 덮밥을 시식했던 것인데, 짭조름하면서도 알싸한 매운 맛이 자꾸만 당겨 이제는 중국 음식 중 가장 좋아하는 음식이 되고 말았다. 마파두부에 들어가는 두반장 맛에 꽂혀 그 뒤엔 샥스핀 수프 같은 고급 요리를 먹을 때도 두반 장을 따로 시켜 조금씩 섞어 먹곤 한다. 일본 여행 시에 우연히 '마보 멘(麻婆麵)'이라는 것을 먹어보았는데, 일본식 국수에다 마파두부(물론 일 본식으로 변형된 것)를 얹은 것으로 맛이 제법 괜찮았다.

두 번째 요리 실습이니 조금 익숙해졌겠거니 했지만 역시 마찬가지 였다. 이번엔 두부가 주재료라 그걸 써는 것도 나 혼자 전담하지 못하 고 반 모만 정사각형으로 정성 들여 썰었다. 마늘을 다지고 고추를 손 질해서 써는 것 정도는 내가 했지만, 두부를 끓는 물에 데쳐 준비하고, 돼지고기 앞다리살을 잘게 썬 다음 팬에 고추기름을 넣어 뜨거워지면 파·마늘·생강을 넣고 볶다가 돼지고기도 함께 넣어 볶고 육수를 붓 고 끓이는 것은 물론 두반장·올리고당·간장 등으로 간을 맞추는 데 는 전혀 관여하지 않았다. 다만 물녹말을 조금 섞는 것과 산초 가루를 약간 넣는 것은 과감하게 내가 해 보았다. 이렇게 해서 한소끔 더 끓여 내니까 마파두부 요리가 완성되었다(여기서 '한소끔'이란 우리말 뜻을 또 새로 배웠다).

오늘도 우리 조의 요리 솜씨가 괜찮았는지 실습 결과물은 어느 중 국집 마파두부 못지않게 맛있었다. 특히 일반 중국집의 덮밥용은 두부 가 잘게 썰어져 나오는데 우리 요리 선생님은 제법 큼지막하게 썰라고 하셔서 두부에 간이 배지 않을까 걱정됐었는데, 중불에 적당히 끓여서 그런지 두부에도 간뿐만 아니라 양념 맛이 속까지 두루 배어서 미감이 제법 좋았다. 두부는 자기주장이 강하지 않은 겸손한 식재료로서 타자 와 조화를 이루는 데 뛰어나다고 하는 그 이유를 알 만도 했다.

오늘도 합격!

나는 내가 주도적으로 만들지 않았으면서도 괜히 요리에 자신감이 생겼다.

솔직히 나는 요리라는 것이 별것 아니고 또 아무나 할 수 있는 것이라고 생각했었다. 그러나 두 번의 요리 강습만 체험했지만 이제 그렇지 않다는 것을 분명히 알 만하다. 각기 다른 식재료들을 모아 그 개성을 살리기도 하고 감추기도 하며 순서에 맞춘 여러 과정을 거쳐 결국 하나의 음식을 조화롭게 만들어 내는 요리는 정말 오묘하다. 지혜롭지 않고는 맛있는 요리를 만들어 내지 못할 것 같다. 소설가 알렉산드르 뒤마는 "요리가 없다면 예술도 지성도 사라질 것이다."라고 했지만, 요리처럼 어렵고 고차원적이며 또 정성이 많이 들어가는 것은 없을 것 같다는 느낌도 든다. 다시 한번 요리선생님이 존경스러워 보인다.

돌아가신 어머니가 그립다. 내가 어머니를 그리워하고 있는 것은 실은 어머니가 만들어 주신 음식, 그 맛을 그리워하고 있는 것일지 모른다. 맛있는 음식을 즐긴다는 것은 가장 인간의 본능에 충실한 것이라고도 한다. 그래서 어떤 이는 음식을 맛있게 먹는다는 것은 자신이 존재한다는 것을 맛으로 자각하는 것이라고까지 약간 과장되게 말한다.

나의 어머니는 정말 음식을 맛깔스럽게 잘하셨다. 그래서 어린 시절의 나는 살맛이 났었는데, 그것은 어머니가 나로 하여금 본능에 충실하도록 음식 맛을 잘 내주셔서 그런 것이 아닌가 한다. 어머니의 고향과 아내의 고향이 바로 이웃이어서 그런지 아내의 음식 솜씨가 어머니의 손맛과 매우 흡사하다. 아름다운 시를 많이 써 온 시인인 친구도 사석에서 얼굴 못생긴 마누라하고는 살아도 음식 못하는 마누라하고 못 살겠다고 극언까지 했는데 그에 비하면 나는 대단한 행운아인 셈이다.

사실 예전에는 우리 사회에서 요리를 직업적으로 하는 것은 좀 천한 것으로 여기기도 했었다. 그러나 요즘은 전혀 그렇지 않다. 한창 잘 나가는 요리사는 어떤 정치인보다도 유명하고 또 존경도 받는다. 나는 우연히 요리연구가이자 사업가인 백종원 씨가 TV에서 "식당은 어머니의 마음으로 해야 합니다. 손님들이 맛있게 먹고 나갈 때까지 마음을 놓으면 절대 안 됩니다."라고 가맹점주에게 조언하는 것을 본 일이 있는데, 그가 성공한 이유를 알 만했고, 또 좋은 요리는 인격적 성숙과 정성에서 나온다는 절감하게 되었다.

프랑스의 정치가이자 미식가인 브리야 사바랭은 그의 저서 『미식예찬』에서 "새로운 요리의 발견이 새로운 별의 발견보다 인간을 더욱 행복하게 만든다."고 했다.

요리 강습 두 번 듣고 내가 요리나 음식에 대하여 무슨 큰 깨우침이 있을 리는 없겠지만, 나도 요리를 할 수 있다는 자신감이 약간 생기고, 또 요리는 마음으로 하는 것이며 정성이고 배려라는 것을 조금 알게 된 것은 큰 소득이다.

이 강좌는 모두 16회의 요리 실습으로 진행된다고 하는데, 그것을 마칠 때쯤에는 내가 새로운 요리를 발견하지는 못해도 요리에 좀 익숙해졌으면 좋겠다. 그래서 인격적으로 성숙한 요리사가 되어 요리는 사랑을 눈에 보이게 하는 것이고 사랑하는 사람을 더욱 행복하게 해준다는 것을 깨닫게 되었으면 하는 소망을 가져본다.

《경제포커스》 2024. 3. 17.

단 하나의 재능

연말을 맞이해 양평군 복지회 당구 모임에 참석했다. 총회 겸 연말 결산 대회라고 하기에 평소 자주 나가지 못한 미안함에 중국 명주(銘酒) 한 병을 들고 간 것이다. 복식조로 출전한 시합에선 보기 좋게 1회전에서 탈락했다.

당구들을 참 잘 쳐서 놀랐다. '천 다마'라는 분은 한 번에 수십 점을 치는 등 여러 번 신기(神技)에 가까운 기술을 보여주었고, 전에는 나보다 못하여 내가 훈수를 두기도 했던 회원도 오늘은 나보다 훨씬 실력이 좋았다.

당구만이 아니었다. 시합 후 이어진 장기 자랑에서 색소폰과 기타로 프로급 연주를 선보인 회원들의 멋진 모습에는 그만 입을 다물지 못했다. 〈Sound of Silence〉의 선율이 흐를 때, 나는 약간의 충격과 함께 허명(虛名)을 좇는 소란함에서 벗어나 진실된 자신을 찾으라는 묵직한 메시지를 들었다. 세상엔 다재다능한 분들이 참 많다.

총회에서는 연말 결산을 하면서 시상도 했다. 최고 고수이면서도 1년 내내 묵묵히 여러 게임을 아무 잡음 없이 심판 보아 온 분, 매일 아침 일찍 나와 큐대 손질과 당구공 세척을 해 온 분, 85세의 고령임에도

"

거의 하루도 빠짐없이 출석하며 게으름피우는 회원들을 이끌어 온 분 등이 수상의 기쁨을 누렸다.

총회가 끝나고 회식 장소에서는 화기애애한 가운데 1년의 회고와 덕담을 나누었는데, 하나같이 그야말로 '영양가 있는' 멋진 멘트였다. 그러고 보니 이 당구 모임 회원 한분 한분 모두가 재능이 뛰어난 인생과 당구의 고수처럼 보였다. 그날 '최우수상'(시합 성적만이 아니라 출석률, 봉사활동, 매너 등을 종합하여 '최우수' 평가를 받은 것 같다) 받은 분은 마치 도인(道人)처럼 "앞으로도 지금까지처럼 인생과 당구를 잘 즐기겠습니다."라고 수상 소감을 겸한 인사말을 했다. 머리 좋은 사람도 열심히 하는 사람한테는 못 당하고, 열심히 하는 사람도 즐기는 사람을 이기지는 못한다고 하는데, 평생을 아등바등 '머리'와 '열심'으로만 살아온 나를 향해 이제 그만 정신 차리라고 꾸짖는 소리 같았다.

회식을 마치고 아내가 기다리는 카페 쪽으로 천천히 길을 걸었다.

문득 '나는 참 재주가 없는 사람이다'라는 생각에 약간의 서글픔에 빠졌다. 재주가 없어도 너무 없다. 그래서 시멘트벽에 못 하나 박는 것부터 세면대 막힌 배수구 뚫는 것까지 집안의 궂은일은 대부분 아내 몫이다.

재능에 들어가면 더 말할 필요가 없다. 스포츠는 잘한다고 내세울 수 있는 것이 하나도 없고(탁구는 아내한테 10개 잡히고도 진다), 노래는 완전 음치라 아예 노래방 출입을 안 한다. 어학만 해도 그렇다. 어떤 시험이건 영어는 최상위권의 점수를 받는데 이상하게 회화는 영 안 되어 외국에 나가면 언어 소통은 주로 아내가 맡을 정도다.

미술에 대해서는 할 말이 좀 있다.

중학교 시절, 샤갈의 환상적 색채 조합에 반해 화가를 꿈꾸며 고가의 화구(畵具)까지 장만하여 미술반에 들어갔다. 그런데 3일째 되는 날, 실습실에서 카라칼라의 석고상을 열심히 데생하고 있는 내 뒤로 지도 선생님이 오시더니 "시커멓게 칠하기만 하면 다 그림이 되는 줄 알아!"라고 하시는 것이었다. 매섭게 질타하시는 그 한마디에 나는 내 재능의 짧은 밑천을 깨닫고 이젤과 대형 스케치북, 수채화용 물감 등을 그대로 둔 채 더 이상 그 실습실에 나가지 않았다.

30여 년 뒤 그 선생님의 팔순 회고전을 연 갤러리에서 '완도 정경'이란 그림 1점을 구입한 후 인사를 드렸더니 선생님은 "화가보다 '검사부장'이 훨씬 낫잖아!"라며 껄껄 웃으셨다. 그러나 그때 내 예술적 재능이 부족함을 일찌감치 공인받으며 입은 그 상처는 쉽게 치유될 수 없는 큰 트라우마였다.

문학에서도 또한 마찬가지다.

소설가이신 아버지 덕분에 일찍부터 문학적 분위기에서 자란 나는 고등학교에 진학하고부터는 본격적으로 문학도의 길로 들어섰다. 특히 고2 때 교내 백일장에서 당당히 '장원'으로 입상하고는 마치 기성 작가라도 된 기분이었고, 《학원》에 실린 글을 본 여학생들로부터 팬레터도 많이 받았으며, 여학교의 문학의 밤 행사에 찬조 출연하기도 했다.

당시 문예신문반 기자로서 교내 신문 편집을 담당한 나는 1년 위인 최인호 선배로부터 「P읍의 후조(候鳥) 다방」이란 원고를 기고받은 적이 있다. 다 신기엔 조금 길어서 줄일 방도를 궁리하며 열 번도 더 읽었는데, 그때 나는 놀라운 발견을 했다. 내용 자체는 다소 염세적이고 약간은 퇴폐적이라고 할 수도 있는 그런 것이었는데, 전체적인 구조가 완벽하고 문장이 너무나 미려(美麗)하여 부사라도 어느 것 하나 빼거나 하면 전체가 다 틀어질 것만 같았다(아, 이것이 진짜 문학이구나!). 인호 형은 이미 경지에 이르렀던 것이다.

대학에 들어가 1학년 때 중앙지 신춘문예 응모를 했다. 물론 낙선이었다. 그러나 최종심에 오른 세 편 중에는 들어 심사위원인 김동리 선생님께서 "주제도 범속하지 않고 문장도 명징(明澄)하여 장점이 많은 작품이나 너무 관념적이고 호소력이 다소 부족해서 아쉬움이 남는다."라고 심사평을 하셨다.

문학 동아리 멤버 중 대학 3학년 재학 중 시는 신춘문예로, 소설은 문예지 추천으로 모두 등단한 친구가 있었다. 그의 '양과 패스'를 축하해 주기 위한 저녁 식사 자리에서 어느 정도 술기운이 오른 그 친구가 "추호경, 너는 재능이라고는 정의감밖에 없어."라고 말했다. 그런데 그 말투가 기고만장하다거나 나를 놀리거나 하는 투가 아니고 아주 진지하고 오히려 나를 걱정해 주는 듯해서 더욱 기분이 상했다.

아무튼 나는 '재학 중 등단'도 못하고, 군 제대 후 다시 문학에 불을 지펴 보았으나 잘 안되고 여차여차해서 사법시험을 거쳐 검사가 되었다.

오래전의 일이다. 친분이 있는 대학교수가 부친상을 당해 조문을 간 일이 있다. 그런데 상주(喪主)로 나를 맞이하는 대학교수의 형이 뜻밖에도 나와 고등학교 동기동창이었다. 조문을 마치고 접객실로 안내하는데 거기에 오랜만에 보는 동창들이 몇 명 보여 인사를 했다. 상주와 마찬가지로 모두 서울법대에 들어갔으나 끝내 고시에는 합격하지 못한 공통점을 지니고 있는 친구들이었다.

"난 호경이가 검사가 될 줄은 꿈에도 몰랐어. 작가가 훨씬 더 어울리는 것 같은데 말이야."

"맞아. '교차로의 이정표는 0km였다.'로 끝나는 고등학교 백일장 장원 작품은 정말 멋있었는데…."

"뭐가 멋있어. 앤 영혼이 자유롭지 못해. 규범에 얽매이기 때문에 작가로선 끝내 성공 못했을 거야."

"그래도 검사로서의 재능은 있는 모양이지. 살인 사건 범인 잘 잡고 소신도 강하다니까."

"……."

뭐라고들 그 친구들이 나를 도마 위에 올려놓고 난도질을 더 했는데 나는 그 소리를 묵묵히 듣고 있다가 그냥 일찍 나와버렸다.

결국 나는 '명석 보이'였다. 규범이라는 명석 안에서만 움직이는 법조인의 길이 나에게는 가장 잘 맞는 옷이었던 셈이다. 예술가로서의 자유로운 영혼 대신 나는 엄격한 법의 잣대를 들이대는 검사의 삶을 선택했고, 그 길을 후회 없이 걸어왔다.

카페 앞에 도착하자 아내가 차를 대고 기다리고 있었다. 차가 출발하고 나서 어두운 시골길을 혼자 걷게 하기 싫다며 매번 마중 나오는 아내에게 내가 한마디 했다.

"추운데 매번 이렇게 나와 줘서 고맙고 또 미안하기도 해."

"사랑은 미안하다고 말하지 않는 거예요."

아내는 영화 〈러브 스토리〉 첫머리에 나오는 명대사로 내 입을 막았다. 잠시 침묵 뒤에 내가 물었다.

"나에게 가장 부족한 재능이 뭘까?"

"왜 그래요, 자꾸? 당신은 부족한 것 하나도 없어요. 저한테 잘 맞아요.”

“그러지 말고 말해 봐. 딱 한 가지만!”

“글쎄요…. 당신의 부족함까지도 다 완벽해 보이는데….”

“그 ‘완벽한 부족함’이 뭔지 말해주면 안 되나?”

“으음, 굳이 말한다면 포용력이랄까….”

“포용력?”

“제가 괜히 말했나요? 받아들이기 싫으시다면 취소할게요.”

“아냐, 아냐!”

그러는 사이에 차가 벌써 집에 도착했다. 반려묘 ‘딸기’가 쫓아 내려와 반가이 우리를 맞아 준다.

잠자리에 누워서도 그 ‘포용력’이라는 단어가 머릿속을 떠나지 않았다.

재능을 뜻하는 영어 단어는 ‘talent’ 말고도 ‘gift’가 있다. 하늘이 내린 선물이라는 뜻일 것이다. 인생의 장을 마감해 가는 이 시점에, 하늘에 간절히 떼를 써서라도 선물 하나를 받고 싶다면 그것은 무엇이어야 할까….

당구를 더 잘 치는 재능? 아내를 이길 탁구 실력? 유창한 영어 회화 능력? 미술이나 문학에서의 뛰어난 예술적 감수성? 다 좋다. 그러나 단 하나만 고르라면 그 어느 것도 아니다. 그것은 아내의 말대로 ‘포용력’이어야 할 것이다. 나와 생각이 다르고 나에게 상처 준 이들까지 너그럽게 감싸 안는 재능, 누군가가 나를 만나고 나서 그 품이 푸근하여 만남이 참 행운이었다고 느끼게 만드는 그런 재능 말이다.

신앙이 독실하다곤 할 수 없지만 한번 간절히 기도해 본다.

“하느님, 마지막 선물로 그 포용이라는 재능 하나만 저에게 주십시오.”

내가 그러한 재능을 갖게 된다면, 나의 남은 생은 이전과는 전혀 다른 향기를 풍기게 될 것이다. 나를 만나는 모든 이들이 나라는 나무 그늘 아래서 편히 쉴 수 있다는 상상을 하니 오늘 하루 내내 나를 괴롭히던 알지 못할 불안이 가시고 비로소 마음이 평온해진다. 오늘 하루가 참으로 '완벽한 부족'함 속에서 만족스럽게 저물어 간다.

《경제포커스》 2025. 12. 23.

민들레

오늘은 서울 사무실에 가기 위해 조금 일찍 집을 나서서 전철을 탔다. 내가 좋아하는 그 경로석에 앉아 이른바 '힐링 음악'이라는 걸 들으려고 무선 이어폰을 귀에 꽂았다. 건너편 자리에는 나보다 약간은 어려 보이는 그러나 현역에서는 은퇴한 것으로 보이는 머리가 허연 노인이 책을 읽고 있는 것이 보였다. 전철 안에서 독서하는 사람을 오랜만에 보니 무척 반갑고 한편으로는 읽을 책을 아예 가지고 나오지도 않은 내가 부끄러웠다. 책 제목을 보니 '야생화와 친하게 지내기' 뭐 그런 것 같았다. 앞표지 한가운데 노란 민들레꽃이 있고 그 둘레를 다른 들꽃들이 둥그렇게 싸고 있다.

나는 눈을 감고 귀에 익은 바흐의 첼로 곡을 들었다. 그런데 철이 지났는데도 자꾸만 민들레 생각이 났다.

이른 봄, 잔디는 아직 누런데 민들레만이 마당 한가운데 초록을 틔우면서 올라왔을 때 이건 정말 반갑다. 게다가 샛노란 꽃까지 피우면 겨울을 이겨낸 생명력을 실감하게 해 줘서 고맙기까지 하다.

그런데 잔디까지 그 색깔이 푸릇푸릇해지면 얘기가 달라진다. 집안

일 중 마당의 잔디 관리는 내가 분담하다 보니 잔디보다 먼저 고개를 내민 잡초들을 뽑아내던 나는 이제 애물단지로 보이는 민들레에 가차 없이 호미를 내리찍는다. 어쩌다가 그러는 나를 본 아내는 쫓아와서 "아니, 민들레는 꽃인데, 불쌍해라…." 하고 말리면서 마치 나를 닭 모가지를 비틀어 죽이는 잔인한 놈이라도 되는 것처럼 바라본다. 그래서 나와 아내 사이에는 민들레가 잡초냐 꽃이냐 하는 논쟁도 여러 차례 반복적으로 벌어진다.

민들레는 정말 묘한 존재다.

솜털이 달린 씨앗을 바람에 날려 보내어 어느 곳이건 가리지 않고 자기 영역을 확장하는 민들레는 그 위험을 무릅쓰는 대담성을 지녔기에 강아지와 함께 산책하는 오솔길이나 척박한 비포장도로 가장자리나 잘 가꾸어 놓은 부잣집 정원이나 그 어디건 우리 산하 곳곳이 민들레의 영토가 아닌 땅이 없다.

초봄에 민들레 연한 잎을 살짝 데쳐서 무쳐 주던 아내는 "민들레가 모든 허브의 시작이래요."라고 일러준다. 물론 나도 민들레가 성인병 감소에 좋은 나물이라거나 약초로서 해열·소염·이뇨·건위 등의 효능이 있다는 정도는 알고 있다. 또한 나에게도 민들레는 '처음'이라는 상징으로 다가오는 식물이다. 개나리나 산수유의 샛노람도 새봄의 산뜻함을 느끼게 해 주지만, 마당이나 들판 어느 곳, 심지어 아스팔트 틈새를 밀고 나온 노란 민들레꽃에서 나는 첫 봄을 만나곤 한다.

내가 가톨릭의 영성을 처음 만난 것도 '노오란 내 가슴이 / 하얗게 여위기 전 / 그이는 오실까 // 당신의 맑은 눈물 / 내 땅에 떨어지면 / 바람에 날려 보낼 / 기쁨의 꽃씨'를 간절히 노래한 이해인 수녀의 「민들레의 영토」였던 것 같다.

이처럼 아무것도 없던 그 자리에 어느 순간 갑자기 노란 꽃이 피어난 민들레는 우리에게 반가운 변화와 놀라움을 선사한다.

그러나 잔디밭 관리 담당인 나에게는 가지런히 가다듬어 놓은 잔디밭에 불쑥 튀어나온 민들레는 생뚱맞고 눈에 거슬리는 잡초임을 벗어나지 못한다. 게다가 그 번식력도 대단하여 다른 화초나 작물에 큰 위협이 되기에 농부나 정원사에게는 ‘노란 악마 그 자체’라고까지 불리는데, 미국에서는 민들레를 ‘마당의 주적’으로 보고 민들레만을 죽이려고 만든 특별한 제초제도 있다고 한다.

아내는 잡초 같은 마음을 지닌 사람은 민들레를 보아도 잡초로 보이고 꽃처럼 아름다운 마음씨를 간직한 사람만이 민들레를 한 송이 예쁜 꽃으로 받아들인단다. 민들레가 빠르게 번식하며 잡초들처럼 환경을 가리지 않고 아무 데서나 자라기 때문에 민들레를 그냥 잡초로만 여긴다면 그 사람은 자연이 주는 아름다움의 가치를 누리지 못하는 것이라는 논리다. 아내의 이러한 마음은 곧 아내의 꽃밭에도 그대로 드러나 나 같으면 진즉 뽑아 버렸을 엉겅퀴, 애기똥풀, 개망초, 달개비, 뽀리뱅이 같은 잡풀들도 장미나 모란, 수국, 튤립, 백합 등과 잘 어우러져 자기만의 자태를 뽐내고 있는데, 그러한 화단이 다른 데서 볼 수 없는 묘한 조화로움을 풍기곤 한다.

아내가 하도 민들레가 꽃이라고 강하게 주장하기에 나도 민들레에 대하여 약간 알아보았다. 민들레는 영어로 ‘dandelion’인데, 중세 라틴어 ‘dens leonis’에서 비롯된 것으로 ‘사자의 이빨’이라는 뜻을 품고 있다. 민들레 잎의 모양이 마치 사자의 이빨처럼 보여 붙여진 이름이란다. 그러나 나에게는 아무리 보아도 사자 이빨처럼 무섭게 느껴지지는 않는다.

우리가 부르는 이름인 '민들레'라는 이름은 문 둘레에 흔히 있어서 '문둘레'로 불리다가 '민들레'로 정착됐다고 한다(지금도 일부 지방에서는 '문둘레'라는 사투리를 쓴다). 땅에 납작 붙어 있어서 '안질방이', 여러 가지 덕('약효'를 뜻하는 것이리라)이 있다고 하여 한자 말로 '포공영(蒲公英)'으로 불리기도 한다. 경상도에서는 '맨드라미'로 불리기도 한다(이상화의 시 「빼앗긴 들에도 봄은 오는가」에서도 그렇게 쓰임).

민들레의 꽃말은 '행복'과 '감사'라고 한다.

민들레에 '민' 자가 들어가서인지, 겨울에 줄기는 죽지만 이듬해 다시 살아나는 그 질긴 생명력 덕분인지, 짓밟혀도 다시 꿋꿋하게 일어서는 '민초(民草)'에 연결 지어 삶의 의지를 확인하기도 하며, 바람에 날려 둥실 떠가는 민들레 씨앗에 소원을 담아 보기도 한다.

우리나라에는 끝도 없이 혼돈이 이어지고 있고, 그 속에서 백성들은 많은 고초를 겪는다. 그러나 희망을 포기하고 싶지는 않기에 시인 박진선은 그러한 민초의 뜻을 담아 「노란 민들레」를 읊조린다.

"지난날의 아픔이여 인고의 시간이여 / 씨앗에 깃든 영롱한 진주여 / 홀씨의 꿈이여 자유의 환희여 / 부푼 가슴 안고 넓은 세상 춤추며 날아가네."

오래전 읽은 박완서의 단편소설 「옥상의 민들레꽃」에서는 주인공 소년이 자기가 태어나지 말았어야 했다고 생각하고 아파트 꼭대기에 올라가 자살하려다가 옥상 시멘트 바닥 틈에서 피어나 꿋꿋하게 삶을 이어 나가는 민들레꽃을 보고는 다시금 삶으로 되돌아온다.

이렇듯 민들레가 가지고 있는 끈질긴 생명력 그리고 희망과 무너지지 않는 자기 회복력은 분명 나에게도 뭔가 특유의 친근감을 주긴 준다. 우리 집 잔디밭 한가운데가 아닌 다른 곳에서 만나면 반갑기까지

한 걸 보면 분명 나와 깊은 정서적 유대감이 있기는 있는 것이다. 언젠가 산책길에 양강섬 벤치 앉아서 잠깐 쉴 때 내 운동화에 밟힐 뻔한 노란 민들레꽃이 눈에 띄었다. 꽃이 시들고 일부는 솜털까지 다 날아가 민둥머리가 되어 조금은 쓸쓸해 보이는 그 민들레를 보니 왠지 내가 따뜻하게 대해주지 못한 어린 시절의 친구를 보는 것 같아 미안하고 안쓰러웠다.

며칠 전 은퇴한 병원 원장인 친구 A와 당구를 쳤다. 사위가 생일 선물로 사준 개인 큐 덕분인지 내가 내리 세 판을 연달아 이기고 게임도 빨리 끝났다. 아직 저녁 먹기는 이른 시각이어서 그런지 A가 자기 후배의 전원주택에 함께 놀러 가지 않겠냐고 제의했다. 그 후배는 일찌감치 내과 전문의를 접고 사업에 뛰어들어 큰돈을 번 다음 그 사업도 진즉 아들에게 물려주고 서울 근교에서 자연친화적인 생활을 하고 있다고 했다. '자연친화'란 말에 관심이 쏠리고 마침 양평으로 돌아가는 길목이라 그러자고 하고, 나는 근처의 와인 숍에서 와인 한 병을 샀다. A는 자기 승용차에 나를 태우고 가면서도 내내 그 후배는 똑똑하기도 하지만 학교 다닐 때부터 환경 파괴적인 행동을 저지하는 서클을 주도하기도 했고, 줄기세포 관련 사업으로 돈을 벌면서도 환경단체에 기부를 많이 했으며, 은퇴 후 마련했다는 전원주택에도 딱 한 번 가봤는데 모든 화초와 농작물들에 농약을 전혀 안 쓰고 완전히 유기농 재배를 하더라면서 진정한 친환경론자라고 칭찬을 해댔다.

도착하고 보니 입구의 굳게 닫힌 철문부터 나를 실망시켰다. 이건 전원주택이 아니라 호화 별장이었다. 잡풀 한 포기 없이 깨끗하게 정돈된 마당, 화보에서나 볼 수 있는 잘 다듬어진 화단의 고급 화초들과 사열 받는 군인처럼 줄 맞춰 선 텃밭의 작물들은 보는 이에게도 감동보다는 위화감을 준다. 열심히 잘 가꿨다고 칭찬하기보다는 자기 손으로 직접 하지 않고 남의 손 빌려서 하느라고 돈깨나 들었겠다는 생각이 먼저 났다. 인사를 나눈 풍채 좋은 집 주인은 마당 한가운데의 뒤틀린 모양의 정원수는 일본의 어느 재벌 총수 집에서 대대로 키워 왔던 귀한 품종이라고 하고, 화단 앞쪽에 화사하게 붉게 피어난 꽃은 영국의 육종학자가 재작년에 개발한 열 포기 중의 하나라고 설명했다.

정원 라운딩을 마치고 저녁 식사를 하는데 접객실에서 보이는 전망은 정말 한 폭의 그림이었다. 어떻게 이런 경치가 나올까 싶을 정도로 소나무 가지가 약간 늘어져 가린 채로 보이는 남한강 줄기와 강 건너의 마을과 산의 풍경이 너무 아름답게 어울려 내가 가본 스위스나 북유럽 어느 나라의 경치도 이보다 좋을 수 없었다. 안주인은 무슨 자선 바자회에 가서 부재중이라면서 호텔 케이터링 서비스를 받은 모양인데 (A가 우리가 갈 걸 미리 연락해 두었던 것 같다), 프랑스식으로 나온 코스 요리 전체가 매우 훌륭했다. 다만 주인이 내놓은 그랑 크뤼 급 와인이 너무 고급이라 내가 사간 와인이 너무 초라해 보여 따지도 못했다.

뜻밖의 대접을 잘 받고 그 집을 나오면서 차 안에서 A가 한마디 했다.

"이제 이 집에서는 가을 민들레를 더 이상 못 보겠구만."

내가 그 말뜻을 잘 몰라 "가을 민들레라니?"하고 물었다.

"전에는 안 그랬단 말이야. 별장 같지가 않고 그냥 시골집이었어. 마당에도 잡초들이 많았고 정원수랄 거도 별로 없었지. 텃밭과 꽃밭도 구별 없이 그냥 널브러져 있었어. 나는 그게 좋아 보였는데… 앞마당의 잔디밭에 민들레꽃이 듬성듬성 보이는 것이 별로 안 좋아 보여 내가 저 민들레는 언제 뽑을 거냐고 하니까 이 친구가 '그냥 놔둬야죠. 게으른 농부가 텃밭에서 쑥갓꽃을 보고 가을 마당에서 민들레꽃도 본다고 하지 않습니까?' 하면서 씩 웃었는데 그 모습이 너무 멋있고 믿음직스럽더라고. 그러고는 나보고 뭐라고 했는지 알아? '형도 민들레처럼 살아요.' 했단 말이야. 그런데 변했어. 완전히 속물로 변했어. 친환경론자는 무슨….”

A는 믿었던 정치인에게 배신이라도 당한 것처럼 몹시 상심해 있었다. 그 후배라는 사람이 처음에는 말 그대로 자연과 함께하려고 귀농(歸農)한 시골 농사꾼처럼 지냈던 모양인데 A가 만나지 못한 몇 년 사이에 전형적인 자기 과시적 도시형 귀족으로 변해버린 모양이다. 나는 별 할 말도 없어 그냥 “민들레가 가을에도 피는구나.”라고 혼잣말처럼 되뇌었다. 그랬더니 A가 무슨 시인이라도 되는 것처럼 애잔한 말투로 이렇게 말했다.

“그럼. 봄에 뽑지 않으면 10월에 민들레꽃을 한 번 더 볼 수 있지. 가을 민들레는 우리에게 아직 끝나지 않았음을 알려주지.”

A가 운전한 차가 역까지 왔다. 양평 쪽으로 가는 전철이 올 시간이 거의 다 돼서 내가 내려서 오늘 즐거웠다고 인사를 하고 A와 헤어지는데 그가 등 뒤에서 “민들레처럼 살자구!” 했다.

전철을 타고 오빈역까지 몇 정거장 안 되지만 나는 많은 생각을 했다.

A한테서 민들레 얘기를 듣고 보니까 내가 그동안 민들레를 너무 학대한 것이 아닌가 하는 생각도 들었다. 그리고 내가 그동안 마당을 잡초 하나 없이 깔끔하게 가꾸려고 한 것이 내가 아닌 남을 위해, 남에게 보여주기 위해 한 꼴이 아닌가 하는 반성도 했다. 그렇다면 나 역시 진

정한 정원사가 아니었던 것이다. 내가 정원을 가꾸는 것이 외부의 눈을 의식하면서, 남의 칭찬을 받기 위해서 한 것이라면 그런 스트레스는 시골에 내려와 사는 재미를 앗아가고 만다. 그러고 보니 그동안의 내 삶이 남보다 조금 더 고달팠다면 그건 남에게 잘 보이려고 하는 바로 내 스스로 만든 이런 쓸데없는 강박에 시달렸기 때문이 아닌가.

내 정원은 나의 정원이고, 내 삶은 나의 삶이다. 그걸 남이 어떻게 봐줄까를 너무 의식하지 말고 나대로 하자. 나에게 걸리적거리지 않는다면 나의 정원에 방문하는 손님도(사람과 식물 모두 다) 그대로 받아들이는 것이 편하다.

민들레는 남에게 보여주기 위해서 피지 않는다. 그냥 아무 데나 자기 가고 싶은 곳에 가서 피고, 누가 자기를 반겨 주면 활짝 노란 웃음을 지으며, 싫다고 뽑아 버리면 그냥 뽑힌다. 내 마당 잔디밭의 민들레를 뽑지 않고 그냥 둬 볼까? 그대로 두면 가을에 민들레꽃을 또 볼 수 있다니 말이다. 가을의 샛노람은 하나의 선물이며, 단순히 봄의 햇살이 남은 잔재는 아닐 것이다.

그러고 보니 그동안 하찮아 보였던 민들레도 나한테 매우 소중하게 느껴진다. 김춘수의 시에서처럼 드디어 내가 그의 이름을 불러준 것 같았다.

아까 A가 그 '별장' 주인에게 그렇게 화를 냈던 이유와 헤어지는 내 등 뒤에 "민들레처럼 살자구!"라고 한마디 던진 까닭을 좀 알 것 같기도 하다.

정말 올가을에는 우리 집 마당에서 민들레꽃을 볼 수 있으려나….

갑자기 전철 안이 약간 소란스러워졌다. '어!' 눈을 뜨니 벌써 왕십

리역에 도착한 모양이다. 사무실에 가려면 여기서 선릉역 가는 걸로 갈 아타야 한다.

나도 다른 승객들을 뒤따라 잽싸게 내리면서 생각했다. 오늘 하루 라도, 아니 매일매일 민들레처럼 살아 보자고. 그리고 혹시 올가을에 우리 양평 집 마당에서 민들레꽃을 만난다면 말해주자. 나도 너처럼 아직 끝나지 않았다고….

아직 귀에 꽂혀 있는 이어폰에서는 「꽃들도(Flowers)」라는 CCM이 흘 러나오고 있다.

《경제포커스》 2025. 7. 26.

삐걱거리는 소리

내 귀에는 50년도 더 된 친구가 있다. 밤에 잠자다가 새벽 두세 시쯤 깼을 때 그 친구는 나에게 부쩍 친밀감을 표하는데, 어떤 날에는 머릿속은 수정처럼 투명하게 맑아지면서 이 친구도 더욱 가까이 다가와 또렷하게 속삭이고 그것이 날이 새는 새벽까지 이어지기도 한다. 이 친구의 이름은 '이명(耳鳴)'이다.

이 친구의 목소리를 나는 아직도 완전히 해독하지 못했다. 귀뚜라미 울음소리 같기도 하고, 오래된 냉장고에 흐르는 전류(電流) 소리 비슷하기도 하며, 때로는 어떤 간절한 호소나 경고를 모스 부호로 보내는 것 같기도 하다.

이 '이명'이라는 것은 외부에서는 아무런 청각적인 자극이 없는데도 귓속 또는 머릿속에서는 소리가 들린다고 느끼는 이상 상태이므로 병이라면 분명 병이다. 그런데 나는 이 병을 그냥 친구로 삼았다. 50여 년 전 LMG 소대장 시절 부하들과 함께 실제로 사격 훈련을 너무 많이 하여 총성(銃聲)에 시달리는 바람에 발병한 것으로 보인다(그 덕에 1군 사령부 전체 사격대회에서 우승하기도 했다). 그러니 친구치고는 제법 오래된 친구라 할 것이다.

이 친구 때문에 다소 청력에 지장이 오고 때로는 불면으로 밤을 지새우기도 하여 불편함이 있지만, 나는 이명을 굳이 본격적으로 치료하려 들지는 않았다. 물론 최초에 증상을 알았을 때 신경이과학적 검사도 받기는 했으나, 이비인후과 전문의인 친한 선배로부터 이명은 근치가 어려운 질환일 뿐만 아니라 잘못 손댔다가는 오히려 더 악화하기도 하니 더 나빠지지 않는 조치만 하는 것이 좋겠다는 권고를 받고는 그냥 친구로 받아들이기로 한 것이다. 친구 중에는 간혹 불편하게 하는 친구도 있지 않은가.

그런데 나에겐 이명 말고도 듣기 거북한 소리가 자주 들린다. 이명은 실체가 없다고 하지만 이 삐걱거리는 소리는 분명 실체가 있다. 그러잖아도 모든 게 반듯하게 자리잡고 있어야 직성이 풀리고, 경우에 어긋나는 언사를 듣고는 그냥 지나치지를 못하는 성품인 나에게 사람들이 자꾸만 찾아와 삐걱거리는 소리를 내며 뒤틀린 문제를 해결해 달라고 졸라대는 것이다.

내가 점쟁이나 무슨 도사 행세를 한 것은 아닌데 이상하게도 어린 시절부터 나를 찾아와 어려움을 하소연하면서 해결책을 알려 달라고 하는 사람들이 많았다. 말하자면 본의 아니게 카운슬러가 된 것이다. 중학교 시절에는 같은 반 친구가 부모님이 5남매 중 막내인 자기만을 미워하고 박대하는 것이 분명 자기가 친아들이 아닌 것이 같으니 그것 좀 확인해 달라기도 했다.

고등학교에 와서는 맨 앞자리에 앉은 친구가 매점에서 빵을 사주면서 시험 볼 때 바로 뒷자리의 급우가 자꾸만 보여달라고 연필로 쿡쿡 찌르는데 선생님에게 일러도 되겠냐고 묻기도 하고, 또 한 친구는 사귀던 여자친구가 아무런 이유 없이 안 만나 주는데 어떻게 하면 다시 만날 수 있겠냐고 가르쳐 달라기도 했다. 그런 식의 고역(?)이 대학 시절이나 군대 생활 때까지 이어지더니 결국 직업도 검사가 되어 맨날 귀에 거슬리는 소리를 듣는 것이 일상이 되어 버렸다.

그런데 검사실에서 피해자와 가해자라고 하는 사람들이 서로 자기 주장만을 악을 써가며 내세우는 그 삐걱거리는 소리를 듣는 것은 직업상 어쩔 수 없다고 하더라도 가외로 골치 아픈 일을 싸 들고 와 상담하겠다는 건 사실 좀 짜증스러웠다. 평소에 더없이 얌전하고 주변 사람들에게 살뜰한 배려심을 보이는 친구의 부인이 찾아와 뜻밖에도 그 친구가 술만 마시면 자기한테 욕설을 퍼붓고 손찌검까지 한다면서 이것 좀 막아 달라고 하거나, 대학 동창이 찾아와 자기 부인이 사기꾼 같은 법사한테 넘어가 자기 몰래 절 짓는 데 불전이랍시고 많은 돈을 갖다 바치는 모양인데 이를 가처분 같은 걸로 막을 수는 없냐고 문의하기도 한다.

한번은 무슨 간담회에 참석했다가 내가 전에 다니던 본당에서 주임 신부로 계셨던 원로 신부님을 만났다. 반갑게 인사를 나누고 행사를 마친 뒤 잠시 시간을 내어 커피숍에서 차를 마시며 담소를 나누게 되었다. 워낙 상대방의 마음을 편하게 해주시는 그런 분이라 나도 모르게 "제 귀에는 정말 삐걱거리는 소리가 너무 자주 들립니다. 왜 그럴까요?"라고 하면서 사람들이 골치 아픈 문제들을 갖고 자꾸 나를 찾아와 정말 짜증스럽다고 어리광 비슷하게 푸념을 쏟아냈다.

그랬더니 그 신부님은 예의 그 사람 좋은 미소를 지으면서 "역시 추 검사님은 큰 은사를 받으셨네요. 어떻습니까, 검사님이 면담하고 답을 주신 문제들은 다 잘 해결됐죠?"라고 하는 것이었다. 내가 "뭐 다는 아닙니다만 대부분 좋게 끝났습니다. 부인에게 손찌검했던 그 친구도 이제는 술도 자제하고 부인을 여왕처럼 모신답니다. 일찍 결혼한 그 친구가 지난주에 큰딸을 여읠 때 저도 갔었는데 부인이 얼마나 좋아하던지…."라고 답하자 "거 봐요. 추 검사님에겐 세상일이 마구 뒤틀리고 마찰음이 날 때 이를 제대로 돌아가도록 만들라는 소명이 주어진 겁니다. 노련한 자동차 정비공은 주행 중 바퀴 쪽에서 끽끽 소리가 나는 것만 듣고도 디스크와 패드 사이에 이물질이 들어간 걸 바로 알아내고 즉각 조치하잖아요. 추 검사님은 세상 사람들의 삐걱거리는 삶에 윤활유를 쳐 주시는 겁니다."라고 추어주었다.

나는 더 이상 할 말을 잃고 말았다. 세상이 잘못 돌아가는 것이 '너무'일 정도로 자주 눈에 띄고, 이상하게 사람들이 골치 아픈 문제로 다툼이 있으면 곧잘 나를 찾아오며, 내 직업이 풀리지 않는 사건의 진실을 발견하여 해결하고 조정·중재하는 일들이었던 것이 결국 나에게 주어진 소명을 수행하라는 것이었다니 내가 무슨 말을 덧붙일 수 있겠는가?

나는 신부님께 내가 몰랐던 것을 깨우쳐 주신 점에 대하여 거듭 감사의 말씀을 올리고 헤어졌다. 원로 신부님으로부터 좋은 말씀을 들은 뒤부터 나는 삐걱거리는 소리에 대해 아무런 불평을 하지 않았다. 한번은 집에 있던 리클라이너 의자가 뒤로 넘어갈 때 끽끽 소리가 난다고 아내가 말하길래 내가 모르는 척하고 있다가 회전축 아래쪽에 윤활유를 살짝 발라 놓았더니 그 소리가 싹 없어지고 조용해졌다. 그런 가사일을 전혀 안 했던(또는 못 했던) 내가 그 삐걱거림을 없애자 아내는 크게 놀라면서 나를 새로운 시선으로 바라보았다.

놀라운 현상이 나에게도 일어났다. 삐걱거리는 소리가 나는 문제에 대해 짜증을 내지 않고 기꺼이 그 해결에 집중하려는 자세를 취하고 나서는 이상하게도 이명 소리가 거의 들리지 않게 된 것이다. 이명 소리가 잘 들리지 않는다는 걸 바로 인식하지는 못했고 한참 뒤에 알게 되어 이제 다 나은 것인가 하고 먼저의 이비인후과 전문의인 선배에게 여쭤보았다. 그랬더니 그분 말씀이 이명과 같은 주파수의 소음을 계속 들려주면 이명 소리가 느껴지지 않을 수도 있는데 혹시 보청기 같은 걸 하느냐고 물었다. 나는 보청기는 안 한다고 했고 '삐걱거리는 소리' 와 신부님 말씀은 설명하기가 쉽지 않을 것 같아 생략했다. 그 선배는 이명이 심리적인 영향으로 인한 것도 많은데 스트레스받던 것이 잘 풀려서 그런 것일 수도 있으니 계속 마음을 편히 먹으라고 권했다.

이명과 삐걱거리는 소리가 긴밀한 상관관계가 있다는 것은 그로부터 상당한 기간이 지나서 더욱 확실해졌다.

변호사 개업을 하고서 어느 정도 지나니 일종의 매너리즘에 빠지고 하는 일에 약간 싫증이 나기 시작했다. 의뢰인 중에는 막무가내로 자기 할 말만 하면서 원하는 결과를 꼭 이뤄내라고 생떼를 부리는 사람들도 있다. 이들의 삐걱거리는 소리를 듣노라면 정말 짜증이 나는데, 그쪽은 자기가 낸 돈값을 하라는 식으로 기승을 부린다.

검사 시절에는 국민의 공복(公僕)이라는 자세로 오로지 국가와 국민을 위한다는 생각으로 다소 힘들어도 짜증을 이겨낼 수 있었으나, 변호사는 돈 받고 고용된 채무자 격이니 심리적 부담도 만만치 않다. 게다가 1심에서 전부 패소한 사건을 맡아 항소심에서 일본 최고재판소 판결까지 동원하고 새로운 법리를 개발하여 완전히 뒤집어 거액의 승소 판결을 받아냈는데도 원래 이길 거라 이긴 거니까 성공보수를 대폭 깎자고 하거나, 범죄 성립 여부도 논란의 여지가 있고 증거 수집 절차에 중대한 법 위반이 있다는 점을 강하게 주장하여 간신히 구속영장

기각을 받아냈는데도 "판사님이 기각했지 변호사님이 기각했습니까?"
라고 하고는 성공보수를 떼어먹는 경제사범도 있다(당시는 형사 사건 성공
보수 약정이 유효한 때라 착수금은 적게 받았던 사건임). 돈도 돈이지만 내가 열
심히 일한 결과에 대해 아무런 보람을 못 느끼게 되자 세상일이 다 아
무런 가치 없다는 생각마저 들었다. 이렇게 삐걱거리는 문제를 잘 해결
하고서도 짜증이 앞서고 내가 이러려고 법조인이 되었나 하는 생각까
지도 했었는데 그러자 바로 다시 이명 소리가 들리기 시작한 것이다.
그것도 더욱 크게!

그래서 이명 소리가 견디기 힘들어진(친구라지만 이명은 나를 너무 괴롭혔
다) 나는 많은 궁리 끝에 삐걱거리는 소리를 기꺼이 받아들이기로 했다.
그 방법으로 '공익 활동'을 하기로 한 것이다. 법률 지식을 활용하여
당사자들이 당면한 삐걱거리는 문제를 어느 정도 해결해 줄 수 있는
능력을 하나의 재능으로 보고 '재능 기부'를 하기로 한 것이다. 그래서
내가 소속한 법무법인의 공익위원장을 맡아 여러 복지 단체를 방문하
여 무료 법률 상담이나 강연 등 활동을 활발히 했다(그밖에 달동네 연탄 배
달이나 양재천 주변 환경 정화 캠페인 같은 '사진 찍기 좋은 일'도 겸해서 했다). 그랬더
니 정말 기대했던 대로 이명이 거의 들리지 않아 몸 전체의 컨디션도
매우 좋아졌다. 내친김에 개인적으로 양평군의 '마을변호사'까지 지원
해서 두어 달에 한 번씩 양평군청에 나가 대면 상담을 하고 수시로 걸
려 오는 전화로도 상담에 응하였다. 그랬더니 이제 약하게나마 들리던
이명 소리도 거의 다 사라져 버렸다.

게다가 덤으로 먼 친척이 찾아와 한 상속인이 반대하지만 여러 부
동산을 협의분할로 상속 등기하고 싶다면서 그 방법을 상세히 문의해
오거나, 친구 아들이 며느리로부터 이혼 요구를 받았는데 재판으로 가

지 않고 잘 화해로 끝나게 해줄 수 없냐는 식의 '돈 안 되는' 삐걱거리는 상담이 들어와도 옛날과는 달리 아주 기꺼운 마음으로 응하게 되었고 또 일도 잘 풀렸다.

솔직히 마을변호사 상담은 하다 보면 짜증스러울 때도 종종 있다. 상담을 진행하다가 자신이 원하는 답변이 안 나오면 버럭 화를 내는 분도 있다. 사기죄로 고소하는 절차를 문의하겠다고 전화를 걸어왔는데, 자초지종 얘기를 듣고는 내가 그런 명목으로 돈을 교부한 것은 일종의 투자라고 볼 수 있기 때문에 기대했던 수익을 충분히 얻지 못했더라도 사기죄가 성립하기는 어려울 것 같다고 설명해 드리면, 어떤 정신 나간 놈이 이익도 안 나는 곳에 돈을 쏟아붓겠냐고 소리치고는 전화를 끊어버리기도 한다. 그래도 이제는 화를 내거나 짜증스러워하지 않는다. 나는 삐걱거리는 소리는 겁나지 않는다. 윤활유만 잘 치면 되니까.

오늘도 한 노인분이 여러 차례 전화를 해오고 있다. 한 달 전에 연립주택을 매수해 이사를 왔는데 보름쯤 전부터 천장 부근에서 한낮이고 밤중이고 시도 때도 없이 삐걱거리는 소리가 난다는 것이다. 이건 분명 매도인이 속이고 집을 판 것이니 사기죄로 고소하겠다면서 그 절차를 알려달라는 것이다. 그래서 내가 한 달 전에 이사 오셨는데 한동안 소리가 안 나다가 보름쯤 전부터 삐걱거리는 소리가 났다면 이건 매도인이 속인 거라고 단정하기 어려우니 우선 삐걱거리는 소리의 원인부터 확실히 알아보시라고 말씀드렸다. 그러자 그 노인분은 "고소만 하면 쉽게 해결될 텐데…" 하고 불만스러워하면서 전화를 끊었다.

그러고는 한 시간 조금 더 지나서 다시 전화가 왔는데 관리사무소에 알아보니 지은 지 3년밖에 안 됐기 때문에 건물 노후로 인한 것도 아니고 위층이나 옆집에서 나는 소리도 아니라고 하는데 어떡하면 좋으냐고 물어왔다. 그래서 현장을 직접 보지 않고 뭐라 말씀드리기 그렇지만 요즘 날씨가 너무 더워 천장 내부의 목재나 철재 구조물이 크게 팽창하거나 또 수축하면서 소리를 낼 수 있으니 당장 큰 문제가 없으면 조금 기다려 보시라고 했다. 그러자 "에잇!" 하고 전화를 끊더니 30분쯤 후에 또 전화를 걸어와 도저히 그 소리 땜에 못 참겠다며 나보고 한번 와 볼 수 없느냐고 했다. 그래서 내가 지금 다른 일을 하는 중이라 그건 좀 곤란하고 혹시 그 소리가 삐걱거리는 게 아니라 '지지직!' 하는 것 같지는 않냐고 물었더니 그런 것 같기도 하다고 했다. 그럼 이사 오신 후 전기 배선에 손을 댄 일은 없냐고 물으니, 배선은 모르겠고 아들이 와서 보고 나서는 거실 중앙의 조명등이 너무 흐리다면서 자기네가 쓰다가 최근에 바꾼 거라면서 그걸 가져와 달아 주었다고 했다. 그래서 내가 그러면 혹시 모르니 전기 전문가한테 집안 배선을 한번 점검 부탁해 보라고 했다.

그러고 나서 두어 시간 지난 방금 전 또 전화가 왔다. 아들 친구인 전기기술자가 왔다 갔는데 그 사람 말이 거실 조명등 전선이 접촉 불량이라고 하고 냉장고 쪽 콘센트도 너무 낡았다면서 모두 다 고쳐주고 가서 이제는 아무 소리도 안 난다고 했다. 역시 전화를 툭 하니 끊긴 했으나 그분의 말투에는 고마움이 배어 있었다.

왠지 내가 그 노인분의 삶에 들어가 삐걱거리는 바로 그곳에 윤활유를 잘 쳐 준 기분이다.

《경제포커스》 2025. 8. 3.

나는 지금 만나러 간다

오늘은 주일이라 성당에 다녀왔다. 아침에 좀 늦장을 부리는 바람에 본당의 아침 미사를 놓쳐서 오후에 집에서 도보로 20분 거리에 있는 성지의 순교자 기념 성당으로 갔다.

그곳 신부님은 독특한 점이 있다. 우선 말을 더듬는다. 더듬는다고 하지만 첫음절을 반복해서 말하는 일반적인 그런 더듬거림이 아니고 첫음절을 말하고는 다음 말이 바로 이어지지 않고 잠깐 멈췄다가 말하는 식인데, 갑자기 톤이 높아지기도 하며 자음이 들리지 않고 호흡 소리만 나기도 하는 그런 식이다. 내가 청력이 다소 나빠 그 신부님의 말씀을 잘 알아듣지 못하는 것이기도 하겠지만, 들려야 할 말소리가 안 들릴 땐 숨이 끊기는 것 같기도 해 몹시 답답하다.

그런데 이상하게도 이런 신부님이 인기가 꽤 좋다. 다른 신도들은(대부분 이 지역 분들이 아니라 성지 순례 차 온 신도들이다) 그 신부님의 말씀을 용케 잘 알아듣고 웃기도 하고 심지어 박수를 치기까지 한다. 아내도 이 신부님의 강론은 이상하게도 가슴에 잘 와닿는다고 이쪽 성당에서 미사 보는 것을 선호한다. 아내가 얼마 전 양쪽 발 무지외반증 수술을 받아 아직 거동이 불편해서 오늘은 성당에 함께 오지 못했는데, 집을 나서는 나에게 "강론 말씀 잘 들으시고 저한테 꼭 전해 주셔야 해요."
라고 신신당부했다. 그래서 오늘은 내가 정신 차려 강론 내용을 잘 듣
고 아내에게 그대로 전해줘야 할 형편이다.

다행이랄까, 오늘 강론은 평소 친숙한 마태오 복음 25장을 중심으
로 했기 때문인지 내가 못 알아들은 신부님 목소리 쪽도 비교적 쉽게
퍼즐 맞추기를 완성할 수 있었다. 요지는 항상 깨어 있으라는 것이었
다. 등을 들고 신랑을 맞으러 나간 처녀들 열 명 가운데 다섯은 어리석
고 다섯은 슬기로웠으니, 슬기로운 처녀들처럼 항상 지혜의 기름을 준
비해 등을 밝히고 주님의 오심을 기다리라는 강론 말씀을 놓치지 않고
저녁 식사 때 아내에게 고스란히 전해줬다.

밤중에 잠잘 시간이 되어 침대 위에 누웠다. 그러나 바로 잠이 오지
않아 오늘따라 어눌한 신부님 강론이 아내 말처럼 내 가슴에 와닿았던
것은 무슨 이유 때문일까 하고 생각해 보았다. 그러다가 한참을 거슬
러 올라가 아주 오래전, 내가 평검사 시절에 다녔던 서울 영등포구 한
성당의 신부님이 떠올랐다.

그분은 나이가 좀 드시긴 했으나 젊은 사제 못지않게 모든 일에 열
성적이고 정의감이 강하며 세상 돌아가는 일에 대해서도 몹시 비판적
인 발언을 자주 했다. 거기까지는 나 역시 동조하는 바도 있어 큰 거
부감 없었으나 정치적인 발언까지 자주 하니까 그것은 듣기가 좀 거
북했다. 물론 성직자라 해도 정치적 소신이 없을 수는 없겠으나 자신
의 소신이 바로 하느님의 뜻과 같다고 하면서 신도들도 거기에 따라
야 한다는 식으로 강론할 때는 성당에서 마음의 안식을 얻는 것이 아
니라 오히려 정신적 고문을 당하는 느낌까지 들었다. 나중에는 독일

기자가 찍었다는 핏빛으로 물든 광주 5·18 현장의 끔찍한 대형 사진들을 본당 회랑 벽면을 도배하듯이 전시하고는 "이번 대통령 선거에서는 군부독재를 연장할 기호 0번은 절대 찍지 마십시오."라고까지 강한 톤으로 강론했다. 나는 더 이상 견디지 못하고 그 성당 나가는 것을 포기했다.

나 역시 그 신부님의 영향을 받았는지 기호 0번을 찍지 않았으나 바로 그 기호 0번이 대통령에 당선되었고, 그러고 나서도 꽤 지나도록 나는 주일 미사를 보지 않았다. 그 한참 뒤에 그 성당에 주임신부가 새로 부임하여 분위기가 아주 달라졌다는 얘기가 들렸다. 새로 오신 신부님은 외국인인데 정치적인 말씀은 전혀 안 하고 온화하며 기독교 신앙에만 충실하다는 것이었다. 그래서 나도 기대를 품고 다시 성당엘 나갔다.

먼저 그동안 냉담하여 미사에 빠졌던 것을 참회하기 위해 고해성사를 보았다. 나는 이만저만 해서 그동안 신앙을 게을리했음을 반성한다고 고백하고는 이제 '정치 신부'가 갔으니 열심히 성당에 나오라고 격려 말씀과 적절한 보속을 내려주실 것을 은근히 기대했다. 그런데 웬걸! 갑자기 신부님이 고백소가 쩌렁 울릴 정도로 큰소리로 "교회는 하느님을 뵈러 오는 거지 신부 보러 옵니까?" 하고 화를 벌컥 내는 것이었다. 그러면서 해내기 힘든 보속을 명했다.

물론 나는 그 이후 그 성당을 계속 나갔고, 그 외국인 신부님이 참 강론을 알아듣기 쉽게 잘하신다고 감탄하기도 했는데, 내가 고백했을 때 그분이 왜 그렇게 화를 내셨는지는 내내 의문이 풀리지 않았다.

잠이 오질 않아 이리저리 뒤척이다 보니 그보다도 몇 년 더 앞선 일들까지 생각이 났다. 나는 정말 검사 생활을 신나게 했다. 검사가 하는 일이, 나쁜 짓을 범하고서도 빠져나가려고 하는 자를 증거와 법리로 꼼짝없이 얽어매어 잡아넣는 것도 신명이 났고, 억울함을 당해 자살 직전까지 간 피해자를 도와주어 살맛 나게 해주는 것 또한 뿌듯한 보람이었다. 그러다가 갑자기 그런 것들이 모두 다 싫어졌다. 내가 신나 했던 그런 것들이 매일 비슷하게 계속되는 일상이 되니까 그다지 감흥이 일어나지 않고 덤덤했고 어떤 때는 오히려 지겹기까지 했다. 또 내가 늘상 만나는 피의자나 피해자라는 사람들이 다 피하고 싶은 저급한 사람들뿐이다 보니 그것 역시 지긋지긋했다.

손발에 동상 걸려 가면서까지 새벽시장에 나가 생선을 팔아 동생 대학 등록금을 마련한 또순이 노처녀의 돈을 사기 쳐 간 백수 도박꾼, 피해 신고를 못 하게 할 목적으로 남편이 보는 앞에서 부인을 능욕한 강도강간범 같은 망종 피의자들만 조사하다 보니 좀 지쳐 버렸다. 또 피해자라는 사람들도 별반 다르지 않았다. 일확천금을 바라고 혹해서는 사기꾼한테 돈을 갖다 바치고는 그걸 빨리 안 찾아준다고 매일 검사실에 와서 소리소리 지르는 사람이나, 특혜를 바라고 공무원에게 꽤 많은 돈을 찔러줬다가 일이 제대로 안 풀리자 그 공무원이 겁박해서 갈취당한 것이라고 신고를 한 건설업자 같은 경우가 그렇다. 이런 생각이 들자 과연 내가 검사 생활을 계속 해야 하는가! 하는 회의(懷疑)가 일어나고 그러다 보니 사람들이 싫고 만나는 게 짜증스러웠다.

그럴 즈음 어느 장례식장에 갔다가 소설가인 한 친구를 만났다. 대학 시절에 함께 문학 동호 활동을 했던 친구인데, 그는 나와 달리 졸업 무렵에 어느 문예지 추천을 통해 데뷔했고, 그 뒤 지방대학에서 후학을 가르치면서 꾸준히 장·단편 소설을 발표해 왔다. 평론가들 사이에서도 설득력 있는 문장과 인간성에 대하여 끝까지 포기하지 않는 치열한 신뢰가 돋보인다는 식으로 그의 작품에 대해 상당히 좋은 평을 받고 있었다.

오랜만에 만난 우리는 선술집으로 자리를 옮겨 많은 얘기를 나눴다. 나는 지난번 그가 어느 문학상을 탈 때 다른 사람이 자기를 만난 것이 행운이 되도록 살아왔다면서, "이제 소설가로서 이렇게 큰 상을 탔으니 제 소설을 읽은 것이 큰 행운이 되도록 좋은 소설을 열심히 쓰겠습니다."라고 수상 소감을 말한 것이 꽤 인상적이었다고 말문을 열었다. 그러자 그는 며칠 전 신문에 보도된 대형 해외 취업 사기 사건 같은 것은 품이 많이 들어가는 어려운 수사일 텐데 용케 해냈다고 하면서, 그런 사건의 선량한 피해자들을 도와주는 맛에 검사 노릇을 하는 것이 아니냐고 화답했다. 얘기가 길어지자 결국 나는 이제 검사 노릇도 싫고 도대체 인간들을 만나는 것 자체가 짜증스럽다고 신세타령을 해 버리고 말았다. 내가 속앓이를 하고 있었는데, 그래도 대학 시절에 여자 문제까지도 다 털어놓고 얘기하던 사이이니 그에게 내 고민거리를 털어놓으면 마음이 좀 풀릴 거라는 기대도 좀 했다. 그러나 그의 반응은 정말 엉뚱했다.

"아니, 사람을 만나면서 준비를 전혀 하지 않다니…. 준비를 안 하고 만나면 상대방에게 행운을 주기는커녕 그쪽을 이해하기도 어려워!"

내가 아무 말도 못 하고 있는데 그가 이렇게 덧붙여 말했다.

"그러한 피해자나 피의자 너머에 있는 보편적인 인간의 아름다움을 볼 수 없다면 우리는 무슨 맛으로 사는가?"

그가 이렇게 단호하게 나오니 그 자리는 어색해져서 대충 마무리하고 우리는 헤어지고 말았다. 그는 나와 매우 친밀하고 또 나를 믿기에 그렇게 직설적으로 말한 것일 텐데 나는 사실 뜻밖의 큰 충격을 받았다. 그리고 부끄러웠다. 그가 소설가로서 성공하고 내가 작가가 될 수 없었던 이유를 알 수 있을 것 같기도 했다.

그런데 그 친구를 만난 이후 나는 조금 달라졌다. 다른 사람을 만나기 전에 나도 모르게 꼭 어떤 준비를 하게 됐다. 처음 만나는 사람이면 그의 전력이나 취향 같은 사전지식을 어느 정도 파악하는 것은 물론 내가 그 사람에게 어떤 도움이 될 수 있는가, 아니면 최소한 내가 그 사람을 이해할 수 있는 길은 무엇인가를 미리 챙겨 보았다. 사건 수사 관계로 만나는 사람들에게도 그냥 사무적으로만 대하지 않고 그들을 가능한 한 이해하려 했고, 다른 검사가 아니고 나를 만났기 때문에 도움이 될 수 있는 것은 없는가를 찾아보려고 했다. 돌이켜보면 내가 바로 검사를 그만두지 않고 20여 년을 더 봉직한 것은 그 친구의 질책 같은 충고 덕분이 아닌가 하는 생각이 들기도 한다.

잠자리에 들어서 이런저런 잡념이 복잡하게 얽히는 바람에 잠을 영 못 이루는 경우도 있는데, 오늘은 여러 가지 일들이 떠올라 바로 잠들지는 못했으나 머릿속이 정리되어 그동안의 숙제가 풀리는 듯한 편안한 느낌이 든다.

나는 등불을 제대로 켜지 않아 왔다. 등잔을 가지고 있어도 기름이 부족하여 등불을 충분히 비추지 못했던 것이다.

소설가 친구의 말대로 나는 피의자나 피해자의 겉모습만 보고 환멸을 느끼기만 했지 그들의 내면에 숨어 있는 고귀한 인간성 같은 것을 찾아내려고는 하지 않았다. 또 외국인 신부님이 화를 냈듯이 나는 하느님을 맞이할 아무런 준비 없이 그냥 그 성당을 나갔기에 그 노신부님의 거북한 발언들에 거부감만 품고 정작 만나야 할 하느님도 뵙지 못하고 말았던 것이다. 순교자 기념 성당의 어눌한 신부님 강론도 그 신부님이 말을 더듬어서 알아듣기 어렵다고 아예 제대로 들으려고 마음먹지 않았기에 오늘 이전에는 잘 이해할 수가 없었던 것이 맞다.

어쩌면 그때 새로 오신 외국인 신부님은 뭔가 준비가 되어 있었기에 나를 크게 혼내면서 깨우쳐 주었고, 따지고 보면 소설가 친구도 준비가 되어 있었기에 나를 질책하고 바로잡아 줄 수 있었던 것 같기도 하다. 오늘 아내가 말 더듬는 신부님 강론을 잘 듣고 자기한테 알려달라고 당부한 것도 하나의 준비이고 또 나에게 준비를 시킨 것으로 생각된다.

나는 "그러니 깨어 있어라."라는 마태오 복음 25장 13절의 말씀을 좌우명 삼아 항상 깨어 있어야 한다는 것은 나의 삶의 자세로 삼아 왔고(그래서 나는 술에 취하여 해롱거리는 것을 유난히 싫어했다), 또 처음 성경을 통독할 때 지도 신부님의 가르침에 따라 제일 먼저 「데살로니카 1서」부터 읽기 시작했는데, 거기에 나오는 "이제 우리는 다른 사람들처럼 잠들지 말고, 맑은 정신으로 깨어 있도록 합시다."(5:6)라는 구절에 형광펜으로 밑줄을 긋기도 했었다. 그러한 것들도 내가 오늘 어눌한 신부님의 강론을 듣고 이해하는 데 어느 정도 도움이 되었는지도 모르겠다.

그런데 오늘 그 신부님의 강론을 듣고 나니까 '깨어 있다'라는 것이 흐리멍덩하지 말고 각성된 상태로 있어야 한다는 뜻도 있지마는, 그보다는 '맞이할 준비'를 하고 있어야 한다는 뜻이 더 앞서는 것도 알만하게 되었다.

누구를 만나기 위해서는 만나기 전에 꼭 맞이할 준비를 하자. 등불을 밝게 비추어 상대방을 잘 보고 상대방도 나를 잘 보아서 서로 충분히 이해할 수 있도록 하는 준비를 말이다. 그 등불은 현상만 보고 비판하지 않고 그 너머의 본질까지도 꿰뚫어 보고 사랑까지 할 수 있는 지혜를 의미하는 것이겠지….

다시 1주일이 지나 오늘도 주일이다. 지난주와 마찬가지로 오늘도 성지의 순교자 기념 성당으로 미사를 드리러 지금 가고 있다.

오늘은 하느님께 오롯이 나를 내맡길 준비를 단단히 했고, 어눌한 신부님의 말씀을 좀 더 귀 기울여 잘 듣고 이해하려는 청력 강화 수련도 마음속으로 했다. 그리고 성당에서 만나게 될 다른 신도들과 혹 인사라도 나누게 되면 그를 더욱 잘 이해하고 가능하면 그가 나를 만난 것이 행운이 되도록 하겠다는 마음의 준비도 했다.

나는 지금 만나러 간다. 정말로 등불을 켜고 제대로 만나기를 기대하면서….

《경제포커스》2023. 11. 21.

Ⅱ.

가화만사성

　오늘은 결혼식 참석차 서울 나들이를 한다. 사법연수원 제자인 여자 변호사가 스물다섯인 자기 딸의 결혼식 주례를 꼭 맡아 달라고 청했었다. 그 제자 결혼 때 주례 부탁을 못 들어준 미안함이 큰 빚으로 남아 있던 터라 이번에는 꼭 들어줘야 할 처지였지만 일단 신랑 측 의사를 알아보라고 했다. 다행이랄까 사위 될 사람이 자기 대학 시절 은사를 주례로 모시려고 하는 것 같다고 하여 나는 큰 짐을 덜 수가 있었다.

　서울로 가는 전철 안에서 어쏘 변호사가 보내온 이메일의 준비서면 초안을 읽어 보려다가 이내 덮고 무선 이어폰을 양 귀에 꽂았다. 가벼운 바이올린 선율이 귓가를 흐르자 옛 생각들이 물안개처럼 피어올랐다.

　대학 시절 함께 문학 서클 활동을 하던 친구가 결혼을 했다. 로맨틱 코미디 영화의 제목처럼 '남 주기 아까운 여자'였는데, 그래도 내 고등학교 선배이고 정의감 강한 방송국 기자를 남편으로 삼게 돼서 참 다행이다 싶었다.

　신혼여행 다녀온 후, 그 친구는 우리 서클 멤버들을 신접 살림방으로 초대했다. 단독주택의 문간방에 차린 신혼 방이었는데 단순하면서도 격조 높은 인테리어가 인상적이었다. 특히 한쪽 벽면의 통원목 서가에 꽂힌 책들은 상당한 지적 품위가 느껴져서 그 주인들에 대한 존경심이 저절로 일어났고, 아기자기하게 진열된 소품들에선 신랑·신부의 소중한 추억들을 느낄 수 있었다. 독신주의자를 표방하던 한 멤버가 "아, 이러면 나도 결혼할래!"라고 소리쳤다.

그런데 지금 생각해도 방 한가운데 벽에 생뚱맞게 걸려 있던 해서체의 '家和萬事成' 액자는 영 아니었다. 누군가가 좋은 뜻으로 결혼 선물을 한 모양인데, 운동회 날 넥타이까지 맨 정장 차림으로 나타난 사람처럼 그 자리에 도통 어울리지 않아 어색하기만 했다. 누군가 축복의 의미로 선물했겠으나, 글씨체가 너무 반듯하고 날카로워 온화함[和]과는 거리가 멀어 보였다. 그런데 역설적이게도 그 어색해 보이는 '家和萬事成' 각 글자 꼬리의 칼끝처럼 예리한 날이 내 뇌리에 파고들어 그날 이후 '가화만사성'은 내가 평생 지켜야 할 소중한 가치로 자리 잡은 것이다.

언젠가 잡지 책에서 "가정이야말로 고달픈 인생의 안식처요, 모든 싸움이 자취를 감추고 사랑이 싹트는 곳이다."라는 어찌 보면 평범하다고 할 수 있는 H. G. 웰스의 어록을 접했을 때, 나는 이를 비망록에 필사하여 소중하게 간직했다. 그리고 가끔 들여다보며 나의 가정은 꼭 그런 곳으로 가꿔야 한다고 다짐하곤 했다.

정말이지 가정은 확장성이 뛰어나다. 중학교 때 담임 선생님이 가족 간의 사랑은 친구와 동료에 대한 우정을 거쳐 애국심과 온 인류에 대한 사랑으로 퍼져나간다고 말씀하셨는데, 그것이 사실임을 실제로 살아가면서 많이 느껴왔다.

검사 시절 직업의 특성상 나는 잘못된 길로 빠진 사람들을 많이 만날 수밖에 없었다. 그런데 이상한 것은 죄를 지은 사람이나 죄를 범했다고 몰리는 사람들은 거의 전부가 그 가정이 화목하지 않다는 사실이다. 특히 부모의 불화를 직접 목격하면서 자라온 청소년은 나쁜 길로 빠지기 쉬운데, 청소년 범죄를 다룰 때마다 위의 웰스의 말이 당위(當爲)로선 맞는데 현실은 그렇지 않다는 것이 매우 안타까웠다. 이런 경험을 통해 나는 이 세상을 밝고 아름다워지려면 바로 가정의 화목이 선행해야 하고, 가정의 화목은 부부간의 도타운 애정에서 비롯된다는 진리(?)를 깨우치게 되었다.

세월이 한참 흘러 변호사가 된 후, 내가 결혼식 주례를 서게 됐다. 첫 주례에서는 양쪽이 불심(佛心) 가득한 독실한 불교 집안이고 신랑·신부가 오누이처럼 닮았기에, 주례사에 팔만대장경에 나온다는 "아내는 남편의 영원한 누이이다."라는 대목을 원용하여 '부부는 서로 같아져야 한다'는 주제를 담았다.

"진정한 사랑은 서로 마주 보는 것이 아니라 함께 같은 방향을 바라보는 것입니다. 목표가 같고 바라보는 방향이 같아진 이상 이제 모든 것이 다 같아져야 합니다. 그러나 상대방을 변화시키려 하지 마십시오. 있는 그대로를 받아들이며 각자의 편견과 고집을 버리고 나를 상대방에게 맞추어 가야 합니다."

주례가 끝난 후 아내는 "목소리가 너무 우렁차서 '행복 구형'을 하는 검사 같았어요."라고 농담 섞인 평을 했지만, '자신을 버리고 상대에게 맞추는 것'이 부부의 황금률이라는 점에는 깊이 공감해 주었다.

서울의 결혼식장에 도착하여 혼주와 인사를 나눈 후 안내에 따라 자리를 잡았다. 우연인지 이혼 전문 변호사로 명성을 떨치다 이제는 로스쿨에서 후학을 가르치는 이○○ 변호사의 옆자리에 앉게 됐다. 내가 가볍게 인사를 건네는데 그녀가 영화 〈흐르는 강물처럼〉에 대해 쓰신 글 잘 읽었다면서 "저… 추 변호사님 숨은 팬이에요." 하고 웃었다.

결혼식은 훌륭했다. 신랑과 신부 모두 젊고 아름다울 뿐만 아니라 자신만만해 보여 좋았고, 주례 선생님도 이 방면에 도가 튄 분처럼 식을 잘 이끌어갔다.

"주례 선생님 말씀 참 좋죠. 특히 사랑을 받는 기술은 바로 사랑을 받고 싶은 사람을 이해하는 일이라는 알퐁스 도데의 말을 인용한 부분 말입니다. 저도 주례사에서 그 말을 몇 번 써먹었습니다만…."

전채(前菜)로 나온 음식을 먹으면서 내가 옆자리의 이 변호사에게 가볍게 던진 말인데, 뜻밖에도 그녀는 나를 빤히 바라보면서 "그래요?"라고 이의를 달며 이렇게 반문했다.

"누구를 이해한다고 하는 것은 좀 오만한 것 아닐까요? 나는 옳은데 상대방은 틀렸다. 그런데 우위에 있는 내가 아직 깨우치지 못한 상대방을 너그럽게 봐 준다는 그런 식의 마음가짐을 지닌 것 아닙니까?"

"……"

뜻밖의 반격에 내가 아무런 말도 하지 못하고 호텔 종업원이 따라 놓은 와인을 마시는데 그녀는 계속 공격적으로 뒷말을 이어갔다.

"저는 그런 자세는 군림하는 것이고 채권자의 입장이 되는 것이라고 봅니다. 사랑으로 가는 길이 아닙니다. 부부가 파탄으로 치닫게 되는 단초가 바로 나는 상대방을 이해하는데 상대방은 나를 사랑하지 않는다는 하는 이기적인 계산법인 겁니다. 부부간의 사랑이란 게 별 게 아닙니다. 그냥 사는 겁니다. 서로 상대방을 객체로 생각하지 않고 주체로 존중하며 상처받지 않도록 예를 갖추고 사는 거고 그게 바로 사랑이 아닌가요? 이해는 무슨….”

왜 ‘이해’라는 대목에서 이 변호사가 용수철처럼 튕기면서 흥분까지 하게 됐는지는 모르겠으나 그녀의 논리가 맞기는 맞다. 정말이지 누구를 이해하겠다는 자세는 사랑하는 것과는 다르다. 오롯이 이해하지 못해도 얼마든지 오롯이 사랑할 수는 있다. 그리고 부부간의 다툼을 막는 명약 처방은 바로 부부간에 서로 상처받지 않도록 예를 갖추며 산다는 것이다. 우리가 밖에서는 사업과 출세를 위해 그토록 예의를 차리고 모든 노력을 다하면서도, 정작 가장 소중한 가정에서는 피곤하다는 등의 핑계로 함부로 막말을 던지고 스트레스를 풀고는 하지 않았던가. 가까운 사이일수록 지킬 것은 지키고 존중할 것은 존중하는 것이 서로 ‘웬수’가 되지 않고 사랑을 지속시킬 수 있는 길이다.

잠깐 숨을 돌린 이 변호사는 자기가 너무 말을 심하게 한 거 아닌지 모르겠다고 사과 비슷한 말을 했지만, 나는 그저 좋은 해답을 얻게 해줘서 고맙다고만 응답했다.

이 변호사의 말에서 어떤 해답을 찾은 것 같긴 했으나 그녀가 대들듯이 한 대응에 내가 약간 충격을 받기는 한 모양이다. 결혼식장에서 나와서 전철을 탄다는 것이 반대 방향에서 타는 실수를 했다. 이왕 잘못 든 길, 안국역에 내려 인사동 거리를 걸었다. 무심코 갤러리와 기념품점을 지나다가 한 표구점에 이르러 그 진열창에 우리 집 서재에 걸린 작품과 같은 작가의 한국화가 보여 나도 모르게 그 안으로 들어갔다. 파는 것인지 표구를 맡긴 것인지 제법 좋아 보이는 한국화와 서예 작품이 벽에 걸려 있어 둘러보는데, 점포 저 안쪽 벽면에 걸린 ‘家和萬事成’ 전각 목판이 눈에 띄었다. 양각(陽刻)으로 글자가 드러나게 새긴 것으로 예서체(隷書體)인 다섯 글자가 온화하고 넉넉한 기운을 풍기고 있었다.

“좋은 작품이네요.”

적당히 희고 긴 머리에 눈가에 웃음을 머금고 있어 마음씨 좋아 보이는 주인 남자에게 내가 말을 걸었다. 내가 그렇게 말하자 주인 남자는 그것이 자기 작품인 걸 들킨 게 부끄러운 듯 얼굴을 붉히며 “그건 파는 것이 아닙니다. 다음 달에 결혼하는 늦둥이 아들 녀석에게 줄 겁니다.”라고 손사래를 쳤다.

“아, 그렇군요. 글자 하나하나에 ‘가화(家和)’의 철학이 담겨 있는 것 같습니다.”

“철학은 무슨…, 그냥 가정의 화목은 부부가 싸우지 않는 것이 기본이죠.”

그가 이렇게 말하는 것을 듣는 순간 나는 짓궂게도 아까 결혼식장에서 이 변호사한테 당한 것을 만회하고자 하는 욕심이 생겨 그에게 이렇게 물었다.

“사장님은 사모님을 잘 이해하시는 모양이죠?”

그랬더니 기대와 달리 그는 이렇게 대답했다.

“부부간에 이해는 무슨 빌어먹을 이햅니까? 그저 함께 사는 거죠. 바꾸려고 하지 않고 있는 그대로 받아들이며 사는 겁니다. 물론 저는 그 여자가 싫어하는 건 안 하려고 하죠. 그게 부부간의 사랑이 아닌가 하고 사십여 년 살아 보니 이제 겨우 알게 되는 것 같더라고요. 그래서 그걸 글씨로 쓰고 나무에 새겨 보았습니다.”

오늘은 어딜 가나 나는 얻어맞기만 하는 모양이다. 그렇지만 큰 소득이 있다. 아까 이 변호사가 한 말이 표구점 주인 남자의 말로 다시 한번 검증된 것 같으니 말이다.

돌아오는 길에 안국역에서는 옥수역으로 가는 전철을 제대로 탔다. 옥수역에서 양평행 전철로 갈아타고는 조용히 결심했다. 앞으로는 절대 아내를 ‘이해’하려 들지 않기로…. 내 기준에 맞춰 바꾸려 하지도 않고 있는 그대로를 받아들이되, 아내가 싫어하는 일은 결코 하지 않겠노라고.

그러고 나니까 우리 집에는 ‘家和萬事成’ 같은 것이 걸려 있지 않아도 벌써 가정의 화목이 이뤄진 것 같은 기분이다.

《경제포커스》 2025. 4. 5.

감탄사

　이곳 양평 집은 원래는 화가인 아내의 작업실로 쓰고 나는 주말에만 가끔 내려오던 곳이었는데 3년 반 전에 서울 생활을 정리하고 아예 완전히 내려왔다. 아직 변호사로서 현업에 종사하고 있다고는 하지만, 주니어들이 잘 도와주고 법정에 나갈 일도 그리 많지 않아 서울의 법무법인 사무실에는 1주일에 한두 번 정도만 나가고 주로 재택근무를 한다. 그러다 보니 아내와 함께 하루 종일 보내고 삼시세끼를 다 찾아먹게 되는 날이 많은데, 아내는 그것이 싫지만은 않은지 끼니때마다 메뉴를 바꿔가며 밥상을 잘도 차려준다. 친구 중에는 집에만 눌러앉아 있는다고 '삼식이' 소리를 들으며 구박을 받는 경우도 없지 않은 모양인데 나는 분에 넘치는 대접을 받는 셈이다.

　사실 오랜 공직 생활 등으로 바쁘게 지냈고 아내와 오순도순 둘만의 한갓진 시간을 누린 적이 거의 없었기에 시골의 맑은 공기를 마시며 여유롭게 지내는 요즘의 생활이 너무나 좋아서 때로는 내가 이제야 비로소 신혼생활에 들어간 것이 아닌가 하는 착각 아닌 착각에 빠지기도 한다.

　오늘 아침에는 아내가 새 밥솥에다 누룽지와 카무트를 섞어 끓여냈

는데 그 구수함이 내 입맛에 딱 맞았다. 나도 모르게 저절로 "우아, 맛
있다! 원래 예쁜 여자들은 음식을 잘 못한다는데…."라는 말이 튀어나
왔다. 거기에다 보리굴비와 구수한 된장찌개까지 곁들였으니 오늘 아
침의 식탁은 그야말로 나를 위한 진수성찬이었다.

오전에 간단히 노트북으로 업무용 작업을 마치고 2층 서재에서 베
란다로 내려왔다. 아내와 함께 늦은 아침 햇살을 받아 부드럽게 반짝
이는 남한강의 윤슬을 내려다보며 커피를 마시고 담소를 나눴다. 올해
첫 수확을 한 것이라는 블루베리와 방울토마토를 먹다가 문득 이런
게 행복이구나 하는 생각이 들어 내가 아내에게 물었다.

"당신은 나의 어떤 점이 제일 좋은가…"

다소 엉뚱하달 수도 있는 나의 질문이 채 끝나기도 전에 아내는 기
다렸다는 듯이 바로 대답했다.

"감탄사요!"

"감탄사?"

"예, 감탄사요."

내가 의외라는 듯이 되물어도 아내는 '감탄사'라고 확실히 말했다.

"전에는 나의 솔직함이 좋다고 했었는데…. 화가 날 때도 그걸 숨기
려 하지 않고 그대로 표현하는 그 솔직함까지 좋다고."

"그것도 좋아요. 그러나 '제일' 좋은 것은 역시 감탄사를 적절히 쓰
는 거예요."

그러면서 아내는 왠지 신이 나는지 이렇게 부연 설명까지 덧붙였다.

나의 감탄사는 개인적인 느낌, 그중에서도 주로 감동을 나타내기 때
문에 '감동감탄사'에 해당한다고 하겠으나, 은연중에 상대방에게 어떤
영향을 미치려고 하는 의도가 있는 듯하여 '의지감탄사'에도 해당하는

것 같다고 한다. 그런데 그 영향이 상대방을 행복하게 해주는 영향이란다. 정말이라고 강조하면서 아내는 자기가 한 일에 대해 내가 무슨 감탄사를 발하기만 하면 무조건 행복해진다고 한다.

오늘 아내가 왜 이러나? 내가 뭐 특별히 뭐를 해준 것도 없는데….

아, 아침에 내가 밥을 먹으면서 "우아, 맛있다!"라고 한 것의 영향인가? 아무튼 내 감탄사로 아내가 행복해진다니 그건 기분이 좋다.

사실 나는 감탄사를 잘 질러대는 편이다.

언어학적으로 '감탄사'라고 하면 품사의 일종으로서 감탄할 때 또는 놀라움이나 느낌·부름·응답 등을 나타내는 것을 뜻하지만, 내가 여기서 말하는 감탄사는 학문적 용어라기보다는 감동을 줄 정도로 좋은 일을 겪을 때 저절로 나오는 탄성 같은 것을 말한다.

시장 볼 때 짠순이처럼 돈을 아끼는 아내도 어쩌다 마트에서 싱싱한 해삼을 발견하면 그냥 못 지나치고 사 온다. 밥상에서 그걸 본 나는 여지없이 "오우, 내 사랑 해삼!"하며 호들갑을 떨고 화이트 와인을 딴다. 춘천의 법원에서 형사재판이 늦게 끝나서 닭갈비 집에서 저녁을 먹으면서는 "여보, 정말 고마워요! 당신이 편안하게 운전해 주는 바람에 차 안에서 기록을 다시 검토했기 때문에 오늘 실수 없이 재판을 잘 끝낼 수 있었어요."라고 추어준다(참고로 춘천이나 수원 등지의 지방 재판에 갈 때는 서울의 사무실을 들르지 않고 양평 집에서 직접 가는데, 그런 경우 아내가 기사 노릇을 한다). 이런 식으로 아내가 내 맘에 드는 행위를 했을 때 나는 주저 없이 감탄사를 발하며 좋은 감정을 그대로 드러낸다. 뭐 꼭 의도적인 것까지는 아닌데 좋은 걸 좋다고 그대로 표현하는 것이 나쁠 건 없다는 생각에서 한두 번 해 본 것이 이제는 완전히 몸에 밴 버릇이 됐다.

솔직히 어떤 때는 그러는 내가 좀 체통이 없어 보일 때도 있다. 그런데 아내는 그러는 내가 좋단다. 맘껏 감탄사를 질러대는 내가 '제일' 좋단다.

그래서 그랬구나. 지금은 일상이 되었지만, 이곳 양평으로 들어와 살면서부터 나도 모르게 아침에 일어나 아내에게 건네는 첫마디가 "아니, 오늘은 왜 이렇게 예뻐?"가 됐다. 처음에는 내가 안 하던 짓을 하자 이상한지 아내도 "예쁘긴 뭐가 예뻐요? 머리도 다 헝클어졌는데….."라고 퉁명스럽게 튕겼다. 그러면 내가 "아냐! 흐트러진 머리칼 때문에 더 섹시해 보여."라고 응수하고, 아내의 베개가 나에게 날아오곤 하는 것이 그 수순이었다. 그래도 나는 끈질기게 아침마다 '굿 모닝!' 대신에 "아니, 오늘은 왜 이렇게 예뻐?"를 계속했고, 아내도 이제는 가끔 "원래부터 예뻐요."라고 답하는 수준까지 왔다. 그러다가 어떤 날 내가 깜빡하고 아침에 아내를 보고도 아무 말 안 하기라도 하면 아내가 먼저 나서서 "당신 오늘 화 났어요?"라고 내가 잊은 걸 깨우쳐 준다.

역시 여자들은 립서비스 듣는 재미로 사는 모양이다. 아내도 내가 감탄사를 적절히 쓰는 것이 제일 맘에 든다니 말이다. 그러고 보니 나는 그동안 가장 돈이 덜 들어가면서도 효과적인 '행복 처방'을 써 온 것 같다.

문득 내가 맡았던 이혼 사건 가운데 여자가 우울증 쪽으로 기울어져 양 당사자가 몹시 고생했던 몇 사건이 떠오른다. 묘하게도 그 남편 되는 분들은 모두 직업외교관이거나 돈 잘 버는 펀드 매니저 또는 명의(名醫)로 이름을 날리는 대학병원 교수 그런 분들이다. 그래서 남들은 성공한 남편을 둬서 좋겠다고 하지만 정작 그 부인은 참다못해 이혼

하자고까지 한다. 엄격한 유교적 가풍 때문에 시부모를 오래 모셔야 했던 어려움이 있는 경우는 더 하지만, 그보다는 남편이 권위적이고 말 수가 적으며 여간해서는 좋은 감정을 표현하지 않는 그런 점들에 더 불만이 컸던 것 같다. 그때 개개의 사건을 수행하면서도 이들 부부간에 소통의 부재가 문제였구나 하는 생각이 들었는데, 지금에 와서 보니 감탄사만 제때 잘 써먹었으면 최악의 경우까지는 안 가지 않았겠나 하는 생각이 들어 뒤늦게 아쉬움을 느낀다.

사실 우리는 살아가면서 부부간뿐만 아니라 여러 만남에 있어서 감탄사에 너무 인색한 것 같다. 더구나 유교적 관습에 깊이 뿌리박고 있는 우리 사회에서는 전통적으로 남자는 말을 아끼고 자기 감정을 그대로 표현하지 않는 것이 점잖고 품위 있는 것으로 대접을 받아 왔다. 물론 남을 험담하거나 남의 잘못을 바로 책하는 것은 바람직하지 않다. 그러나 입은 말하라고 있는 것이다. 고마운 것은 고맙다고, 미안한 것은 미안하다고 바로 말해야지 시기(時機)를 놓치면 그 효과가 없거나 반감된다.

특히 칭찬받을 만한 일을 한 사람에게는 바로 칭찬을 해줘야 하고, 감탄할 일이 있으면 바로 감탄사를 발해야 한다. 감탄사로 감동을 표현하면 상대방이 행복해지고, 행복해진 그 상대방을 보면 나도 또한 행복해진다. 물론 아무리 감탄사가 '행복 처방'이라고는 하지만 이것도 마구잡이로 남발해서는 안 될 것이고, 거기에도 지켜야 할 나름대로의 룰이 있다. 그것은 거짓말을 해서는 안 된다는 것과 다른 목적을 위한 가식이 담겨서는 안 된다는 것이다.

세상이 너무 각박해졌다. 그리고 우리 모두 경제적으로 어렵다. 이럴 때일수록 감탄사의 효능을 한 번 더 생각해 본다. 어쩌면 감동을 꼭 받아야만 감탄사가 나오는 것이 아니라 감탄사를 발하다 보면 감동할 일이 생길지도 모른다.

나는 여기서 캠페인까지는 아니지만 우리 모두의 행복을 위해서 일상생활에서 감탄사를 좀 더 많이 쓰자고 제안해 본다. 정말이지 감탄사를 잘 활용하다 보면 감탄사에 감탄하게 될 것이다.

《경제포커스》 2024. 6. 29.

맛있는 남자

　우리말 속담에 "아 다르고, 어 다르다."라는 것이 있다. 같은 내용이라도 표현하는 방법에 따라 듣는 사람은 받아들이는 기분이 영 다르다는 것을 의미한다고 본다.

　'맛'과 '멋'은 어떤가?

　어원으로 거슬러 올라가면 같은 뿌리에서 비롯된 것일지 몰라도 현재 쓰이는 뜻으로 보면 같은 내용인데 표현 방법이 다른 것이라고 할 수는 없고 분명히 다른 내용을 표현하는 것이라 하겠다.

　옛날 손자 녀석이 어려서 한창 말을 배우기 시작할 무렵 나를 향하여 "할아부지는 맛있져!"라고 한 적이 있다. 그걸 옆에서 들은 손자의 아버지인 내 아들이 "할아버지는 맛있으신 게 아니라 멋있으신 거야. 따라 해 봐." 하면서 제대로 가르쳐준다고 하는데, 손자 녀석은 자기 아버지가 말하는 대로 "할·아·버·지·는 멋·있·는 분·이·에·요." 하고 따라 하면서도 영 아니라는 표정이었다. 하기야 그 당시에 손자로서는 할아버지가 멋있는지 아닌지 알 리가 없다. 아마도 "할아버지는 할머니가 못 먹게 하는 초콜릿도 몰래 주시는데 그 초콜릿이 참 맛있어요."라는 의미의 표현을 그렇게 줄여서 말한 것일지도 모른다.

아내는 요즘 나보고 필요 이상으로 반성을 많이 하는 것 같다고 다소 걱정스러운 반응을 보인다. 그런데도 오늘 나는 반성을 또 하고 있다. 좀 엉뚱하게 '나는 과연 멋있는 사람인가?' 하고 말이다.

내가 멋있을 리가 없다. 생긴 것도 미남형과는 거리가 멀고, 풍기는 인상도 검사나 변호사보다는 농사짓는 시골 외삼촌 같다는 말을 많이 듣는 풍모인 데다가, 옷도 나름 차려입는 듯해도 어설퍼서 패션 감각하고는 상당히 거리가 있다. 그건 나도 잘 안다. 그러나 때로는 나도 멋있다는 소리를 듣고 싶다. 그래서 흔히 말하는 '멋있는 남자'를 닮아 보려고 싱글 양복에 승소한 사건의 의뢰인으로부터 선물 받은 고급 넥타이를 매는 등 치장을 한껏 해 보기도 하지만 왠지 어색하고 거북해서 다시 수더분한 내 스타일의 평상복 차림으로 돌아오면 마음이 편해진다.

그러다가 문득 손자 녀석의 말이 생각났다. '멋있는 남자'가 되는 게 불가능하다면 '맛있는 남자'가 되는 건 어떨까 하고 말이다. 그리고 왠지 그건 가능할 것 같기도 하다. 아니, 아예 맛있는 남자가 되고 싶다.

'맛'과 '멋'은 어떻게 다른가?

사전에는 '맛'은 '음식 따위가 혀에 닿을 때 느끼는 감각'으로 풀이한다. 그렇다면 맛 자체는 어떤 호오(好惡) 같은 가치판단을 포함하지 아니한 미각(味覺) 자체를 지칭하는 중립적인 단어라 하겠다. 그런데, 우리는 '맛있다'라는 말을 그냥 맛이 존재한다는 뜻이 아니라 '음식의 맛이 좋다'라는 의미로 쓴다. 그러다 보니 "우리 가곡은 한복을 입고 불러야 제대로 맛이 난단 말이야."라고 할 때처럼 '맛'이 단순한 미각뿐만이 아니라 '제격으로 느껴지는 만족스러운 기분'이라는 의미로 쓰일 때도 더러 있다.

'멋'은 어떤가? 사전에는 '차림새, 행동, 됨됨이 따위가 세련되고 아름다움'이라고 풀이하여 중립적이지가 않고 멋 자체에 처음부터 좋은 평가를 하고 있다. 그러니 '멋있다'의 뜻이 '보기에 썩 좋거나 훌륭하다'라고 나오는 것은 너무나 당연하다. 오히려 사전에 나오는 '멋있다'의 풀이가 '멋'의 풀이보다 약하다는 느낌마저 든다.

맛과 멋에 대해 사전을 들춰보다가 엉뚱하게 이런 생각을 했다. '맛'은 자기희생적인데 '멋'은 자기과시적이라고.

어떤 음식이 맛있다고 제대로 평가를 받으려면 그 음식 자체는 맛보는 주체의 입속에 들어가 없어져야만 한다(고기는 씹어야 맛을 안다고 하지 않는가). 그런데 멋있는 주체는 보고 느끼는 사람과는 별개로 자신은 그냥 젠체하며 그대로 있기만 하면 된다. 좀 더 멋있게 보이려고 치장하고 과시만 하면 되지 무슨 희생 같은 것은 없다. 맛있게 되려면 바로 먹고 싶은 친근감이 느껴지도록 해야 하는 반면에, 멋있게 보이려면 바라보는 사람과는 다른 뭔가 범접하지 못할 차별화된 아름다움이나 품위 같은 것을 갖춰야 한다. 멋있는 것은 보는 사람에게 시각적인 쾌감을 주는 정도에 그치지만, 맛있는 것은 그것을 먹는 사람의 내부에 들어가 영양을 공급하여 건강하게 해준다.

물론 이런 것들은 이분법으로만 한 편의적인 대비이기는 하지만, 한 번 두 번 그런 생각을 하다 보니 그것이 맞다는 쪽으로 생각이 굳어진다. 그러고 보니 나는 맛있는 남자가 되고 싶고 그쪽이 더 되기도 쉬울 것 같기도 하다.

　음식도 정말 맛있어야 한다. 고급 호텔 양식당에서 나오는 '미디엄'으로 익힌 안심 스테이크와 가로로 반으로 잘라 붉은 갑옷에 흰 살을 내보이는 랍스터 한 토막, 그리고 올리브 두 알, 아스파라거스 두 쪽과 으깬 감자가 그림처럼 잘 조화된 그야말로 보기 좋고 멋진 디너 정찬보다는, 투박한 뚝배기에 쌀뜨물을 넣고 2~3년 묵은 집된장을 푼 다음 두부와 애호박을 듬성듬성 썰어 넣고 냉이와 달래를 조금씩 섞어 넣은 다음 보글보글 끓이다가 잘게 썬 풋고추를 얹은 된장찌개 같은 음식이 진짜 맛있는 음식이다. 나는 볼품은 없을지라도 가성비도 높고 영양가도 뒤지지 않으며, 무엇보다도 친근하여 서슴없이 수저가 바로 가고 구수한 뒷맛이 오래 남는 그런 된장찌개 같은 사람이 되고 싶다.

　멋있는 남자는 보기 좋다. 그래서 멋있는 사람을 보면 보는 사람도 기분이 상쾌해지고 자신도 그를 닮고 싶어진다. 그러나 한편 너무 멋진 사람을 보면 뭔가 나와 다른 세상에 사는 사람 같기도 하고 나는 그 사람을 함부로 비판할 수도 없는 것 같아 속된 말로 씹을 수가 없다. 그러나 맛있는 남자는 적당히 허점도 보이고 만만하기도 하여 누구라도 혼내줄 수 있고 또 씹으면 씹는 맛이 난다.

　나는 TV에 나와 세상 돌아가는 상황이나 역사적 사실에 대한 비평을 아주 그럴듯하게 해대는 잘생긴 멋진 평론가가 되기는 싫다. 그들은 자기는 완벽한 것처럼 말하며 씹히기를 싫어하니까 그 사람의 맛은 알 수조차 없다. 그보다는 적당히 허점, 즉 씹을 거리가 있는 사람이 낫다. 자기를 씹어먹으면서 맛있어하면 자기는 그것으로 자기 역할을 다했다고 생각할 수 있는 그런 맛있는 사람이 되고 싶다.

멋있는 사람은 외롭다. 왠지 다른 사람을 내려다보며 거부의 몸짓을 보이는 듯하여 그런 사람에겐 접근하기가 어렵다(그래서 여자건 남자건 멋있어 보이는 사람이 의외로 싱글인 경우가 많다). 그러나 맛있는 사람은 낮은 자세로 자기를 먹어 달라고 간청하는 듯하여 그와는 소통이 쉽게 가능하고 마음도 열어 보일 수 있다. 나는 외로운 것이 싫기도 하기 때문에 마음껏 먹어보라고 더 맛있는 사람이 되고 싶다.

오늘은 서울에 올라가 오전에 간단히 볼일을 마친 다음 늦은 점심 식사를 하고 바로 양평으로 돌아오는 전철을 탔다. 전철 안에서 '맛'과 '멋'에 대해 이런저런 공상의 나래를 펴는데 벌써 아신역을 지나 다음 역이 오빈역이라는 차내 방송이 나온다. 보통은 역에서 내려 집까지 10분 정도의 언덕길을 걸어서 올라가는데, 오늘은 늦은 오후의 밝은 시간인데도 아내가 굳이 마중을 나오겠다고 카톡 문자를 올렸다.

역 앞 주차장에 대기하고 있던 아내의 승용차 조수석에 올라 앉자 아내가 밝은 목소리로 "여주 프리미엄 아울렛으로 모시겠습니다." 한다. 나는 특별히 급하게 할 일도 없기에 잠자코 있었다. 그런데 웬걸! 30분 정도 걸려 아울렛 매장까지 운전해 와 아내가 차를 세운 곳은 전에도 와 본 일이 있는 남성복 매장 앞이었다. 아내가 뭐 자기가 필요한 것이 있어 아울렛에 가자는 걸로 알았던 나는 의아해하며 "여긴 왜?" 하고 멈칫하는데 아내는 어서 따라 들어오란다. 그러더니 나를 끌다시피 매장으로 데리고 들어가서 나한테 맞는 사이즈의 감청색 싱글 양복 상의를 고르고는 무조건 입어 보란다. 이월 상품이긴 하나(참고로 아내는 신상품을 제값 주고 사는 일이 결코 없다) 제법 고급스러워 보이고 내 맘에도 들었다. 매장에서 한정 기간 특가로 세일을 한다고 연락이 온 모양인데, 결국 거기서 나는 싱글 양복 한 벌에 더하여 콤비 상의와 바지 한 벌씩과 전부터 입고 싶었던 커피색 모직 코트 한 벌까지 얻어걸리는 횡재를 만났다.

그 매장을 나온 나는 이왕 온 김에 아내에게 필요한 편한 신발도 한 켤레 사자고 권했으나(아내는 최근 양발의 무지외반증 수술을 받은 후라 새 신발이 꼭 필요한 형편이었다), 아내는 신발은 특가 세일을 안 한다며 극구 거절했다. 그래서 나는 돌아오는 길에 아내가 좋아하는 돌솥 이천쌀밥을 먹는 걸로 미안함을 덜 수밖에 없었다.

우리는 남성복 매장의 여자 점장이 추천해 준 이천쌀밥집으로 갔다. 잔뜩 기대를 걸고 정식을 주문했는데 이건 영 아니었다. 밥은 돌솥밥이어서 햇반보다는 나은 수준이라 그런대로 '이천쌀밥'이라 할 정도는 되었고 반찬들도 가짓수가 여러 가지로 갖출 것은 다 갖춘 셈인데 전혀 입맛이 당기지 않고 젓가락이 가지 않았다. 무엇보다도 반찬들을 그릇에 마구잡이로 담아 식탁에도 그냥 던져 놓다시피 하여 배열이고 뭐고가 없었다. 무료급식소에서 구호대상자가 배식판에 밥과 반찬을 급히 담는다 해도 이보다 낫지 않을까 하는 생각까지 했다. 화가로서 미적 감각이 다소 예민하기도 한 아내가 참을 수 없는지 한마디 했다.

"보기 좋은 떡이 더 맛있다는 말이 참 맞는 것 같아요. 사람의 경우도 그렇지 않을까요?"

나는 아내의 그 말뜻을 바로 알아차리지 못했다. 집에 와서 새로 산 바지에다 짝을 맞춰 콤비를 입고 거울을 보니까 그제야 아내가 식당에서 한 말의 진의를 제대로 알아차릴 수가 있었다. 새로 산 옷을 입은 내 모습은 전과는 판연히 달랐다. 그림을 그리는 아내가 골라준 옷이라 그런지 정말 나와 잘 어울렸고 멋있었다. 옷이 멋지니까 내가 더 맛있어 보이기까지 했다.

내가 그동안 재택근무를 주로 하고 외출을 별로 안 하다 보니 몸치장을 잘 안 했나 보다. 어떤 때는 수염을 이틀씩이나 안 깎고 파자마 차림으로 하루 종일 서재에 있는 경우도 종종 있는데, 그런 모습이 아내가 보기에 영 아니었던 모양이다. 전혀 멋있지 않으니까 맛있어 보이지도 않았기에 아울렛 매장에라도 데려가 억지로라도 치장을 시켜 멋에 관심을 가지도록 유도했던 것이다.

알았다! 한번 보기 좋은 떡이 되어 보자. 나를 적당히 보기 좋고 멋있게 가꾸어 더욱 먹음직스럽고 맛있게 만들어 보자. 이왕이면 겉치장만 아니라 인격이나 지혜로도 좋은 내공을 쌓아 고상한 품격도 갖춘 안팎으로 멋있는 남자가 되어 진실로 '맛있는 남자'가 되어 보자.

그런 다음 손자 녀석에게 그런 나를 보여주면 할아버지가 맛있다고 할까, 멋있다고 할까, 그것이 벌써 궁금하다.

《경제포커스》 2024. 1. 28.

설거지

내가 드디어 설거지를 하기 시작했다.

설거지하는 것이 정말 좋다. 너무 좋은 나머지 아내에게 "당신은 정말 얌체야. 이 좋은 걸 40여 년간 당신 혼자 독점했다니!" 하고 핀잔까지 줬다. 아내에게 그렇게 면박을 한 건 꼭 그렇다는 것은 아니고, 설거지는 조금만 마음 바꿔 먹으면 금방 하기 싫어질 수 있기 때문에 내가 꼭 하겠다고 확실히 다잡기 위한 의도였다.

솔직히 설거지가 기꺼이 할 만한 그런 것은 아니다. 그렇지만 그것을 하고 나서 아내로부터 칭찬을 받는 재미는 정말 쏠쏠하다. 그래서 나는 설거지를 아무 불평 없이 하고 있고, 이렇게 설거지할 기회가 주어진 것에 감사까지 드리고 있다.

내가 전부터 설거지를 해 왔던 것은 아니고 이제 시작한 지 겨우 한 달 정도밖에 안 됐다. 나는 원래 책상물림이고 살림이라고는 제대로 할 줄 아는 게 하나도 없다. 그래서 이곳 양평으로 내려와 전원생활을 한다고 하면서도 집안 살림을 전혀 도와주지 못하고, 시멘트벽에 못 박는 일부터 텃밭의 채소 가꾸기, 마당의 잔디 깎기, 베란다 난간 페인트칠하기, 장마 오기 전 지붕 점검하기, 자동차 세차하기 같은 일도 전부 아내 몫이며, 아내는 그것을 당연한 것으로 생각하고 즐거이 해 왔다. 그러나 1주일에 한두 번만 잠깐 출근하고 재택근무를 주로 하다 보니 하루 세 끼를 거의 다 찾아 먹는 '삼식이'가 되었고, 또 가냘픈 아내가 험한 일에 부대끼는 걸 직접 보니까 나도 좀 미안한 생각이 들어 아내를 조금 도와주기로 했다. 큰맘 먹고 시작한 것이 세탁기에 돌린 빨래 널어주기였고 조금 더 나아가 청소도 좀 해주긴 했는데 설거지는 전혀 생각지도 못했다. 설거지라는 것이 시간을 많이 잡아먹기도 하지만 내가 원래 손에 기름기 같은 게 묻는 걸 거의 병적으로 싫어하기 때문이기도 했다.

그러다가 설거지를 하지 않을 수 없는 사정이 생기고 말았다. 아내의 양쪽 발에 무지외반증이 심했는데 치료를 더 이상 늦출 수 없어서 한 달 전에 그 수술을 받은 것이다. 양발에 철심을 두 개씩 박고 온통 붕대로 칭칭 감은 채로 퇴원을 한 아내는 오래 서 있을 수도 없는 처지여서 설거지 같은 것은 내가 떠맡을 수밖에 없게 되었다.

우리 집안에는 어차피 꼭 해야 할 일은 기꺼운 마음으로 하자는 가풍 같은 것이 있다. 그러니 나는 내가 가장 하기 싫어하는 설거지를 아주 즐거운 표정으로 할 수밖에…. 그래서 능청맞게도 냄비 손잡이 틈새 같은 데에 낀 묵은 때를 벗겨내면서는 "꼭꼭 숨어 있는 범인을 찾아내어 소탕하는 것처럼 설거지가 참 재미있네."라고 허풍을 떨기도 했다.

내가 맨손으로 설거지를 한 다음 손에 남아 있는 기름기를 없애려고 거품비누로 여러 번 닦아내는 걸 본 아내는 내 손에 맞는 좋은 감촉의 고무장갑을 마련해 주기도 했는데, 그걸 끼고 설거지를 하니까 손에 물이나 기름기가 묻지 않아 참 좋았다.

아내는 설거지를 무척 싫어하는 내가 그것을 아무 불평 없이 해주는 걸 매우 고마워한다. 또 설거지를 마친 다음 깨끗해진 싱크대와 깔끔하게 정돈된 그릇 선반을 보고는 "당신은 무얼 하든지 철두철미하군요. 너무 완벽하게 하려는 게 당신의 문제점이라고 곧잘 싫은 소리를 했었는데, 이제 그런 잔소리는 아웃입니다."라고 아내가 할 수 있는 거의 최고의 찬사를 하기도 한다. 그러면 나는 신이 나서 설거지를 더욱 열심히 한다.

어떤 때는 괜히 흥에 겨워 설거지의 범위를 넘어서 가스레인지 바닥에 떨어진 찌개 국물 얼룩을 지우기도 하고, 냉장고나 딤채 손잡이에 묻어 있는 묵은 때까지 깨끗이 닦아내기도 한다. 며칠 전엔 마침 인터넷 광고에 새로이 개발된 싱크대 거름망이 뜨기에 한 세트 얼른 구입해서 갈아 끼우기도 했다. 그랬더니 아내는 이를 보고 "내가 꼭 이런 걸 사려고 다이소나 한샘에 아무리 다녀봐도 안 보이던데 용케 구했네요. 당신은 정말 내가 필요한 건 다 챙겨 주는 키다리 아저씨야!"라고 또 칭찬해 준다. 요즘 나는 이렇게 아내에게 칭찬받는 재미로 산다.

아내는 나한테만 칭찬하는 것이 아니라 밖에다도 내가 설거지한다고 자랑을 한다. 아내가 굳이 그 사실을 평소의 내 행실을 잘 아는 누님이나 제수씨, 자기 언니나 자주 만나는 친구의 부인 등에게 알리는 것은, 이번 기회에 내가 설거지하는 것을 아예 기정사실로 만들어 자기가 완쾌된 다음에도 중단하지 않았으면 하는 작은 소망 때문이 아닐까 한다. 그렇게 아내가 다른 곳에 자랑삼아 대놓고 칭찬하는 것이 처음에는 조금 멋쩍게 느꼈는데, 이제는 그리 싫지 않고 좀 더 많이 알렸으면 하는 은근한 바람까지 있다.

사실 나도 음식물 찌꺼기로 더러워진 그릇들을 씻는 일이 썩 내키지는 않는다. 그러나 앞으로도 설거지는 계속할 생각이다. 아내가 이렇게까지 좋아할 줄은 정말 몰랐고, 여태까지 나는 거의 대부분 아내에게 입으로만 립서비스 해주는 걸로 끝났는데, 이처럼 '몸으로 때우는' 일로 아내를 즐겁게 해줄 수 있다는 것이 신기하고 또 보람도 느껴진다.

하다 보니 또 설거지도 처음처럼 그렇게 싫지만은 않다. 설거지 마지막 단계에서 그릇의 남은 물기를 마른행주로 닦아낼 때 나는 뽀득거리는 소리도 참 듣기 좋다. 아내가 마련해준 고무장갑을 끼고 하니까 물과 기름기에 대한 거부감도 크게 줄었으며, 밥그릇이나 국그릇과 접시를 어떤 순서로 닦는 것이 효율적인지도 알게 됐고, 밥솥과 찌개 냄비는 함께 씻으면 안 되며 코팅한 프라이팬은 절대로 철 수세미로 닦지 말아야 하는 것도 깨달았다. 그 밖에도 몇 가지 노하우 비슷한 것을 터득하여 이제는 처음보다 훨씬 수월하게 설거지를 할 수 있게 됐다. 한번은 아침 밥상머리의 화제로는 적절하지 않지만, "세상에 미뤘다가는 크게 후회하는 것이 두 가지 있는데, 아침에 일어나서 변 보는 것과 식사하고 나서 설거지하는 것이 바로 그것이야."라고 제법 그럴듯한 격언 같은 말을 하기도 했다. 그랬더니 아내 역시 그야말로 그것들을 미뤘다가는 다음에 두 배 이상 힘들어져 크게 후회하게 되니까 꼭 맞는 말이라고 찬동했다.

설거지에는 또 나름 상징적인 의미도 있다. 음식물 찌꺼기를 치우고 그릇을 씻는 설거지는 음식 먹는 과정의 가장 마지막 단계이지만, 달리 보면 또한 다음 음식을 먹기 위한 준비이기도 하다. 따라서 설거지는 일의 마무리와 함께 새로운 일의 시작이라고 볼 수도 있다. 이렇게 어떤 일을 깨끗이 마무리하고 새로운 일을 맞이한다는 것은 얼마나 보람된 일인가. 또 설거지 도중 때로는 내가 살아오면서 대인관계에서 남긴 감정의 찌꺼기나 일 처리의 잘못된 점 같은 것들을 설거지하듯 깨끗이 정리하고 이 세상을 떠나야지 후대들이 깔끔한 바탕 위에서 새로운 일을 해 나갈 수 있지 않겠나 하는 그럴듯한 사색을 하기도 한다.

설거지를 한 달 정도 하고서는 내가 무슨 대가라도 된 양 '설거지학'을 떠벌이는 것이 어울리지 않지만, 사실 요즘의 내가 이렇게까지 된 것은 설거지를 극히 싫어했던 나로서는 나름 대단한 변화요 큰 발전이라고 할 수 있다. 그런데 한 가지 지나칠 수 없는 건 '칭찬병'이 도진 것이다.

나는 유난히 칭찬받는 걸 좋아한다. 어쩌면 '범생이'로 커 온 사람들의 특성이기도 하겠는데, 조그마한 좋은 일을 하나 하고서도 누군가가 이를 알아보고 참 잘했다는 식의 말을 해주지 않으면 괜히 서운한 그런 식의 못된 마음보를 가지고 있다. 일종의 병이라고 할 수도 있는데, 언젠가는 아내가 도저히 못 참겠는지 한마디 했다.

"당신은 정말 착하고 바른 사람이에요. 좋은 일도 많이 하죠. 그 점 참 존경스러워요. 그런데 꼭 생색을 내는 게 문제라니까요. 그렇게 칭찬을 받고 싶으세요? 칭찬으로 보상받기 위해 좋은 일을 하는 건 좀 문제가 있지 않아요?"

이렇게 지적했던 아내도 요즘은 아예 대놓고 나에게 칭찬하고, 이제는 덩달아 자기도 내가 칭찬받기를 기대하며 자랑을 즐겨한다. 한번은 가까이 지내는 친지 부인에게 내가 설거지를 참 깔끔하게 잘해 준다고 말했더니 그 부인이 역시 머리 좋은 사람은 다르다고 하더라며 좋아하기까지 했다. 도대체 머리 좋은 것하고 깔끔한 것하고 무슨 상관이 있단 말인가. 아무튼 요즘 나는 설거지해 주는 통에 이렇게 다른 칭찬은 받을 필요가 없을 정도가 됐다.

그런데 내가 봐도 나는 역시 도가 좀 지나치는 것 같다. 외국에 나가 있는 딸에게도 설거지를 해준다고 떠벌렸고, 그랬더니 딸이 "나는 아빠가 결국 그럴 줄 진즉에 알았어요. 아빠가 엄마를 얼마나 사랑하는데 엄마 힘들어하는 걸 그냥 보고만 계실 분이 절대 아니잖아요?"라고 존경 어린 칭찬을 해줬다. 친구들을 만나 당구 치고 나서 저녁을 먹으면서는 여자들이 하는 설거지가 이렇게 힘든지 정말 몰랐다고 말을 꺼냈고, 앞으로도 내가 다른 건 못 해줘도 아내를 위해 설거지 하나만은 꼭 해주겠다고 굳은 결심을 토로했다. 그랬더니 한 친구가 "야, 호경이 너는 정말 존경스러워. 나는 옛날에 마누라가 알면 큰일 날 일을 한번 저지르고서 미안해서 설거지를 며칠 해줘 봤는데 너무 힘들어서 금방 그만뒀지. 그런데 이 나이에 설거지를 앞으로도 계속 해주겠다고…. 아무튼 너는 항상 우리들의 모범이었어." 했다. 이런 말들을 들으면 나는 약간 우쭐하며 흐뭇해한다. 칭찬병의 한 증상이다.

아무튼 설거지가 여러 가지 긍정적인 효과가 있는 건 좋은데 내 '칭찬병'이 더욱 도진 것은 정말 문제다. 아내도 분명 그것을 알 텐데 괜히 태클이라도 걸면 행여 내가 설거지를 중단하지나 않을까 조심스러워하는 것 같다. 아니, 오히려 자기도 덩달아 내 칭찬병을 더 조장하는 느낌도 든다.

그러다가 드디어 반전이 일어났다.

아내가 서울의 한 모임에 다녀온 것이다. 오래전 부산에서 같은 아파트 촌에 살던 판사·검사 부인들이 자연스레 만나 가까이 지내게 된 모임인데 벌써 30년을 훨씬 넘게 지속되고 있다. 아내가 이 모임에 특히 애정을 품고 있는 이유는 평검사 시절 타향에서 경제적으로도 어렵게 지내던 때에 같은 처지에서 동병상련 같은 애틋한 정을 나누며 서로 위로를 하던 사이였기 때문인 것 같다. 지금은 다들 변호사 부인이 되어 사는 형편이 크게 좋아졌음에도 전혀 허세를 부리지 않고, 만나는 장소도 단가를 정해 놓고 가성비 좋은 실속 있는 곳으로만 하며, 화제도 주로 어느 밥솥으로 밥을 지으면 특히 밥맛이 더 난다든지 샴푸는 어느 것을 쓰는 것이 더 마디고 머릿결도 부드러워진다든지 하는 식의 생활 정보 중심이라고 한다.

아내는 그 모임의 만남은 매우 유익하다며 양평에 내려와서도 거의 빠지지 않고 나갔는데, 그 모임에 갈 때는 곧잘 텃밭의 풋고추나 애호박 같은 것을 따가기도 했다. 그저께도 양발의 철심을 하나씩 빼긴 했으나 아직 완쾌된 것은 아니라 서울 출타는 좀 무리가 아닌가 했는데 아내는 걷는 건 몰라도 운전은 오히려 괜찮을 거 같다면서 다녀왔다.

아내는 그 모임만 가면 한껏 밝은 표정이 되어 돌아오곤 했었다. 그런데 그저께는 피곤해 보이기만 하고 시무룩한 게 영 아니었다. 나는 수술받은 발에 무슨 탈이 생긴 건 아닌가 하고 조심스레 물어보았으나 아내는 그냥 아무것도 아니라고만 했다. 그 모임에서 별로 안 좋은 일이 있었던 모양이긴 한데 자꾸 물어볼 수도 없었다. 한 참 지나 잠자리에 들 무렵에서야 아내가 "다른 변호사님들은 다들 벌써부터 설거지를 하고 계셨다네요." 하며 털어놓았다.

정리해 보면 이렇다. 그 모임에서 아내는 자기가 무지외반증 수술을 받기를 정말 잘했다고 하면서 그 바람에 내가 설거지를 해주기 시작했는데 얼마나 깔끔하게 잘하는지 모르겠다고 내 자랑을 늘어놓았다고 한다. 그런데 뜻밖에도 반응이 신통찮았고 "아니 평소 그렇게 자상해 보이고 글마다 아내 사랑 철철 넘치는 것처럼 쓰시는 분이 여태까지 설거지를 안 해줬다는 말입니까?"라고 핀잔까지 준 사람도 있었다고 한다. 그러자 모두 이에 동조하며 웃고, 한 여자가 자기 남편은 첫애 낳았을 때부터 지금까지 계속 설거지를 해주고 있다고 하자 이어서 또 다른 부인이 자기 신랑은 설거지는 물론 요리까지도 곧잘 하는데 닭볶음탕은 정말 일품이라고 자랑하더란다. 아내는 무슨 말을 더 하려다가 그만두었는데, 나는 괜히 내 자랑을 하려다가 무안만 당한 아내의 처참한 꼴을 바로 눈앞에서 보는 것 같아 씁쓸했다. 나는 칭찬받기는커녕 졸지에 아내를 말로만 사랑하는 척한 위선자가 됐고, 설거지도 안 해주는 남자와 그동안 잘 참고 살아온 아내를 그 부인들은 불쌍한 눈초리로 쳐다봤을 것만 같다.

나는 정말 어떻게 아내를 위로해야 할지 몰라 불을 끄고 이불을 뒤집어썼다. 설거지를 좀 한 걸 가지고 되게 생색내며 칭찬받으려고 설쳐대더니 드디어 한 방을 크게 얻어맞은 것이다. 설거지는 '아내 사랑'을 재는 가장 기본적인 척도인데, 그것도 전혀 안 하다가 뒤늦게 하면서 무슨 크게 자랑거리나 되는 것처럼 떠벌리고 칭찬을 받으려 했으니….

전에 아내가 한 말이 정말 맞다. 어쩌다 좀 괜찮은 일을 하나 한 것 가지고 그리 생색을 내거나 칭찬을 받으려고 할 것은 아니다. 그것은 국회의원이 자기가 지역구 쪽으로 고속도로가 지나가도록 만들었다고 커다랗게 현수막을 써 붙이는 것과 다름없는 일 아닌가. 이 부끄러운 짓을 내가 했다니…. 설거지처럼 내가 생색내고 칭찬받으려고 하는 바로 그 좋은 일이라는 것도 따지고 보면 당연히 내가 해야 할 일이 아닌가. 참으로 부끄럽다.

그리고 무얼 그리 생색내고 칭찬받으려고 아등바등하는가. 꼭 그렇게 밖으로 알려야만 하는가. 하느님은 다 알고 계시는데 말이다. 능력 있는 사람도 너무 잘하려고, 눈에 띄게 잘해서 칭찬받으려고 할 때 꼭 사고를 낸다. 야구 심판이 자기 본분을 다하면 눈에 띄지는 않지만 게임은 잘 돌아가지 않은가. 생색은 안 나도 하느님은 그 심판이 자기 할 일을 잘했음을 알고 계신다.

그래서 성경에서도 오른손이 하는 것을 왼손이 모르게 하라고 강조하지 않았는가.

이제 정말 정신을 차려야겠다.

좋은 일을 하고는 절대로 생색을 내지 말자. 아니, 좋은 일을 한다는 생각조차 갖지 말자.

음식 먹은 그릇들을 설거지하기 전에 무슨 생색을 내거나 칭찬을 받으려는 마음부터 싹 설거지하자. 그러면 설거지 자체에서 어떤 기쁨을 느끼겠지.

《경제포커스》 2023. 11. 29.

짜증과 걷기

내가 오늘 아침 식사 시간에 별것도 아닌 일로 괜히 아내에게 역정을 냈다. 사과가 너무 푸석거린다고 버럭 짜증을 부린 것이다. 그러자 아내가 바로 대꾸했다.

"당신 걷기를 다시 열심히 해야겠어요. 양강섬 공원으로 가는 다리도 다 고쳤다고 하네요."

아내는 정말 다 알고 있었던 모양이다. 내가 최근 들어 부쩍 짜증을 자주 내는 건 요즘 컨디션이 썩 좋지 않기 때문이고, 컨디션이 안 좋은 건 상당 기간 걷기를 게을리했기 때문이고, 내가 걷기를 게을리했던 것은 작년 늦여름의 물난리 때 양강섬 부교(浮橋) 일부가 떠내려가 내 산책 코스인 양강섬 공원 둘레길 이용이 어려워졌기 때문이란 것을….

한동안 허리가 아파 무척 고생할 때는 무슨 일이 있어도 하루에 8,000보는 걷는다면서 매일 빠짐없이 공원 산책도 하고, 저녁 무렵까지 걸음 수가 8,000보 안 채워지면 우리 집 앞마당을 몇 바퀴 돌아서래도 꼭 8,000보를 채우곤 했었다. 그 덕에 허리 통증도 거의 다 사라지고 건강도 전반적으로 상당히 좋아졌었는데, 그러고 나니까 예전의 그 게으른 버릇이 다시 찾아와 걷기를 소홀히 하고 만 걸 그만 들키고 말았다. 사실 양강섬 부교가 끊어진 것은 그저 핑곗거리일 뿐이다.

아내에게 책잡히지 않기 위해서라도 당장 오늘부터 다시 8,000보 이상 걷기를 꼭 실천해야만 할 것 같다. 그러면 짜증을 안 내게 될지도 모르지 않는가.

짜증이란 일이 마음대로 되지 않거나 괴로움이 이어질 때 또는 상대방의 언행이 못마땅할 때 화를 내거나 행동으로 불만을 표현하는 것인데, 그것이 다른 사람에게 별로 설득력이 없는 경우를 말한다.

일상생활에서 보면, 어른의 계속되는 잔소리에 짜증이 나고, 명절날 만난 친척들이 결혼은 언제 할 거냐고 똑같은 질문을 이어서 하는 바람에 짜증이 나기도 하며, 중요한 문건을 애써서 겨우 다 작성했는데 그만 컴퓨터가 꺼져버려 저장하지 못했을 때도 짜증이 난다.

짜증도 자연스러운 감정이고 그 표현도 흔히 있는 일인데, 중요한 점은 그것이 다른 사람에게 잘 받아들여지지 않고 공감을 얻지 못한다는 것이다. 또 아직 약속 시간까지는 여유가 있는데도 왜 이리 꾸물대냐고 닦달하는 경우처럼 합당한 이유 없이도 짜증을 내기 때문에 문제다. 그래서 짜증은 곧잘 다른 짜증을 유발한다.

한편 우리는 자기도 모르게 가까운 가족이나 친구가 짜증을 잘 받아준다고 해서 그 짜증의 원인과는 아무 관계도 없는 그들에게 곧잘 짜증을 부리곤 한다. 그렇게 되면 애먼 그 가족이나 친구까지 지치게 하여 짜증이 전염되니 정말 피해야 할 일이다. 내 친구 중 한 명은 짜증이 나면 바로 발산하지 않고 일단 '심호흡'의 단계를 거친다고 하는데(코로 3초간 숨을 들이마신 다음 5초간 숨을 멎고 있다가 입으로 10초간 숨을 내뱉는다고 함), 제법 효과가 있다고 하니 나도 시도해 봐야겠다.

신경증적 경향성이 심한 사람이 짜증을 낼 가능성이 많다고 하는데, 짜증이 나는 것은 그만큼 체력이 약해졌다는 신호라고 해석하는 학자도 있다. 즉, 뇌에서 지시하는 사항을 그대로 다 받기엔 에너지가 상당히 많이 필요한데 우리 몸이 이를 다 감당할 수 없으니 무기력해지고 사고와 행동에 자꾸만 거부감이 생기게 된다는 것이다. 물론 짜증 나는 데는 체력 외에도 여러 복합적인 이유가 있을 것이지만 일단은 일리 있어 보인다.

짜증을 냄으로써 어느 정도 스트레스를 해소할 수 있다는 장점이 있기는 하지만, 짜증을 너무 자주 내는 경우 인간관계에 나쁜 영향을 끼쳐 사람들에게 비호감을 유발하기가 쉽다. 그러니 평소 인격 수양을 열심히 하거나 짜증 나는 일을 접하면 심호흡부터 해서라도 되도록 짜증을 부리지 않도록 해야 할 것이다.

내가 보건대학원에 다니면서 '건강'에 관하여 그런대로 공부도 좀 했지만, 확실히 깨달은 건 단 한 가지 '건강한 신체에 건전한 정신'이라는 명제다. 이것이야말로 건강에 관한 최고의 진리라고 생각한다(물론 이 말의 원조 격인 유베날리스가 꼭 그런 의미로만 이야기한 것은 아니지만). 어떤 작가는 "나를 사랑하는 가장 확실한 결심, 몸이 먼저다."라고 매우 도발적으로 선언했는데(한근태『몸이 먼저다』), 실질을 잘 꿰뚫은 것 같아 적극적으로 공감이 간다.

사람은 몸이 튼튼해야 마음도 바르게 될 수 있다고 본다. 물론 질병이나 신체의 불구를 딛고 일어서 불굴의 정신력을 발휘하며 큰일을 해낸 훌륭한 위인들도 있지만, 일반적으로는 건강이 나쁘면 성질 역시 나빠질 수밖에 없다. 내 경우만 보더라도 짜증이 많이 날 때는 여지 없이 몸 컨디션이 안 좋을 때다. 그러니 역으로 얘기하면 성질을 좋게 유지하여 다른 사람에게 호감을 주려면 몸 컨디션을 좋게 건강을 잘 지켜야만 할 것이다.

건강을 유지하는 비법에 대해서는 여러 가지로 얘기를 많이 하지만, 걷기만 한 것이 없다는 것이 거의 정설(定說)인 것 같다. 히포크라테스도 "최고의 양약(良藥)은 걷는 것이다."라고 말하지 않았는가.

걷기는 무리하게 몸을 움직이지 않기 때문에 쉽게 할 수 있는 유산소 운동이다. 그렇다고 걷기는 아무렇게나 막 해도 되는 것은 아니라고 본다. 『걷기 예찬』의 저자인 '걷기 전도사' 다비드 르 브르통 교수의 말처럼 걷기라는 운동은 그 어떤 감각도 소홀히 하지 않는 온몸의 경험으로 해야 할 것이다. 이와 같은 제대로 된 걷기를 오래 하다 보면 혈액순환과 신진대사 작용을 통하여 콜레스테롤이 조절될 뿐만 아니라 혈당도 조절되고 체중도 적정하게 유지된다고 의사들은 설명한다.

정말 걷기만큼 쉽고 경제적이며 효과가 바로 나타나는 운동은 없는 것 같다. 그래서 걷는 것은 우리의 일상생활에서 가장 원초적이며 필수적인 행동이라 할 것이다. 오죽하면 전혀 운동하지 않을 것 같은 철학자 장 폴 사르트르가 "인간은 걸을 수 있는 만큼만 존재한다."라고 말했겠는가.

누구는 신이 인간을 걷도록 만들었고, 우리가 걸으면 행복감을 느끼고 또 건강해지는 것은 그분의 뜻을 따랐기 때문이라고도 말한다. 직립(直立)이 보행의 필수적 전제이고 직립 보행이 신이 인간에게만 준 큰 선물인지는 모르겠으나, 아무튼 나 역시 적당히 걸으면 건강해지고 행복감을 느끼는 것만은 틀림없다.

걷기를 일상화하기로 맘먹은 이래 나는 하루에 8,000보를 걷는 것을 목표로 하고 있다. 그런데 11,000보를 걸었는데도 아직 부족한 것 같기도 한 날도 있고, 또 어떤 날은 5,000보밖에 안 걸었는데도 더 이상 걷기 싫을 때도 있다. 어떤 '걷기 전문가'는 꼭 하루에 몇 보라고 규정하지 말고 그냥 행복감을 느낄 정도로만 걸으라고 권한다. 그러나 아직 '행복감'이라는 개념이나 그 크기를 정확히 알지는 못하겠다.

또 나는 걷는 방법도 여러 가지로 해 보았다. 약간 숨이 찰 정도로 빠르게 걷기도 하고 소걸음으로 천천히 걸어 보기도 했다. 보폭을 좀 넓혀 보기도 하고 어깨를 펴고 눈은 정면으로 멀리 바라보며 걸어 보았다. 양팔을 힘차게 흔들며 걷기도 하고 발뒤꿈치를 먼저 땅에 닿도록 신경 쓰며 걷기도 했다. 내 몸을 있는 그대로의 대지에 내맡기듯 발을 내디디라는 조언도 그럴듯하여 그대로 따라서 해 보았다. 틱낫한도 발로 지구에 키스하는 것처럼 걸으라고 했는데, 나와 온 세상이 하나가 되는 일체감을 느끼라는 취지로 받아들여 그걸 느껴 보려고도 했다.

그러고 보니 칸트나 루소, 니체 같은 철학자들이 왜 걷기를 그렇게 중요시했는지 이제는 좀 알 것 같기도 하다. 철학자가 아닌 내 경험에 의하더라도 걷기는 건강뿐만 아니라 사색에도 큰 도움이 되는 것 같다. 책상머리에 앉아 있으면 온갖 잡생각이 다 몰려드는데 걸으면서 머릿속을 가다듬으면 나도 모르게 마음이 차분해지고 사고가 명료해진다. 무언가를 가득 채워주면서도 버릴 것은 버리게 해준다. 그래서 생각지도 않게 그동안 나를 애먹였던 어려운 문제들이 뜻밖에 해결되기도 하는데, 이 얼마나 값진 것인가. 장 자크 루소는 걸음을 멈추면 생각도 멈춘다면서 "나의 정신은 오직 나의 다리와 함께 움직인다."고 까지 했는데, 걷기가 머릿속 정리에 큰 도움이 되는 것만은 틀림없다.

그래서 "걷는 일은 내게 세상과 삶을 다시 연역할 수 있는 계기였다."라고 한 분도 있다(안치운 『시냇물에 책이 있다』). 배워서 걸은 것이 아니라 걸으면서 많은 것을 다시 배울 수 있었다면서 말이다.

걷는다는 것은 자신의 길을 찾아가는 것이다. 다비드 르 브르통의 말처럼 걷기는 있는 그대로의 세상에 몸을 맡기면서 신성함의 감정을 느끼게 해준다.

걷기는 우리에게 길[道]을 가르쳐 준다. 이 세상에 본래부터 길은 없다고 한다. 걷기가 길을 만들고 우리를 인도한다고 한다.

이제 자판을 그만 두드리고 나가서 좀 걸어야겠다. 길을 좀 만들자.

좀 걷고 오니 내가 많이 행복해진 기분이다. 왠지 건강해진 것 같아 짜증 낼 필요도 없고, 자판을 더 이상 두드리지 않아도 될 것 같다.

《경제포커스》 2024. 5. 7.

흑염소탕

　최근 흑염소탕 전문 식당이 많이 생기고 있다. 우리 집 근처에도 세 군데나 오픈했다. 오래 비워 두었던 무슨 종교시설 같기도 한 4층짜리 큰 건물의 1층에 대형 식당을 차린 곳도 있고, 한우 국밥을 제법 맛깔스럽게 내놓던 집도 흑염소탕으로 간판을 바꿔 걸었다. 게다가 우리 집 올라오는 언덕길 옆에 이곳 지명처럼 돼 버린 유서 깊은 한우 등심 전문점도 '임금의 보양식 흑염소탕'으로 업종을 바꿨다. 작년에 「개의 식용 목적의 사육·도살·유통 종식에 관한 특별법」('개식용종식법')이 제정·공포되면서 보양식의 대명사가 보신탕(개장국)에서 흑염소탕으로 대체되는 분위기다.

　'흑염소' 하면 누린내를 떠올리며 고개를 젓는 사람이 많다. 나는 호기심이 일기는 했지만 아내가 꺼려할까 봐 선뜻 먹어보지 못하고 있었다. 그러다가 올여름의 혹독한 더위에 텃밭과 화단을 가꾸던 아내가 너무 힘들었는지 요즘엔 내가 보기에도 얼굴이 핼쑥한 게 기력이 너무 쇠해 보였다. 그래서 어느 한 날 아내를 무조건 가까운 동네 흑염소탕 집으로 데려갔다. 개업 특별 할인 행사 기간이 곧 끝난다고 하자 아내도 그 할인 금액이 아까운지 그냥 따라나섰다.

고급스러웠던 한우 등심 전문점 시절과는 달리 식당 안은 손님들로 북적였다. 다행히 밑반찬도 깔끔하고 탕이 예상과 달리 역한 냄새가 전혀 안 나며 담백하여 먹기에 편했다. 아내에게 어떠냐고 물으니 먹을 만하다고 했고, 할인 기간이 끝나도 다시 오겠냐고 물으니 씩 미소를 지었다. 일단은 합격인 셈이다.

며칠 뒤 우리는 더 큰 규모의 흑염소탕 전문점에도 한번 가보았다. 널찍한 주차장이 꽉 찰 만큼 손님이 많았고, 입구에는 이곳을 다녀간 연예인과 유명인들의 사진들이 요란하게 걸려 있었으며, 흑염소 진액을 내리는 커다란 스테인리스 스틸 기계 두 대가 근위병처럼 버티고 서 있었다. 안내를 받아 자리 잡은 테이블에는 태블릿 메뉴판이 있었고 우리는 기본으로 탕 두 그릇을 시켰다. 아내는 값이 예상보다 비싼 것에 약간 불만인 것 같았다. 사장인 듯한 40대 후반의 중후한 남자가 활짝 웃으며 다가와 집에서 식전에 드시라며 흑염소 진액 샘플 두 봉지를 주고 휴대용 효자손(등 긁는 기구)도 2개 건넸다.

식사로 나온 탕은 훌륭했다. 동네 식당의 맑고 담백한 것과는 대조적으로 국물이 진하면서도 얼큰하니 속이 탁 풀리는 느낌이었다. 고기도 제법 많이 들어 있는데 손으로 하나하나 찢어서 넣었는지 쫄깃하면서도 부드러웠다. 우리 상에 콩나물과 양파 같은 밑반찬이 떨어질 만하자 알아서 바로 더 갖다주는 것을 보면 종업원들 교육도 잘 시킨 것 같았다. 아내도 흡족한지 "역시 비싼 값을 하네요. 고기도 부드러워 먹기 편한 것이 한우… 아니, 국산 같네요." 했다. 흑염소탕은 이미 아내에게 혐오식품이 아닌 것 같아 흐뭇했다.

식사를 마치고 집으로 돌아와 늦은 오후의 나른함에 끌려 잠시 침대에 누웠다. 문득 돌아가신 아버지가 생각났다. 보신탕을 즐겨 드시던 아버지께서도 오늘 우리가 먹은 흑염소탕을 참 좋아하셨을 텐데 하는 생각에 살아계실 때 잘 모시지 못한 풍수지탄(風樹之嘆)까지 하며 가슴 한편이 아려 왔다. 아버지의 건강이 안 좋아지셨다는 소식을 듣자마자 아내가 지방에 근무하는 나를 떼어놓고 먼저 서울로 올라와 아버지를 모셨는데, 그때 아버지께서 약골인 손자·손녀를 동네 '영양탕' 집에 데려가 먹이면서 야생 염소의 일종인 '영양(羚羊)'이라고 꾸며대셨다는 에피소드가 떠올랐다. 아이들은 나중에 속은 걸 알고 약 올라 했지만, 자기들 건강을 챙겨 주신 할아버지의 깊은 사랑에 고마워하며 그 추억을 고이 간직하고 있다.

이틀 뒤 점심때 이상하게 흑염소탕이 또 당겼다. 아내에게 흑염소탕 먹으러 가자니까 순순히 따라나섰다. 이번에는 담백한 동네 흑염소탕 집으로 갔는데 마침 휴무일이었다. 한우 국밥 하던 곳으로 가볼까 하다가 그리로 가는 길목에 그저께 갔던 대형 식당이 있어 그리로 들어갔다. 역시 탕 두 그릇을 주문했다. 그런데 아내가 뜻밖의 말을 꺼냈다.

"나 어제도 여기에 왔었어요. 당신 서울 가서 집에 없으니까 혼자 밥 먹기도 그렇고 해서…."

"아니, 이 집 탕이 그렇게 맛있었어?"

"맛도 있지만 사실 요즘 제가 앉았다 일어나려면 약간 어질어질한데 흑염소탕 먹으면 괜찮아진다고 해서…."

나는 그동안 아내가 힘든 상태에 있었음에도 이를 전혀 알아주지 못했다는 죄책감에 가슴이 먹먹해졌다.

이때 예의 그 풍채 좋은 사장이 흑염소 진액 샘플과 효자손을 가지고 다가왔다. 내가 "집사람이 여기 연 사흘째 계속 오는 거랍니다." 했더니, 그가 "사모님이 어제 혼자 오신 거 저도 알고 있습니다. 사흘 계속 오셔서 오늘 서비스로 껍데기 무침 드리려고 주방에 준비시켰습니다."라고 응수했다. 역시 장사할 줄 아는 사람이다. 나도 "껍데기 무침은 소주 안주로 최고죠. 참이슬 빨간 거로 한 병 주세요." 했다.

잠시 후 탕도 나오기 전에 사장이 직접 소주 1병과 껍데기 무침을 가지고 왔다. 내가 "집사람이 빈혈기가 있어서 자꾸 오는 건데 정말 흑염소탕이 효과가 있기는 있는 거요?" 하고 물었더니 TV 홈쇼핑 쇼호스트처럼 바로 설명이 좔좔 나왔다.

"그럼요. 흑염소 고기는 쇠고기보다 지방과 총열량이 낮아 살찔 걱정이 없는 데다가 철분 함량이 쇠고기에 비해 2배 가까이 많기 때문에 빈혈로 고생하는 여성에게 딱 제격입니다.『동의보감』에 '염소 고기는 소화기를 보호하고 기운을 끌어 올려준다'고 했고,『본초강목』역시 '염소 고기는 형태를 보충한다'고 돼 있는데, 예부터 여성이 출산하여 혈육이 손상되고 후유증이 생길 때 염소 고기로 혈육을 채워서 보충해 오지 않았습니까? 게다가 흑염소에는 비타민 E 성분인 토코페롤이 육류 중 가장 많이 들어 있죠. 그래서 흑염소를 최고의 여성 보양식이라고 부르는 것입니다."

내가 알았다고 하고 소주를 한 잔 따라 조금 마시고 껍데기 무침을 한 젓가락 집어 먹었다. 복 껍데기 비슷하면서도 약간 더 쫄깃하고 구수한 감칠맛이 나는 게 정말 소주 안주로 딱이었다. 물론 그날 탕도 전처럼 맛있었다. 식사 도중에 태블릿 메뉴판에 흑염소 진액도 30팩(반달 치), 60팩(한 달 치) 씩 판매한다는 것이 떴다. 가격이 제법 셌다. 그 순간 아내가 오래전에 얘기했으나 그냥 흘려들었던 것이 생각났다.

"꾀꼬리(우리 딸의 애칭)는 복도 많단 말이야. 아빠 엄마 사랑을 잔뜩 받더니 시집가서도 시어머니 귀염을 그렇게 많이 받으니…"

사부인이 딸아이를 아끼는 건 나도 잘 안다. 떡두꺼비 같은 아들 둘을 낳았을 뿐만 아니라 사위가 승승장구 부사장까지 오르는 등 며느리가 들어오고 나서부터 온 집안일들이 다 잘 풀린다며 복덩어리처럼 받들고, 딸아이가 시어머니 댁에 가도 부엌 싱크대 앞에는 얼씬도 못하게 한다. 그런데 이어지는 아내의 말은 더 가관이었다. 사위의 직장 관계로 외국에서 생활하고 있는 딸이 방학 때가 되어 외손자들과 함께 한국에 들어오기라도 하면 사부인은 그 며칠 전부터 며느리 맞이 준비하기에 바쁜데, 그중 하나가 흑염소 진액이란다. 외국에 나가 고생하고 있는 며느리가 너무 가엽다면서 무슨 약초를 먹고 자란 실한 흑염소를 구해 단골 건강원에 맡겨 진액을 내서 먹인단다. 정말 누가 상전인지 모르겠단다. 아내는 그러면서 "흑염소, 그거 진액도 냄새가 날 텐데…." 하는 것으로 끝맺음했었는데 지금 생각하니 그 말에는 약간의 부러움도 섞여 있었던 것 같다.

나는 식당 사장을 불렀다. 오늘 껍데기 무침 서비스 고맙다고 인사하고 흑염소 진액 한 달 치를 주문했다.

식사를 마치고 아내가 식탁에 놓여 있는 무거운 흑염소 진액을 들으려고 하는 걸 내가 얼른 받아 들고 나왔다.

집으로 바로 들어오나 싶었는데 아내가 차를 남한강 강변의 무드 나는 카페에 차를 댔다.

"아니 웬일이야? 여긴 커피값 비싼데…."

"고마워서 그래요. 오늘 커피는 제가 살게요."

우리는 아늑한 창가의 자리에 앉아 커피를 마셨다. 스콘 빵을 한 조각 썰어 주며 아내가 모처럼 행복해하는 표정으로 말했다.

"시어머님이 일찍 돌아가셔서 저는 시어머니 사랑을 제대로 못 받은 셈인데 대신 당신이 저를 많이 생각해 주시니 고맙네요."

아, 정말 오늘 흑염소 진액을 안 샀으면 큰일 날 뻔했다. 꾀꼬리는 자주 흑염소 진액으로 보살핌을 받아왔는데 정작 아내는 요즘처럼 어지럼증이 왔는데도 남편이란 사람이 그렇게 무심히 지내고 있었으니….

오늘의 흑염소 진액이 그동안 내가 아내에게 잘못한 죄를 다 씻어내는 계기가 됐으면 좋겠다. 한편 그 진액이 된 흑염소가 나 대신 속죄양(贖罪羊)이 된 것 같아 고마우면서 미안하기도 하다.

이제 흑염소탕은 나에게 단순한 음식이 아니라, 가족을 좀 더 사랑하고 건강을 잘 살피도록 일깨워 주는 소중한 매개가 되었다.

《경제포커스》 2025. 9. 5.

동치미

입추가 엊그제여서 더위가 한풀 꺾인 것 같아 모처럼 아침부터 마당일을 했다. 그동안 장마와 땡볕 더위로 돌보지 못했던 앞마당 한쪽의 텃밭에 바랭이, 닭의장풀, 개망초, 강아지풀, 여뀌 같은 잡풀들이 허리춤까지 차오를 정도로 무성하게 자라 무씨를 파종하려는 아내가 엄두를 못 내고 있어 내가 나선 것이다. 하지만 아직도 한여름인지 두 시간쯤 지나자 일은 반밖에 하지 못했는데도 벌써 온몸이 땀으로 범벅이되고 숨이 턱턱 막히는 것이 견디기 어려울 정도다. 내가 힘들어하는 꼴을 본 아내는 얼른 호미를 뺏어 들고는 어서 들어가 샤워나 하란다.

2층으로 올라와 비 맞은 것처럼 땀으로 흠뻑 젖은 옷들을 훌러덩벗어 던지고 욕조에 들어섰다. 샤워를 마치고 나니 가뿐하기는 한데땀을 너무 많이 흘려서 그런지 갈증이 심하게 났다. 그래서 아래층을향하여 소리쳤다.

"여보, 혹시 동치미 국물 아직 남은 거 있나?"

"넵! 바로 가지고 올라갈게요."

아내의 목소리가 매우 경쾌하다. 재빨리 동치미 국물을 서재로 가지고 올라온 아내에게서 커다란 대접을 뺏다시피 받아 든 나는 허겁지겁 시원한 그 국물을 한꺼번에 쭈욱 들이켰다.

"바로 이 맛이야! 우리 '동치미 여왕님' 만세!"

내가 엄지척까지 하면서 CF 모델처럼 과장된 액션으로 만족감을 표했다.

"립서비스는 그만하시고, 나는 다른 여왕 할 테니까 당신이나 동치미 같은 남자 되세요."

"알았어."

나는 평소 동치미를 먹을 때 곧잘 사람들이 나를 만나면 속이 확 풀리는 그런 사람이 되겠다고 얘기했다. 그런데 얼마 전 한 칼럼에서 내가 '도서관 같은 남자'가 되겠다고 한 것을 빗대서 아내가 핀잔을 주는 것 같아 내가 이렇게 변명을 이었다.

"그냥 이랬다저랬다 하는 거 아냐. 결국은 다 같은 얘기란 말이야. 도서관은 장소적인 관점에서 표현한 것이고, 동치미는 정서적인 점을 중시한 것일 뿐이지. 안식처와 개운함…."

"알았어요. 내일 오전에 나머지도 부탁해요. 작년에 동치미 담그는 무 값이 너무 비싸서 올해는 직접 농사지은 걸로 담가 보려고요. 그럼 10분쯤 있다 내려오세요. 오늘 점심은 비빔국수예요."

여름철 점심 메뉴로 내가 제일 좋아하는 비빔국수를 해준다니 내가 그만큼이라도 일한 것이 점수를 따긴 딴 모양이다. 아내는 된장찌개, 도토리묵, 식혜 같은 토속음식을 잘 만드는데 그중에서도 동치미 담그는 솜씨는 정말 일품이다. 아내의 동치미 맛에 반해 우리 집 동치미가 잘 익었을 때쯤에 맞춰 일부러 놀러 오는 친지도 있다. 작년에는 아예 세 단지나 담가서 '팬'들에게 미리 나눠주었다.

고춧가루를 넣지 않는 동치미는 백김치와 더불어 가장 오래된 김치의 원형을 잘 보존하고 있는 전통 김치라 할 것이다. 고춧가루를 사용하는 다른 물김치들과 마찬가지로 국물과 함께 먹는 게 특징인데, 정말 맛있는 동치미는 그 국물에 탄산이 들어 있어 톡 쏘는 맛이 일품이다(식당에서 금방 만들어 내놓는 동치미에는 사이다를 쓰기도 하지만 자연 발효 동치미의 그 깊은 맛을 낼 수는 없다). 웬만한 어른이면 겨울철 군고구마와 함께 살얼음이 살짝 떠 있는 그 국물을 시원하게 마셨던 추억이 있을 것이다.

동치미는 고춧가루도 안 들어가고 젓갈도 안 쓰기 때문에 재료만 봐서는 담그는 것이 간단한 편이라 할 수 있다. 내가 보기에는 무, 대파(흰 부분만), 생강, 마늘, 생강, 소금 그리고 물이 전부 아닌가 싶다. 그러나 재료와 방식이 간단할 뿐 제대로 맛을 내기는 무척 까다롭다고 한다. 아내가 담그는 걸 옆에서 보면 무와 소금에 신경을 제일 많이 쓰는 것 같다. 무는 아이 팔뚝만 한 걸로 하되 잘 씻고 잔털도 하나하나 다 뽑아낸다('짠순이'에 속하는 아내도 무는 제일 좋은 것으로 고르고, 값이 비싸도 그리 돈을 아까워하지 않는 것 같다).

소금은 물론 천일염은 쓰되 10년 이상 잘 묵혀 간수가 쏙 빠진 걸로 한다. 동치미 담그는 용기는 반드시 뒷마당에 묻어둔 재래식 항아리로 하되 깨끗이 씻어내고 햇볕에 잘 말린 다음 쓴다. 항아리 안에 살짝 절여 둔 무 등 재료들을 나름 순서대로 정성 들여 켜켜이 놓는데 나는 봐도 잘 모르겠다(마늘과 생강은 얇게 저며 베주머니에 담아 넣고, 미리 천일염을 넣고 끓이고 식힌 소금물을 고운 체에 밭쳐서 부으면서 간을 맞추는데 내가 보기에 꽤나 그 절차가 복잡하다).

맨 위에는 냇가에서 주워 온 넓적한 돌로 눌러 놓고 비닐로 잘 밀봉한 다음 뚜껑을 덮고 2개월 정도 숙성시킨다. 재료가 비교적 단순하다 보니까 불필요한 다른 채소나 조미료가 들어가면 본래의 맛을 버릴 수 있다고 매우 조심한다. 아내는 동치미는 배합이 잘 이루어져야 제 맛이 난다면서 각 재료가 너무 강하지 않게 조화롭게 어우러지도록 하는 데 세심하게 마음을 쓰는 것 같다. 갓을 쓸 때도 그 맛이 너무 강하지 않게 조금만 넣고, 배도 미리 넣으면 배가 물러지기도 하지만 단맛이 너무 우러나온다면서 먹기 직전에 네모나게 썰어 넣는데 그래야 제 맛이 난다.

동치미의 맛은 참으로 오묘하다. 단순히 시원하기만 한 것이 아니다. 온몸을 훑어가며 개운하게 해주는 한편 잘 삭혀진 무와 양념 그리고 적당한 염분에서 어른의 지혜와 같은 깊은 맛이 솟아난다. 칼칼하면서도 약간 달짝지근하고 간간한 맛은 우리의 기분을 한껏 상쾌하게 해주고 입맛을 돋운다. 단지 소금물과 무와 몇 가지 양념 재료가 만드는 사람의 정성과 어우러져 항아리 속에서 적당한 온도를 유지하며 발효되어 이렇게 새로운 맛으로 태어나는 과정은 하나의 신비라 할 것이다.

전에는 이른 봄까지만 먹을 수 있었는데 요즘은 김치냉장고가 잘 발달되어 요령껏 보관하면 한여름까지 동치미 국물의 톡 쏘는 맛과 무의 아삭함을 즐기며 무더위를 식히고 갈증을 덜 수 있어 참 좋은 세상이다 싶다.

아내가 정성 들여 차려준 점심을 맛있게 먹은 후 서재에 다시 올라와 동치미에 대한 생각을 더 해 보았다. 내가 동치미 같은 남자가 되겠다고 한 것은 그냥 빈말이 아니다. 나에겐 동치미에 대한 남다른 사연이 있다.

대학 입학시험을 치르고 발표를 기다릴 즈음이었다. 결과를 걱정할 정도는 아니어서 마음 느긋한 상태이고 아무런 의무감 없이 내가 하고 싶은 것을 다 할 수 있는 그런 시간이었다. 나는 '간서치'답게 그동안 읽고 싶었으나 못 읽은 책들을 잔뜩 갖다 놓고 질리도록 읽었다. 그때 읽은 독서량도 엄청나지만 내 생애에 가장 행복했던 순간이 바로 그때가 아닌가 할 정도로 알차고 보람된 나날이었다.

그런데 사고가 터지고 말았다. 내가 연탄가스를 마셔 일산화탄소 중독으로 거의 죽을 뻔했던 것이다. 그날도 새벽 한 시가 넘어서까지 두꺼운 하드커버로 된 을유문화사판 '세계명작'을 읽다가 잤다. 그런데 새벽 세 시 반쯤 마침 그날따라 내 공부방 2층 침대의 위층에서 주무시던 이 비서 아저씨가 서로 맞잡고 막 격투하는 것 같은 소리가 들려 잠이 깼는데 형광등을 켜 보니 내가 방의 시멘트 벽면을 세게 치면서 헉헉거리더란 것이다. 난방용으로 들여놓은 연탄난로의 뚜껑은 조금 열린 채로 활활 불꽃이 타오르고 있고…. 사태를 파악한 이 비서 아저씨는 즉각 나를 번쩍 안고 밖으로 나와 신선한 공기를 마시게 하는 등 응급조치를 하면서 아버지께 알렸단다.

지금처럼 119 응급시스템이 갖춰지지 않은 때라 택시를 부르고 하는 와중에 어머니께서 커다란 대접에 동치미 국물을 한 사발 가져오셔서 나에게 먹이셨다고 한다. 한 사발을 다 들이켜고 나서 정신이 좀 드는지 더 달라는 시늉으로 손을 내밀기에 또 한 사발 더 가져왔는데 반쯤 마시고는 '끄윽!' 하고 트림을 한 다음 "엄마, 추워!" 하더란다. 그래서 이 비서 아저씨가 담요를 덮은 채 나를 안아 안방의 아랫목으로 옮겨 뉘었는데, 어른들이 내 뺨을 살살 두드리며 누군지 알아보겠냐고 해서 내가 아버지, 어머니, 이 비서 아저씨, 누나를 하나하나 가리키며 불렀고 풀렸던 눈동자도 돌아와 완전히 정신을 차린 것으로 보고 모두가 안도의 한숨을 쉬셨단다. 마침 출동한 택시 기사에게는 적당히 사례만 하고 돌려보내고….

그때 어머니가 갖다주신 동치미 국물은 정말로 죽음의 문턱까지 갔던 나를 다시 삶의 영역으로 되돌려 보내준 그야말로 '활명수(活命水)'였다. 지금도 선명하게 기억이 난다. 의식이 점점 꺼져 가면서도 나는 빠른 속도는 아니지만 나선형의 긴 터널로 빨려 들어가는 걸 느끼고 '아, 이런 게 죽는 거구나.' 하는 생각까지 했던 걸 보면 거의 임사체험 비슷한 상태까지 갔던 것이 분명하다. 그러면서도 살고는 싶었던지 출입문 쪽으로 간다는 것이 반대쪽 벽으로 가서 마구 주먹으로 쳐 댔으니 손등이 까지고 피까지 날 수밖에….

어머니가 정성스레 담그시고 지극한 기원을 담아 나에게 먹이신 그 동치미 국물이 나를 살렸으므로 나 또한 어떤 보답을 하려는 마음을 갖는 것 당연하다. 내가 동치미 때문에 살아났으니 나도 세상을 위해 동치미 같은 역할 하겠다고 다짐을 한 것이다.

속설에 의하면 연탄가스를 마시고 정신을 잃었을 때 동치미 국물을 먹이면 낫는다고 하는데, 이것이 전혀 근거 없는 말은 아닌 것 같기도 하다. 동의보감에도 '숯 연기를 들이마셔서 머리가 아플 때는 생 무즙을 마시라'고 되어 있고, 한참 뒤에 내가 보건대학원에 다닐 때 식품영양학 교수님이 사석에서 우리의 연구가 부족해서 아직 발견해 내지 못했을 뿐이지 잘 발효된 동치미에는 분명히 산화환원 작용을 하는 성분이 존재할 것이라고 확신에 차서 말씀하셨다. 연탄가스를 흡입한 응급상황에서 동치미 국물을 꺼내 먹일 수 없어 그저 동치미의 시원한 느낌만을 차용해서 그 대체물인 사이다나 제약회사의 '피로회복제'를 마시게 했다가 전혀 효과를 못 보고 불행한 결과를 초래했다는 웃지 못할 사례가 종종 있는 것을 보면 설득력 있기도 하다.

동치미는 이렇게 죽어가는 살리기도 하는 힘을 지녔으면서도 전혀 그런 티를 내지 않는다. 그냥 생긴 대로 무덤덤하게 논다. 누구 말대로 배추김치가 곱게 단장한 새색시라면 동치미는 심지 굳고 꾸밈없는 새신랑이다. 나도 그런 새신랑이 되고 싶다.

칸트는 아니지만 나와 관계를 맺는 모든 사람을 어떤 목적을 위한 수단으로서가 아닌 그 사람 자체로서 관심을 가지고 진심으로 대하고 싶다. 그래서 나와 관계되는 사람들이 나를 만난 것을 행운으로 느껴지게 하고 싶다.

그러려면 나의 영혼도 동치미처럼 단순하고 집약적인 삶 속에서 제대로 숙성되고 올바르게 발효되어야 하겠지…. 그래야만 다른 사람을 살리기까지는 못하더라도 삶에 지친 그들에게 칼칼하고 시원한 동치미처럼 개운함을 선사할 수 있겠지. 아무튼 나는 말 그대로 속이 확 풀리게 해주는 그런 사람이 되고 싶다.

오늘 아내가 건네준 동치미 국물 한 그릇을 비운 덕분에 주위의 힘들어하는 분들에게 삶의 의욕을 북돋아 주는 청량제 같은 사람이 되겠다는 다짐을 다시 해 본다.

《경제포커스》 2025. 8. 21.

눈치와 배려

　요즘 들어 아내는 나보고 제발 눈치 좀 보지 말라는 말을 자주 한다. 나는 전혀 눈치 보는 것이 아닌데도 아내는 내 행동이 눈치 보는 것 같아 맘에 걸리는 모양이다. 지난 설 연휴 때만 해도 그렇다.

　우리 집은 '양력설'을 쇤다. 아버님이 돌아가시고 나서 대가족의 가장 웃어른이 된 나는 양력설을 쇠기로 선언했다. 조카들은 설날 연휴 때 해외여행을 갈 수 있게 됐다고 신나 했고, 우리 집안으로 시집온 며느리들은 이제 설날에 마음 놓고 친정에 갈 수 있다면서 좋아했다. 나의 배려는 잘 먹혀들었다. 올해는 아들네도 손녀가 특목고 입시 준비를 시작하게 되면 짬이 안 난다면서 일본으로 답사 여행을 갔다.

　여행도 떠나지 않고 방문객도 없는 노 부부에게 6일간의 연휴는 부담이 좀 됐다. 보고 싶었던 드라마를 몰아서 정주행도 했고 미뤄뒀던 책들을 읽기도 했지만, 식당도 맛있는 집은 대개 연휴 기간에 쉬었고 도서관도 설날 연휴 내내 휴관이었으며 영화관도 데미 무어 나오는 영화 딱 하나 보고 나니 볼 만한 것이 없었다. 할 수 없이 거의 집안에만 틀어박혀 있게 됐는데 약간은 짜증스러워지기까지 했다.

　드디어 연휴 마지막 날, 사실 이날도 하루를 보내는 것이 조금 막막

했었는데 아내가 말을 걸어왔다.

"오늘 목요일 아녜요? 괜히 내 눈치 보지 말고 어서 서울 가서 당구 치고 와요."

목요일은 고등학교 동창인 절친 셋이서 당구 치는 날이다. 이 '당구 치는 날' 약속은 무슨 할아버지 제삿날이라도 되는 것처럼 우리 셋 사이에서는 최우선이었고 비가 오건 눈이 오건 공휴일이라도 원칙적으로 꼭 지켜 왔다.

"아냐. 오늘은 모두 충실한 가장이 되기로 했어."

"정말 그러지 마세요. 나는 눈치 보는 당신 모습이 제일 싫더라. 나 혼자서도 잘 지내는 거 당신도 잘 알잖아요? 오늘은 로맨틱 코미디나 몰아 볼 거예요."

"아냐. 나 당신 눈치 보는 거 아닌데…."

"아니긴 뭐가 아녜요. 그러다가 정말 내가 당신 싫어지면 어쩌려고 그래요. 나는 약간 독선적이긴 해도 추진력 있고 자신감 넘치는 남자 가 좋단 말이에요."

옛날의 내가 정말 그랬나? 추진력 있고 자신감 넘치는 남편?

그래도 나는 눈치 보는 것은 아니라고 계속 변명 아닌 변명을 하다 가 정말로 눈치가 보여서 서울로 나갈까 하기도 했는데 마침 딸한테서 전화가 왔다. 사위의 직장 관계로 온 가족이 해외에 나가 있는 딸네는 설날 휴가를 좀 일찍 받아 한국에 들어와서는 용평 스키장으로 직행했 었다. 이번에는 눈까지 많이 내려 외손자들이 스키와 스노보드를 타며 실컷 놀았다면서 전에 안창살과 육회를 맛있게 먹은 그 식당에 예약해 놓았으니 저녁을 함께하자는 것이었다. 이렇게 해서 아내와 나의 '눈치 논쟁'은 일단 멈추게 되었다.

날씨가 제법 쌀쌀했지만 아침 식사를 마친 다음 나는 바로 산책길에 나섰다. 오늘의 산책길 사색 주제는 자연스럽게 '눈치'가 되었다. 따지고 보니 나는 눈치를 많이 보는 것이 맞는 것 같기도 하다. 솔직히 말하면 어떤 일을 하기 전에 내가 그것을 원해서, 그것이 옳다고 생각해서 행동에 옮긴다기보다는 상대방이 이것을 싫어하지나 않을까 하는 것을 먼저 고려하는 그런 식이다.

그러나 아내는 그렇지가 않다. 예를 들면 식당에 가더라도 나는 밑반찬으로 나온 것들이 아무리 맛있더라도 식당 측에서 제공한 범위 안에서만 먹고 여간해서 더 달라고 하지를 않는다. 그러나 아내는 정반대다. 자기 입맛에 맞는 것은 얼른 다 먹고는 추가로 더 요구한다. 그것도 맛있다고 하면서 더 많이 달라고 한다.

둘이 가끔 가는 막국수 집이 있는데, 그 집의 주메뉴인 닭갈비와 메밀 막국수도 맛이 있지만 깍두기와 백김치는 정말 별미라 할 정도로 맛있다. 닭갈비가 다 구워지기도 전에 두 밑반찬은 반 이상이 없어지고, 식사로 막국수나 들깨칼국수를 먹을 때는 두 번째로 '추가' 신청하기도 한다. 나는 좀 민망해하는데 아내는 '추가' 요구를 아무렇지도 않게 하고 식당 주인아주머니도 맛있게 먹어 주니 고맙다는 식의 반응이다.

아내는 거기서 끝내지 않고 자기가 담그면 이 맛이 안 나는데 고춧가루를 특별히 대주는 데가 있느냐, 생강은 강판에 갈아서 넣었느냐, 젓갈은 새우젓(추젓)을 썼느냐 까나리액젓을 썼느냐 등등을 세세히 묻는데, 주인아주머니는 신나서 깍두기는 역시 무가 제일 중요하니 잘 골라야 하고 마늘과 고추 등 양념은 어떻게 한다고 설명하고는 집에 가서 드시라고 깍두기를 한 팩 포장까지 해주기도 한다. 고맙다고 그 걸 받아 든 아내는 다음에 그 식당을 방문할 때 자기가 만든 깻잎 부 각이나 식혜 같은 것을 식당 주인아주머니에게 먹어보라고 조금 건네 기도 한다.

산책하는 동안 내내 생각해 보고는 세상 사는 방식은 아내처럼 하 는 것이 역시 현명하다는 결론을 얻었다. 그러나 그렇다고 내가 살아 온 스타일을 하루아침에 바꿀 수는 없지 않은가.

그날 저녁은 딸네 가족과 맛있게 먹었다. 좀 비싸긴 하지만 역시 한 우 고기가 최고라면서 아내도 모처럼 포식했다. 지난번에 부사장으로 승진하여 제법 어른스러워진 사위는 이 술이 좋긴 한데 진짜를 구하기 가 쉽지 않더라면서 1리터짜리 귀주(貴州) 마오타이를 선사했다. 우리 학제로 하면 이제 중3인 큰 외손자가 285사이즈의 신발을 신을 정도 로 컸고, 둘째 외손자는 지난번 크리스마스 때 할아버지가 준 용돈을 아빠 회사 주식 사 달라고 엄마한테 맡겼다고 어른스럽게 말했다. 여 러 가지로 흐뭇한 저녁 시간이었다.

양평으로 돌아오는 차 안에서 운전하는 아내에게 나는 딸과 사위의 살뜰한 배려로 긴 연휴가 그 마지막을 화려하게 장식하게 됐다고 말 했다.

그다음 다시 돌아온 어느 목요일이었다. 나는 예외 없이 서울로 나 가 업무를 보고는 두 절친과 당구를 친 다음 다소 늦은 시각에 왕십리 역에서 양평으로 돌아오는 전철을 기다렸다. 통상 하듯이 아내의 핸드 폰 카톡방에 '9시 57분 오빈역 도착 예정'이라고 찍었는데 '보내기'는 확실하게 전철을 탄 후에 누르려고 보류해 두었다. 잠시 후 기다리던 전철이 와서 경로석의 빈자리에 편안히 앉아 책을 읽으며 왔는데 목적지 한 정거장 전쯤 왔을 때 아내에게서 "아니, 아직도 전철을 안 탄 거예요?"라고 전화가 왔다. 아차! 내가 끝내 '보내기'를 누르지 않은 것이 그제야 생각이 났다. 나는 순간적으로 "아냐, 거의 다 왔어. 지금 아신역이야. 내가 문자 넣으면 이 추운데 당신이 데리러 나올까 봐 일부러 안 보낸 거야."라고 둘러댔는데 아내는 심드렁하니 "알았어요." 하며 전화를 끊었다.

오빈역에 내려 걸음을 재촉하는데 찬바람이 쌩쌩 얼굴에 몰아쳐 순간적으로 머리가 띵했다. 핸드폰 플래시를 비추며 어두운 길을 걷는데 잔설이 녹다가 다시 얼어붙은 미끄러운 경사면이 있어 조심하며 한참을 걷는데 양지마을 작은 삼거리를 지나자 남산마을 쪽 언덕길에서 차가 한 대 급히 내려오고 있었다. 내가 길가 쪽으로 몸을 피하는데 알았다는 듯이 깜빡이를 반짝이며 그 차가 내 앞에 서는 것이었다.

"추운데 어서 빨리 타요!"

조수석 문을 내리고 말을 걸어온 건 아내였다. 반가워서 얼른 올라탄 나에게 아내는 털모자를 건넸다.

"당신은 혈압이 있기 때문에 갑자기 찬 바람을 쐬면 절대 안 돼요. 더군다나 머리는…."

"알았어! 이 추운데 뭣 하러 나온 거야? 당신이 이렇게 나오면 내가 당신한테 배려한 게 아무 소용이 없잖아!"

내가 이렇게 짐짓 생색을 내자 아내는 비탈진 좁은 길에서도 익숙한 솜씨로 차를 유턴시키며 "그건 배려가 아니라 눈치 보는 거예요. 제발 눈치 좀 보지 말라구요."라고 반박했다. 나는 그것이 눈치건 배려건 일단 실수로 '보내기'를 누르지 않았다는 걸 들키지 않은 것만도 큰 다행이라고 생각했다.

그런데 집에 도착해서 따뜻한 생강차를 내놓으면서도 아내는 다시 배려와 눈치 타령을 이어갔다.

"당신은 도대체 배려가 뭔지도 몰라요. 상대를 편안하게 해주는 것이 배려지, 부담을 지우는 건 절대 배려가 아닙니다. 이렇게 어두운 밤중에 혼자 오다가 비탈길에서 쓰러지기라도 하면 정말 큰일 아녜요? 그런 걱정을 하게 만드는 것이 어떻게 배려가 될 수 있어요?"

나는 더 이상 말대꾸 없이 그냥 "알았어." 하고 2층으로 올라갔다. 그날 당구를 세 판 연달아 다 이겼다는 얘기도 하지 않았다. 괜히 그 얘기까지 했다가는 친구들한테도 배려심이라고는 전혀 없는 남자로 찍힐 테니까.

사실 내가 켕기는 것이 있어 아내와 더 이상 논쟁으로 나아가지는 않았으나 사실 다소 억울한 점도 있다. 아내는 나에게 눈치를 본다고 핀잔을 주지만, 나로서는 아내가 '눈치'라고 부르는 그런 식으로 하는 것이 마음이 편하고, 또 그것이 배려가 아닌가 하는 생각을 지니고 있기 때문이다. 그러면서 왜 여자들은 눈치라고는 전혀 안 보며 행동을 제멋대로 함부로 하는 그런 '나쁜 남자'들을 좋아하는지 모르겠다는 오래된 의문이 되살아나기도 했다.

다른 한편 마음 한구석에서는 눈치와 배려의 차이를 정확히 파악해서 아내에게 눈치를 안 보이며 잘 배려하여 점수를 따야겠다는 욕심도 아울러 생겼다.

지난주에는 어느 봉사활동 자리에 제 시각보다 조금 일찍 도착했는데 마침 심리학과 교수 한 분이 먼저 와 계셨다. 전공이 상담심리학인 그분은 나보다 연배는 훨씬 아래이지만 상대를 편안하게 해주는 좋은 인상에 평소 말씀을 알아듣기 쉽게 잘하는 편이기에 내가 혹시나 하고 말을 걸어 보았다.

"김 교수님, 눈치 보는 것과 배려하는 것은 어떻게 다른가요?"

내가 이렇게 돌출 질문을 했는데도 뜻밖에도 그분은 기다렸다는 듯이 자상하게 설명을 해주었다.

"그건 모두들 다 알고 있습니다. 다만 그걸 조리 있게 설명을 못 할 뿐이죠. 우선, 눈치를 많이 봤다고 해서 뿌듯한 보람을 느끼는 사람은 없을 겁니다. 하지만 배려는 하면 할수록 그 만족감이 높아집니다.

왜 그럴까요?

그것은 '눈치'와 '배려'는 그 출발점과 기준점이 다르기 때문입니다. 눈치는 '남에게 잘 보이기 위해서' 봅니다. 평가의 기준이 '남'에게 있는 것입니다. 그 반면에 배려는 '내가 남에게' 베풀기 위해서 합니다. 그래서 행동의 기준이 바로 '나'이고 그래서 보다 더 능동적으로 해낼 수 있는 것이죠.

우리는 남이 비웃을까 봐 두려워하기보다는 남을 위하여 내가 해줄 수 있는 것이 무엇인지를 찾아야 합니다. 나의 행동은 '나'에게서 비롯되어야 하고 '남'을 기준으로 해서는 안 됩니다."

김 교수는 조금 더 부연 설명을 해주었는데 핵심은 그러했고, 나는 충분히 이해가 되었다. 그래서 앞으로는 절대로, 특히 아내 앞에서는 눈치를 보지 않기로 확실히 결심했으며, 오늘까지 지켜 오고 있다.

그런데 '눈치'와 '배려'라는 두 단어를 생각하면, "나를 위해 살지 않으면 남만을 위해 살게 된다."는 에픽테토스의 말과, 리처드 도킨스의

『이기적 유전자』에서 읽은 "남을 먼저 배려하고 보호하면 그 남이 결국 내가 된다."는 대목이 함께 떠오르는 것은 왜일까.

그래서 내가 계속 눈치와 배려의 중간에서 방황하는 것인지도 모른다.

《경제포커스》 2025. 3. 4.

좋은 사진

어제 오후 늦게 산책을 하던 중 무심코 내려다본 남한강 물, 거기에 비친 저녁노을이 걸음을 멈추게 할 정도로 아름다웠다. 반사적으로 스마트폰을 꺼내어 한두 컷을 찍은 다음 벤치에 앉아 열어보니 뜻밖에도 구도도 잘 맞고 내가 받은 느낌이 거의 그대로 잘 담겨 있었다. 다만 역광 탓인지 물에 비친 산과 나무의 그림자, 멀리 떠 있는 작은 배의 윤곽이 조금 흐릿한 점이 마음에 걸렸다. 스마트폰 앱으로 해상도도 올리고 선명도와 대비 등을 보정할까 하다가 이내 마음을 접었다.

20년 전, 사진 촬영에 취미가 붙어 모 대학 사진 아카데미 코스를 다닐 때의 일이 갑자기 떠올랐다. 실사(實寫) 준비 사항을 하나하나 설명하시던 나이 지긋한 강사 선생님께 한 수강생이 엉뚱한 질문을 던졌다.

"사진을 좀 더 잘 찍으려면 어떻게 해야 하나요?"

사실 '잘 찍는다'는 것 자체가 정의하기 어렵고, 또 '어떻게 한다'는 것 역시 너무 광범위해서 쉽게 답할 수 없는 선문답(禪問答) 같은 질문이었다. 그러나 강사 선생님은 선승(禪僧)처럼 노련하게 한마디로 답하셨다.

"피사체(被寫體)에 대해 애정을 가지십시오."

그 말뜻을 정확히 이해하기는 어려웠다. 선생님은 더 이상의 부연 설명 없이 출사 준비에 대한 강의를 이어가셨지만, 촌철살인의 짧은 그 한마디는 그 후로 내 사진 찍기의 길잡이가 되어주었다. 그 말씀은 너무 간명해서 받아들이는 사람에 따라 얼마든지 다르게 해석될 수 있는데, 나는 먼저 우리의 삶이 그러하듯 좋은 사진을 만드는 길은 사진 찍는 사람의 성실성에 있다는 말씀으로 받아들였다. 성실성은 곧 대상을 사랑하는 마음에서 비롯되기 때문이다.

자신의 삶을 진지하게 사랑하지 않고는 참된 삶을 살 수 없듯이, 피사체에 대한 사랑을 바탕으로 하지 않고는 좋은 사진을 만들 수 없다. 인물 사진이든 풍경 사진이든 타고난 재능이나 뛰어난 감성, 숙련된 기술만으로는 한계가 있다.

사실 이렇게 '피사체에 대한 사랑'을 품고 사진 찍어야 한다고 마음을 다잡으면서도 정확히 어떻게 하는 것이 과연 피사체를 사랑하는 것인지는 명확히 알 수는 없었다. 다만, 사진을 제대로 알지도 못하면서 그동안 내가 찍는 사진 한 장 속에 모든 것을 다 담겠다는 욕심과 그것이 가능하다는 교만에 빠져 허덕였다는 것은 깨달았다. 당시 고가의 장비도 구입하고 그 대학의 사진 아카데미 과정도 2년째 다니고 있었지만 끝내 흡족한 사진을 한 장 만들어 내지 못하고 있었던 것은 이 '사랑'이 부족했던 탓이라고….

아무튼 그 깨달음 덕분인지 그 뒤 내 사진의 작품성은 어느 정도 향상되었고, 수료 기념 전시회에 출품한 두 점의 작품에 대해서는 바로 그 강사 선생님으로부터 '사진이 무엇인지 아는 것 같다'는 뜻밖의 호평까지 받았다.

이후 욕심이 생겨 사진을 더 잘 찍어 보려고 돈을 들여 장비를 보강하는 한편 모 일간지 문화센터의 포토샵 강의도 열심히 수강하고 그 기술을 익혔다. 내가 무거운 장비를 휴대하고 가족 모임 같은 데 나타나 열심히 찍고 그 결과물을 본 피사체가 자기 자신이 이렇게 멋있냐고 감탄하는 것을 보는 것은 하나의 큰 즐거움이었고, 나는 포토샵으로 약간 더 보정을 한 다음 그 출력물을 액자에 넣어 선물하여 많은 인기를 얻었다. 또 나름대로 '작품'을 건져 보려고 출사도 많이 다녔다. 광란의 밤이 휩쓸고 간 황량한 이태원의 새벽을 담아 보려고 몇 차례 나가기도 했고, 땡볕 아래 위험한 건설 현장에서 자신을 내걸며 고된 일을 하는 근로자를 찍기 위해 멀리 숨어서 망원렌즈의 초점을 맞추기도 했으며, 이른 봄 그 유명한 자연 호수의 새벽 물안개 피어오르는 모습을 찍기 위해 밤새 5시간 운전하는 것도 마다하지 않았다.

지인들 인물 사진을 찍어 줄 때는 약간 '뽀샵'을 해서 실물보다 낫게 만들어 주지만, 이른바 '작품' 사진에는 컬러를 흑백으로 전환하는 것이나 구도를 위한 트리밍 정도만 하고 사진의 본질이나 맛을 바꾸는 식의 포토샵 작업은 하지 않았다.

아, 그런데 내가 한창 사진 찍는 재미에 푹 빠져 있을 때 그만 새로 신설되는 공공기관의 책임자로 취임하는 바람에 정말 눈코 뜰 새 없이 바빴다. 그러다 보니 취미로 사진을 찍는다는 것은 정말 하나의 사치가 돼 버렸고, 촬영 도구들을 보면 괜히 마음만 심란해졌다. 결국 카메라 본체, 기본 렌즈, 광각 렌즈, 망원렌즈와 플래시, 삼각대, 리모컨 등 촬영 도구는 물론 카메라 가방, 렌즈 클리닝 티슈 같은 부속 물건까지 모두 막냇동생에게 주어 버렸다. 그러고 나니 내 몸뚱이에서 뭐가 떨어져 나간 것처럼 허전하기도 했으나 또 바로 그런 것들이 없는 일상에 잘 적응이 되었다.

물론 그 뒤에도 사진을 멋지게 찍고 싶은 욕구가 일어날 때가 간혹 있었으나 그동안 많이 진화된 스마트폰 카메라로 그 아쉬움을 달래곤 했다. 특히 그 공공기관의 장의 임기를 마치고 법무법인의 변호사로 송무를 맡으면서는 다소 시간 여유가 있어 다시 본격적으로 사진을 찍어 볼까 하기도 했으나 DSLR 카메라 등 장비를 새로 구입하는 것이 경제적 부담도 되고 옛날 고전 읽기와 당구 치기라는 새로운 취미가 생겨 사진 찍기는 자연스럽게 뒤로 물러났다.

내 주변에서는 아직도 내 사진 찍는 솜씨를 알아준다. 같이 여행을 간다거나 결혼식 같은 행사를 치르고 나서 서로 찍은 사진을 비교해 보면 똑같이 스마트폰으로 찍었는데도 내가 찍은 사진은 격이 다르다는 것이다. 이는 물론 내가 사진 기법을 어느 정도 터득했기 때문이기도 하지만, 사실은 '후작업' 영향이 크다. 나는 스마트폰으로 사진을 찍자마자 구글 앱을 이용하여 기울기와 구도를 맞추고 색온도와 대비를 자연스럽게 보정한다. 특히 인물의 경우 부드럽고 화사한 느낌을 주어 피사체가 마음에 들어 하도록 수정한다. 그러니 그 결과물이 날것 그대로의 것과 같을 수가 없다.

그러다가 최근 내가 조금 지나친 장난을 치게 됐다. 요즘 인공지능 (AI) 열풍이 불면서 사용자가 원하는 대로 사진을 만들어 주는 앱을 사용해 보았다. 먼저 아내와 내가 어느 전시회장에서 둘이 찍은 사진을 '지브리 스타일'로 변환해 달라고 주문했다. 그랬더니 금방 산뜻하고 귀여운, 그리고 훨씬 젊어 보이는 한 쌍의 커플이 애니메이션 주인공으로 탄생했다.

너무 신기했다. 그래서 이걸 바로 내 카톡 프로필 사진으로 올렸다. 그러고는 몇 년 전에 찍은 신통찮은 내 사진을 올려놓고 "나 좀 젊고 멋있게 좀 만들어 줘요."라고 했더니 나인 것은 분명한데 리즈 시절의 브래드 피트처럼 멋진 청년이 나타난 것이다. 정말 신기했다. 그래서 나는 아주 오래전 내가 심혈을 기울여 DSLR 카메라로 새벽의 소나무 숲을 사진 찍었는데 영 내가 원하는 작품이 안 나와 속상해했던 걸 올려놓고 동트기 전의 첫 색깔 - 회색과 쪽빛이 잘 조화되고 안개구름이 은은하게 깔려 우리 맘을 차분하게 가라앉게 해주는 느낌이 나게 해달라고 하고 그밖에 소나무의 위치를 다소 바꾸는 등 구도 같은 것에도 약간의 주문을 보탰다. 그 결과, 내 요구를 완벽하게 반영한 '작품'이 탄생했다. 내가 찍은 원본과는 달리 작품성도 매우 뛰어났다.

나의 장난은 여기서 그치지 않았다. 나는 아내를 집에서 '여왕님'이라고 부른다. 그래서 여왕처럼 보일만한 사진이 없나 하고 찾아보니 10여 년에 찍은 사진이 제법 그럴듯해 보여 그 사진을 올려놓고 AI에게 "여왕님이니까 멋지게 왕관 씌워 줘요."라고 주문했다.

그랬더니 몇 초도 안 걸려서 정말 멋진 왕관을 씌우고 거기에 어울리게 몇 겹 보석으로 감긴 목걸이와 다이아몬드 귀고리까지 맞춰 주었다. 게다가 배경까지 궁전 내부처럼 꾸며 놓으니까 아내는 젊고 아름다우면서도 자애로운 여왕으로 변신하였다. 나는 이 사진이 없어질까 봐 얼른 따로 저장해 두었다.

나는 아내를 서재로 불러올렸다. 먼저 노트북 컴퓨터 모니터 화면에 AI가 보정해 준 소나무 숲 사진을 올려놓고 "나 이 사진 잘 찍었지?" 하고 물었다. 그랬더니 아내의 대답은 엉뚱했다.

"이거 배병우 선생 작품 아니에요?"

그러고 보니 그 사진이 카메라로 수묵화를 그린다는 '소나무 작가' 배병우의 작품과 매우 흡사한 것 같다. 내가 옛날에 사진 찍을 때 그의 작풍(作風)을 닮아 보려고 애를 쓴 적이 있었는데 AI에게 주문할 때 나의 그런 염원이 그대로 전달된 모양이다.

아내가 덧붙였다.

"행여 다시 사진 찍으시려면 디지털 작업은 아예 손떼시고 아날로그로만 하세요. 그래야만 문명에 가려진 자연의 근원적 아름다움을 되찾을 수 있을 거예요."

다른 쪽도 그렇지만 예술에 관한 한 아내와 논전을 해 봐야 내가 이길 수가 없다.

나는 그래도 이왕 만들어 놓은 것이니, 그리고 아내를 예쁘고 화려하게 치장한 것이니 혹시나 하고 '여왕님' 사진도 모니터에 올려놓고 조심스럽게 보여줬다. 그랬더니 이건 최악의 반응이었다.

"얼른 지워버려요! 그건 나 아녜요. 나는 오드리 헵번이 아니란 말이에요. 나 여왕 안 할 테니까 그거 빨리 지워요."

그러고는 아내는 바로 아래층으로 내려가 버렸다.

내가 큰 실수를 한 것이다. 누구와 비교하는 걸 무척이나 싫어하고 꾸밈보다는 있는 그대로를 보여주고 받아주기를 원하는 아내인데 그런 아내를 가지고 디지털 장난을 쳤으니…. 그러고 보니 AI가 만든 아내의 여왕 모습이 〈로마의 휴일〉에서 앤 공주로 나오는 오드리 헵번의 이미지와 너무나 흡사했다.

아쉽지만 아내의 엄명이어서 노트북에 올려진 아내 여왕님 사진을 지워버릴 수밖에 없었다(따로 저장해 놓은 것이 남아 있는 건 비밀이다).

아무튼 이번에도 아내에게 한 방 맞았다. AI가 새로 생성해 준 것은 내 작품이 아니다. 엄격히 말하면 포토샵으로 보정한 것도 내 창작물이라고 말하긴 곤란할 것이다. 피사체에 대한 사랑은 없고 그저 좋은 평가를 받기 위해 객관적인 잣대에 맞춰 완벽을 기하려고만 한 것이다.

피사체를 나의 기준이나 객관적인 기준이라는 것에 맞추려 들지 말자. 있는 그대로의 피사체를 사랑하자. DSLR 카메라가 아니고 스마트폰 카메라로 찍더라도….

이제야 그 강사 선생님 말씀의 뜻을 조금은 알 수 있을 것 같다. '피사체에 대한 사랑'이란 스스로의 잣대를 버리고 치우치지 않는 감수성으로 대상 그 자체를 진실되게 만나는 마음의 자세 그런 것이 아닐까 하고 생각해 보았다.

또 '사랑'이란 그 대상에 대한 경외심과 겸허함이라고 할 수 있다. 자기 생각을 고집하지 않고 그 대상을 있는 그대로 받아들이며 넓게 이해하려는 노력이기도 하다. 그러기 위해선 조바심을 내지 않고 차분히 기다릴 줄도 알아야 할 것이다. 그래서 사진가에게 가장 필요한 덕목이 기다림이라고도 하는 모양이다.

쉬운 삶을 추구하기란 어렵다. 아니, 원래 쉬운 삶이란 없다.

사진을 찍는 마음가짐은 바로 삶의 자세이다. 쉽지는 않겠지만 사진을 찍는 성실성으로 살아간다면, 내가 만나는 모든 사람과 사물을 존중하고 경외하는 그런 겸허함으로 살아간다면 그 삶은 '잘 찍은 사진 한 장'이 될 것이다.

이제 사진을 내가 사랑하는 피사체를 간직하기 위한 마음의 저장장치로 삼아야겠다.

《경제포커스》 2025. 9. 14.

꾀꼬리

젊은 시절 우리는 설레는 마음으로 김춘수의 시 「꽃」을 많이 읊었다.

그렇다! 내가 그의 이름을 불러주기 전에는 그는 다만 하나의 몸짓에 지나지 않았다. 내가 그의 이름을 불러주었을 때, 그는 나에게로 와서 꽃이 되었다. 꽃도 그냥 꽃이 아니다. '내가 붙여주는 이름의 꽃'이 되었던 것이다. 그리고 우리는 바랐다. 내가 그의 이름을 불러준 것처럼 누가 나의 이 빛깔과 향기에 알맞은 나의 이름을 불러주어 나도 그에게로 가서 그가 부르는 이름의 꽃이 되는 꿈을 꾸곤 했다. 그리곤 그것이 사랑이려니 했다.

사실 우리는 자기가 누구인지 잘 모른다. 누가 내 이름을 부르면 그것이 나의 아이덴티티가 되는 것이며, 나를 보고 멋있다고 하면 나는 내가 정말로 멋있는 줄로 알고, 나를 나쁜 놈이라고 부르면 나는 정말로 나쁜 놈으로 되어 버린다. 그러니 남이 나를 부르는 것이 곧 '나'라고 할 수 있다. 그런 걸 생각하면 내가 남을 부를 때 역시 참으로 조심해서 그 이름을 잘 골라야 할 것이다.

나에겐 예쁜 딸이 하나 있다. 아무리 얼굴이 예쁘면 뭘 하나? 남에게 지기 싫어하는 성품으로 태어났기에 18개월 빠른 오빠와 참 많이도 싸웠고 그때마다 소리를 '꽥!' 하고 질러댔다. 오빠 역시 여동생이 귀엽기는 한데 소리 지르며 대들 때, 그 고운 얼굴이 갑자기 험악해지는 것이 재미있는지 곧잘 자기 동생을 골려 먹곤 했다.

딸이 아직 초등학교에 들어가기도 전이다(오빠와는 18개월 차이지만 학년으로는 한 학년 차이다). 토요일로 기억된다. 내가 사무실에서 미처 처리를 못 마친 일을 마저 하려고 사건기록을 집으로 가지고 와 검토하고 있는데, 거실 쪽에서 갑자기 딸내미의 예의 그 날카로운 고음의 괴성이 터져 나왔다. 오빠가 또 괴롭힌 모양이다. 그런데 아들 목소리가 아닌 아내의 목소리가 뒤이어 들려 왔다.

"꽥꽥이, 또 꽥꽥거리고 있냐!"

아내의 목소리도 꽤 컸다. 아마도 내가 일하고 있는 것이 신경 쓰여 더 그랬던 것 같다. 그런데 '꽥꽥이'라니! 나는 이건 아니다 싶어 방문을 열고 거실로 나갔다. 그러고는 즉흥적으로 '꽥꽥이'가 아닌, 같은 쌍기역 자 두 개가 들어가는 '꾀꼬리' – 선명한 노란 깃털의 예쁜 몸매에 '호이오, 키욕!' 하며 맑고 아름다운 목소리로 지저귀는 바로 그 꾀꼬리를 생각해 냈다.

"아이구, 우리 귀여운 꾀꼴 씨는 얼굴만 예쁜 것이 아니라 목소리도 정말 아름답네. 화가 날 때도 꾀꼬리답게 고운 소리를 내니 말이야."

갑자기 아빠가 불쑥 나타나 자기를 꾀꼬리로 만들어 버리자 딸은 잠시 얼떨떨해하다가 예쁜 얼굴에 목소리까지 곱다니까 싫지는 않은지 어색해하면서 살짝 웃고 말았다. 이렇게 해서 아들과 딸의 목청 올리던 싸움은 싱겁게 끝나 버렸고, 그날 저녁 우리 가족은 아내가 마련한 새우튀김과 사골곰탕을 맛있게 먹었다.

그 이후 내 딸애의 별명은 '꾀꼬리'가 되었고(30년도 훨씬 지난 지금도 내 핸드폰에 적혀 있는 딸의 이름은 '꾀꼬리'다), 간혹 단골 가게 주인아주머니 중에는 내 아내를 '꾀꼬리 엄마'라고 부르는 사람도 있었다.

꾀꼬리가 된 딸은 그다음부터는 정말로 자기가 꾀꼬리인 것처럼 말을 곱게 했다. 물론 어쩌다 톤이 조금 올라가기라도 할 기세를 보일 때도 있지만 그때마다 아내가 "꾀꼬~올 씨!" 하며 딸에게 정체성을 일깨워 준다. 그러면 딸의 목소리는 꾀꼬리다운 바로 그 아름다운 톤으로 돌아오고는 했는데, 그러다 보니 우리 집에선 큰 소리가 거의 들리지 않게 되었다.

딸은 꾀꼬리가 된 이후 목소리만 가다듬어진 것이 아니라 남에게 지기 싫어하는 성품은 그대로 간직하면서도 남에게 드러나지 않게 다소 곳해졌고, 오빠뿐만 아니라 자기 친구나 선·후배 할 것 없이 모두에게 모나지 않게 부드러운 성품으로 잘 대해 아주 인기가 짱이다. 특히 정이 많고 어려운 사람에 대한 자상한 배려가 남달라 인격적으로도 많이 성숙하였음이 느껴져 흐뭇하다.

딸애는 그 뒤에도 아빠·엄마 속을 썩이지 않고 잘 자랐으며, 착하고 멋진 왕자님을 만나 결혼해서 떡두꺼비 같은 아들 둘을 잘 낳고 건강하게 행복한 삶을 누리고 있다(아내의 표현을 빌리면 '왕비같이' 살고 있다). 사위의 직장이 외국 회사여서 딸네는 해외에 거주하고 있는데, 나로서는 스카웃되어 간 먼 타국의 회사에서 잘 적응하고 능력을 인정받아 부사장까지 올라간 사위가 기특하고 대견스럽기만 하다. 사부인은 며늘아기가 들어와서 집안이 일어나고 아들이 승승장구하는 것이라고 덕담을 곧잘 하는데, 나는 그저 내 딸이 계속 목소리와 마음이 고운 '꾀꼬리'이기만을 바랄 뿐이다.

가끔 우리 딸을 나나 아내가 그냥 '꽥꽥이'라고 계속 불렀으면 어떻게 됐을까 하고 상상해 본다. 조금은 끔찍한 생각이 들기도 한다. 지금과 같은 '꾀꼬리'의 모습은 아닐 것임은 분명하다.

긍정의 힘에 대하여 우리는 이미 많은 이야기를 알고 있다. 자기가 조각한 대리석 여인상 갈라테이아를 진심으로 사랑한 피그말리온에게 아프로디테 여신이 그 조각상을 인간으로 환생시켜 줬다는 그리스 신화와 거기서 비롯된 간절한 긍정적인 기대는 그러한 결과를 이끌어내기도 한다는 '피그말리온 효과'가 아마 그 원조쯤 될 것이다.

한 초등학교에서 무작위로 선정된 학생 군(群)에게 특히 우수하다고 깊은 신뢰를 보인 다음 8개월 지나 측정해 보니 교사의 기대와 믿음이 학생의 성적 향상에 실제로 영향을 미쳐 그 그룹 학생의 성적이 크게 향상되었더라는 '로젠탈 효과'도 같은 뿌리를 두고 있다 할 것이다. 심리학자들은 어떤 예언이나 생각이 이루어질 거라고 강력하게 믿음으로써 그 믿음 자체에 의한 피드백을 통해 행동을 변화시켜 직·간접적으로 그 믿음을 실제로 이루어지게 하는 예측을 '자기 충족 예언(self-fulfillment prophecy)'이라고 부르기도 한다.

물론 이러한 '효과' 내지 '예언'이라는 것들이 100% 맞아떨어지는 것은 아니고, 과학적으로 충분히 검증된 것이라고 보기 어려운 점도 있다. 그러나 앞의 경우와는 반대로 상대방에게 무시당하거나 치욕을 당한 경우, 즉 상대방에게 낙인이 찍힌 경우는 부정적인 대우를 받은 당사자가 그에 맞춰 나쁜 쪽으로 변해가는 현상, 즉 '낙인 효과(stigma effect)'를 보이기도 한다.

자동차가 한번 고장 나서 애를 먹이자 차 주인이 그 자동차를 '꼴통'이라고 불렀다고 한다. 그랬더니 그 자동차가 자꾸만 더 고장이 나서 주인을 더욱 골탕 먹이더라는 얘기가 있다. 이렇듯 기계나 물건도 사람이 자기를 부르는 말에 어떤 감응을 한다는데 사람이야 더 말할 필요가 있겠는가. 이혼 위기에 처한 부부에 대하여 연애 시절로 돌아간 것처럼 서로 예쁜 애칭을 만들어 상대방을 'ㅇㅇ씨'라고 고운 말로 부르도록 권했더니 상당수의 커플에게서 관계 회복에 큰 효과를 보았다는 한 카운슬러의 경험담도 있다.

이렇게 사람들은 다른 사람들이 자기를 불러주는 그 이름대로 되어 가는데, 그런 것을 보면 가끔은 어떤 상황을 진실이라고 정의해 버리면 그 상황은 결과적으로 진실이 되고 마는 것이 아닌가 하는 생각이 들기까지 한다. 즉, 우리가 어떤 상황 또는 사람에 대해서 긍정적이건 부정적이건 간절하게 어떻게 생각하고 믿는 것은 끝내 어떤 주술적(呪術的)인 효과를 일으키는 것 같기도 하다.

세상을 나쁘게 보고 저주스럽게 비웃기만 해대는 사람도 있다. 물론 그런 비판적인 시각이 무조건 나쁘다고만 할 수는 없을지 모른다. 그렇지만 그렇게 한다고 해서 세상이 결코 좋아지는 것은 아니다. 이왕이면 긍정적으로 생각하고 긍정적인 결과를 간절히 바라는 것이 좋은 결과를 가져오는 데 오히려 더 실효적이지 않을까 하는 매우 실용적인 생각을 한번 해 보았다.

사람에 대해서도 부정적인 비판은 오히려 그 사람을 더욱더 나쁜 쪽으로 낙인찍는 결과를 초래하기 쉽다. 가능하면 좋게 보자. 누구라도 우리가 예쁜 이름으로 부르면 예쁜 얼굴로 우리에게 다가오리라고 본다.

    피그말리온에게 갈라테이아가 있었다면 나와 내 아내에겐 우리 딸 꾀꼬리가 있다. '꾀꼬리'라고 그 이름을 불러준 대로 꾀꼬리로 잘 자라준 우리 꾀꼬리가 그저 고마울 뿐이다.

《경제포커스》 2024. 4. 28.

큰 외손자

아이들이 커 가는 걸 보는 건 큰 즐거움이다. 그 아이들이 자기 혈육일 때는 그 즐거움이 더욱 커진다.

이번에 중국 샤먼(廈門)시를 다녀왔다. 사위의 직장 관계로 그곳에 살고 있는 딸이 비행기표까지 사서 보내주면서 배구대회에 출전하는 자기 아들들을 응원해 달라고 초대해서다. 딸 얘기로는 이 대회는 홍콩과 마카오에서도 오는 중국 남부 국제학교 6개 팀이 겨루는 큰 행사이고, 외손자들이 A·B 각 팀의 주장으로 이끈다고 한다. 한국을 떠날 때만 해도 유치원과 유아원에 다니는 미취학 아동이었는데 지금은 그곳 학제로 8학년, 6학년이 되었으니 참으로 세월이 빠르다. 특히 둘째 외손자는 전체 출전 선수 중 최연소자라고 하는데 형들을 제치고 팀의 주장이 되었다니 그것만으로도 얼마나 기특한지….

샤먼 국제공항에 내리니 딸이 환한 얼굴로 우리를 맞이했다. 그 밝은 표정에서 우리가 못 본 오전 게임에서 외손자들 팀이 이겼음을 쉽게 알 수 있었다. 경기장으로 우리를 태워 주면서도 딸은 연신 둘째가 치른 첫 게임 얘기를 늘어놓았다. 시작하자마자 둘째 외손자가 서브를 넣었는데 연속으로 8개나 성공시켜 순식간에 스코어가 8:0이 되어 너무 손쉽게 이겼다는 것이다. 딸이 신나 해 하는 것이 그냥 과장만은 아니었다. 나중에 동영상으로 보니 어쩌면 저렇게 조그만 애가 180쯤 되는 상대 팀 큰 애들의 장벽을 교묘하게 뚫고 서브를 성공시키나 하고 그 신기(神技)에 가까운 재주가 신기해 보였다(운동을 잘 못하는 내가 보기에 그렇다는 얘기다).

오후에 한 경기에서도 둘째가 속한 B팀이 잘 싸워 가볍게 세트 스코어 2:0으로 이겼다. 그러나 아쉽게도 A팀의 경기에서는 큰 외손자가 출전하지 않고 벤치를 지키고만 있었다. 딸의 설명에 의하면 이번 상대 팀은 너무 약체라 쉽게 이길 수 있기에 큰 외손자가 감독 선생님에게 건의하여 다른 후보 선수에게 출전의 기회를 준 것 같다고 한다. 큰 외손자가 뛰지는 않았지만 그 게임도 무난히 이겼고, 응원석에 있던 나는 뜻밖의 칭찬까지 들었다. 중국 사람들과 달리 한국 남자들은 자기 아들이 토요일에 중요한 대회 결승에 나간다고 해도 응원하러 오지는 않고 그냥 골프나 치러 가는 것이 통상인데, 현직 변호사인 할아버지가 이렇게 외손자들 응원하러 한국에서 일부러 오셨다니 정말 멋쟁이라며 학부모 몇 분이 박수까지 쳐 주었다.

응원단으로 멀리서 차출되어 온 우리 부부는 다음날도 하루 종일 체육관에서 충실하게 그 역할을 잘 수행했다. 아쉽게도 둘째 외손자가 속한 B팀은 그 외손자가 5개 이상씩 서브를 성공시키는 등 분투했으나 두 게임 모두 지고 말았다(후에 둘째 외손자한테 들은 말로는, B팀은 힘센 형들을 다 뽑아간 다음에 남은 동생들로 꾸려진 약한 팀이어서 송강호의 영화 〈1승〉에서처럼 단 1승만이라도 하기를 바랐는데, 조 순위를 가르는 리그전에서 3승2패를 거두어 3위를 했다는 것은 기대 이상의 좋은 결과라고 한다). 그 반면에 큰 외손자가 속한 A팀은 가볍게 두 게임 모두 세트 스코어 2:0으로 완승했다.

큰 외손자가 뛴 두 게임은 일방적이라고 할 정도로 우세한 경기라서 마음 졸이지 않고 볼 수 있었다. 그런데 배구란 운동을 잘 모르는 나이지만 큰 외손자가 주장으로서 게임을 운영하는 모습이 매우 믿음직해 보였다. 물론 감독 선생님의 지시에 따르는 것이고 또 세터라는 포지션의 역할이 그렇기도 하겠지만 자기를 전혀 내세우지 않고 토스를 충실하게 하는데, 그 구질도 좋고 정확도도 높아 아웃사이드 히터나 아포짓 스파이커가 공격을 제대로 할 수 있었다. 상대방 팀이 결정적인 허점을 보일 때 간혹 토스하는 척하면서 공을 살짝 넘겨 점수를 따기는 해도 절대 스타 플레이어 노릇을 하려고 하지 않았으며, 자기가 잘 토스해 주었는데 공격수가 실수하여 공이 네트에 걸리거나 해도 화를 내지 않고 그 선수의 등을 쓸어주며 뭐라고 말하는데 아마도 "괜찮아. 나도 그런 실수 자주 해."라고 하는 것 같았다.

그날 저녁 식사를 할 때 내가 큰 외손자에게 팀의 주장으로서 어떤 점을 제일 신경 썼냐고 묻자 이렇게 답했다.

"요즘 배구는 '스피드 배구'예요. 공이 우리 쪽 코트에 머무는 시간이 짧아야 합니다. 상대편이 블로킹을 준비하기도 전에 공을 빨리 넘겨줘야 하죠. 그러나 무엇보다도 선수들이 서로 믿고 일체감을 갖고 뛰는 것이 제일 중요하다고 봅니다."

이렇게 말하는 큰 외손자의 모습에서는 그야말로 '코트 위의 야전사령관' 같은 위용이 느껴지기도 했다.

마지막 날 리그전 1~4위끼리 토너먼트로 가리는 준결승, 결승에서도 예상대로 큰 외손자의 A팀이 무난히 모두 다 이겨 영예의 우승을 차지했다. 시상대에 올라 금메달을 목에 건 큰 외손자는 같은 팀원들의 어깨를 끌어올리며 환하게 웃었다. 가족끼리 기념사진을 찍으면서는 자기 동생에게 내년에는 함께 A팀에서 뛰자고 말했다. 과묵하고 별로 표정 변화가 없는 둘째 외손자도 그 말에는 매우 흡족한 듯 미소를 지었다.

큰 외손자 소속 팀이 우승했으니 원정 응원을 온 보람은 충분히 거둔 셈이다. 그런데 정작 더 큰 보람은 샤먼을 떠나기 전날에 찾아왔다. 자기 큰아들 팀이 우승하여 한껏 기분이 고조된 사위가 장인어른과 장모님께서 응원해 주신 덕분에 우승한 거라면서 발이 편한 운동화며 새로 개발된 신소재로 만든 티셔츠와 재킷 등을 잔뜩 사주는 바람에 나와 아내는 망외의 큰 소득을 올린 것이다(모두 사위네 회사와 그 계열사 제품이라 할인을 좀 받았겠지만 최고급으로만 골라 담았기에 제법 큰 돈을 썼을 것이다).

게다가 나는 그보다도 더욱 큰 소득을 그날 저녁 해물샤브샤브 집에서 저녁을 먹으면서 얻게 되었다. 큰 외손자가 정말로 크게 성장하였다는 것을 거기서 다시 확인했기 때문이다. 사람이 워낙 많이 몰려들어 우리 일행은 두 팀으로 나눠서 앉을 수밖에 없었다. 식사 중간에 사위와 둘째 외손자가 먹을 것을 더 가지러 간 사이에 내가 큰 외손자에게 한 가지를 묻다가 뜻밖에 둘은 진지한 대화를 나누게 되었다.

"곧 난징에서 열리는 모의 유엔 총회에 간다고 하는데 거기서는 영어로만 말하나?"

"예, 중국어만 하는 애들을 위해 통역을 해주기도 하는데 공식어는 영어예요."

"하필이면 너는 왜 아이티공화국 대표를 맡았냐? 선생님이 너를 골탕 먹이려고 그러신 거 아니냐?"

"아녜요. 힘 있는 나라 대표는 다른 친구들이 서로 하겠다고 해서 이럴 때 제가 약소국 대표를 맡는 것이 해야 할 일이 더 있을 것 같아서 스스로 청했어요."

"아이티공화국은 지금 대통령도 공석이고 의회도 없는 거의 무정부 상태인데 과연 유엔에 대표나 파견하고 있을까?"

"그건 상관없다고 봅니다. 저는 아이티공화국이 처한 문제점을 유엔 총회에서 낱낱이 밝히고 그 개선을 해 달라고 호소하면 되니까요."

"도대체 너는 무슨 말을 하려고 하는데?"

"글쎄요, 저는 이렇게 말할까 합니다. 우리나라는, 이건 아이티공화국을 말합니다, 아메리카에서 노예였던 흑인들이 주도한 최초의 독립국입니다. 그런데 이런 우리나라를 밉게 본 프랑스와 미국 등 열강이 마구 짓밟아서 결국 오늘날과 같이 완전히 망가진 나라가 돼 버렸습니다. 저 멀리 아시아의 코리아라는 나라도 우리나라 못지않은 노예 상태의 국가였는데 우리보다 1세기 이상 뒤늦게 독립하고도 지금은 세계 10대 강국에 들 정도로 크게 발전했습니다. 저는 그 원인을 이 나라를 식민지화했던 강대국들이 두 가지를 지켰기 때문이라고 봅니다. 그 하나는 식민지인 코리아의 국민에게도 자국민들과 거의 똑같이 교육을 시켰고, 또 하나는 식민지 코리아의 범죄 집단에는 절대로 무기를 팔아먹지 않았기 때문입니다. 그래서 코리아 국민은 문맹이 거의 없고 민주 의식을 깨우쳐 그 나라는 독재를 할 수 없는 나라가 되었고, 불법 무기를 소지할 여지가 없어 공권력이 확립되어 치안이 잘 유지되는 모범적인 나라가 되었습니다.

그런데 우리나라는 어떻습니까? 강대국들은 우리 국민이 무식한 것이 자기들한테는 편리하다는 이유로 교육을 전혀 시키지 않았고, 그 결과 대부분의 국민은 민주주의에 대한 의식이 전혀 없어 독재가 쭉 이어 올 수 있었습니다. 그리고 강대국의 부패한 정치인들과 결탁된 무기상들이 이 나라의 갱단에게 무기를 마구 팔아먹어 그 무기로 대통령이 암살되고 의회까지 없어지는 무정부 상태가 돼 버린 것입니다. 도대체 갱단이 나라를 휘두른다는 것이 말이나 됩니까? 아이티공화국을 대표하는 저로서는 유엔 가입국 대표 여러분께 무리한 요구를 하지는 않겠습니다. 다만 '자유'와 '연대'라는 유엔 정신을 잘 살려 우리나라 국민에게 최소한의 기초교육을 실시할 수 있는 기반을 마련해 주시고, 이미 불법 판매한 무기를 회수하고 앞으로 절대로 범죄 집단에는 무기를 판매하지 못하도록 하는 제도적 장치를 마련해 주시기를 바랄 뿐입니다"

큰 외손자는 더 말을 이어가려고 했던 것 같으나 마치 자신이 진짜 아이티공화국의 대표이기라도 한 것처럼 연설조로 변한 그의 말에 감동하여 내가 박수를 치는 바람에 거기서 일단 중단됐다.

"너 정말 대단하다. 그런데 그걸 다 영어로 할 수 있겠냐?"

"학교에서 영어를 주로 써 왔기 때문에 영어가 오히려 편해요."

정말 기특했다. 우리 식 학제로는 중2짜리가 이 정도의 생각을 가지고 영어로 의사 표현을 제대로 할 수 있다니 정말 대견했다. 얼마 전까지만 해도 자기가 좋아하는 미국 농구 선수가 신고 있는 운동화와 같은 신발을 사 달라고 자기 엄마한테 떼를 쓰던 그 어린 녀석이 이 정도로 성장했다니….

먹을 걸 더 가지러 간 사위와 둘째 외손자가 나와 큰 외손자 몫까지 가지고 오는 바람에 우리는 실컷 더 먹고 집으로 돌아왔다.

샤먼에서의 마지막 밤, 나는 외손자들이 잠들기 전에 서울서 환전해 가지고 간 위안화를 둘로 나누어 용돈으로 모두 주었다.

한국으로 돌아오는 비행기 안, 나는 두 눈을 감고 곰곰이 이번 여행을 되새겼다.

패션 디자인 쪽 전문가인 사위가 중국 대기업의 스카웃 제의를 받고 상의를 해 왔을 때, 상하이나 베이징 쪽으로 간다고 할 때처럼 무조건 반대만을 할 수만은 없었다. 샤먼은 중국 7대 경제특구의 하나로 외국인에 대하여 상당히 호의적이며, 무엇보다도 '바다 위의 정원'이라 불릴 만큼 깨끗하고 아름다운 주거 환경을 갖추고 있고 교육 여건도 매우 뛰어난 점이 확인되었기에 나는 한창 귀여운 두 외손자와의 생이별을 감수해야만 했었다.

샤먼은 한자로 '廈門'이라고 쓴다. 인명이나 지명에 특별한 의미를 붙이기를 좋아하는 나는 '廈'가 '큰집 하'이기에 큰집인 중국 대륙으로 가는 관문에 딱 맞는 적절한 지명이라고 생각하면서도 그곳이 두 외손자가 큰 인물로 커 가는 관문이 되기를 기대했었다. 왠지 이번 여행에서 그 기대가 맞아떨어지는 것을 확인한 듯해서 매우 흐뭇하다.

큰 외손자의 이름은 내가 지어 줬는데, 널리 세상에 도움을 주는 사람이 되기를 기대하면서 '세익(世益)'이라고 했다. 이제 그 기대가 이뤄지기만을 기다린다.

《경제포커스》 2025. 3. 18.

Ⅲ.

탈 검사스러움

정든 검찰을 떠난 지 벌써 1년 반이나 되었다. 그런데도 나는 아직 검사스러움을 못 벗고 있는 것 같다.

나한테 변호를 의뢰하겠다는 고객이 분명히 죄를 범하였음에도 빠져나갈 길만 찾으려고 하면 이 사건 못 맡겠다고 돌려보내고, 검사가 고소인 편을 들어 편파적으로 수사를 한다고 악담 섞인 불평을 하면 "그럼 검사가 피고소인 편을 들어야 하는 거요?" 하고 호통 아닌 호통을 치기도 한다. 지난 봄에는 내가 검사직을 걸다시피 하여 구속 기소했던 사람*이 아무런 명분 없이 특별사면 되는 것을 보고는 분해서 며칠 밤을 설치기도 했다.

검사 시절 나는 검사 티가 별로 나지 않는다는 말을 많이 들어왔다. 특히 평검사 때에는 강력 사건 전담을 오래 하였는데, 살인 사건 피의자들이 시골 외삼촌처럼 수더분해 보이는 나의 외모를 보고는 자

---

* 정치 연줄을 잘 타는 지역 경제인이었는데, 특별사면 받은 다음 본인이 직접 정계로 들어와 국회의원을 지냈으나 몇 년 후 큰 풍파를 일으키고 자살로 생을 마감하였음.

신들의 범행을 이해해 주리라고 믿었는지 자백을 비교적 쉽게 하는 편이었다.

이렇게 별로 검사 같지 않았던 내가 왜 변호사 개업을 하고서도 검사스러움을 벗지 못하고 있는 것일까? 검사직에 대한 미련이 아직 남아 있다는 말인가?

글쎄 그건 나도 잘 모르겠다. 그런데 분명한 것은 재야로 나와 보니까 검사로 현직에 있을 때는 그렇게 눈에 띄지 않던 우리 사회의 각종 추악한 면들이 너무나 많이 보인다는 점이다. 정말이지 각종의 사회악을 저지르는 자들이 도처에 널브러져 있고, 또 그들은 이상하리만치 제도권으로부터 적당한 만큼의 보호를 받고 있는 것이다.

『검찰독본』의 저자 가와이 신타로(河井信太郎)는 검사가 갖춰야 할 덕목으로 '진상 규명에 대한 정열'을 들었다. 그러면서 처벌되어야 할 사실이 있음에도 검사의 태만 등으로 인하여 죄 있는 사람이 혐의 불충분으로 불기소처분되고 만다면 사회정의는 도저히 실현될 수 없다고 하였다. 귀담아들을 만한 말이다.

사법연수원 교수 시절 '검찰실무' 과목 첫 시간에 나는 칠판에 다음과 같이 썼다.

水至淸則無魚(물이 너무 맑으면 고기가 없고)

人至察則無徒(사람이 너무 '찰'하면 따르는 무리가 없다)

그리고 이렇게 덧붙여 말했다. "고기가 없어도 할 수 없다. 사람이 따르지 않아도 할 수 없다. 깨끗하고 찰찰함은 검사의 숙명이다."

'察'이란 살핀다는 뜻이다. 그런데 '察察'이라고 두 개를 겹쳐 쓰면 자세히 살피는 모습을 형용한다. '찰찰'은 그래서 '찰찰은 불찰이다'(지나치게 자세히 살피는 것은 살피지 않음만 못하다)라는 식으로 부정적으로 쓰이기도 하지만, 원칙을 분명하게 지켜 자세히 밝히는, 가차없는 모습을 지칭하는 좋은 뜻으로도 쓰인다.

검찰이 좋은 의미건 나쁜 의미건 찰찰함을 잘 지킨다면 검찰을 떠난 사람은 쉽게 검사스러움을 벗을 수 있을 것 같다는 생각을 감히 해본다.

《법률신문》 2005. 12. 19.

불쑥 생각나는 피의자

사실 검사라는 직업은 안 좋은 점도 꽤 있다. 내가 검찰을 떠난 지 20년이 지났는데도 어떤 자리에서 낯선 사람이 나를 알아보는 듯하면 괜히 기분이 언짢으니 말이다. 내가 취급했던 사건의 피의자를 나는 진즉에 잊었으나 그 피의자는 아직까지 나를 잊지 않고 있다가 알아보는 것이 아닌가 하는 생각이 들기 때문이다.

"어느 한 사람은 그가 평생 만난 사람들의 복합체이다."

오늘 2층 서재에서 묵은 자료철을 뒤지다가 우연히 발견된 메모 글이다. 그 밑에는 '영화 〈저널 오브 머더〉에서 21명의 사람을 죽이고 또 교도소에서 그를 괴롭히던 교도관을 살해한 칼 팬즈램이 사형당하기 직전 그를 찾아온 전 교도관 헨리 레서에게 한 말'이라고 내가 간단하게 적은 설명이 붙어 있다.

〈저널 오브 머더〉는 30년 가까이 된 영화다. 마지막에 가서 위와 같은 대사가 내 머리를 후려치지 않았다면, 극악한 범죄를 두고 이를 저지른 범인보다는 주변 환경과 제도 그리고 법 집행자의 냉혹함의 탓으로만 돌리고는 휴머니즘을 내세우는 그런 범작(凡作)에 그쳤을 영화였다. 실제로 이 영화를 본 관객 중에서는 전혀 죄의식을 갖거나 반성도 하지 않는 악랄한 범죄인에게까지 동정과 연민을 강요하는 듯하여 다소 혼란을 느낀 사람도 있었다고 한다.

본 지가 오래돼서 기억이 가물가물하기에 인터넷을 더듬어 보니 영화 〈저널 오브 머더〉의 줄거리는 대체로 이러했다.

1920년대 샌프란시스코 연방 교도소에 칼 팬즈램(제임스 우즈)이라는 죄수가 복역 중이다. 그는 어린이와 부녀자까지 포함해서 모두 21명이나 살해한 그야말로 극악무도한 살인마다. 그는 자신을 둘러싼 세상의 모든 것을 증오하고 신마저도 자신을 버렸다고 저주한다. 다행히 모두가 포기한 칼에게도 묘한 연민을 느끼고 온정어린 눈길로 지켜보는 사람이 있었다. 바로 자기 직업에 소명 의식을 지닌 헨리 레서라는 젊은 교도관이다. 헨리의 호의로 죄수에게는 금지된 필기도구를 갖게 된 칼은 자신이 저지른 수많은 악마적 살인 행각과 함께 자신을 처음 인간적으로 대하고 이해해 준 종전 교도소장의 미담을 하나하나 기록한다.

헨리는 그 기록에서 오로지 살인만을 일삼는 악마가 아니라 누군가가 이해하고 용서만 해주면 다시 제자리를 찾을 수도 있었을 한 인간의 모습을 보게 된다. 그러나 유독 칼을 밉게 보던 그라이저 교도관은 칼의 감방 수색에서 필기도구를 발견하고는 칼을 모질게 고문한 후 독방으로 보낸다. 한 달간의 독방 생활 끝낸 뒤 세탁실에서 자신을 괴롭힌 그라이저 교도관을 만난 칼은 그를 죽이고 법정에서 자신을 교수형에 처해달라고 절규한다. 불우한 환경과 부조리한 사회제도 때문에 한평생 악의 구렁텅이에서 벗어날 수 없었던 칼을 동정하는 헨리는 어떻게 해서든지 극형만은 면하게 해 보려고 갖은 노력을 하지만 무위로 끝난다.

헨리와 칼의 변호인은 칼을 정신이상자로 몰아 그의 목숨만은 구하려고 안간힘을 쓰지만, 칼은 도리어 자신이 정상임을 증명하여 사형을 선고받으려고 했던 것으로 기억된다.

이러한 칼이 사형당하기 직전에 그를 찾아와 안타까워하는 헨리에게 '사람은 그가 평생 만난 사람들의 복합체'라고 유언 같은 말을 한 것이다. 칼은 그가 만난 사람들이 자신을 인간으로 대하지 않고 악의적으로 괴롭혔기 때문에 자신도 그렇게 악독하게 될 수밖에 없었다고 절규한 것인데, 따지고 보면 그가 끝내 자기 잘못을 뉘우치지 못하고 자기가 만난 다른 사람들을 탓한 셈이니 그를 사형에 처하는 것은 당연하다는 생각이 들기도 한다.

그런데 칼이 내뱉은 이 한마디를 듣고 내가 감전이라도 된 듯 한참을 멍해 있었던 것은 왜일까?

우선 그의 말이 어느 사상가의 수사(修辭)보다도 더 절실하게 가슴에 와닿아 절감하는 것이 있기 때문일 것이다. 너무나 솔직한 진실을 직면했을 때의 그런 놀라움이랄까.

'나'는 누구인가? 과연 나의 정체성은 온전히 내가 만들어 내는 것인가?

아닐 것이다. 칼 팬즈램의 말대로 지금의 나는 내가 혼자 만든 것이 아니라 내가 살아오면서 만난 사람들의 영향 아래 만들어진 것이기 때문에 내가 만나 온 그들의 복합체가 바로 지금의 나일 수도 있다. 그런 생각이 든 나는 그때 갑자기 경건하게 자세를 바로잡고 마음속 깊은 곳에서 우러나는 감사의 기도를 드렸던 것으로 기억된다. 내가 살아오면서 많은 잘못을 저지르긴 했지만 그래도 아주 나쁜 길로 빠져들지는 않을 수 있었던 것은 모두 내가 만난 사람들의 덕분임이 느껴졌고 또 그들이 한없이 고마웠던 것이다.

그런데 오늘 "사람은 그가 평생 만난 사람들의 복합체이다."라는 메모 글을 보고는 그때와는 다른 어떤 두려움 같은 것이 밀려왔다. 나를 아는 어떤 이가 나 때문에 나쁜 사람이 되지나 않았을까 하고 말이다. 특히 검사 시절 내가 수사했던 사건의 피의자들 중에 주임 검사가 너무 험하게 대하는 바람에 더욱 큰 죄악의 구렁텅이로 빠져 정말로 극악무도한 인간으로 되어 버린 사람은 없었는가 하는 생각이 들자 소름까지 쫙 끼쳤다.

한참 동안의 멍때림의 시간이 지나자 꺼져 있던 TV 화면이 저절로 켜지듯 갑자기 전혀 잊고 있었던 한 사건의 피의자가 불쑥 떠올랐다. 살인 같은 극악무도한 범죄의 피의자도 아니고 또 사회의 이목을 끌었던 그런 중요 사건도 아니다. 어찌 보면 그냥 일상적으로 처리해 버리고 지나치면 그만일 그런 사건이었는데 내가 너무 엄하게 다루었기에 마음에 걸렸던지 무의식 속에 숨어 있다가 지금 이렇게 불쑥 생각이 난 모양이다.

초임을 막 벗어날 즈음에 맡았던 그 사건의 죄명은 절도, 피의자는 30대 초반의 여자였다. 범죄사실은 피의자가 파출부 일하는 집에서 주인이 외출한 틈을 타 장롱 등을 뒤져 아기 돌 반지 등 금붙이와 라이카 카메라를 들고나온 것으로 사건 자체는 매우 단순했다. 구속 송치되어 온 날 참여 수사관이 조사하는 걸 보니 피의자는 단정한 외모에 자기의 죄를 순순히 인정하며 조사에 임하는 태도도 성실했다.

나중에 기록을 다시 세밀히 읽어 보았다. 경찰 피의자신문조서도 피의자에 대해 매우 호의적으로 작성되었고, 피해품은 피의자가 아직 처분하기도 전에 다 압수가 되어 피해자에게 모두 가환부되었으며, 피해자도 절대로 피의자의 처벌을 원하지 않는다면서 탄원서까지 제출한 상태였다. 이 정도면 라이카 카메라가 고가품이라 절취 액수가 비교적 고액이기는 하나 초범인 가정주부이고 피해 회복 등 정상 참작 사유가 상당히 갖춰져 있으므로 충분히 기소유예로 석방할 수도 있는 사안이었다.

거기까지는 좋았다. 그러다가 경찰이 조사한 '모 대학 국문과 몇 년도 졸업'이라는 그 피의자의 학력 사항이 눈에 띄었다. 그 모 대학은 세칭 일류 대학인데 그 대학 국문과를 나온 사람이 어찌하여 파출부가 되었으며, 얼마나 급박했으면 들킬 것이 뻔한 그런 도둑질까지 하게 되었나 하는 의구심이 생겼다. 마침 같은 대학 출신의 소설가인 대학 시절의 문우(文友) M이 생각나서 그에게 전화를 걸었다. 피의자의 이름을 댔더니 바로 알아보았다.

"그 여자 대학 시절에 날렸지. 미모에다가 시도 곧잘 써서 그야말로 재색이 겸비한 재원이었는데 공대생 녀석이 채가는 바람에 우리 문과대 남학생들은 그냥 멍하니 하늘만 쳐다볼 수밖에…. 나야 뭐 재수하여 학번도 하나 아래라 처음부터 넘볼 수 없었지만…."

그러면서 어떻게 그 여자를 아느냐고 묻기에 청소년 선도위원으로 추천서가 들어왔기에 한번 물어본 거라고 대충 얼버무렸다. 그런데 나서길 좋아하는 성품인 M은 가만히 있질 않고 이틀 후 어디서 찾았는지 오래전 그 대학 교지(校誌)에 실린 그 피의자의 시를 팩스로 보내왔다. 제목은 가물가물한데, 첫 도입부가 '봄, 봄, 봄은 봄으로써 온다'로 시작되는 것만 확실하게 떠오른다. 시의 내용은 추운 겨울도 서로 따스한 눈길로 바라봐 주면 잘 이겨낼 수 있고, 이렇게 서로 바라봄으로 겨울의 추위가 가고 따스한 봄이 온다는 식의 서정성이 강하여 나같이 가슴이 메마른 사람의 마음속까지 촉촉하게 해주는 시였다. 그 시를 읽는 순간 나는 갑자기 화가 치밀었다. 이렇게 아름다운 시심(詩心)을 간직했던 사람을 파출부로 몰아내고 파렴치한 절도범으로까지 만들어 버리는 이 사회와 현실이 너무나 역겹고 싫었다.

나는 참여 수사관을 시켜 범행 경위와 정상 관계 등을 좀 더 조사해 보았다. 그랬더니 그 스토리는 한 편의 라디오 드라마였다. 피의자는 대학 3학년 때 농촌 봉사활동 현장에서 1년 선배인 공대생을 만난다. 봉사대장이기도 한 그 선배는 리더십도 있지만 그 활달하고 긍정적인 성격에 피의자가 호감을 갖고 있던 차에 덩치 큰 개가 줄을 끊고 피의자에 달려드는 것을 그가 급히 뛰어와 막아준 일이 있고 나서는 둘이 급격히 가까워졌다.

물론 봉사활동이 끝나고 나서도 만남은 계속되었고 연인 사이로 발전되어 급기야 임신까지 하기에 이르렀다. 부모가 모두 대학교수였던 피의자의 집에서는 시골 빈농 집안 출신의 남자가 맘에 들지 않아 결혼만은 절대 안 된다고 극구 반대하자 피의자는 가출하여 혼인신고를 한 후 그 남자와 살림을 차렸다. 아들도 순산했고 남편은 2대째 부 선망 독자(父先亡獨子)라 하여 군대 면제를 받았는데, 빨리 돈을 많이 벌어 큰 부자로서 장인·장모 앞에 떳떳이 나서겠다고 을지로 공구상가에서 기계공구 장사를 바로 시작했다고 한다. 처음에는 피의자도 거기서 경리로 일을 도와주었는데, 천성적으로 부지런하고 의지가 강한 남편은 초기의 어려움을 딛고 철저히 현금 장사를 한 덕분에 사업은 날로 번창하였다.

둘째 아들이 중학교에 들어가면 둘 다 교복을 입혀 할아버지·할머니 앞에 데려가겠다고 했는데 그만 마가 끼었다고 한다. 믿는 거래처에서 딱 한 번 큰 건을 어음 거래를 하자고 하여 처음에는 주저했으나 너무나 조건이 좋아 욕심이 나는 바람에 덜컥 물건을 주었는데 그만 그 어음이 부도가 나고 물건을 받아 간 거래처 사람은 이미 해외로 도피한 상태였다고 한다. 단 한 번의 실수로 사업을 말아먹게 된 남편은 급한 대로 사채를 끌어들여 수습하려 했으나 더욱 빚만 늘어나고 말았다. 그렇게 성실하던 남편은 왜 한 번도 남을 속이지 않고 정직하게 살아온 자기가 이런 일을 당해야 하느냐며 세상을 원망하고 매일 술로 세월을 보냈다. 어렵게 장만한 아파트도 팔고 변두리의 반지하 방을 얻어 이사를 했지만 빚은 다 해결되지 않았고, 남편은 매일 술타령이나 하는 폐인이 되었으며, 생계는 피의자가 파출부로 나가 버는 돈으로 겨우 꾸려 가는 처지였다.

범행 당일인 일요일, 그날도 막 일하러 나서는데 사채를 빌려준 할머니가 안방까지 쳐들어와 벌렁 누워서는 그 돈이 어떤 돈인지 아느냐? 내 막내아들이 월남 가서 전사하여 보상금 받은 돈인데 그걸 떼먹으려고 하느냐고 소리를 고래고래 질렀다고 한다. 일터에 와서도 그 채권자의 악다구니 같은 소리가 들리는 것 같아 그걸 잊으려고 주방 설거지며 거실 청소 등을 다른 때보다 더 열심히 했다고 한다. 평소에는 손이 잘 안 가던 구석구석까지 먼지를 닦으며 청소하다가 수석 뒤에 있던 장롱 열쇠를 발견하게 되었다. 주인아주머니는 교회에 갔기에 아직 올 시간이 안 되었고 집에는 아무도 없는 상태라 자기도 모르게 그 열쇠로 장롱문을 열고 서랍들을 열어보았다고 한다. 그랬더니 뜻밖에도 애기 돌 반지와 금비녀 같은 금붙이가 꽤 있었고 고급 카메라도 몇 개 보여 그걸 무조건 들고나왔다고 한다. 훔친 물건은 처분도 못하고 그냥 집에 가지고 있다가 바로 압수되었고 피의자는 체포되어 구속된 것이다.

이런 추가 사항까지 조사하고 나자 과연 이 피의자를 기소유예로 석방하는 것이 맞냐 하는 점에 오히려 더 나는 고민이 더 깊어졌다. 사실 피의자가 별로 배운 것 없이 시골에서 올라와 파출부로 일하다가 재물에 욕심이 생겨 참지 못하고 덥석 하니 이런 범행에 이른 것이라면 한 번쯤은 쉽게 용서해 줄 수도 있을 것이다. 그러나 이 피의자는 최고 학부를 나온 지성인으로서 더구나 아름다운 서정시를 쓸 수 있는 문학정신을 지닌 문학도였으니 그런 사람에게는 아무리 어려운 상황에 처하게 되더라도 우리가 바라는 기대치가 있다. 그런데 이 피의자는 우리의 기대치를 벗어나 아주 원시적인 범행을 저지르고 말았다. 그녀는 이러한 우리의 기대를 무참히 짓밟아 깨뜨린 것이니 그에 상응하는 대가를 치러야 한다는 생각이 들었다. 그래서 나는 결국 그 피의자를 구속 기소하였다.

물론 예상대로 그 피의자는 3개월쯤 뒤 집행유예로 풀려났고, 그 뒤 나는 다른 사건들 속에 파묻혀 그 사건은 까맣게 잊고 있었다.

그로부터 5년쯤 지나서였다. 나는 지방 근무 두 군데를 거치고 다시 서울로 올라와 서울지검에 적을 두고 국회 법제사법위원회에 파견 나가 입법심의관으로 근무했다. 그 무렵 겸임하고 있던 이른바 '5공특위'

의 위원장께 올릴 보고서 초안 작성에 무척 바쁠 때, 국회의 사무실로 마흔쯤 된 정장 차림의 남자 손님이 찾아왔다. 그가 내민 명함에는 '△△기계공구 대표 ○○○'라고 돼 있었다. 나는 잊고 있었던 5년 전의 그 사건이 떠올랐고 그 손님은 그 피의자의 남편이었다.

그는 명함을 건넨 다음 바로 바닥에 엎드려 나에게 큰절을 하였다. 나는 당황하여 왜 이러시냐면서 그를 일으켜 세웠다. 접견용 의자에 그를 앉히고 차를 권하며 그로부터 들은 말에 의하면 나 때문에 자기가 다시 일어설 수 있었다고 했다. 내가 자기 부인을 용서하고 바로 석방했었다면 자기는 부인을 그냥 도둑년 취급하고는 사람으로 보지도 않았을 것이고, 자기도 술주정뱅이에서 벗어날 수 없었을 텐데 검사님이 쎄게 나오시는 바람에 자기가 사람이 되는 계기가 됐다는 것이다.

부인이 기소된 뒤에는 술을 딱 끊었고, 또 소문을 듣고 찾아온 자기 고등학교 동창인 변호사가 부인을 무료 변호해 주었으며, 게다가 자기의 어려운 처지를 안 그 변호사가 적극적으로 나서서 해외로 도망간 문제의 어음발행인이 국내에 은닉해 둔 재산을 일부 찾아내어 채권 회수를 상당 부분 할 수 있게 됐다고 했다. 그 후 종전보다도 더 열심히 사업에 열중하여 3년 만에 거의 종전 수준까지 회복할 수 있었고, 이제는 을지로 공구상가에서는 그중 잘 나가는 편이 됐다고 한다.

여기까지는 그런대로 듣기가 좋았다. 그런데 금년 초에 아들들이 고1, 중2가 되어 이제는 떳떳이 장인·장모님을 찾아뵙자고 했는데 그만 부인이 아무 말 없이 가출하고 말았다는 것이다. 6개월 동안 백방으로 수소문해 본 결과 지난주에 모 사찰에 들어가 수계를 받고 사미니가 되어 수행 중인 것을 찾아냈는데, 아무리 설득해도 도둑년이 어떻게 되돌아갈 수가 있겠냐면서 말을 안 듣는다고 한다. 그러면서 검사님 말

쓴이라면 들을 것 같으니까 죄송하지만 꼭 한번 같이 가서 집으로 돌아오게 설득 좀 해 달라는 것이었다.

나는 난감했다. 한참을 고민하다가 우선 그 남편에게 다시 사업을 일으키게 된 것은 참으로 잘된 일이라고 추어주고 나서 부인을 찾아가 보는 건 제가 할 일이 아닌 것 같다고 정중하게 그의 청을 거절했다. 피의자의 남편 되는 사람은 큰 기대를 하고 왔던 모양인지 무척 실망하는 표정이었다. 그러나 나의 완강한 표정을 읽고는 결국은 어쩔 수 없이 내 뜻을 존중하겠다며 자기가 괜한 부담을 드려 죄송하다고 말했다. 자기는 여기에 오지 않은 것으로 해 달라고 당부의 말을 남기고 그가 나가 버린 사무실 문을 나는 한동안 멍하니 바라보았었다.

그 뒤 나는 그 피의자나 그녀의 남편을 만난 일이 없다. 굳이 알아보려 하지 않아 그 뒤 어떻게 살고 있는지도 알지 못한다. 그런데 그로부터 30년도 훌쩍 지난 오늘 갑자기 그 피의자가 불쑥 생각나(그 당시의 세세한 숨은 스토리까지 다 떠오르는 것이 신기하기도 하다) 그녀가 왜 스님이 되려 했는지, 과연 스님이 됐는지, 아니면 결국 남편과 두 아들에게 돌아가 함께 살게 됐는지, 아들들은 결혼시켜 손자들은 보았는지. 이런 것들이 궁금한 것은 무엇 때문일까? 그것은 결국 현재의 그 피의자 속에는 그녀가 만난 내가 들어가 있기 때문인가?

내가 그때 그 피의자를 구속 기소한 것은 그 당시의 나로서는 가장 올바른 선택을 한다고 한 것이었다. 그러나 지금에 와서 돌이켜보니 너무 자기만의 잣대로 판단한 것이기에 그 선택은 아주 잘못된 것일 수도 있다는 생각도 든다. 내가 어느 누가 어떻하기를 기대한다고 해서 그 사람이 반드시 나의 기대에 부합해야 할 당위성이 있는 것은 아니지 않은가? 어쩌면 그 피의자는 나의 기대치 때문에 희생됐던 것이 아닌가? 기소유예로 바로 석방했었다면 그 여자는 '전과자'도 안 됐을 것이고 3개월 더 구금되지도 않았을 것이며 바로 가정으로 돌아갔고 나중에 가출도 하지 않았을 것이 아닌가 하는 후회도 된다.

이제 와서 나는 다만 그 피의자가 나의 그러한 선택 때문에 영화 〈저널 오브 머더〉에서 칼 팬즈램이 받은 것과 같은 악영향을 입지나 않았으면 하는 것이 간절한 바람이다. 부디 그녀가 그녀의 남편을 처음 만났던 대학 시절의 순수함을 되찾아 본래 지녔던 그 시심(詩心)을 되살려 다시 '봄, 봄, 봄은 봄으로써 온다'와 같은 따사로운 시를 쓰는 분이 되어 있었으면 한다.

《경제포커스》 2024. 6. 2.

잣대

　몇 달 전 형사 사건 변호를 위해 그리 크지 않은 지방 도시의 법원에 간 일이 있다. 예상보다 너무 일찍 도착했는데 특별히 할 일도 없고 해서 미리 법정에 들어가 앞 사건들의 진행을 들여다보게 됐다. 내가 수임한 사건의 앞의 앞 사건은 성폭력 사건이었는데 피해자 측의 동의가 있었는지 피해자에 대한 증인신문이 그냥 공개로 진행되었다.

　검사가 먼저 공소사실에 맞춘 신문을 간단히 했다. 이어서 피고인의 변호인이 피해자 스스로 피고인의 승용차에 탄 것이고 본건 성행위는 서로 합의하에 이루어진 것이 아니냐고 강도 높게 추궁하자 증인인 피해자가 상당히 당황스러워했다. 그러고 나서 재판장(여자 부장판사였다)이 확인차 몇 가지 물었다. 고등학교 3학년 때 왜 자퇴를 했는지, 대학 진학은 아예 포기한 것인지, 새벽까지 술집에서 놀며 집에 안 들어가도 부모에게 혼나지는 않는지, 나이트클럽에 함께 갔던 친구들 이름은 정말 모르는 것인지, 범행 현장인 피고인의 차 안에 떨어진 귀고리는 정말 증인의 것이 아닌지를 하나하나 캐물었다.

　3주일 뒤 내가 맡았던 사건의 선고 결과를 통보받고 마침 위 성폭력 사건 선고도 같은 날 있었기에 괜한 호기심에 그쪽 변호사 사무실에 그 사건의 선고 결과를 알아보았더니 과연 내가 예상한 대로 그 사건은 무죄가 선고됐다고 한다.

내가 그 성폭력 사건을 맡았던 것도 아니어서 그 구체적 내용을 알 수 없기에 실체적 진실을 거론할 처지는 못 된다. 검사는 여자가 반항이 제압된 상태에서 성폭행당했다고 판단되어 기소했을 것이고, 판사는 다소 다른 견해를 보였는데 형사 증거법상의 원칙에 맞게 정확히 판결했을 것이다. 그런데 그때 내가 검사 시절에 어느 성폭력상담소의 소장에게서 들은 말이 떠오르는 것은 왜일까?

"맑은 물에서만 살아온 사람은 흙탕물 속의 맑음을 볼 수 없어요."

다소 한탄이 섞인 이런 말을 한 소장은 내가 맡았던 성폭력 사건의 피해자였다. 사건 당시에는 의대 졸업 후 인턴 수련 중이었는데 그만 선배인 남자 레지던트에게 성폭행을 당했던 것이다. 그 사건을 경찰에서는 가해자인 남자의 변명에 부합하는 듯한 자료 한두 가지를 첨부하여 무혐의 의견으로 송치했는데, 나는 경찰에서 빠뜨린 몇 가지 사항을 보완 수사한 후 혐의 인정된다고 보아 그 남자를 구속하여 기소했고 물론 유죄 판결까지 받아냈었다.

그 피해자가 10년 가까이 지나서 본업인 의사로서의 길도 접고 '성폭력 피해자의 이모'라 불리는 성폭력상담소의 소장이 되어 나에게 인사를 왔던 것이다. 우리는 경찰이 혐의가 없다고 한 그 사건에서 내가 찾아낸 '결정적인 증거'('증거'라기보다는 어쩌면 '논리'라는 것이 맞을지도 모르겠다)에 대한 추억담 같은 것을 잠시 나눴는데, 그 소장은 위와 같이 '흙탕물 속의 맑음'을 이야기하며 제발 검사님이나 판사님들이 성폭력 피해자의 눈높이에서 사건을 바라봐 달라고 애절하게 간청하고는 헤어졌다.

앞서 내가 우연히 지방법원 법정에서 봤던 성폭력 사건으로 돌아가 보자. 그날의 증인신문 정황만으로 봐서는 피해자인 그 여자가 뭔가 감추는 것이 있기는 하지만 자기의 의사에 반하여 강제로 당한 것만은 분명해 보였다. 수사 검사나 공판 검사가 조금만 더 수사와 공소 유지를 면밀하게 했었으면 '반항을 억압할 만할 강제성'을 입증할 '결정적인 증거'를 법정에 충분히 현출할 수 있지 않았을까 하는 아쉬움도 있었다. 무엇보다도 무죄라고 선언한 판결은 피해자의 입장은 거의 고려되지 않고 '법관의 눈높이'로만 판단한 것이 아닌가 하는 느낌이 드는 것도 어쩔 수 없다.

성범죄나 언어폭력 사범같이 피해자의 진술 외에는 별다른 증거랄 것이 많지 않은 사건에서는 피해자 쪽 증언의 신빙성이 결정적이다. 피해자의 증언이 우왕좌왕하며 일관되지 않거나 별로 중요하지 않은 사항이라도 일부 사실과 다른 부분이 나오기만 하면 피해 사실 전체에 대한 주장이 다 배척되기 쉽고, 특히 피해자에 대하여 인격적으로 신뢰가 가지 않을 때는 더욱 그렇다.

판사들은 공부를 많이 하여 학식이 풍부하고, 몸가짐을 바로 하여 항상 모범적이며, 인품도 훌륭하여 덕망이 높다. 그리고 체계적인 사고를 하는 두뇌를 보유하고 있어 말의 앞뒤가 논리정연하고 일관된다. 또한 성장 과정을 통하여 지적으로 잘 발달하였고 인격적으로도 잘 다듬어져 왔으며, 그러기에 그들의 '생각의 문법'은 항상 정확했고 그 표현 역시 틀림없었다. 그래서 세상을 그들의 기준으로 바라보고 판단해 왔으며 다른 사람들도 당연히 그 기준에 맞춰 살아가리라고 생각했다.

절대 거짓말은 하면 안 되고, 옷차림은 단정하고 밤늦게 유흥가 뒷

골목 같은 데 가서는 안 되며, 의사 표현은 횡설수설하지 말고 조리 있게 해야 한다. 그러니 성폭력 피해자라고 증인으로 나온 여자가 고등학교 자퇴생이고 밤늦게 친구들하고 나이트클럽에 갔다가 피고인의 승용차에 동승했던 것 자체가 이해가 가지 않는다. 그런 데다가 나이트클럽에 함께 간 친구 이름을 제대로 대지 못하는 것도 쉽게 수긍할 수 없고, 범행 현장이랄 수 있는 차 안에서 나온 귀고리 한 짝이 자기는 모르는 일이라는 주장도 거짓임이 분명하다. 그러니 호텔 방에서 하는 것보다 카섹스가 더 좋다며 피해자가 졸라대는 바람에 차에서 하게 됐다는 피고인의 주장 쪽에 더 쏠리게 되는 것이다.

아무리 몸을 함부로 하는 여자라도 싫은 남자와는 죽어도 하기 싫은 것이라든지, 불량끼 있는 소녀들 사이에서도 자기가 불이익을 받더라도 친구는 꼭 보호해 주고 싶은 의리 같은 것이 있다든지, 어떤 일이 있더라도 아빠가 데리고 들어온 새엄마 격의 젊은 여자의 귀고리를 몰래 하고 나왔다는 말을 자기 입으로 결코 하고 싶지 않은 피해자의 속마음을 알아내기는 쉽지 않을 것이다.

그러다 보니 더 옛날 생각이 난다. 초임 검사 시절 같은 청에 근무하는 부장검사 한 분이 저녁을 함께하자고 해서 따라간 적이 있다. 약속 장소인 오래된 중국집에 도착하니 K 교수가 기다리고 있었다. 최근까지 형사단독판사로 근무하면서 깔끔하면서도 명징한 논리의 판례평석을 가끔 발표해 왔기에 나도 그분의 존함은 익히 알고 있었는데, 최근 사표를 내고 모교 형사법 조교수로 부임하여 법조계의 조그만 뉴스거리가 되기도 했었다. 인사를 나누고 자리에 앉으면서 부장검사께서는 대뜸 "아니 천하의 명판사가 법정을 뛰쳐나오면 어떻게 하나? 왜 그랬어?"라고 물었다. K 교수는 "아이 선배님도…. 이제 학회는 꼬박꼬박 잘 나가겠습니다." 했다.

음식이 나오고 초면인 나에 대한 소개도 있었지만 부장검사의 주된 관심사는 엘리트 코스를 밟으며 잘 나가던 K 판사가 왜 갑자기 법원을 떠나게 됐냐 하는 것이었기에 K 교수는 결국 그 사유를 소상하게 이야기했다.

어느 날 점심을 구내식당에서 먹는데 전에 부장으로 직접 모셨던 항소심 부장판사와 마주 앉게 되었다고 한다. 그런데 그 부장판사가 지나가는 말처럼 "K 판사는 정말 판결을 간명하게 잘 쓰더구만. 하지만 절도죄 형은 좀 쎈 거 같아…."라고 하더란다. 그분은 가벼운 충고 정도로 하신 말씀이겠지만 K 판사로서는 자기가 재판한 절도죄의 형량이 과중하다는 그 말이 내내 몹시 신경이 쓰여 일이 제대로 손에 잡히지 않았다고 한다.

그래서 비공식적으로 다른 단독 판사들이 담당한 사건들과 자신이 담당한 절도 관련 사건들의 재판 결과를 심사분석하듯이 비교해 봤다고 한다. 그랬더니 놀랍게도 평균적인 형량이 다른 판사들의 경우보다 상당히 높았고(이 부분을 말할 때는 몇 %라고 수치까지 대면서 자기한테 재판을 받은 사람은 참 억울했을 거라고 진정으로 걱정하는 모습이 역력했다), 자기가 선고한 판결 중 사기와 배임죄에 관한 사건은 무죄가 제법 있는데 유독 절도죄와 관련해서는 단 한 건도 무죄가 없었다고 한다.

그 얘기를 들으면서 나는 K 판사가 다른 판사들이 담당한 사건들과 재판 결과를 비교해 보았다는 그 방법에 문제가 있어 거기서 도출됐다는 분석 의견은 그리 신뢰할 수 없다고 생각하고 있었는데, K 교수는 마치 고해성사라도 하듯이 심각하게 자신의 심정을 토로했다.

몇 년 전, 무교동에서 고시 떨어진 법대 동창 몇 명하고 술 한잔하고 좀 늦은 시각이라 택시를 타려고 하는데 갑자기 여러 사람이 서로 택시를 잡으려고 몰려드는 것 같더니 누군가가 뒤에서 K 판사의 왼쪽 손목에 차고 있던 시계를 순식간에 채뜨려 갔다고 한다. 뒤돌아서 사람들을 제치고 보니 누가 그랬는지는 흔적도 찾을 수 없었다. K 판사는 술이 확 깨고 정말 황당해서 멍하니 서 있을 수밖에 없었다고 한다. 그 시계는 아주 고가는 아니지만 결혼 예물이고, 고시생 시절 서로가 어려울 때 결혼을 하면서 K 판사의 아내가 남자는 반지가 별 필요 없으니 시계나 제대로 된 것으로 하자고 하여 마련해준 것이어서 더욱 애착이 가는 것이었단다. 그 시계를 잃고 너무나 커다란 마음의 상처를 입은 K 판사는 그때부터 절대 남의 재물을 탐해서는 안 된다는 것을 지상의 명제로 삼게 됐음은 물론 소매치기를 비롯한 절도범은 이 땅에서 반드시 사라지도록 하는 것이 자신의 소명인 것처럼 생각하게 된 것 같다고 했다. 그러니 절도범에 대하여 형이 셀 수밖에 없고, 절도죄 피고인이 무죄 주장이라도 하면 그건 거짓 변명으로만 들렸을 것이니 이런 편견에 빠진 사람이 어떻게 법원에 남아서 재판을 할 수 있겠냐며 거의 울 듯한 표정이었다. K 교수는 이 얘기를 아무에게도 하지 않았었는데 오늘 이렇게 두 분께 털어놓고 나니 마음이 개운하다고 했다.

아무튼 그날 K 교수에게서 들은 얘기는 우리가 살아가면서 어떤 소신이나 신념 같은 것을 앞세워 편견에 빠져서는 안 되겠다는 소중한 교훈을 주었고, 그 이후 내가 검사 생활하는 데도 좋은 지침이 되었다.

사실 그때까지 나는 검사로서 사건 수사를 하면서 한쪽 쏠림이 상당히 있었다. 특히 왜 사람들은, 특히 나에게 붙들려 온 피의자들은 왜

들 그렇게 술 핑계를 많이 대는지 도저히 이해할 수가 없었다. 코뼈가 뭉개지도록 피해자를 두드려 패놓고는 술에 취해서 전혀 기억이 안 난다고 하거나, 평소 멋진 오토바이를 타고 싶어 하기는 했지만 술에 만취한 내가 오토바이를 훔쳤다는 것은 말도 안 된다고 엉터리 변명부터 해댄다.

원래 술을 잘 못하기도 하지만 '항상 깨어 있으라!'는 말씀을 생활 신조처럼 삼아 한 치라도 흐트러지지 않은 삶을 살려고 하는 나에게 술에 취해서 해롱해롱하는 모습은 정말 못 봐줄 꼬락서니였고, 술에 취해서 남의 오토바이 끌고 온 것이 전혀 기억이 안 난다는 피의자에게는 만취 상태에서 무의식적으로 도둑질한 자야말로 천성적인 도둑놈이라며 더욱 엄히 다뤘다. 그러나 K 교수의 '고해성사'를 들은 다음부터는 나의 그런 판단은 항상 깨어 있어야 한다는 신념을 가진 사람의 기준에 의한 것이지 세상을 그때그때 편히 사는 사람이나 곧잘 술에 취해서 정신을 잃는 사람들에게는 진리가 아닐 수 있다는 것을 받아들이게 되었다. 그리고 그런 사람들에게도 그들 나름의 진리가 있을 수 있다는 것도 인정하게 되었다.

신념이란 절대자에 대한 숭고한 종교적 신앙이나 자유민주주의에 대한 정치적 신조처럼 고귀한 것이라 할 수 있다. 그래서 헬렌 켈러도 어떤 독재도 신념의 힘은 꺾지 못한다고 했던 것이다. 그러나 나에게 옳은 신념이 꼭 다른 사람에게도 똑같이 옳은 것은 아니고, 일반적으로는 타당하지만 구체적인 경우에는 맞지 않거나 특수한 사람에게는 해당하지 않기도 하는 것이다. 그래서 '친구 간의 의리는 끝까지 지켜야 한다.'거나 '매사에 주인의식을 가져야 한다.'는 신념이 항상 옳기만 한 것은 아니고, '남자는 결코 여자 앞에서 눈물을 보여서는 안 된다.'

는 멋진 말도 맞지 않을 때가 있는 것이다.

그런데도 사람들은 일단 자기 마음속에 '신념'이라는 것이 형성돼 버리고 나면 이를 좀처럼 바꾸려 하지 않고 또 남도 그와 같은 신념을 갖기를 원하고 때로는 강요까지 한다.

일찍이 F. 니체도 "신념을 가진 사람이 가장 무섭다. 신념을 가진 사람은 진실을 알 생각이 없다. 강한 신념이야말로 거짓보다 더 위험한 진리의 적이다. 신념은 나를 가두는 감옥이다."라고 신념에 사로잡힘의 위험성을 경고한 바 있다. 뭐 어렵게 철학자의 말을 들먹일 필요까지도 없다. 고등법원 부장판사까지 하고 나온 동료 변호사가 어느 날 이제야 자기가 변호사가 된 것 같다면서 이런 말을 했다.

"선배님, 제가 그토록 소중하게 여겼고 그것을 지키기 위해서라면 목숨이라도 걸 수 있을 것 같았던 그 신념이란 것도 세월이 지나고 보면 그저 10대의 연애담처럼 부질없는 것임을 깨닫고는 스스로 부끄러워지더군요."

물론 누구나 자기가 꼭 지켜야 할 신념은 얼마든지 있을 수 있다. 그러나 새로 유입된 정보가 자신이 지금까지 지녀온 신념을 뒤흔들 것이 두려워 기존의 신념을 보호하기 위해 그 신념을 뒤흔들 만한 신규 정보를 스스로 거부함과 동시에 기존의 신념에 더욱 굳게 달라붙는 오류를 저질러서는 안 될 것이다. 오히려 자신의 신념이 잘못된 것은 아닌지 돌아볼 줄 아는 지혜와 도량이 필요하다.

또 사람들이 모두 같은 신념을 가질 수는 없으며, 그럴 필요도 없고, 또 그래서도 안 된다. 신념은 자기가 지켜야 할 가치일지는 몰라도 그것이 남을 판단하는 잣대가 될 수는 없다.

최근에 〈더 글로리〉라는 드라마를 정주행했다. 팔뚝 등 온몸을 전기 인두로 지짐을 당하는 등 처참하게 학폭을 겪은 여주인공이 18년 동안 치밀하게 준비하여 '고맙게도' 전혀 반성하지 않고 있는 가해자들에게 시원하게 복수를 하는 내용이다. 스토리 자체가 그렇게 심각하지 않아 별 부담 없이 복수의 상쾌함에 빠져 나름 카타르시스를 즐기다가 문득 여주인공이 삶의 모든 것을 포기하고 오로지 복수에만 목숨을 거는 것이 섬뜩하고 복수의 방법도 너무 극렬하고 잔인한 것 같아 "꼭 저렇게 복수를 해야만 하나? 용서할 수는 없을까?" 하고 혼잣말처럼 중얼거렸다. 그런데 웬걸, 옆에서 그 말을 들은 아내가 대뜸 "당해 보지 않은 사람이 용서 같은 소리 하는 게 아니에요!" 하고 바로 반격하는 것이었다. 나는 좀 부아가 나 "그럼 당신은 당해봤단 말이야?" 하고 재반격하려다가 그만뒀다. 말싸움을 하게 되면 항상 내가 지다시피 할 뿐만 아니라 이번 역시 아내 말이 맞는 것 같기도 하기 때문이다.

나는 아직도 남을 판단하려 들고 있다. 지금은 검사도 아니고 물론 판관(判官)도 아니면서 말이다. TV 드라마를 보면 주인공 입장이 한번 되어 보고서 간접 체험이나 하면 그만인데 꼭 옳고 그름을 따져야만 속이 풀리는 모양이다. 그것도 자기만의 잣대로 판단하니 문제다.

그렇다. 그 잣대가 문제다. 이제 나이도 들 만큼 들었고 경험도 할 만큼 한 셈인데도 자기만의 잣대를 벗어나지 못하고 있다. 나는 정말 좋은 부모 만나서 어려서부터 별 어려움 없이 사랑받으며 커 왔고, 다행히 머리가 나쁘지 않아 공부에서는 뒤떨어지지 않고 큰 병 없이 잘 자랐으며, 가까이에 좋은 친구와 본받을 만한 선배나 상사가 항상 있어 비뚤어진 길로 가지 않을 수가 있었고, 부지런하고 판단력이 정확한 아내와 착하고 건강한 아들·딸 덕분에 별걱정 없이 편히 지내왔으며, 일복도 있어 하고 싶은 일은 거의 다 해 보고 공직을 무사히 마쳤으니 혜택이란 혜택은 거의 다 받은 처지인 셈이다. 그런 사람이 지닌 가치관이나 잣대는 뻔하다. 나같이 누릴 걸 다 누린 사람이 〈더 글로리〉의 여주인공처럼 처참하게 짓밟혀 끔찍하게 망가진 삶을 살아온 피해자에게 용서니 포용이니 하고 너무 쉽게 말하니 이게 바로 자기만의 잣대를 대는 것이고 위선이 아니겠는가? 나는 아직도 먼 것 같다.

아마도 우리가 가장 먼저 버려야 할 것이 있다면 그것은 자기만의 잣대와 편협한 신념이 아닐까 한다. 그것들만 버리면 쓸데없는 판단도 훨씬 줄어들고 이 사회의 불필요한 갈등도 많이 없어질 것이다.

《경제포커스》 2023. 7. 28.

진정한 공정

벌써 20년이 되었다. 사표를 내고 검찰을 떠나 홀가분한 마음으로 동유럽을 여행할 때 폴란드의 아우슈비츠 유태인수용소 입구에 이런 문구가 적혀 있는 표석을 보았다.

"Those who cannot remember the past are condemned to repeat it."

(과거를 기억하지 못하는 사람들은 그것을 되풀이할 수밖에 없다.)

철학자 조지 산타야나의 말이라고 한다.

내가 이제 노년에 들어섰기 때문인지 과거의 나를 자주 돌이켜보는 전에 없던 버릇이 하나 생겼다. 물론 과거의 나를 기억하고 잘못했던 점들을 반성한다고 해서 내가 다시 검사 생활을 멋지게 할 것은 아니다. 다만, 내가 뭔가 잘못한 것이 있다면 그것을 찾아내어 지금이라도 스스로 부끄러워해 보고 싶을 뿐이다.

4년쯤 전에 오랜 서울 생활을 정리하고 전에 주말 주택으로 이용하던 양평으로 완전히 내려왔다. 아직 변호사로서 현업에 종사하고 있기는 하지만, 주니어들이 잘 도와주고 법정에 나갈 일도 그리 많지 않아

서울의 법무법인 사무실에는 1주일에 한두 번 정도만 잠깐 나가고 주로 재택근무를 한다. 시골의 맑은 공기를 마시며 아내와 둘만이 오순도순 한갓지게 보내는 것이 그저 행복하기만 하지만, 하루 일과 중 오후의 산책은 더없이 소중한 시간이기도 하다. 당너머길 따라 낮은 야산의 언덕을 내려와 오빈교차로까지 와서 오빈교 아래 물소리길을 거쳐 양근성지까지 간다. 거기서 다시 양강섬으로 가는 부교(浮橋)를 건너 공원을 두 바퀴 정도 돌고 되돌아오는 것이 통상의 내 산책 코스다.

걷는 것은 참 좋다. 요즘 건강에 관심이 많다 보니 곳곳에서 걷기 예찬을 많이 하는데, 나 역시 걷기의 효능을 굳게 믿고 있고, 또 걷기는 우리에게 길[道]을 가르쳐 준다고까지 생각한다. 이마누엘 칸트가 매일 산책을 빠짐없이 하면서 자기의 사상을 정리했고, 장 자크 루소가 걸음을 멈추면 생각도 멈춘다고까지 한 이유를 알 만하다.

철학자는 아니지만 나도 산책을 하면서 사색을 많이 한다. 산책 중에는 책상머리에 앉아 있을 때와는 달리 나도 모르게 마음이 차분하게 가라앉고 사고가 명료해져서 그동안 나를 애먹였던 어려운 문제들이 뜻밖에 해결되기도 한다. 그동안 선택, 나눔, 말의 힘, 상상력, 태도, 기도 등에 관하여 산책 중에 많은 묵상을 했다. 요 며칠 동안은 '공정(公正)'에 대하여 깊이 있게 생각을 해 보고 있는데, 생각보다 정리가 쉽게 안 되고 결론이 도출되지 않는다. 물론 꼭 무슨 결론이 확실히 나와야 하는 다음 재판의 준비서면 같은 숙제는 아니지만, 과연 내가 검사 시절 공정했나 하는 문제에 이르러서는 영 답이 나오지 않는 것이다.

철학도이자 문학 지망생이었던 내가 어떤 사회적 책임감에 이끌려 뒤늦게 법조인이 되었기에 그저 권력을 좇는 검사가 되지는 않으려고 했다. '공정'만이 검사로서의 나를 지켜주는 가치였고, 그것이 무너지면 나의 정체성과 자존감까지 완전히 무너지는 것으로 알고 굳은 신념을 지녔으며, 검사 생활 내내 그것을 지켜 왔다고 생각했었다. 그렇게 생각하는 데는 나름대로 자신이 있었다. 사건 수사를 하면서는 어느 쪽 편도 들지 않는(impartial) 완전히 중립적인 입장에서 일 처리를 해 왔고, 그 점에 관한 한 전혀 부끄럽지 않다고 생각해 왔다.

고소 사건에서는 고소인이나 피고소인 그 어느 쪽 편도 들지 않고, 정치적인 사건에서는 여당과 야당 양쪽에 욕을 먹더라도 한쪽에 기울지 않으며, 대립하는 직역 간 다투는 사건에서도 그 어느 쪽에 치우치지 않게 엄정하게 중립을 지켜 가며 수사와 일 처리를 해왔고 그것으로 나는 공정을 다한 것으로 치부했던 것이다. 또 유난히 눈물이 많은 나는 동정심에서 일을 그르치거나 '필요 이상의 정의감'으로 사안을 잘못 파악하지는 않으려고 동정심과 정의감도 어느 정도 자제하려고 노력했다. 그래서 나는 남이 보기에는 물론 내 스스로도 누구보다도 엄정하다는 평가를 받을 수 있다고 자부심을 가졌었다.

그런데 요 며칠 동안의 산책길에서 반추(反芻)해 온 바에 의하면 내가 결코 공정한 것만은 아니었다는 생각이 드니 왜 그럴까? 심지어 내가 검사 생활을 잘못했다는 생각이 들기까지 하여 마음이 매우 불편한 것이다.

고소인이 자기가 큰 피해를 보았다고 억울함을 호소하는데도 그쪽 편을 들지 않고 있는 그대로 객관적인 사실만 조사한다고 해서 그것이 공정한 것인가? 피고소인은 자기가 고소인에게 돈을 갚지 못한 것은 사실이지만 거기에는 그럴만한 사정이 있다고 변명하려고 하자 가해자

편을 들고 싶지 않겠다며 사실관계만 판단하고는 정상에 관계되는 사유는 대충 듣기만 한다면 그것이 공정한 태도인가?

어느 쪽 편도 들지 않아 공정하다는 평가를 받겠다는 것은 혼탁한 세상에 휩쓸리지 않고 혼자 깨끗함을 지켜 고고한 성인군자 소리를 듣겠다는 것이나 다름없이 이기적인 것이 아닌가?

오래전 검찰 재직 시절 모 기관에서 조사, 발표한 '민원 행정서비스 만족도'란 것을 보고 깜짝 놀란 적이 있다. 중앙 행정 부처와 공공기관을 이용한 민원인들을 상대로 조사한 결과 검찰청이 그 만족도가 56.7%로 거의 최하위로 나온 것이다(그 수치가 정확하지 않을 수 있음). 그 당시 밤낮없이 공정하게 사건 처리하느라고 건강까지 크게 해친 상태였는데 내가 한 일 처리의 결과에 60%도 만족하지 못했다는 것에 정말 화가 치밀기까지 했다. 그런데 같은 부에 근무하던 선배 검사는 만족도가 50%를 넘었다는 것이 오히려 신기하다고 말했다. 고소인과 피고소인이 있는 사건에서 기소하건 불기소하건 한쪽은 불만일 테니까 어차피 만족도가 50% 넘기기 어렵다는 것이다. 그리고 기소를 했더라도 고소인 측은 100% 피해 회복이 되지는 않았다든지 피고소인에 대한 구형이 약하다든지 하는 이유로 여전히 불만이 있게 마련이다.

그리고 경찰에서 구속 송치된 사건을 열심히 수사하여 혐의가 없음을 밝혀 불기소 결정을 하면서 석방하더라도 그 피의자는 만족해하기는커녕 그럼 구속영장에는 왜 서명했느냐고 불평하니 검찰 업무란 것이 도저히 '만족도'를 올릴 수 있는 그런 일이 아니라는 것이다. 그 선배의 말도 일리가 있긴 하다. 그러나 계속 그 만족도 조사 결과라는 것이 연례행사처럼 보도되곤 하는데 그 이후엔 퍼센트까지 자세히 발

표되지는 않지만 매번 검찰이 최하위 수준을 맴도는 것은 참으로 안타
까운 일이다.

　내가 변호사 생활을 8년 정도 했을 즈음 한국의료분쟁조정중재원이
라는 공공기관이 신설됐다. 뜻하지 않게 내가 그 기관의 초대 원장으
로 취임하여 의료사고를 놓고 환자 측과 의료인 측이 그 과실 유무를
놓고 첨예하게 다투는 것을 원만하게 잘 조정해야 할 임무를 맡게 되
었다. 법원의 재판처럼 법령과 현출된 증거에 따라 옳고 그름만을 잘
밝혀 어느 한쪽 편의 손을 들어주면 되는 것이 아니라, 신청인과 피신
청인의 주장을 잘 경청하여 그들 모두를 설득할 만한 조정안을 도출
해 내어야 하는 것이어서 보통 어려운 일이 아니었다. 그런데 그 초창
기에 접수된 한 사건에서 나는 아주 신선한 충격을 받았다.

　서울에서 좀 떨어진 지방의 한 내과의원에 70세 된 여자 환자가 복
통·오한·구역질 등 증세로 내원하여 진료를 받고 귀가한 다음 심정지
가 발생하여 대학병원 응급실로 후송했으나 사망한 사건이었다. 유족
들은 내과의원 원장의 과실로 사망한 것이라며 1억 5,000만 원을 배상
해 달라고 조정 신청서를 제출했는데, 감정 결과는 복통 등과는 관련
없는 심근경색으로 발생한 다발성 장기부전을 사인으로 보았고, 환자
의 사망에 내과의원 원장의 과실이 있다고 볼 수 없다고 나왔다.

　조정준비기일에 상임조정위원이 고인에 대하여 심심한 조의를 표한
다음 신청인 측에 의학지식을 쉽게 풀어서 감정 결과를 상세히 설명하
자 뜻밖에도 유족들도 그렇다면 의사의 잘못 없이 사망이 초래됐겠다
고 받아들이고, 피신청인인 내과의원 원장도 자신의 과실이 없음이 밝
혀졌으니 이제야 마음 놓고 애도의 뜻을 표하겠다며 상당한 액수의 위

로금을 내놓겠다고 제의했다. 그런데 여기서 문제가 생긴 것이 유족들은 자신들은 돈이나 뜯어내려고 조정 신청을 한 것이 아니라면서 모친의 사인을 정확히 알았으니 그것으로 충분하다면서 내과의원 원장의 제의를 극구 거절했고, 피신청인인 원장은 자기 마음이 편해지도록 꼭 예를 표하도록 해 달라고 강하게 주장하여 조정위원은 이러한 양 당사자 간의 의사를 조화롭게 마무리 짓느라고 상당히 애를 먹었다고 한다.

이 사건은 상임조정위원이 의료 메커니즘을 숙지하고 신청인 측에 충분히 잘 설명하였기에 유족들도 모친이 사망한 원인을 올바르게 이해하였고, 피신청인도 자기 잘못이 없다고는 하지만 평소 단골로 다니던 환자의 사망에 안타까운 마음을 가지고 있다가 어느 정도 예를 표할 기회를 얻게 된 것이다.

이것은 어느 쪽 편도 들지 않은 것이 아니라 어쩌면 양쪽 편을 다 들어주었고, 그럼으로써 환자 쪽과 의료인 쪽의 갈등을 원천적으로 풀 수 있었던 것이 아닌가 한다.

이런 생각을 하면서 걷는데 어느새 양근성지 앞까지 이르렀다. 보통은 그 앞을 그냥 지나가는데 오늘은 왠지 성지 안으로 들어가고 싶어 발길을 그리로 돌렸다. 평일 늦은 오후 시각이라 그런지 순례객도 보이지 않고 성지 안은 어떤 적막감까지 들었다. 성지에 들어서자 바로 오른쪽에 돌판이 있는데, 이곳이 한국 천주교회의 창립주역인 권일신과 윤유일 등이 정기적으로 만나 피정을 하던 곳이라고 소개하면서, 성지순례를 하면서 마음 관리에 대한 깨달음이 함께하기를 기원한다는 안내 글이 적혀 있다. 그리고 그 밑에 조금 큰 글씨로 '나에게 와서 쉬어라'라고 씌어 있다. 나는 좀 더 성지 안쪽으로 걸어 들어갔다. 왼쪽에 커다란 예수의 입상이 세워져 있는데 양팔을 벌리고 누구든지 그 품에 받아들이고 쉬게 해줄 것 같은 모습이다. 그 순간 나도 모르게 마태복음 11장 28절의 구절이 떠올랐다.

"수고하고 무거운 짐 진 자들아, 다 내게로 오라. 내가 너희를 쉬게 하리라."

그렇다! 예수님은 힘들어하는 사람들 모두를 당신께 오라고 했다. 그러면 쉬게 해주겠다고….

우리의 삶은 고달프다. 그중에서도 더 신산한 삶을 사는 사람이 고소도 하고 진정도 한다. 실은 그 상대방도 마찬가지다. 그들에게 공정히 한다고, 그 어느 쪽 편도 들지 않고 옳고 그름을 가린다고 '이것이 정의다!' 한들 그것이 과연 그들에게 얼마나 위안이 되겠는가? 그런다고 그들이 편안한 마음으로 쉴 수 있겠는가?

예수 입상을 뒤로 하고 성지를 나오려는데 전에 이 성지의 성당에서 미사 볼 때 신부가 강론했던 말씀이 내 뒤통수를 친다.

"여러분 두려워하지 마십시오. 우리가 왜 하느님을 믿습니까? 하느님은 우리를 저버리지 않으십니다. 착한 사람뿐만 아니라 죄지은 사람까지도 그분은 끝까지 보듬어 주십니다."

그렇다. 그분은 전지전능(omnipotent)하실 뿐만 아니라 모든 쪽의 편을 다 들어 주신다. 죄지은 사람까지 저버리지 않으시고 보듬어 주시면서 그 죄를 깨닫고 악에서 벗어나게 해주신다.

어느 쪽 편도 들어주지 않는(impartial) 것은 온전한 공정이 아니라 그저 반쪽짜리일 뿐이고 모든 쪽의 편을 다 들어주는(omnipartial) 것이야말로 진정한 공정일 것이다.

역시 길을 걸으며 산책하면 길[道]이 보인다. 너무 늦긴 했지만 이제 나는 나의 불공정했던 과거를 확실히 기억하게 됐으니 앞으로는 그런 잘못을 되풀이하지 않으리라.

《경제포커스》 2024. 11. 5.

관대함에 대하여

너그러운 마음씨를 가지면 많은 사람을 얻는다[寬則得衆]고 하여 예로부터 우리나라에서는 관대함을 중요한 덕목으로 여겨 왔다.

내가 검사 임관할 때 선친께서는 "검사라는 직업이 남에게 인심이나 쓰는 그런 자리가 아니니 엄격하게 할 수밖에 없을 것이다. 그러나 법대로 정확하게만 한다면 그건 인간미가 없다. 사회악을 처단함에는 준엄하되, 범죄자를 다룸에는 자애로움이 담겨 있어야 한다."라고 하시며 '嚴以慈'라는 글을 하나 써 주셨다.

관대함과 자애로움이 같은 뜻만은 아니겠으나, 검사 생활 내내 아버님의 뜻을 살리려고 노력은 했다. 그러나 어떤 사건이건 사(私)가 끼지 않고 엄정하게 처리하는 것은 가능한 일이겠는데, 거기에 사랑 내지 따스함까지 담는다는 것은 정말 힘든 일이었다.

나는 검사 시절 경찰이 못 풀고 헤매던 살인 사건 몇 건을 운 좋게 맥을 잘 짚어 해결한 적이 있다. 그래서 한때 살인 사건 수사를 잘한다는 허명이 돌아 법무연수원에서 특강을 하기도 했는데, 이상하게도 살인 사건의 피의자들이 내 앞에서는 범행을 쉽게 자백했다. 강도로 위장하고 아내를 살해한 한 피의자의 말에 의하면, 나는 왠지 시골 외삼촌 같은 느낌이 들어 자기가 왜 피해자를 죽일 수밖에 없었는지 이해해 줄 듯해서 다 털어놓게 되었다고 한다. 내 생김새가 수더분하고 날카롭지 않아 검사 같아 보이지 않기도 하지만, 아버님 말씀에 따라 피의자들을 인간적으로 대하고 내가 그들의 처지에 있었으면 어땠을까 하는 식으로 그 범행을 이해하려는 태도를 가진 것이 그들에겐 무척 관대하게 보였던 모양이다. 그런데 어떤 때는 내가 그들을 이해하려 한다는 것이 진정성이 있는 것이 아니라, 그 속내는 살인 사건 수사에 있어서 자백을 잘 받아내기 위한 기법으로 그런 것이 아닌가 하는 생각이 들어 께름직하기도 했다.

관대함은 이 세상을 잘 돌아가게 하는 윤활유라고 할 것이다. 모든 것을 비판적으로만 보고 깐깐히 따지고 들어간다면 세상살이는 껄끄러워서 힘들어진다. 그래서 윌리엄 제임스는 "지혜로운 사람이 되려면 무엇이든 너그럽게 볼 줄 알아야 한다."고 했다.

그런데 관대함에는 함정이 있다. 지혜로운 사람이 되려면 너그러움을 갖춰야 하지만, 너그럽기만 하다고 지혜로워지는 것은 아니다. 관대하기 위해서는 먼저 갖춰야 할 것이 있다.

"Be just before you be generous."

검사 시절 포스트잇에 이런 글을 써서 내 책상머리에 꽤 오랫동안 붙여 둔 일이 있었다. 아버님의 유훈을 좇아 인간적인 애정을 잃지는 않되 검사로서 한 사건 한 사건 그 결정을 할 때 무조건 관대해지려는 것을 경계하기 위해서였다.

이 포스트잇은 나중에 후배 검사에게 물려주었다.

지방에서 부장검사로 근무할 때였다. 내 소속 부에 똘똘하고 유난히 정의감이 강하여 관심이 가는 검사가 한 명 있었는데, 한번은 그가 결재 올린 사건을 반려한 적이 있다.

　사건의 피의자는 모 경찰서의 형사였는데, 범죄 내용은 약간의 약점이 있는 주유소 일곱 군데에 돌아다니며 2년 가까이에 걸쳐 무상으로 휘발유를 주유 받아 갈취했다는 것이다. 그 횟수도 꽤 여러 번일 뿐만 아니라 집계된 피해액이란 것도 300만 원을 훌쩍 넘어 그 당시로는 꽤 큰 액수였다. 피의자가 근무하는 경찰서의 상급 관청에서 감찰 조사를 하다가 밝혀진 범행인데, 증거가 확실히 다 확보됐으나 기름값도 다 갚아주고 하였기에 영장은 신청되지 않고 불구속으로 송치되었다.

　주임 검사는 이 피의자를 '기소유예'로 불기소 처분하겠다는 것이었다. 현직 경찰관으로서 전과가 없을 뿐만 아니라 강력계에 소속되어 소매치기 일당과 재개발되는 재래시장 주변에서 설쳐대는 조직폭력배를 소탕하는 등 많은 실적을 올린 바 있고, 이 사건 범행도 개인적 치부를 위해서 한 것이 아니라 수사를 위한 유류비를 전혀 지급받지 못하여 부득이 기동력 확보를 위해 비정상적인 방법을 쓴 것이라는 등이 그 이유다. 한마디로 관대함을 발휘하여 용서하겠다는 것이다.

　나는 이에 반대하는 뜻으로 내 책상머리에 붙여두었던 "Be just before you be generous."라는 포스트잇을 떼어 그 사건 수사기록 표지에 붙여 내려보냈다.

　예상대로 주임 검사가 바로 내 방으로 쫓아 올라왔다. 그리고 단도직입적으로 대들었다.

　"부장님은 다 아실 줄 알았습니다. 이 사건이 어떻게 입건된 것인지 말입니다."

　"짐작하고 있네. 승진 대상자 중 경쟁이 되는 동료 경찰관이 찔렀겠지."

"맞습니다. 그리고 불기소 이유에 차마 다 적지는 못했습니다만 다른 형사들도 다 그렇게 하고 있습니다. 그리고 형사들끼리는 어느 한 주유소에 큰 부담을 주지 않도록 몇 구역으로 나누어 주유소별로 배정해서 주유를 받고 있다고 합니다. 근본적으로는 이 피의자만의 잘못이라기보다는 수사비가 부족해서 그런 것 아니겠습니까?"

"자네 말도 맞네. 그런데 이 피의자를 용서한다면 앞으로도 검찰에서는 그런 관행을 용인하겠다는 의사표시를 하는 셈이 아닌가?"

"……"

"나는 그것도 그렇지만 근본적으로는 김 검사가 맘에 켕기는 것이 있어서 그런 것 같네. 안 그런가?"

"맞습니다. 사실 저 역시 연수원 동기 변호사한테 저녁도 얻어먹고, 또 솔직히 욕심 나는 사건 수사를 할 때는 그 비용을 친구한테 약간 신세 지기도 했는데, 형사들의 열악한 수사 환경을 잘 아는 제가 이 피의자를 기소한다는 게 영 맘이 편치 않습니다."

"그렇지만 우린 마음 편하려고 검사 노릇을 하는 건 아니잖나? 나역시 초임 검사 시절 영등포지원 법정 탈주범을 쫓는 일을 맡았을 때 고등학교 선배인 모 병원 원장한테 신세를 좀 진 일이 있네. 그래서 이런 사건을 기소할 땐 정말 찜찜해. 어떤가, 내가 붙여서 내려보낸 부전지 봤지?"

"예, 관대해지려거든 먼저 자기 자신이 정당해야 한다는 취지로 알고 있습니다."

"김 검사는 정의감이 강하니까 금방 이해하는구먼. 그럼 결론 나왔지?"

김 검사와 나는 대충 이런 대화를 나눴고, 결국 그 사건의 피의자는 기소되어 법정에 서게 되었다.

　나는 지금도 당시의 내 판단이 반드시 옳았다고 주장하지는 않는다. 다만 그것만은 분명하다고 본다. 사람들은 자기의 잘못에 대한 죄책감을 희석시키는 방법으로 남에게 관대하곤 하는데, 결코 그래서는 안 된다는 점 말이다. 그것은 남에게 관대한 것이 아니라 실은 자기에게 관대한 꼼수일 뿐이다. 내가 정당해야만 진정으로 관대해질 수 있는 것이다. 프랑스 혁명 직후 치안판사를 역임한 모럴리스트 조제프 주베르는 "관용은 정의의 일부이다."라고 했지만 스스로 정당한 자의 너그러움만이 정의일 수 있는 것이다(그러므로 정치권에서 자주 행해지는 사면이라든지 동료 의원의 체포를 막는 관대함은 정의와는 거리가 멀다고 본다).

　그때 기소된 형사는 법원에서 선고유예를 받았다. 참으로 잘된 일이다. 나는 또한 확신한다. 그 형사에게 관대한 판결을 내린 그 판사야말로 한점 꺼릴 것이 없었을 것이고, 그래서 그 판결은 정의롭다고 말이다.

　후일담이지만 그 형사는 복직하여 잠시 파출소에 근무한 뒤 다시 수사 파트로 돌아가 정년까지 일했고, 유류비가 충분히 보급되었는지 그 뒤에는 그 경찰서 관내 형사들이 주유소에서 기름을 얻어 쓰는 관행도 없어졌다고 한다.

《경제포커스》 2023. 10. 16.

전우애

얼마 전 아내와 함께 영화 〈나폴레옹〉을 관람했다. 믿고 보는 리들리 스콧 감독의 작품이고 징그러울 정도로 실감 나는 연기를 하는 호아킨 피닉스가 주연인 영화이니 빼놓을 수가 없었다.

◀ 영화 〈나폴레옹〉

그런데 영화를 보고 나오면서 아내가 나에게 물었다.

"나폴레옹이 전쟁광이에요?"

나 역시 이 영화를 보고는 그런 질문이 나올 만하다고 생각되었다. 그렇지만 한편 뭔가 오해를 풀어 줄 필요도 있다는 생각이 들어 나름 차분히 설명을 시작했다.

"영화 관객들은 장대한 전투 신 보는 걸 즐기지. 그래서 이 영화에서도 꽤 여러 번 전쟁 장면을 보여주기는 하지만, 나폴레옹은 히틀러와는 전혀 달라. 승리에 도취한 전쟁광이 아니고, 프랑스 혁명을 통해 수립된 자유와 평등의 이념을 유럽에 전파하기 위해 전쟁이라는 수단을 쓴 거야."

내가 굳이 나폴레옹을 변명할 필요까지는 없었고, 다만 내가 내 나름대로 나폴레옹에 대해 아는 바를 아내에게 알려주고 싶었을 뿐이었다. 그러나 아내가 이렇게 말하는 바람에 나는 더 이상 그의 변호사 노릇을 할 수 없었다.

"아무리 그렇다 하더라도 전쟁터의 맨 앞에서 총알받이로 쓰러져 간 수많은 병사들은 다 뭐예요? 그들에게 자유와 평등이 있었나요? 나폴레옹은 그들의 가족에게 행복을 주었나요?"

사실 나는 법률가답게 '나폴레옹 법전' 등 그의 중요한 업적을 들어가며 나폴레옹이 유럽 대부분을 지배하면서 그 스스로가 세운 사상인 법치주의, 개인의 자유, 시민 평등 이념 등을 온 유럽에 퍼뜨렸고, 행정 제도도 공정하게 개혁하는 등 진정한 의미의 근대 사회를 이룩한 큰 인물임을 더 부연 설명하고 싶었으나 바로 그만둘 수밖에 없었다. 내가 나폴레옹으로부터 수임료를 받고 정식 의뢰받은 변호인도 아니고, 그렇다고 내가 존경하는 인물 리스트에 나폴레옹이 들어가 있지도 않은데 공연히 아내의 의견에 거슬리는 반론을 펼 필요는 없기 때문이다.

아니, 그보다도 아내 말이 맞다는 생각이 든 것이다. 아무리 전쟁의 명분으로 훌륭한 이념을 들고 나온다 하더라도 정작 그 이념이라는 것이 무엇인지도 모르고 그저 전쟁터에 끌려 나와 죽어간 사람들은 무엇이란 말인가.

이 영화는 역설적으로 나폴레옹의 위대성보다는 이러한 전쟁의 불합리성을 드러내는 듯한 느낌마저 든다. 심지어 엔딩 크레딧에서는 나폴레옹이 치른 수많은 전쟁 중 사망한 전사자 수를 과장되게 보여주어 나폴레옹의 영웅 신화를 비꼬기도 한다. 그리고 보니 나폴레옹이 프랑스 대혁명의 격변기에 인근 국가들과의 전쟁에서 승리를 이끌어 프랑스를 유럽 강국으로 만든 위업을 그렸다기보다는 운때가 맞아 쿠데타로 어떻게 권력을 손에 넣은 얼간이 군인이 그 운(조제핀일 수도 있음)을 버림으로써 제자리를 찾아 파멸해 가는 과정을 그린 영화 같기도 하다(그래서 프랑스 사람들은 영국 감독이 영국적 시각에서 나폴레옹을 나쁘게만 바라보고 만든 영화라면서 이 영화에 대하여 몹시 불쾌해한다고 한다).

이 영화는 최근의 리들리 스콧 감독 작품의 전철을 밟아 흥행에 참패했다. 나는 이 영화가 나름대로 영상이 무척 아름답고 실제로 격동의 나폴레옹 시대에 들어와 있는 듯한 실감 나는 화면 구성과 처절한 전투 장면도 웅장하게 보여주는 장점을 갖추고 있지만, 결국 관객의 가슴을 울리는 '전우애'는 전혀 찾아볼 수 없었기에 별로 호소력이 없어 흥행에도 실패한 것이 아닌가 하고 생각해 보았다.

나폴레옹이 품었던 훌륭한 이상이라든가 그가 남긴 정치적·군사적·행정적 업적 등을 영화에 다 담기는 어렵다고 하더라도 나폴레옹에게서 인간다운 냄새를 모두 증발시켰다는 것이 이 영화의 큰 문제점이다(그의 아내 조제핀 앞에서 보이는 찌질함만 가지고는 인간적이랄 수도 없고, 또 그것이 '사랑'으로 보이지도 않는다). 물론 불멸의 전략가일 뿐만 아니라 전투 현장에서 직접 지휘하고 앞장서서 병사들과 함께 적진 깊숙이 들어가 싸움으로써 압도적인 전과를 거둔 그의 타고난 전쟁 영웅으로서의 면모는 약간 과장되었다 할 정도로 잘 표현했다. 그러나 관객들은 거기에 더하여 나폴레옹의 인간미 같은 것도 보고 싶었을 것이다.

나는 러시아 침공 때 그 혹독한 추위에 얼어붙은 병사의 발을 나폴레옹이 직접 막사에서 따뜻한 물로 씻어주는 장면 같은 것이 있었으면 어땠을까 하는 엉뚱한 상상까지 해 보았다. 물론 나폴레옹은 그런 인정머리라고는 없는 인물이었겠지만(동생 뤼시앵과 형 조제프를 정치적 목적 때문에 배신적으로 이용해 먹은 것으로 보아서도) 이 영화에서 역사를 왜곡한 다른 부분이 상당히 있는데 그런 것 하나쯤 더 끼워 넣었다고 누가 크게 비난하지는 않았을 것이고, 그렇게 했다면 내 아내도 나폴레옹을 두고 '전쟁광'이라는 표현까지 하지는 않았을 것이다.

아무튼 아무리 치열한 전투 장면이 실감 나게 잘 묘사된 영화라 할지라도 따스한 전우애가 빠진 전쟁 영화가 좋은 평가를 받거나 흥행에 성공한 예는 없는 것 같다(아이로니컬하게도 영화 관계자들은 전우애가 극명하게 잘 그려진 영화로 흔히들 같은 리들리 스콧 감독의 〈블랙 호크 다운〉을 꼽는다).

여기서 지금까지의 내 삶을 영화로 만든다고 해도 〈나폴레옹〉보다는 재미있지 않을까 하는 엉뚱한 상상을 해 보았다(상상은 한계선이 없으니까).

그야말로 말도 안 되는 엉뚱한 발상이다. 내가 무슨 영웅이나 투사도 아니어서 세인의 관심을 끌 만한 요소도 없고, 그 살아온 과정이 그리 극적이랄 만한 것도 별로 없으며, 아내와의 로맨스도 너무 순탄하고 굴곡이 없어 드라마틱하지도 않다. 다만, 내가 아내를 처음 만났을 때 저돌적으로 돌진한 에피소드가 다소 흥미로울 수는 있고, 나처럼 성질 고약한 사람과 48년간을 꾹 참고 함께 살면서 나를 그래도 사람처럼 만든 아내의 인고(忍苦)의 과정이 교훈적일 수는 있겠으나, 그런 것이 영화로 만들어져 크게 감동으로 주거나 흥행을 이끌 만한 것은 아니다.

그래도 영화 〈나폴레옹〉에서 보여준 그의 생애보다 내 삶이 더 낫다고 내세울 수 있는 것은 없을까. 한참을 생각해 보다가 우선 앞서 이 영화에서 빠졌다고 지적한 '전우애'를 들어 보았다.

어쩌면 우리의 삶 자체가 하나의 전쟁이라고 할 수 있다. 내가 살아온 과정에 치열하고 장대한 전쟁은 없었지만, 그래도 나 나름대로 여러 번 힘든 전투를 치르면서 살아왔다. 그런데 희한하게도 어렵게 전투를 치르는 그 삶의 고비마다 나를 따스하게 보듬고 이끌어 주는 전우가 꼭 있었다.

뒤늦게 무모하게 사법시험 전선에 뛰어들었을 때도 자기 집에 합숙까지 시키면서 시험 과목별 기본 교재와 공부 요령 등을 상세히 전수해 준 사시(司試) 준비 선배인 고등학교 동창, 자기들도 생활이 어려운 처지에 있었으면서도 꼭 필요한 때 경제적 지원을 아끼지 않은 누나와 자형, '잠자리 가림증'이 있는 나에게 편하게 그냥 공부하던 절에서 다니며 2차 시험을 치를 수 있도록 택시까지 마련하는 등 많은 배려를 해준 주지 스님… 이들의 결정적인 도움이 있었기에 내가 사법시험에 무난히 합격할 수 있었는데, 이분들은 전우를 넘어 은인이라 하겠다.

검사가 되고 나서는 매일의 일상이 하나의 전투였다. 가해자인 피의자와 피해자인 고소인의 엇갈린 주장 사이에서 진실을 밝혀내려다 보면 양쪽 모두로부터 공격을 당하기가 일쑤였고, 막상 결단을 내리려 할 때는 동정심과 정의 사이에서 나는 극심한 내적 갈등에 시달려야만 했다.

실제로 전쟁을 치르기도 했다. 서울지검에 강력부가 창설될 때 심재륜 부장검사님을 모시고 마약팀을 이끈 일이 있는데, 그때 실제로 '범죄와의 전쟁'을 선포하고 조직폭력배·마약사범과 일전을 벌이기도 했다.

나는 평검사 때는 살인 사건을 많이 맡았고 부장검사가 되어서는 몇 군데 강력부장직에 있었는데, 특히 인천지방검찰청에서 1993년부터 2년간 강력부장으로 일할 때는 참으로 혹독한 전쟁을 치렀다. 그때 조직폭력배들도 무수히 잡아들이고 많은 마약사범을 척결하여 '대한민국 마약퇴치대상'을 받는 등 전공도 많이 세웠지만, 검사 중 한 명이 '전사'를 당할 뻔하고 나와 다른 검사들도 크고 작은 '내·외상'을 입는 등 치열한 전투를 겪었다. 정말로 이겨내기 힘든 어려운 고비가 많이 있었으나 그래도 끈끈한 전우애 같은 것으로 똘똘 뭉쳤기에 그 위기를 잘 극복해 나갔다. 그때 같이 일했던 검사들은 '인강회'(인천지검 강력부 모임)라는 이름으로 지금도 매주 목요일 점심에 만나 17년간을 이어가며 우의를 다지고 있다.

변호사가 되고 나서는 이제 전쟁은 다 끝났다 싶었는데 8년 만에 한국의료분쟁조정중재원의 초대 원장으로 취임하면서 또 전쟁에 휘말렸다. 이건 1 대 1의 전쟁이 아니라 1 대 5는 되는 싸움이었다. 정확한 감정과 공정한 조정으로 환자 측과 의료인 측을 모두 균형 있게 도와줌으로써 의료분쟁을 합리적으로 해결해 보겠다고 나섰지만, 환자단체는 의료중재원이 힘 있는 의료인 쪽 편만을 든다고 아우성치고, 의사단체에서는 의업권(醫業權)을 침해한다면서 아예 적대시하며 소송이나 걸어오며, 보건복지부나 재정경제부는 적극적으로 일하도록 도와주기보다는 그저 상급기관이라고 트집만 잡는 것 같고, 국회는 법으로써 이런 기관을 만들었으면서 일하도록 해주지는 않고 사사건건 시비 걸고 쓸데없이 방대한 자료 제출을 요구하여 방해만 하는 것 같아 정말 힘들었다. 그야말로 '사면초가'였다.

이때 다른 헌법기관에서 장관급 직위에 있었음에도 보수를 차관보급 예우밖에 못 해주는 상임조정위원 직을 흔쾌히 수락하여 그 잡다하고 어려운 조정 업무를 솔선하여 열심히 다 해주신 분이 있었고, 우리나라의 명의로 TV에도 많이 소개됐던 원로 의과대학 교수나 국립 치과대학의 학장을 지낸 명망 있는 분이 사명감을 가지고 그 힘들고 다른 의사들에게 욕먹기 쉬운 그런 감정 업무를 마다하지 않고 맡아 주셨기에 내가 버틸 수가 있었다.

그래서 그런지 그 당시 어느 회식 자리에서 감정위원 한 분이 "여긴 정말 전쟁터네요."라고 하자 조정위원 한 분이 "그럼요. 우린 다 싸움터에 나온 전우예요."라고 응수했다. 정말 이분들하고도 끈끈한 전우애가 있었는지 내가 원장 자리를 물러난 지도 햇수로 10년이 다 돼 가는데 지금도 그때 같이 근무했던 조정위원·감정위원·사무국장 등과는 정기적이지는 않지만 자주 만나 옛정을 나누고 있다.

나는 이 밖에도 힘든 일을 맞닥칠 때마다 나를 헌신적으로 도와주는 전우 같은 분들이 꼭 있었기에 그리 큰 어려움 없이 살아왔다.

사실 일반 서민들에게 사는 것 자체가 전쟁을 치르는 것이나 다름없다. 그러나 사는 것이 아무리 어렵더라도 진정으로 삶과 죽음을 함께 나눌 수 있는 그런 전우가 가까이 있어 따스함으로 돌봐준다면 그 삶은 그리 삭막하지 않고 오히려 윤기가 흐르며 사는 맛이 날 것이다.

영화 〈나폴레옹〉 얘기를 하다가 엉뚱한 데로 빠진 것 같은데, 나폴레옹은 훌륭한 사람이고 위인으로서의 품성도 상당히 지녔다. 그러나 나폴레옹의 삶은 실패한 삶으로 끝난다. 최소한 이 영화에서는 그렇게 그려진다. 또 이 영화에서 나폴레옹은 사랑에서도 실패한다. 실제로는 어땠는지 모르나 조제핀으로부터 완전한 사랑을 얻었다고 보기 어려운데, 그것은 조제핀 자체를 사랑한다기보다 권력을 잡고 자기 후계자를 얻기 위한 욕망이 너무 앞섰기 때문이다. 영화에서는 둘째 부인 마리 루이즈 사이에서도 소생이 없는 것으로 나오는데(역사적 기록상으로는 나폴레옹 2세는 마리 루이즈 소생으로 되어 있음), 이 역시 애정은 없이 정략결혼을 했기 때문이라는 해석이 가능하다.

살아가는 것 자체가 전쟁이라면 가장 가까운 전우가 배우자 아니겠는가. 이 영화가 여자들에게 별로 인기를 못 얻고 있는 것은 나폴레옹이 자기의 이상을 실현하기 위한 전쟁에만 골똘했었고, 그래서 애정결핍증 환자였으며, 아내조차도 진실로 사랑하지 않는 인물로 그려져 있기 때문일 것이다. 이 영화에서 나폴레옹은 그 자신도 전우애를 지니지 않았고 그에게 전우애를 보이는 진정한 전우도 없었기에 결과적으로 그의 인생은 실패로 끝난다. 이 영화가 이런 걸 부각하여 나폴레옹의 부정적인 점을 드러내려고 했다면 일단 성공한 셈이다.

이렇게 내 멋대로 상념을 이어가다가 나는 '앗!' 하고 거기서 생각을 멈추고 말았다.

아내에게는 나폴레옹이 전쟁광이 아니라고 애써 변호하더니 속내로는 '나폴레옹 너는 전우애가 결여된 인간미 없는 사람이야.'라고 비난하고 있는 것이 아닌가. 아니, 그보다도 나의 삶에는 나폴레옹의 생애에 빠진 전우애가 그때그때 필요할 때마다 있어 왔던 것처럼 은근히 으스대었는데, 실제로 따지고 보면 나는 나폴레옹에게 전우애 같은 걸 내세울 자격이 없다는 것이 문득 자각되었기 때문이다.

보라, 내 삶의 고비마다 있었던 전우애는 모두 나의 전우들이 나에게 베풀어 준 것이지 내가 베푼 것이 아니지 않은가. 나는 그저 도움을 받기만 하고서는 그것이 값진 전우애라면서 나의 삶은 마치 윤기가 흐르고 성공한 삶인 것처럼 뽐내고 있었으니 참으로 한심한 작태가 아닌가. 이러한 내가 나폴레옹의 삶에 전우애가 없느니, 나폴레옹이 애정결핍증 환자니 하는 말을 할 자격이나 있단 말인가.

너무 부끄럽다. 앞에서 내가 생각했던 것들을 모두 지우고 싶다.

전우애라고 하는 것은 과연 무엇인가? 그것은 자기의 목숨을 걸고서라도 소중한 사람을 꼭 지키고 싶은 그런 마음이 아닌가. 전우애야말로 가장 진한 사랑이다. 진정한 사랑이란 이것저것 재지 않는다. 그저 줄 뿐이다.

이제 마음을 가다듬자. 우선 아내를 비롯한 가족과 친구 등 가까운 사람들에게 나의 모든 것을 주자. 필요하면 목숨까지라도. 그들에게서 전우애를 찾지 말고 내가 먼저 그들에게 진정한 전우애가 있는 사람이 되도록 하자.

그렇게 하여 내가 전우애를 어느 정도 갖춘 다음에 이 영화를 다시 보자. 그리고 나폴레옹에게도 조용히 따로 사과도 해야겠다.

《경제포커스》 2024. 1. 17.

살인(사건)의 추억

얼마 전 양평경찰서에서 마을변호사 무료 법률상담 자리를 가졌다. 군(郡) 단위의 경찰서임에도 많은 사람이 들락거려 제법 번잡했는데 그런 중에도 왠지 모를 음습한 억누름 같은 것이 있었다. 한편 오랜만의 경찰서 방문이었지만, 옛 평검사 시절의 기억이 되살아나 낯설지 않고 오히려 기시감(既視感) 같은 것이 느껴졌다. 그때는 경찰서에 참 자주 드나들었다. 유치장 감찰 당번 검사로 다녀가기도 했으나, 그보다는 변사체 검시와 살인 사건 수사 현장 지휘를 위해 훨씬 많이 방문했다.

검사들에게 살인 사건 수사는 품이 많이 들고 무죄율도 높아 꺼려지는 분야다. 그러나 초임 검사 시절 나는 오히려 살인 사건을 배당해 달라고 자청했다. 다른 검사들이 기피하는 어려운 사건을 깔끔하게 처리함으로써 나의 존재감을 드러내고 싶다는 약간은 치기 어린 욕심 때문이었다. 그리고 그 일을 좀 더 충실히 하기 위해 변사체 발생 보고가 올라오면 직접 나가 검시도 하고, 살인 사건은 초동 단계부터 경찰과 함께 현장에서 함께 뛰다시피 했다. 이러한 노력은 어느 정도 성과를 거두었다.

특히 경찰이 소홀히 다뤄 암장(暗葬)될 뻔했던 사건의 진상을 밝혀낼

때, 나는 검사로서의 보람을 크게 느꼈다.

부산의 한 달동네에서 '일산화탄소 중독 사건'이라는 것이 있었다. 아침에 부인이 깨어나지 못해 연탄가스를 마신 것 같아 리어카에 싣고 병원에 데려갔으나 이미 사망했다는 어찌 보면 평범하다고 할 변사 사건 보고였다. 경찰에서는 검시(檢屍)한 경찰 공의(公醫)의 진단에 따라 단순히 일산화탄소 중독으로 인한 사망으로 처리하겠다고 했다. 그런데 한 방에서 함께 잤는데 부인만 사망하고 남편은 멀쩡하다는 것이 아무래도 미심쩍었다. 시신의 혈액에서 일산화탄소 헤모글로빈(COHb) 농도를 측정토록 했으나 일산화탄소(CO)가 전혀 검출되지 않아 유족의 반대를 무릅쓰고 부검했다. 그 결과 사인이 '외상성 지주막하출혈'로 판명되고, 이를 토대로 수사한 결과 부부싸움 끝에 남편이 부인의 머리를 장롱 모서리에 짓이겨 살해했음을 밝혀냈다.

또 한 번은 중년 부인이 농약을 마시고 자살한 것으로 보고가 올라왔는데 사망 장소가 유흥업소 종업원의 자취방이라 부자연스러웠다. 내가 직접 현장에 나가 세밀히 검증한 결과 시신 목덜미에서 아주 희미한 액흔(扼痕)이 보였다. 현장에서 농약 용기로 볼 만한 것은 발견되지 않고 범행을 암시하는 듯한 이상한 쪽지만 하나 나왔다. 흐트러진 이부자리와 넘어진 선풍기 등은 심하게 다툰 흔적으로 보여, 누군가 여자를 목 졸라 죽였을 가능성을 열고 부검과 추적 조사를 지시했다. 사흘째 되던 날, 본격적인 수사에 돌입한 것을 감지한 그 방 주인이 부근 소도시의 모텔 방에서 범행을 자백하는 유서를 써 놓고 자살한 시체로 발견됨으로써 사건의 전모가 드러났다.

조명이 다소 어두운 상담실에서 그 옛날 검사 시절의 수사 경험을 되짚고 있는데 상담 신청을 한 첫 민원인이 들어오면서 나의 과거로의 추억 여행은 일단 거기서 멈춰야만 했다.

세 시간에 걸친 상담은 그날따라 유독 힘들게 느껴졌다. 직업이 변호사이지만 법률상담은 유료이건 무료이건 몸과 마음을 지치게 만든다. 특히 민원인이 겪는 문제에 대하여 명쾌한 해답을 주지 못할 때 피로감은 더욱 커진다.

법률적인 분쟁은 결국 서로 의사가 제대로 통하지 않는 것에서 비롯되는 것 같다. 서로 대화하며 같은 단어를 사용하면서도 각기 자기에게 편리한 대로 달리 받아들이다가 한참 틈이 벌어진 뒤에야 한쪽이 속았다고 주장하곤 한다. 예를 들어, '투자'라는 같은 단어를 놓고도 한 당사자는 손실 감수를 포함하는 것으로 이해하는 반면, 다른 쪽은 최소한 원금은 돌려받는 대여금처럼 아전인수 격으로 해석한다. 이러한 양 당사자 사이의 어긋남을 뒤늦게 듣고서 법적으로 해결점을 찾아준다는 것은 정말로 힘들고 어려운 일이다. 때로는 나름대로 성의껏 법적 조언을 해주며 봉사하고 있는 나에게 민원인이 왜 가해자 편을 드냐고 성질을 내는 경우도 있다.

상담을 마치고 심신이 다소 지친 상태로 집으로 돌아왔다. 피곤한 중에도 경찰서에 다녀온 영향인지 살인 사건 수사에 대한 생각이 영 지워지지 않았다. 서재로 가지 않고 침대에 벌렁 누워 아까 하다가 중단된 살인(사건) 추억 여행을 이어갔다.

초임 검사 시절 '살인' 사건으로는 제일 처음 '5인조 택시강도 살인 사건'을 배당받아 두려움과 흥분이 겹친 상태에서 수사했던 일, △△지청에서 수사의 개가를 올렸다고 매스컴을 크게 탔으나 결국 대법원에서 무죄 확정된 '△△당구장 살인 사건'의 진범들을 우연히 다른 사건 수사 중 검거하는 바람에 큰 미제 사건 한 건은 해결했지만 먼저 수사했던 선배 검사를 큰 어려움에 빠트려 곤혹스러워했던 일, 아기를 낳은 것 때문에 남자친구가 자기를 버렸다고 생각해 정상과 이상의 경계인 정신상태에서 수유를 끊어 신생아를 살해한 '미혼모 친자 유기 살해 사건'의 피의자에게 분노와 연민을 함께 느꼈던 일 등 여러 살인 사건의 추억들이 흑백영화 필름 돌아가듯 내 머릿속을 스치고 지나갔다.

그래도 가장 잊지 못할 사건은 '○○동 모자 살인 사건'이다.

이 사건은 갓 백일이 지난 어린 사내아이와 그 어머니를 이불로 뒤집어씌우고 살해한 사건인데, 발생 장소의 특수성으로 경찰이 사건 발생 100일이 다 되도록 단서를 못 잡고 헤매고 있어 해당 경찰서장이 문책당할 처지에까지 이르렀다.

서울지검으로 전입되어 미제 사건 보고를 받은 나는 바로 현장엘 가보았다. 시체들은 치웠으나 그 밖의 현장 상황은 그때까지 잘 보전되어 있었다. 나는 혹시 경찰이 놓친 건 없나 하고 세심히 살펴보았으나 특별한 건 찾을 수 없었다. 현장까지 나와 본 나는 뭔가 새로운 걸 알아낼 수는 없었지만 그래도 한마디 하긴 해야겠기에 그 당시 인기리에 방영되던 '형사 콜롬보' 흉내를 내며 "이건 가장 범인이 아닐 거 같은 사람이 범인이겠는데….." 했다. 그랬더니 안내하던 형사반장이 "그렇다면 그건 피해자의 남편입니다. 예비군 동원훈련 갔었거든요." 했다. 나는 "동원훈련 갔었다고 해서 범인이 아니라는 법은 없는 겁니다. 같은 내무반에 있었던 사람들 조사는 했습니까?"라고 물었다. 반장이 필요 없을 것 같아 그 조사를 안 했다고 하기에 나는 바로 조사해서 보고하라고 지시했다.

내 수사 지휘에 따라 예비군 동원훈련을 함께 받은 사람들을 전수 조사하던 중 새벽 1시에 동초(動哨) 당번이었던 예비군에게서 그가 동초 나갈 때와 마치고 들어올 때 피해자 남편의 침상은 비어 있었다는 중요한 진술을 얻어냈다. 이렇게 하여 동원훈련 부대의 높은 철책을 넘어 범행을 저지르고 부대로 돌아왔던 피해자의 남편이 범인으로 특정되고, 자백을 받은 경찰은 성급하게 영장을 신청했다. 나는 자백 외에는 아무런 증거가 없는 셈이니 강도를 위장하기 위해 가지고 나왔다는 라이카 카메라와 다이아몬드 결혼반지를 꼭 찾아내라고 엄명했다. 천운(天運)이랄까, 결정적인 증거인 반지가 피의자가 버렸다는 하수구 맨홀 밑 오니(汚泥) 깊숙이 박혀 있는 것을 발견했다.

검찰에 송치되어 첫 피의자신문을 하던 날, 나는 그에게 물었다.

"내가 밉죠? 나만 아니었으면 그냥 지나갈 수가 있었을 텐데…"

"……"

어떻게 해서 자기가 범인으로 검거됐는지 잘 아는 그 피의자는 내가 밉긴 미웠던 모양이다. 둘 사이엔 상당 기간 침묵이 흘렀다. 나는 사건에 관한 신문으로 바로 들어가지 않고 외곽 이야기를 먼저 꺼냈다. 요즘 예비군 훈련은 어떠냐 하는 것에서부터 군대 생활은 어디서 했고 "그러면 ○○고지 진지 구축 작업도 나갔겠네요?" 하고 묻기도 하며, 최근에 본 영화는 무엇인가, 어떤 영화, 어느 배우를 좋아하냐고도 물었고, 부친께서 중앙 부처 주무국장으로 계셨는데 집안에서 엄하시지는 않았는지, 어머니는 어떤 음식을 잘해 주셨는지 등등을 물었다. 그는 나의 물음에 처음에는 의아해하다가 나중에 군대 생활의 공통된 경험과 영화나 음식 등에 나와 취향이 비슷한 점도 있다는 것을 알고는 마음을 약간 열고 자기 얘기를 털어놓기 시작했다. 그래서 나는 그쯤에서 피해자인 부인을 처음 어떻게 만나게 되었는지를 묻고, 괜히 이번 사건으로 부인을 결혼 전에 쫓아다니기만 했던 K라는 남자가 용의자로 몰려 경찰에 끌려가 모진 고생을 했던 모양이라고 말하며 웃자 그도 어색한 웃음을 지었다.

그때 나는 다짜고짜로 경찰에서 만든 범행 동기는 너무 억지스러운데 진짜로는 왜 부인과 아들을 죽였냐고 물었다. 그러자 그는 잠시 숨을 고른 다음 "그건 제가 무어라 얘기한들 어느 누구도 이해할 수 없을 겁니다. 그래서 경찰에서 이러이러해서 죽인 거냐고 해서 그냥 그렇다고 한 것입니다." 했다. 그래서 내가 "저는 대학에서 철학을 전공했습니다. 그리고 소설 좀 써 본다고 나름대로 인생 공부도 했기 때문에 어쩌면 이해할지도 모르니까 한번 말씀해 보시죠."라고 설득했다.

그래도 과연 내가 이해할 수 있을까 하는 생각에 한참 동안 주저한 끝에 그가 입을 연 범행 동기는 정말 어처구니없다는 생각이 들 만큼 사소한 것이었다. 별것도 아닌 부인의 비웃음과 빈정거리는 한마디가 살인까지 유발했으니…. 그는 아침에 집을 떠나면서 내뱉은 말실수가 내내 맘에 걸려 자신이 부인을 진실로 아끼고 사랑한다는 것을 보여주려고 심야에 위험을 무릅쓰고 예비군 동원부대의 높은 철책을 넘어왔으나, 아내는 이를 들은 척도 하지 않고 빈정대며 무시하자 갑자기 자기 인생의 모든 것이 다 무너져 내리더라는 것이었다. 그 절망감을 말하는 그의 눈빛을 보니 마치 오셀로가 데스데모나를 살해할 때처럼 그의 범행은 매우 격렬했을 것이 짐작되었다. 나는 고등학교 때 단체관람한 연극 『오셀로』에서 정숙하고 아름다운 데스데모나가 죽는다는 것이 정말 너무 어처구니없어 전혀 이해가 가지 않았었는데, 이 피의자의 범행 자백을 듣고 나니 그런 세상의 부조리와 오셀로의 살인까지 다 이해가 되는 것 같았다.

결국 그와 나는 소통이 된 셈이었지만, 그와 그의 아내는 소통이 안 되어 이러한 큰 비극이 벌어진 것이다. 모든 문제의 근원은 소통이다. 허준(許浚) 선생이 '통즉불통 불통즉통(通則不痛 不通則痛: 통하면 아프지 않고 통하지 않으면 아프다)'이라 했듯이, 우리 몸뿐만 아니라 사람과 사람의 관계도 소통이 안 되면 큰 탈이 생기는 법이다.

나는 구치소에 수감된 그를 몇 번 더 소환하여 조서에 보완할 사항을 작성하기도 하고, 그냥 잘 아는 사람끼리처럼 한담(閑談)을 나누기도 했다. 마지막으로 그를 불렀을 때는 내가 "제대로 된 소통을 하려면 결국 내 뜻이 상대방에게 통하도록 하기보다는 내가 먼저 상대방의 뜻을 헤아려야 하지 않겠어요?"라고 했더니, 그가 자기도 이제야 그것을 깨달았는데 그것을 알기까지 너무나 큰 대가를 치른 것 같다며 눈물을 흘렸다.

그는 최종적으로 징역 15년을 선고받았고, 이미 오랜 세월이 지났으니 벌써 출소하였을 텐데 잘 지내는지 궁금하다.

사람들은 시간이 지나면 모든 것을 잊는다고 말하지만, 추억은 결코 사라지지 않는다. 소설가 파울로 코엘료의 말처럼 추억은 시간이 흐를수록 더욱 소중해지며, 어느 날 갑자기 우리 앞에 선명하게 나타나 새로운 깨달음을 전해 준다.

검찰을 떠난 후 비교적 평탄하게 살아왔고 변호사로서도 살인 사건은 거의 수임한 적이 없기에 살인(사건)은 나의 기억에서 멀리 벗어난 줄로만 알았다. 하지만 이번 경찰서 방문에서 되살아난 살인(사건)의 추억은 마을변호사 상담 경험과 맞물려 결국 '소통'이라는 하나의 화두(話頭)로 모아졌다. 몇 년 전 사회복지학을 전공한 친구가 "상담은 소통이다. 법률정보를 주입하려 하지 말고 좋은 관계를 만드는 데 집중하라"고 강조했던 말이 이제야 깊이 이해된다.

살인 사건 수사든, 마을변호사 상담이든, 가장 핵심이 되는 문제는 소통의 부재에서 비롯된다. 소통만 제대로 이루어진다면 문제가 될 것은 아무것도 없을 것이다. 진정한 소통은 좋은 관계를 맺는 행위이자, 나의 옳음을 주장하기에 앞서 상대가 생각하는 것을 이해하려는 공감에서 시작한다.

그렇다! 우리 모두가 나의 의견을 바로 강조하기보다 상대방의 뜻을 먼저 헤아리겠다는 마음가짐부터 가져야 할 것이다. 그렇게 하여 이 사회 전반에 걸쳐 진정한 소통이 이루어져 '통즉불통(通則不痛)'이 실현되기를 소망한다.

강력 범죄와 법적 다툼이 줄어들고, 우리 사회가 몸과 마음이 잘 통하여 건강해지는 것 — 나의 추억은 어느새 간절한 소망으로 바뀌었다.

《경제포커스》 2025. 12. 11.

면접시험

　최근에 어느 공공기관에서 신규 및 경력 직원 채용 면접위원으로 위촉하겠으니 승낙해 달라는 요청을 해 왔다. 사실 처음에는 조금 당황스러웠다. 현직 시절에는 사법시험 3차 시험위원으로 몇 번 참여해 보기도 하고 변호사 개업 후에는 가끔 정부 중요 부처나 대기업에서 면접관으로 의뢰해 오기는 했으나 최근에는 나이가 들어서인지 그런 섭외 건이 전혀 없었다.

　마침 해당 날짜에 특별한 일정이 없기에 일단 받아들이고 시험 당일 제시간에 맞춰 지정 장소로 갔다. 친절한 안내와 커피까지 권하는 실무책임자에게 왜 하필 나를 면접위원으로 골랐냐고 질문했더니 그가 무슨 큰 비밀이라도 감추려는 듯 "담당자가 법조인 중에서 가장 적임자가 누구인지 AI에게 물어본 모양입니다."라고 답하며 씩 웃었다.

　채용 예정인 그 자리가 인기 직종이라 그런지 응시자가 꽤 많았다. 모두 단정하고 예의 바른 태도로 면접에 임했는데, 남자는 하나 같이 감색 싱글에 흰색 드레스셔츠 그리고 푸른 계통의 넥타이를 맸고, 여자 응시생 역시 같은 색깔 또는 검정색 투피스에 흰색 블라우스의 옷차림이었다. 겉모습과 말투가 모두 비슷하니 개성이 없어 보였고, 얼굴과 이름만으로 겨우 식별이 가능할 정도였다. 답변 내용도 거의 다 '모범답안'이라 할 정도로 비슷했는데, 요즘엔 면접시험 예상 질문과 모범답안을 모아놓은 책자도 여러 권 나왔고, 응시요령만을 집중적으로 가르치는 학원이 있다는 말이 입증된 셈이다.

업무 수행 능력 같은 직무 적합성은 그 기관의 담당 책임자가 질문을 하기에 나는 인성을 알아보거나 직장 내에서의 갈등 발생 시 어떻게 해결할 것인가 하는 것들을 주로 물었다. "상사가 나의 소신이나 신념에 반하는 부당한 업무 지시를 해온다면 어떻게 하겠는가?" 하는 질문은 매 응시자에게 거의 빼먹지 않고 했다. 그런데 이 질문에 대한 답변 역시 거의 다 '충분히 경청하고 소통을 통하여 해결하겠다'는 식으로 천편일률적이었다. 아마도 그것이 모범답안으로 나와 있는 모양이다. 다만 거의 마지막에 가서 한 응시생이 그 취지는 같지만 자기 경험을 들어 설득력 있는 답변을 하여 색다른 느낌이 들었다.

"저는 어릴 때부터 책을 많이 읽어서인지 자기주장이 좀 강했습니다. 그런데 중학교 교사인 아버님은 저보다 더 고집이 더 세셨고 게다가 생각하시는 것이 고리타분하셔서 때때로 부당하다고 느껴지는 일을 시키시곤 하셨습니다. 그때마다 저는 아버님의 지시를 거스를 수 없어서 우선 '예!'라고 답하고는 물러섰죠. 그러고는 무조건 아버님 말씀이 맞고 내 생각이 틀렸다고 전제한 다음 아버님은 왜 그런 일을 시키셨고 내 생각은 무엇이 잘못됐는지를 깊이 따져 보았습니다. 그랬더니 의외로 아버님의 지시가 옳고 제 판단이 틀린 경우가 꽤 많이 있었습니다. 이렇게 아버님이 옳다는 게 확인된 다음에는 흔쾌히 아버님이 시키신 일을 잘 해낼 수 있었습니다.

물론 끝까지 제 생각이 맞다는 것을 굽힐 수 없을 정도인 경우도 있었는데, 그때도 제 생각이 무엇이 잘못됐나를 계속해서 따져 보는 과정에서 자연스럽게 아버님을 설득할 수 있는 논리가 세워지더군요. 그래서 제가 일단 아버님이 시키시는 대로 하겠지만 제가 보기엔 이런 점도 고려해야겠다고 조심스럽게 제 의견을 말씀드리면 아버님도 저에게 '이제 너도 다 컸구나!' 하고 대견스러워하시는 경우가 많았습니다. 저는 이렇게 우선 상사의 지시가 옳고 제가 생각해 왔던 것이 잘못이 아닌가 하는 것을 반성하면서 해결의 길을 찾아보겠습니다."

답변치고는 조금 긴 편이었지만 자기 경험을 바탕으로 설명하니 매우 진솔해 보이고 설득력도 제법 강했다. 가르치면서 배운다는 말이 있는데 면접위원인 내가 응시생에게서 오히려 크게 배운 것 같기도 했다.

플라톤은 "남의 생각을 소중히 여기며, 자신의 생각도 바르게 정리하자."고 강조했다고 한다. 대학 시절 철학을 전공했으면서도 제대로 몰랐었는데 이제야 왜 플라톤을 위대한 철학자라고 하는지 알 것 같기도 하다. 우리 삶의 바른 자세는 바로 내 생각을 남에게 강요하는 것이 아니고 남의 생각을 소중히 여기는 것이 아니겠는가….

나는 검사로 근무했고 그것이 자랑스러우며 지금도 검찰 조직을 사랑한다. 내가 서슴없이 그렇게 말할 수 있는 것은 검찰이 날 잘 받아주었기 때문이라고 생각한다. '잘 받아주었다'는 것, 그것은 바로 내 소신을 꺾지 않고 그 뜻을 끝까지 관철할 수 있도록 해주었다는 뜻이다. 흔히들 검사는 출세를 위하여 윗사람의 의중만을 살펴 그 지시를 잘 따르는 것으로 알고 있지만 절대로 그렇지 않다. 최소한 내가 경험한 검찰 조직에서는 검사가 자기가 맡은 일을 처리하는 데 있어 자기가 끝까지 자기주장을 관철하려면 못할 것이 없었다(법적으로도 검사 각자가 '독립관청'이다). 그 주장이 관철되지 않는 것은 뚜렷한 소신이 없거나 설득력 부족 때문이고, 그렇지 않으면 다른 의도가 있어서 스스로 포기한 결과이다. 아이로니컬하게도, 상사가 다소 부당한 의사결정을 요구했을 때 그것을 흔쾌히 들어주는 검사에게는 우선은 편하게 느껴지고 때로는 고맙기도 하지만 큰 믿음이 가지 않아 정작 중요한 사건은 절대로 맡기지는 않는다.

나는 검찰 재직 시절 사건 처리나 정책 결정(법률 제·개정 포함) 등 의사결정 과정에서 상사나 상급 기관과 크고 작은 충돌이 제법 있었다. 검찰을 떠난 후 그때그때 메모해 두었던 것을 모아 보니까 '특별히 부딪쳤던 것'만도 22번이나 되었다. 그중 모 기업 총수를 구속한 것 등 끝까지 내 고집대로 밀어붙인 것이 19번이었으니 과연 '꼴통'이라는 별명을 들을 만도 했다. 3번은 대단한 것은 아니지만 상사의 설득력 있는 충고에 내가 스스로 거둬들인 것인데, 나중에 생각해도 끝까지 고집을 피우지 않은 것이 잘한 것 같았다. 이렇게 검찰 조직은 개개 검사의 정당한 의견은 최대한 존중해 주는 곳이었으니 내가 그만큼 애정을 가지지 않을 수 없지 않은가.

그런데 지난번 입사 시험 면접위원 일을 마치고 와서 검찰 재직 시절 일을 돌이켜보고는 갑자기 한 가지 걱정이 생겼다.

지금에 와서 하나하나 반추해 보니 내가 옳다고 생각한 소신을 끝까지 관철시켰다고 하는 19번의 '부딪침'에서도 과연 내 주장이 정말 다 옳았다고 할 수 있는지 하는 회의(懷疑)가 일어났다. 그중에는 내 소신이라는 것이 틀렸는데도 결재라인에 있는 상사가 나를 설득할 자신이 없거나 괜한 오해를 살까 봐 그 설득을 그냥 포기해 버린 것도 있을 것 같아 뒤늦게 걱정이 된다.

사실 나는 자기주장이 너무 강했다.

버락 오바마가 "나의 신념은 어느 정도의 의심은 인정하는 신념이다."라는 말을 했다고 한다. 옳은 말이다. 신념도 의심해야 진정성 있는 신념이다. 자기 신념을 전혀 의심하지 않았기 때문에 개인과 국가의 역사가 얼마나 많이 비극으로 치달았던가.

나는 내 신념에 한 치의 의심도 품지 않고 저돌적으로 밀고 나갔었다. 그러고는 그것을 관철시켰다는 것에 남몰래 나 자신에게 훈장을 주기까지 했다. 상사나 나보다 웃어른에게는 그렇다 치더라도, 친구나 동료, 아내 나아가 부하 검사에게는 많은 경우 내 신념이라고 하면서 사실은 부당함을 강요했을 수도 있다는 점에 생각이 미치자 섬뜩하니 소름까지 끼친다.

내 나이가 이제 꽤 됐다. 요즘 나에게 들리는 부음(訃音)은 친상보다 본인상이 더 많다. 친구들이 자꾸만 세상을 떠나는 걸 보니 나도 머지않아 그분께 불려 가 면접시험을 보게 될 것이다. 그때 과연 내가 올바르게 살아왔다고 그분께 자신 있게 말할 수 있을까?

아니, 최소한 그분 앞에서 부끄럽지 않으려면 지금부터라도 다른 사람의 생각을 존중하고 내 생각이 잘못된 것이 아닌지 반성하는 습관부터 가져야겠다.

아무래도 이번에는 내가 면접위원으로 일을 한 게 아니라 예비 면접시험을 본 것만 같다. 본 면접시험에서 그분께 합격점을 받으려면 학원에 다니지는 않더라도 지금부터라도 더욱 정진해야만 할 것이다.

《경제포커스》 2025. 6. 8.

설거지(속)

　오늘도 설거지를 했다. 설거지가 즐겁다. 이제는 설거지하는 걸 가지고 생색내려고 하지 않고 또 칭찬받으려고도 하지 않는다. 그저 설거지를 하기만 한다. 이제 설거지가 몸에 배고 완전히 내 일상이 된 것 같다. 출근이라도 해서 서울로 서둘러 올라가는 바람에 설거지를 마무리하지 못할 때는 아내에게 절대 싱크대에 손대지 말라고 다짐하고 다녀와서는 꼭 내가 마저 한다.

　이렇게 설거지가 내 생활에 밀착되다 보니까 내 의식 속에, 아니 무의식에까지 설거지가 파고든 모양이다. 가끔 설거지하는 꿈까지 꾸니 말이다. 처음 꾼 꿈은, 아내와 내가 서울 방배동 집에 살다가 주말 주택으로 쓰던 이곳 양평으로 완전히 이주하던 날의 일이었다. 이삿짐 정리를 마치고 둘이서 와인까지 곁들여 제법 분위기 있는 첫 저녁 식사를 한 다음 꽤 많이 쌓인 음식물 그릇들을 내가 깨끗이 설거지하여 그릇 선반에다 깔끔하게 정리해 놓는 그런 꿈이었다. 아주 세련된 동작으로 내가 설거지하는 그 꿈의 장면이 마치 고화질 TV 장면처럼 너무나 생생하여 아내에게 그 얘기를 했더니 "설거지가 아직 스트레스가 남아 있는 모양이군요." 하면서 웃었다.

나는 혹시나 하여 인터넷을 뒤져 꿈풀이를 찾아보았다. 뜻밖에도 설거지 꿈에 관한 기사가 많이 올라와 있고 그 해몽들도 제법 그럴듯했다. 우선 설거지하는 꿈은 청결·행복·평화를 상징한다고 하는데, 음식을 먹고 나서 많이 쌓인 그릇들을 설거지하는 꿈은 어려운 문제들이 수월하게 해결되고 행운이 찾아올 수 있다는 의미를 지닌다고 되어 있어 은근히 기분이 좋았다.

그런데 오늘 새벽에 꾼 꿈은 좀 찜찜했다. 가까운 지인 중 최근에 경제적으로 매우 어려워지고 가족의 우환까지 겹쳐 고난을 겪고 있는 S라는 퇴직 교수가 있다. 융통성이 없어 약간 답답하긴 하지만 인문학에 관해 두루 아는 것이 많고 인품이 훌륭한 분인데 참 안타깝다. 바로 어제 자면서 내가 그 S의 집을 방문하는 꿈을 꾼 것이다. 그의 집에 가서는 현관 천정의 거미줄도 걷어내고 부엌의 싱크대에 잔뜩 쌓여 있는 그릇들을 하나하나 씻어 주었다. 거기까지는 그런대로 괜찮았다. 그런데 설거지를 한참 하고 났는데도 씻어야 할 그릇들이 줄어들지 않았고, 그래서 설거지에 속도를 더 내는데 다 끝나가는 듯하면 또 그 정도의 지저분한 그릇들이 쌓이고 하는 식이 반복되어 가위눌린 듯한 답답함을 느끼다가 잠에서 깬 것이다.

뒷맛이 썩 개운치 않은 꿈을 꾸었기에 또 그 해몽을 위해 인터넷을 뒤져 보았다. 내 꿈과 같이 남의 집에 가서 설거지를 해주는 것은 대체로 남에게 큰 호의를 베풀거나 도와주는 것이라고 풀이를 한다. 현관 쪽 거미줄을 걷어내고 한 것도 대체로 같은 의미로 보면 될 것 같다. 그런데 설거지를 아무리 해도 씻어야 할 그릇들이 줄어들지 않는 것에 대해서는 꼭 들어맞는 풀이가 없었다. 사실 그것은 무슨 전문가의 해몽이 필요한 것도 아닐 것이다. 내가 어려운 처지에 있는 S를 조금씩 도와주긴 했으나 그것만으로는 부족하고, 그렇다고 계속 도와줄 수도 없는 형편이어서 그 안타까운 마음이 그렇게 나타난 것으로 보면 될 것 같다.

아침 식사 후 서재에서 아내가 가져다준 커피를 마시며 S를 더 도울 길이 없는가 골똘히 생각해 보았다. 그러나 난들 별 뾰족한 수가 떠오르지 않아 망연히 있는데 핸드폰 신호음이 울렸다.

"변호사님 건강하시죠? 저 K입니다."

K라면 전에 이혼하겠다고 찾아와서 상담을 하고 간 젊은이다. 그는 내가 '설거지'로 확실히 도와준 사람이라고 할 수 있다.

"아내가 다음 달에 둘째를 출산하게 됐습니다."

"그래요? 그럼 연년생이네요. 축하합니다."

"다 변호사님 덕분입니다. 이번에는 딸이랍니다. 딸 이름도 변호사님이 예쁘게 지어 주세요."

그는 행복에 겨워 다소 흥분된 목소리로 말했고, 아기를 낳은 다음에 아내와 함께 인사드리러 오겠다며 통화를 마쳤다.

2년이 좀 더 지난 때의 일이다. 가까이 지내는 고등학교 동창이, 자기 조카뻘 되는 친척이 이혼하겠다고 하는데 얘기 좀 잘 들어봐 달라며 K를 보내왔다.

나를 찾아온 갓 서른을 넘은 청년 K는 우리나라의 첫째가는 기업체에 근무하는 엘리트답게 반듯한 용모에 옷차림도 단정했다. 그런데 인사를 나눈 다음 그는 대뜸 자기는 퐁퐁남으로서 아내에게 속아 설거지를 해주고 있는 것이 억울해서 이혼을 꼭 하겠다고 빠른 속도로 말했다. 나는 순간 '퐁퐁남'이나 '설거지'가 젊은이들 사이에서 통하는 은어인 모양이라는 생각이 들어 기지를 발휘한답시고 K에게 내가 마무리

할 일을 끝내고 갈 테니 상담실에서 가서 조금만 기다리라고 했다. 그러고는 젊은 어쏘 변호사에게 전화로 '퐁퐁남'과 '설거지'가 무슨 뜻이냐고 물었다. 그랬더니 최근 갑자기 뜨는 유행어인데 정조 관념이 옅은 여자가 결혼 전에 여러 남자와 성적으로 재미를 실컷 보다가 때가 되면 시치미를 딱 떼고 순진한 남자를 물어 결혼하는데, 그 신랑이 되는 남자는 다른 남자가 신선한 음식을 잘 먹고 난 더러워진 그릇들을 '설거지'하는 것과 같다는 뜻으로 쓰고, 그것도 모르고 열심히 아내를 위해 바치는 남편을 비하하여 '퐁퐁남'이라고 부른다고 설명해 주었다. 나는 좀 더 자세히 알고 싶어 인터넷을 검색해 보니 '설거지론'이라고 해서 그 용어에 관한 유래와 용례, 관점에 대한 갑론을박 등 상당히 많은 내용이 나왔다. 나는 간단히 몇 가지만 훑어보고 상담실로 갔다.

오랜 경험을 바탕으로 K의 성향을 대체로 파악했다고 판단한 나는 바로 K에게 물었다.

"어릴 때 만화 많이 봤죠?"

"어떻게 아셨습니까? 정말 많이 봤죠. 지금도 자주 봅니다."

"만화를 보면서 그 주인공이 바로 K씨라고 생각하기도 했죠?"

"그럼요. 제가 ○○○(어떤 만화의 제목이자 바로 주인공 이름이었는데 기억이 잘 안 난다)이 되어 하늘을 날아다니며 지구를 구하곤 하는 꿈을 많이 꾸었습니다."

"영화나 드라마를 봐도 그 주인공이 K씨라는 생각이 들 때가 있죠?"

"예, 그래서 영화를 보다가 너무 분해서 중간에 그냥 나오기도 합니다."

"됐습니다. 이혼하시겠다고 했는데 자초지종을 말씀해 보시죠."

나는 이혼 문제로 상담할 때는 말을 중간에 끊지 않는 것을 원칙으로 하는데, 그날 K가 말한 것도 꽤나 길었다. 이를 간략히 정리하면 이렇다.

K와 그의 처 Q가 처음 만난 건 어느 교회 부설 아동복지시설에서였는데, K는 자사 제품을 그 시설에 기증하러 간 것이었고 Q는 그 시설에서 자원봉사를 하고 있었다고 한다. 공부와 일에만 열중해 왔던 K로서는 미모의 Q를 보고는 한눈에 반해 아동들 견학을 핑계로 Q를 자기 회사에 초청했고, 또 그 뒤에도 몇 차례 고급 레스토랑 같은 데서 Q를 만났다고 한다.

그런데 이상하게도 Q는 K를 만날 때마다 혼자 나오지 않고 자기 친구를 서너 명을 꼭 데리고 나오는 것이었다. 바가지 쓰는 것 같은 느낌은 들었지만 그래도 Q를 만나는 것만으로도 좋아 그런 식의 이상한 데이트가 계속되었다. 그러다가 K도 Q가 아무래도 자기를 남자친구로서 생각하지는 않는다는 생각이 들어 마음의 정리를 어떻게 해야 하나 하고 고민하던 차에 그만 교통사고를 크게 당했다고 한다.

정신을 잃고 후송된 병원에서 K의 핸드폰 단축키 1번을 누르니 Q가 나와 연락을 했고 바로 Q가 달려왔다. 응급처치 후 깨어나니 Q가 환자 베드 옆을 지키고 있더란다. K는 처음으로 Q와 단둘이 자리하게 된 것에 감격한 나머지 자기 다리가 골절된 것도 잊고 그 자리에서 Q에게 프러포즈를 했단다. Q도 성실남 K가 싫지는 않았는지 확답을 하지는 않는 것으로 반승낙을 하였고, K의 골절이 치료되자마자 바로 결혼식을 올렸다.

둘은 강남의 아파트에 보금자리를 차렸고, K는 결혼 선물로 Q에게 아담한 외제차도 마련해 주었다. 주위의 부러움을 받을 만큼 두 사람의 결혼 생활은 행복해 보였고, 실제로도 K는 자기가 아름다운 Q의 남편이라는 것이 한없이 좋았고 그녀와의 생활을 맘껏 즐겼다. 다만 Q가 부부관계에 다소 소극적인 것 같긴 한데 그것은 자기가 여자 경험이 부족하여 잘 리드를 못하기 때문으로 치부했다.

결혼 생활이 3년째로 접어들자 약간 허전한 마음이 들어 아기를 갖고 싶어 아내에게 비쳤더니 별 반응이 없더란다. 그러던 차에 어느 레스토랑에 갔다가 우연히 Q의 친구 Y를 만났다고 한다. Y는 Q를 처음 봤던 교회의 아동복지시설에서도 Q와 함께 자원봉사를 했었고 그 뒤에도 Q와 데이트(?)를 할 때 몇 번 함께 나왔던 여자라 잘 아는 처지였다. 그런데 Y가 뜬금없이 "Q 걔 잘하죠? 뭐 남자관계 복잡했던 애들이 결혼해선 잘 산다니까." 하는데 Y와 만나기로 한 남자가 헐레벌떡 와서 그 남자에게 "인사해요. 그 유명한 Q의 남편 K씨예요."라고 소개했다고 한다. 그래서 서로 정중하게 인사를 나눴는데 그 남자가 "퀸카께서는 이렇게 훌륭한 분을 고르시느라고 우리 같은 남자들을 모두 다 차 버리셨군요." 하였고, 그때 K가 업무상 만나기로 한 사람이 와서 그 정도에서 대화가 끊어졌다고 한다.

그 이후 K는 Y와 그 남자가 한 말이 영 마음에 걸려 여러 루트를 통해 Q의 결혼 전 행실에 대해 알아보았다고 한다. 예상대로 예쁜 여자답게 '퀸카'로 불리며 인기가 높았는데, 문제는 웬만한 남자들이 만나자고 하면 다 만나 주곤 얼마 만에 차버리곤 했고, 그런 남자가 열댓 명도 넘을 거라는 게 확인된 것이다. '범생이'로 공부만 열심히 하고 일에 빠져 있느라고 제대로 된 데이트 한 번 못 해 본 K로서는 청천벽력 같은 일이었다. 부부관계에 소극적이었던 것도 K가 미숙한 것이라기보다는 Q가 전에 실컷 즐겼던 남자들처럼 유별나지 않기 때문일 것 같은 생각이 들었다고 한다.

이쯤에서는 참을성 있게 듣던 나도 더 이상은 들을 필요가 없을 것 같아 K의 말을 끊었다.

"그러니까 남이 실컷 먹다 버린 음식물 찌꺼기 그릇을 설거지하는 퐁퐁맨이 된 게 억울하다 그거 아닙니까?"

"예, 그렇습니다. 걸레는 아무리 빨아도 걸레입니다."

"걸레인지 아닌지는 아직 모르지 않습니까? … 나하고 약속 하나만 합시다."

K는 무슨 약속이니 뭐니 하지 말고 빨리 이혼이나 하게 해달라고 재촉했다. 지금 다행히 아기가 없는데 애라도 생기면 골치 아프고, 또 동거 기간이 길면 괜히 재산 분할만 많이 해줘야 하는데 하루라도 빨리 이혼을 하고 싶다고 했다. 나는 K에게 나를 소개해 준 친구를 들먹이기도 하고 변호사로서보다 결혼을 먼저 한 선배로서 하는 충고라면서 한 가지를 묻고 제언했다. 자신을 걸레 같은 여자에게 설거지나 해주는 퐁퐁맨이라고 했는데 과연 집에서 설거지를 해주고 있냐고 물은 것이다. 그랬더니 캠핑 갔을 때 한두 번 해 본 게 전부라고 한다. 그래서 내가 아무 말 말고 집에 가서 한 달 동안만 설거지를 도맡아서 해 줘 보고 나서 다시 나를 찾아오라고 했다. K는 무슨 영문인지 모르고 어리벙벙해 있는데 나는 한 달 동안 설거지를 잘해 준 다음에 오면 수임료를 반으로 깎아 주겠다며 거의 쫓다시피 그를 내보냈다.

내 진단이 일단 맞았다. K는 만화나 영화 그리고 때로는 신문 기사 속의 사람과 자기를 동일시하는 그런 경향이 있는 사람이었다. 그러다 가 Y와 그 남자의 말을 듣고는 갑자기 Q가 '걸레'가 아닌가 하는 의심이 들었고, 또 그에 부합하는 듯한 정보가 수집된 데다가 갑자기 인터넷 같은 데서 '설거지론'이 떠도는데 '퐁퐁남'은 바로 자기를 지칭하는 걸로 생각이 든 것임이 분명하다. 그러나 나는 K의 분노 속에서도 Q에 대한 애정이 애틋하게 남아 있음을 읽을 수 있었다. 그래서 꾀를 한번 내 본 것이다. 사실 K의 애정 표현에는 좀 어설픈 데가 있었다. 여자들이 진정으로 원하는 것이 무엇인지 모르고 있다. 아무리 외제차를 사주고 해외여행을 데리고 다니며 명품 옷을 입히고 고급 레스토랑에서 외식을 하더라도 채워지지 않는 그 무엇이 있을 것 같아서 그 처방으로 '설거지'를 제안해 본 것이다.

나는 내 진단과 처방에 자신이 있으면서도 은근히 한 가지 걱정이 있었다. Q가 정말로 '걸레'면 어떻게 되나 하고 말이다.

다른 일을 하다 보니 한 달이 금방 지나갔다. 그리고 이 일을 거의 잊고 있을 때쯤 K가 약속대로 찾아왔다. 다행히 예후는 좋았다. 한 편의 드라마 같았다.

K는 대뜸 죄송하다면서 이혼을 안 하겠다고 했다. 그러면서 한 달 동안의 경과를 풀어놓았다.

내가 설거지하라고는 하긴 했지만, K는 그것이 무슨 의도인지는 정확히 알지 못한 채 집으로 돌아와 곰곰이 생각하다가 집안 아저씨의 친구이신 고명한 변호사님의 말씀이니 한번 해 보기나 하자는 식으로 설거지를 하기 시작했다고 한다. 처음에는 아내인 Q도 K가 안 하던 짓을 하니까 의아해하면서 경계를 잔뜩 했었는데, K가 워낙 강하게 나가니까 말리지는 못하고 있었다. 그러다가 1주일쯤 되니까 Q에게서 뭔가 조금씩 변화를 보이더니 보름쯤 지난 저녁때 설거지하는 K 앞에 갑자기 Q가 무릎을 꿇고 엉엉 울더라는 것이다. 그러면서 Q가 모든 것을 고백했다고 한다.

Q는 자기는 체질적으로 남자를 몹시 싫어한다는 것이다. 성적(性的)으로 끌리기는커녕 알레르기 반응을 일으킬 정도로 남자들이 접근해 오는 것이 싫고, 결혼은 아예 생각지도 않았으며, 한때는 수녀가 되려고까지 했다고 한다. 그런데 자기 취향과는 달리 학창 시절부터 '퀸카'라고 불리며 이상하게도 남자들이 잘 꼬여 들더란다. 처음에는 기겁하고 피해 다녔는데, 그러다가 생각을 바꿔 나중에는 접근해 오는 남자들이 데이트라도 신청하면 거절하지 않고 일단 다 받아주었단다. 그러고선 만나기로 한 비싼 레스토랑에 다른 친구들을 여러 명 데리고 가서 그 남자를 골탕 먹이는 걸 즐겼다고 한다.

K를 만나서도 전에 다른 남자들한테 한 것과 마찬가지로 대하면서 골탕 먹인 것이란다. 그런데 별로 잘난 척하지 않고 성실해 보이는 K에게 약간 호감이 가면서도 남자 전반에 관한 반감은 사라지지 않던 차에 병원에서 프러포즈를 받고 고민했다고 한다. 확실한 마음 정리가 안 된 상태에서 일단 결혼하긴 했는데, 한 남성으로서 받아들일 준비가 안 되어 항상 K에게 미안한 마음을 가지고 살아왔고, K가 원한다면 언제든지 떠날 각오를 하고 있었다고 한다. 그러다가 한 없이 잘해 주던 K가 설거지까지 해주는 것을 보고는 이 남자가 진실로 나를 사랑하는구나 하는 생각이 들어 어떻게든 남성혐오증에서 벗어나 보려고 정신과 의사를 찾아가 보았다는 것이다.

이틀째 되니 의사는 바로 Q의 남성혐오증이 왜 생겼는지 그 원천을 찾아냈다고 한다. Q가 고등학교 1학년 때 부반장으로서 교실 환경미화 등을 이유로 방과 후에 남아 담임선생과 함께 작업을 한 일이 여러 번 있었는데 그때 그 선생이 불쾌한 접근을 자주 했었고, Q는 그게 정말 너무 싫었는데 한번은 신체 접촉까지 시도해 오는 바람에 교실에서 줄도를 한 일이 있다고 한다. 그 이후 담임선생은 모종의 불미스러운 일로 다른 학교로 전출 가고 Q는 그 일을 잊고 있는 듯했으나 마음 깊숙한 곳에 남성혐오증이라는 이름으로 자리 잡고 있다는 진단을 받았다는 것이다.

Q의 고백을 들은 이후에는 한국 TV 드라마의 정석과 같이 해피엔딩 쪽으로 흘러갔다. K는 Q와 그 정신과 의사에게 함께 가서 상담까지 받고 깊은 이해로 Q의 치료를 적극적으로 도와 Q는 드디어 과거의 트라우마를 극복했다고 한다. 그래서 K와 Q는 다시 신나는 '제2의 신혼생활'을 시작했다는 것이다. 이러한 '경과보고'를 하면서 K는 변호사님의 '설거지 요법'은 정말 명의(名醫)다운 정확한 처방이라고 한껏 나를 치켜세웠다.

이혼 사건을 한 건 놓친 셈이지만 별로 기분 나쁘지는 않았다. 나는 "지금도 본인이 퐁퐁맨이라고 생각합니까?"라고 딱 한 마디만 K에게 물었다. 그러자 K는 퐁퐁맨은 무슨 퐁퐁맨이냐면서 '설거지론'이라는 것도 과거 여자들한테 당한 쪼다들이 그 분노와 박탈감을 그런 여성혐오로 표출한 것뿐이라고 신랄하게 논박했다. 자기 아내 Q는 절대로 '걸레'가 아니고 '순백색의 실크 스카프'라는 코멘트를 덧붙이는 것도 잊지 않았다.

이혼 소송으로 가지 않았으니 상담료는 얼마 드려야 하냐고 묻는 K에게 앞으로 Q와 알콩달콩 잘 살면 그것이 바로 상담료를 내는 것이라고 하며 그를 내보냈다.

그 뒤 1년쯤 지나 K가 또 찾아왔는데 Q가 아들을 낳았다면서 생년월일시가 적힌 종이를 내밀었다. 나한테 신생아 이름을 지어 달라는 것이다. 심을 식(植)자 항렬이지만 꼭 거기에 따를 필요는 없다면서 말이다. 그래서 나는 씩씩하고 믿음직한 남자애 이름을 하나 지어 주었다. 그랬더니 오늘 또 딸이 곧 태어날 거라는 연락을 해온 것이다. 정말 부지런히 생산적인 부부생활을 한 모양이라고 생각하며 나는 괜히 기분이 좋았다.

이런저런 생각에 빠지는 바람에 커피가 다 식어버렸다. 기분이 좋으니 식은 커피도 맛있다. 그런데 한편 2년여 전 K에게 설거지를 권유했을 때 나도 함께 설거지를 시작했더라면 더 좋았을 것이라는 때늦은 후회도 들었다.

커피를 다 마시고 나서도 서재에 그냥 앉아 있는데 아무래도 내가 S의 집에 가서 설거지하는 꿈을 꾸다가 깨어난 날에 K에게서 연락이 온 것이 그냥 우연이 아닌 것 같은 생각이 들었다.

그렇다! 오늘 S의 집을 방문해 보자. 그리고 S에게도 설거지를 한번 해 보라고 권해야겠다. 혹시 아는가. S도 설거지를 하면 K처럼 그의 어려움이 술술 다 풀리게 될지….

《경제포커스》 2023. 12. 4.

관용을 생각하다

　요즘 우리나라의 정치 상황과 사회 일반이 돌아가는 사태를 걱정하는 인사들 사이에서는 '관용'이라는 단어가 많이 거론된다. 사회 통합이 안 되고 편 가르기만 점점 더 심해지고 있는 현실에서 관용 같은 고상한 말은 어쩌면 사치일지도 모른다. 그러나 생각이 같지 않거나 편이 다른 사람을 너그러이 끌어안지 않는다면 어떤 이념을 내세우는 쪽이라도 그 존립의 기반은 취약해지고 말 것이다. 보수 쪽은 그들이 그렇게 지키고자 했던 중요한 가치를 끝내 포기할 수밖에 없고, 진보 쪽 또한 자신들이 지향한다는 '더불어 삶'은 그저 공허한 구호에 그칠 뿐이기에 말이다. 관용이 없이는 어떤 주의나 주장도 하나의 허구에 불과하다.

　지난주에는 현직 교수인 고등학교 후배 Y가 오랜만에 연락을 해왔다. 자기가 워낙 심하게 공개적으로 모욕을 당하여 형사 고소를 하겠으니 사건을 좀 맡아달라는 것이었다. 나는 그런 고소 대리 사건은 원칙적으로 수임하지 않는다면서 완곡히 고사하고 또 그날은 재택근무하는 날이라 서울 출근도 하지 않았다고 했더니 바로 양평까지 찾아온 것이다.

사안인즉슨, Y 교수가 속해 있는 학회의 월례 집담회를 끝내고 만찬을 하는 자리에서 요즘 정치판 돌아가는 이야기가 나왔단다. 특검 수사에 특별한 관심을 보이는 발언이 오가다가 그 학회의 성격상 진보적일 수밖에 없기는 하겠지만, 윤석열 전 대통령의 계엄 선포에 대하여 '내란죄'로 단정 짓고는 서로 나서서 원색적인 비난을 마구 퍼부어 대더란다. 그걸 듣고만 있기가 너무 거북해 Y가 "계엄을 들고나온 윤 전 대통령이 잘못한 것은 너무나 분명하죠. 그러나 대통령 노릇을 할 수 없게 내몰아 계엄 카드를 꺼내게 만든 쪽도 책임이 없는 건 아니라고 봅니다."라고 한마디 했다고 한다. 그러자 이곳저곳에서 Y 교수를 향하여 "저 ×× 뭐야?", "웬 사꾸라가 우리 학회에 끼어들었어!" 하면서 심한 욕을 해댔고, 급기야 지난번 장관 물망에 오르기도 했던 학회 회장은 "Y 같은 계엄 찬동 보수 꼴통이 우리 학회에 있다는 것은 커다란 수치입니다. 정식으로 Y를 제명토록 징계위에 회부합니다."라고 했다는 것이다. 그래서 자신의 명예 감정이 너무나 큰 상처를 받았기에 학회 회장과 주도적으로 강성 발언을 한 학술이사를 모욕죄나 명예훼손죄로 고소하겠다는 것이었다.

전에 한 모임에서 만났을 때 Y 교수가 소수의견을 설득력 있게 잘 말하여 인상 깊었었는데, 아마도 그 학회에서는 Y의 그런 바른말이 듣기 싫었던 모양이다.

소주 몇 잔까지 곁들인 저녁 식사를 하면서 간신히 달래어 Y를 돌려보냈으나 뒷맛이 영 씁쓸했다. 이미 노년에 접어들기 시작했으면서도 아직도 그 욱하는 성격을 버리지 못한 Y에게도 아쉬움이 있지만, 우리나라 최고의 지성이 모였다는 그 학회에서조차 Y 교수의 위와 같

은 발언 하나를 품고 소화해 내지 못한다는 것이 너무나 한심스럽고
슬프기까지 했다.

몇 년 전에도 그런 비슷한 경험을 하나 했다.

내가 소속된 한 단톡방은 그 구성원들의 성격상 거기에 올라오는
글들은 아무래도 보수적일 수밖에 없었다. 일상적인 안부를 묻는 것
외엔 국가안보를 걱정하고 자유민주주의 끝까지 수호하자는 내용이
주류를 이뤘다.

그런데 지난 제22대 국회의원 선거 직전에 그런 단톡방에 보수로
분류되는 대표적인 논객이 윤석열 당시 대통령의 통치 스타일을 다소
강한 톤으로 비판하는 칼럼이 올라왔고, 그 글을 올린 회원은 지금 우
리가 정신 바짝 차리지 않으면 큰일 난다면서 그 칼럼을 경청하자고
덧붙이기까지 했다.

그러자 웬걸! 모두가 어떤 공격 거리를 기다리기라도 했다는 듯이
보수 논객에 대해 '배신자'·'치매 환자'라고 씹어대고 심지어 "김일성
장학금을 받은 놈 같다!"라는 저주까지 퍼부었다. 물론 그 글을 올린
회원에게도 좌파가 보낸 첩자 아니냐면서 각종 쌍욕과 함께 당장 이
방에서 꺼지라고 십자포화를 퍼부어 댔고, 결국 이를 견디지 못한 그
단톡방의 창립 회원이기도 한 그가 그 방에서 탈퇴하고야 말았다.

이참에 관용에 대해 한번 생각해 보았다.

사전적으로는 '관용'이 통상 '남의 잘못을 너그럽게 받아들이거나
용서함' 또는 '그런 용서'로 정의된다. 그러나 나는 '관용'의 개념 정의
에 이렇게 '남의 잘못'과 '용서'를 개입시키는 것에 다소 다른 의견을

가지고 있다.

흔히들 '관용'을 민주주의와 사회 통합의 토대라고 거론하는데, '나는 옳고 너는 잘못했다. 그러나 나는 그것을 용서하겠다.'는 사고가 어떻게 민주주의의 기초가 되겠는가? 또 도대체 내가 누구인데, 무슨 권한으로 남을 용서한단 말인가?

관용은 남의 사고나 행위를 '잘못'으로 몰아붙인 다음 '용서'하는 데서 나오는 것이 아니고, 다른 사람의 생각과 행동이 나의 그것과 다르다고 해서 틀린 것으로 치부하지 않으며 서로의 차이를 인정하고 이해하며 받아들이려는 태도에서 나오는 것이다. 볼테르의 사상을 요약한 명언처럼 우리는 "당신의 말에 동의할 수 없지만, 당신이 그 말을 할 권리를 지키는 데는 목숨을 걸 수 있다."는 정신을 행동으로 보여야 한다.

이렇게 말하는 나이지만 사실 지나온 내 삶의 역정을 돌이켜보면 나에게 가장 부족했던 것도 바로 이 관용이 아니었던가 싶다.

나는 이른바 '더러운 꼴을 그냥 못 보는 사람'이라 할 수 있다. 내가 이미 갖춘 옳고 그름의 잣대를 가지고 그 기준에 어긋나는 말이나 행동을 듣거나 보면 이를 그대로 넘기질 못했다. 어려서부터 책을 많이 읽어 지적으로 조숙한 탓인지 나는 너무 일찍 자기 나름의 규범을 만들고 그 틀에 맞춰 살면서 거기에 맞지 않는 것을 배척해 온 것이다.

내가 검사 임관할 때 돌아가신 아버지께서 "사회악을 처단함에는 준엄하되, 범죄자를 다룸에는 자애로움이 담겨 있어야 한다."고 하시며 '嚴以慈'라는 글을 하나 써 주셨는데, 그건 바로 관용이 부족한 이런 나의 약점을 걱정하셨기 때문일 것이다.

검찰 간부가 되기 전까지 나는 '필요 이상으로 정의감이 강한 검사'

로 분류되었다. 지금 생각하니 큰 사건 처리에서 나와 의견이 다를 때 내 의견을 존중해 주시면서도 "추 검사, 정의감도 때로는 절제할 필요가 있다네."라는 말씀해 주신 K 검사장님이 고맙고 또 그분께 미안하기도 하다.

　어제 아침에는 식탁 앞에서 핸드폰 들여다보지 말기의 불문율을 어기고 무심코 한 단톡방 문을 두드렸다. 그랬더니 어느 회원이 이제 이 나라에서 검사가 다 사망했다고 애도의 뜻을 표하면서 조화(弔花)까지 올렸다. 내가 한숨 섞인 목소리로 "장례식은 어디서 치르려나…." 하고 내뱉자 아내가 "누구 장례식 말예요?" 하고 물었다. 내가 "검사에게 수사권이 없으면 그건 죽은 거나 다름없지 뭐!"라고 짜증을 내자 아내가 알아채고는 위로의 말이라고 "당신 검사 시절에 정말 열심히 수사했고 그걸 항상 자랑스러워했는데…."라고 한마디 던졌다. 그러면서 중얼거리는 투로 "검사들이 조금만 겸손했더라면 이렇게까지는 안 당했을 텐데…."라고 안타까움을 표했다. 그러고는 "당신도 다 좋은데…."라고 말을 더하려다가 나를 흘끔 보더니 입을 닫았다. 나는 아내가 그다음 이어갈 말이 "… 정의감도 좋고 하는 일에 헌신적인 것도 좋은데 제발 자기만 옳다는 그 오만은 꼭 버려야만 해요."임을 잘 알고 있다.

　그렇다! 오만을 버려야 한다. 내가 옳다는 생각조차 버리고 다른 사람이 옳고 내가 틀릴 수도 있음을 받아들여야 한다. 겸손해야 한다. 요즘 국민들이 검사들을 별로 안 좋아하고 있는 것도 검사가 정치인이나 다른 직업군의 사람들보다 도덕적으로 뒤떨어져서가 아니고 바로 이 겸손이 부족한 것이 주된 원인이다. 검사 출신 대통령이 성공할 수 없었던 이유도 다른 사람을 못 믿고 자기만이 옳다고 그대로 밀고 나가는 돌직구성 오만 때문일 것이다.

Y 교수가 속한 진보적인 학회나 나도 회원이기도 한 보수적인 분위기의 단톡방에서 보인 비관용적 행태 역시 모두 '나만 옳다'는 오만에서 비롯된 것이다. 자신이 갖고 있는 옳고 그름의 잣대가 유일한 진리라고 믿는 순간 나와 다른 모든 것은 '잘못된 것'이자 '배척해야 할 대상'으로 전락하게 된다. 그러다 보니 자유를 가장 중요한 가치로 여기는 집단에서조차 자유로운 의사 표현을 막는 아이러니를 보여주는 기이한 현상이 벌어지는 것이다.

우리가 관용의 옷을 입기 위해 가장 먼저 해야 할 일은 바로 오만을 벗어던지는 것이다. '내가 옳다'는 생각조차도 내려놓고, 다른 사람이 옳고 내가 틀릴 수도 있음을 받아들여야 한다. 겸손해야만 관용도 가능하게 된다.

성 아우구스티누스의 말씀처럼, 우리 사회에 가장 절실한 것은 '첫째도 겸손이요, 둘째도 겸손이요, 셋째도 겸손'이다. 겸손은 나를 앞에 내세우지 않고 남을 섬기는 자세를 말하며, 남을 섬긴다는 것은 바로 남의 생각과 주장에서 '옳음'을 찾으려 노력하는 자세이기 때문이다. 관용의 마음가짐은 철저히 겸손해지지 않고는 결코 지닐 수 없다.

어느 분은 관용이야말로 민주 사회에 꼭 필요한 산소와 같다고 말씀했다. 그러나 지금 우리가 사는 모습을 돌아보면, 모두들 자신들의 정치적 주장을 관철하기 위해 상대를 폄훼하고 깎아내리려고만 하는 '비관용의 시대'를 살고 있음이 분명하다. 하지만 이렇게 서로 미워하고 비난하는 것은 더 큰 분열만을 낳을 뿐 문제 해결에는 전혀 도움이 되지 않는다.

이 사회를 통합하고 아름답게 가꾸자는 듣기 좋은 주장을 하기에 앞서, 우리 모두 오늘부터 다음과 같이 겸손을 바탕으로 한 관용의 자세를 갖추자고 조심스럽게 권해 본다.

첫째, 나와 다른 의견이라도 진지하게 끝까지 듣고, 그 속에 담긴 합리적인 이유를 찾으려고 노력한다(경청).

둘째, 상대의 주장에 동의하지 않더라도, 그들이 자신의 의견을 자유롭게 말할 수 있는 권리 자체를 인정한다(존중).

셋째, 내 생각이 틀릴 수 있고, 상대의 견해가 더 합리적일 수 있다는 가능성을 늘 열어둔다(열린 마음).

이러한 겸손한 마음가짐이 바탕이 될 때, 비로소 우리는 다름을 인정하는 관용을 실천할 수 있다. 관용이야말로 우리 민주 사회에서 그 기반을 굳건히 다지는 동력이자, 모두가 함께 더 나은 미래를 건설할 수 있는 유일한 길이라고 본다.

《경제포커스》 2025. 10. 12.

IV.

도서관

“내가 아이였을 때부터, 도서관들은 내 인생에서 중요한 역할을 해 왔습니다.”

빌 게이츠의 말이다. 그는 또 오늘의 자신을 있게 해준 것은 바로 자기 마을의 도서관이라고도 말했다.

나에게도 역시 어릴 적부터 도서관은 내 삶의 기둥이 되어 왔다.

나는 팔십이 거의 다 된 지금도 틈만 나면, 아니 틈을 내서 도서관 엘 간다.

고등학교 시절 갑자기 유고가 생겨 두 시간 연속의 체육 수업을 하지 못하게 됐을 때 국어 선생님이 우리 교실에 들어오셨다. 그분은 다른 과목 수업 결강 시 자주 《사상계》나 《현대문학》 같은 잡지를 들고 오셔서 거기에 실린 단편소설을 읽어 주시곤 했는데, 그날은 뜻밖에도 한 학생씩 나오게 해서 ‘나는 어떤 사람이 될 것인가’에 대하여 짤막하게 발표하라고 시키셨다.

내 앞의 다른 친구들은 미리 준비라도 한 것처럼 “이순신 장군처럼 나라를 지키는 훌륭한 군인이 되겠습니다.”라고 하거나, “저도 슈바이

처 박사 같은 의사가 되어 돈 없고 어려운 처지에 있는 환자를 치료해 주겠습니다."라고 잘들 말하였다.

내 차례가 되었다. 나는 전혀 준비가 안 되었고 또 당황스러운 상태라 그만 이렇게 말해 버리고 말았다.

"저는 도서관 같은 사람이 되겠습니다."

그만 반 전체가 빵 터지고 웃음바다가 되고 말았다. 내가 그냥 웃기는 농담을 하는 줄 안 모양이다. 그 와중에도 국어 선생님만은 입가에 엷은 미소를 머금으면서 고개를 끄덕이셨다.

그 무렵 학교 도서관의 서고(書庫)가 완전 개방되어 학생들이 마음대로 서가에서 원하는 책을 골라 대출 신청하고 열람실에서 책을 읽는 식으로 되었다. 그야말로 하나의 '코페르니쿠스적 전환'이었다.

나는 처음 며칠은 열람실로 갈 생각은 하지도 않고 서고에서 이 책 저 책 뽑아 보면서 폐관 시간까지 보내곤 했다. 도서관 서고의 장서량은 상상 이상으로 많았다. 약간은 어두운 조명 아래 내 키의 두 배 반도 넘을 듯한 높은 서가들이 근위병처럼 도열해 서 있었는데, 처음에는 어떤 위압감을 주는 듯도 했으나 친숙해지자 안도감을 주는 오래된 종이 냄새와 어우러져 마치 나를 지켜주는 수호천사처럼 느껴졌다.

서가의 책들에 파묻혀 지내다 보니 마치 배를 몰고 광활한 바다를 항해하는 듯한 기분이 들기도 했다. 새로운 것에 대한 호기심과 열정을 가지고 서가에서 직접 이 책 저 책을 꺼내어 보면서 나는 끊임없이 이곳저곳, 그리고 과거와 현재, 미래까지 마구 휘젓고 다니며 여행을 하는 것이다. 서가에서 책을 꺼내고 넣을 땐 돛에 연결된 밧줄을 당기고 풀어 주는 느낌이 들었고, 그렇게 여행하면서 많은 걸 보고 여러 사람을 만나 가르침을 받으면서 나름 지식을 쌓아가는데, 나중에는 그 지식이 지혜로 무르익는 느낌까지 지니게 되었다.

그때 이후로 도서관은 나의 안식처가 되었다. 지식으로 해결할 문제는 도서관의 사서(辭書)나 참고서적을 뒤져 다 풀어낼 수 있었고, 내가 못된 단점을 지니고 있다는 것을 알고는 몹시 상심했을 때 도서관 어느 구석에서 읽은 한 구절이 큰 위로가 되기도 했다. 그리고 도서관에는 나를 달래고 뭔가 포용력 있게 감싸 안는 어떤 힘이랄까 분위기 같은 것이 있었다.

그러고 보니 내가 도서관 같은 사람이 되겠다고 한 것이 그렇게 틀린 말이 아니다. 우선 풍부한 지식을 갖추어 어떤 지적 질문에도 막힘 없이 대답할 수 있는 그런 사람이 되고 싶다. 한때는 아내에게 내가 그런 역할을 해왔었다(비록 영화나 문학 같은 한정된 분야이긴 하지만). 아내가 친구와 만나 이야기를 나누다가 영화 〈바람과 함께 사라지다〉에서 레슬리의 부인으로 나온 여배우가 아카데미 여우주연상 받은 영화 제목이 뭐냐고 물어오면, 나는 "올리비아 드 하빌랜드! 〈사랑아 나는 통곡한다〉에서 위선적인 사랑을 보인 몽고메리 클리프트에게 멋지게 복수해 줬지."라고 답해주고, 거기에 팁으로 〈사랑아 나는 통곡한다〉는 원래 헨리 제임스의 소설 『워싱턴 스퀘어(Washington Square)』를 각색해서 〈여상속인(The Heiress)〉이란 이름으로 연극 올렸던 것을 윌리엄 와일러가 멋지게 영화로 만든 것이라고 덧붙여 설명해 줬다. 지금은 스마트폰 네이버 검색으로 이런 것들이 너무나 쉽게 해결되지만, 당시에는 이러한 잡다한 지식 덕분에 나는 아내의 존경도 받았었는데….

그러나 도서관은 지식 창고만은 아니다. 지식이 숙성해서 잘 발효된 지혜가 우러나와 우리 삶을 밝혀주는 곳이 되어야 할 곳이다.

아니, 나에게 그래왔듯이 도서관은 마음이 괴롭고 어려울 때 찾아가고 싶은 그런 곳이어야 한다.

우리는 살아가면서 많은 어려움을 겪는다. 그때마다 우리는 각자 자기 나름의 찾아가는 곳이 있다. 오래된 성당의 성모 마리아 상 앞에 가서 기도를 올리는 여학생도 있고, 녹음이 우거져 조금은 어둡고 쓸쓸한 숲속 길을 걸으며 생각에 잠기는 학자도 있으며, 전자음악이 시끄럽게 울려대는 클럽에 가서 미친 듯이 몸을 흔드는 직장 여성도 있고, 은은한 목탁 소리를 들으며 산사(山寺)로 오르는 오솔길을 걷는 아주머니도 있다. 〈티파니에서 아침을〉에서는 여주인공 할리 고라이틀리(오드리 헵번)는 보석상 티파니를 찾는다.

할리는 티파니에만 가면 우울함을 극복하고 마음의 평화를 찾을 수 있었다고 하는데, 나에게는 그런 곳이 바로 도서관이다. 도서관 서고에 가면 서가에 빽빽이 꽂혀 있는 장서들이 언제나 같은 표정으로 나를 반겨주고, 그들이 풍기는 오래된 종이 냄새는 한없는 안도감을 주어 내 마음을 달래 주곤 했었다. 나는 거기서 내가 읽고 싶은 책을 뽑아 들어 책장을 넘기면서 외로움도 극복했고 평온을 찾을 수 있었다. 이렇게 도서관의 서고에 들어오면 속세의 모든 번잡함과 갈등에서 벗어나 어떤 성스러움이 나를 보호해 주고 있는 듯한 편안함을 느끼는 것이다.

이렇게 나 자신이 도서관처럼 누군가의 안식처가 되고 싶다.

얼마 전, 참으로 오랜만에 옛친구 L 교수를 만났다. 10여 년 전 정년퇴임식 때만 해도 쌩쌩하더니 상처까지 하고 나서는 부쩍 늙은 모습이 애처롭게까지 보였다. 그는 서울 생활을 정리하려고 평생 애지중지하던 1만 2천 권의 장서를 기증할 곳을 찾는데, 대학이나 공공도서관은 모두 머리를 흔들어 애태우고 있었다. 모든 것이 현대적으로 디지털화되었다지만, 안타까운 그의 모습에서 나는 오늘날 도서관의 씁쓸한 단면을 보았다. 위인다운 모습을 지닌 두툼한 하드커버의 희귀본이나 선대 학자가 여백에 메모를 해둔 전공 서적과 같은 종이책의 가치는 무엇과도 바꿀 수 없는 법이다. 도서관이 단순히 전자화된 지식을 캡슐에 담아 놓는 자료 창고 같은 곳이거나 학생 또는 취준생들이 자기 공부만 하는 독서실 역할이나 하는 곳이서는 안 될 것이다.

다행히 L 교수와 전공이 같은 나의 ROTC 후배가 고향에 '작은 도서관'을 하나 준비 중이라는 것이 생각나서 연결해 주었다. L 교수는 이제 마음이 울적할 때면 손자를 보러 가듯 그 도서관에 가서 한켠에 꽂힌 자신의 책들을 만져볼 수 있게 되었다며 눈물까지 글썽였다.

아프리카 어느 지방에는 이런 속담이 있다고 한다.

"노인 한 사람이 죽으면 도서관 하나가 불타는 것과 같다."

상당히 수준 높은 지역인 것 같다. 도서관도 있고, 도서관 같은 노인도 있고, 이런 멋진 속담도 만들어 낼 수 있고….

나이가 들어가면서 나는 정말이지 내가 어떤 노인네로 비칠지 그것이 큰 걱정이다. 나만 옳고 남이 하는 일은 온통 못마땅하다고 투덜거리고 괜히 남의 일에 쓸데없이 참견이나 하는 그런 '꼴통'은 아닌가 하고 점검도 해 본다.

사실 나는 이런 노인이 되고 싶다. 누가 궁금한 것이 생기면 살짝 찾아와 알려달라고 물을 수 있는 그런 노인 말이다. 지식도 지식이지만 살아가는 데 필요한 지혜가 필요하여 나를 방문한 그 사람의 신발 앞에 등불을 켜 두려움을 없애고 길을 밝혀주고 싶다. 내 주장을 삼가며 모든 걸 받아들이고 포근히 감싸주는 그런 포용력을 지니고 싶다. 죽고 싶을 만큼 심한 고민이 있거나 말하기 곤란한 큰 잘못을 저질렀을 때 나를 찾아와 모든 걸 다 털어놓으면 봄눈이 녹듯이 모든 괴로움이 사라지는 그런 노인이 되고 싶다. 그래서 나를 만나는 사람들에게 긍정적인 변화를 주는 도서관 같은 노인이 되고 싶다.

내가 너무 과한 것을 바라는 것일까? 그래도 나는 도서관 같은 사람이 꼭 되고 싶고, 또 그렇게 되도록 노력하겠다.

고등학교 시절, 친구들을 웃게 했던 그 철없는(?) 선언이 이제는 내 인생의 가장 고귀한 숙제가 되었다.

지금 내가 이렇게 말하는 걸 들으면 그 친구들이 그때처럼 크게 웃어 대기만 할까, 아니면 국어 선생님처럼 엷은 미소를 지어 줄까….

나는 오늘도 그 꿈을 품고 도서관으로 향한다.

《경제포커스》 2025. 8. 11.

농담

소설가 밀란 쿤데라가 "인생은 거대한 농담이다."라고 말했다고 한다. 그 인용문의 정확한 전거(典據)를 찾지는 못했는데, 그의 소설 『농담』을 관통하는 주제가 그것이라면 일단 맞는 것 같기도 하다. 그게 너무 거대하다는 것이 좀 문제지만 말이다.

잘 알다시피 소설 『농담』은 어떤 이념이 선의를 가지고 출발했더라도 얼마든지 역사를 유린하고 인간의 자유로운 정신을 억압할 수 있음을 암시하며 절대적인 신념과 획일주의를 경고하고 있다. 열렬한 공산당원이었던 주인공 루드빅은 애인 같은 친구 마르게르타에게 "낙관주의는 인류의 아편이다! …트로츠키 만세!" 운운하는 농담으로 작성한 편지를 보냈다가 반동으로 몰려 그의 삶은 철저히 무너진다. 가벼운 농담 하나도 허용되지 않는 냉혹하게 굳어버린 거대한 사회 속에서 자신은 그저 무력한 하나의 작은 존재일 뿐이란 것을 깨닫게 된 루드빅은 처절하게 절규한다. 후에 루드빅은 자신의 삶을 붕괴시킨 이들에게 복수를 하지만 그것이 무슨 의미가 있는가?

요즘 우리 사회에서 이념 논쟁이 극심하여 어느 쪽이건 자신의 신념만을 절대적으로 강조하고 조금이라도 다른 주장은 전혀 허용하지 않으려는 획일주의의 경향을 보이기도 한다. 쓸데없는 걱정이 많은 나는 엉뚱하게도 우리나라가 이 소설의 배경이 되는 사회와는 달리 "자유라는 것은 원래부터 존재하지 않고 그냥 허상일 뿐이다!"라는 농담도 얼마든지 허용되는 그런 자유스러운 곳이었으면 하는 정말 허황된 생각을 한번 해본다.

농담…. 나에게 농담은 어떠한가? 이참에 농담과 관련된 생각을 더 이어가 보았다. 밀란 쿤데라의 소설에서처럼 심각할 정도는 아니지만 나의 삶에서도 농담은 나름 특별한 의미가 있어 왔다.

나는 농담을 무척 잘한다. 아니, 잘한다기보다는 즐겨 한다는 것이 좀 더 정확하다고 할 것이다. 내가 농담도 '잘'하고 또 유머러스해서 나를 명랑한 성격의 소유자로 알고 있는 사람도 많은데, 사실 스스로 보기에는 나는 명랑하다는 것과는 약간 거리가 있고, 오히려 세상이나 인생을 너무 진지하게만 생각하는 나머지 약간 염세적이기까지 하다. 내가 농담을 즐겨 하는 것은 아마도 이로 인한 스트레스를 풀어버리려는 방책이거나 이러한 나의 어두운 측면을 감추기 위한 위장술일지도 모른다.

초등학교 고학년에 올라와서다. 나는 시도 때도 없이 긴 한숨을 내쉬다가 어른들에게 혼나기도 했다. 그때 그런 나쁜 버릇이 생겼던 것은 어려서부터 필요 이상으로 너무 책을 많이 읽어 지적으로 조숙했던 것과도 무관하지 않다고 본다.

다행이랄까, 중학교에 진학하면서 조금 달라졌다. 몇몇 '머리 좋은' 개구쟁이 친구들과 어울려 주로 교훈적인 명언이나 교과서 내용을 뒤틀어 꼬집는 말장난을 하기도 하고(그때 우리가 개발했던 '일찍 일어난 벌레가 새에게 잡아먹힌다.'라든가 '헌신적으로 정성을 다하면 헌신짝처럼 버림받는다.' 같은 말 뒤틀기가 요즘 다시 떠돌아다니는 게 신기하다), 수업 시간에 선생님의 질문에 허점을 짚어 되묻거나 창의력을 발휘한 돌발적인 답변을 하는 등 짓궂은 '놀이'를 함으로써 다른 친구들을 웃기고 나도 웃는 일을 자주 벌였다. 그러는 놀이는 무척 재미있어 즐겨 했으며 또 그러는 사이에 나도 모르게 한숨을 내쉬는 버릇이 사라졌다. 어느새 나는 겉으로나마 주위 사람들을 잘 웃게 만드는 유머러스한 재주꾼 비슷하게 되어갔고, 고등학교·대학교로 올라가면서 남보다 책도 많이 읽고 영화도 많이 봄으로써 나의 유머나 농담은 나름대로 그 내실을 더해갔다고 하겠다.

사람들은 재치 있는 나의 농담이 다른 이들을 즐겁게 해준다고 하지만, 사실 내 유머나 농담은 한숨 쉬는 버릇을 그치게 했듯이 남보다도 나를 먼저 구원한 셈이다. 놀랍게도 마하트마 간디가 "만일 유머가 없었다면 아마 나는 벌써 자살했을 것이다."라고 말했다고 한다. 나 역시 어릴 때부터 외곬으로 모든 것을 진지하게만 대하는 성품이어서 정신적인 외톨이었고 많은 스트레스를 받았었는데, 만일 중학교 때의 말장난에서 비롯된 유머나 농담이라는 생활방식을 터득하지 못했다면 지금의 나는 아마도 존재하지 않을지도 모른다.

유머나 농담을 아무렇게나 막 해도 되는 줄 아는 사람도 있다. 실제로 유머나 농담은 그 특성상 상식과 예측을 벗어나 어이없는 내용을 포함하는 경우가 많기에 사람들을 잘 웃기곤 한다. 그러나 무조건 웃긴다고 해서 유머가 되는 것이 아니다. 유머에도 격이 있다. F. Q. 호라티우스는 "농담이 가끔 엄숙함보다도 더 효과적으로 어려운 매듭을 푼다."고 했는데, 그렇게 문제 해결까지는 아니더라도 최소한 상대방에게 즐거움과 생기를 주어야 한다. 지성과 감성이 잘 어우러진 번뜩이는 재

치가 있어야 하고, 일정 수준 아래로 떨어져서는 안 되는 품위도 지켜
야 할 것이 강조되기도 한다.

또 중요한 점은 악의가 없어야 하며 이를 접하는 사람을 당혹스럽게
해서는 안 된다는 것이다. 그러므로 동음이의어나 말 뒤집기를 하여 사
회 현안을 풍자한다고 하지만 듣는 사람의 머리만 더 혼란스럽게 하고
별로 유쾌하게 들리지 않는다면 유머로선 실패한 것이고, 또 어떤 사람
의 약점을 들어 이를 골려대거나 마음의 상처를 준다면 잠시 웃는다 하
더라도 찝찝한 뒷맛이 남기에 그건 참된 유머라 할 수 없을 것이다, 특
히 장애인을 비하하는 농담 같은 것은 절대로 해서는 안 된다.

나는 농담을 할 때 내 나름대로 개발한 몇 가지 기법을 써 왔는데,
그중에서 가장 자주 사용하는 것이 ‘나를 낮추는 화법’이다. 예를 들면
학회의 세미나를 마치고 단체 사진을 찍을 때 옆 사람에게 “우리 집사
람이 저는 얼굴이 안 받쳐주니까 절대로 사진 찍을 때 김 교수님처럼
멋있는 분 옆에 서지 말라고 했는데….”라고 말하면 “에이, 무슨 말씀
을….”이라고 하면서도 싫어하지 않는다.

내가 이런 기법을 쓰게 된 것에는 연유가 있다. 고등학교 시절 어느
날 우연히 TV에서 한 코미디언이 무대로 나오다가 멍청하게 마이크
줄에 걸려 꽈당 넘어지는 우스꽝스러운 모습을 보고 나도 모르게 박
장대소를 터뜨렸다. 그 뒤 1년 남짓 지나 그 코미디언이 제법 유명해져
대담 프로에 나온 일이 있는데, 인터뷰어가 “진짜로 넘어지는 겁니까?”
라고 묻자 “먹고 살려고 하는 거죠, 뭐.”라며 그는 ‘직업상의 비밀’을 솔
직하게 털어놓았다. 정말 그는 ‘잘’ 넘어졌다. 미끄러져 넘어지기도 하
고, 자기 발에 자기가 걸려 넘어지기도 하고, 앞으로 고꾸라지는가 하
면 뒤로 발라당 나가떨어지기도 하는데, 그 모습이 너무나 멍청해 보

여 보는 사람으로 하여금 웃음을 참을 수 없게 만든다.

　그의 고백은 이러했다. 연예인이 되고자 했으나 인물이 따라주지 않았고, 노래는 좀 한다고는 했으나 현인이나 남인수 선배를 넘볼 수 없는 수준이며, 관객을 웃겨 보려고 별 꾀를 다 부려보았으나 먹혀들지 않았다. 그러던 중 지방 공연에서 노래를 부르러 무대로 나가다가 바닥을 헛디뎌 꽈당 넘어졌는데 그때 관중이 배꼽을 쥐고 크게 웃더란다. 그때 깨달았다고 한다. 자기 자신을 한없이 무너뜨려 멍청하게 보이자고…. 그러니까 갑자기 뜨더란다. '넘어짐의 제왕'으로….

　사람들은 자기의 약점이나 부족함을 말하면 무척 싫어하지만 다른 사람을 자기보다 못하다고 인정하는 것은 매우 즐긴다. 학자들은 이것은 사람들이 원래 모두 열등의식을 가지고 있기 때문이라고 설명하기도 한다. 그렇기에 다른 사람이 자기보다 못한 것을 보게 되면 묘한 쾌감을 느끼고 좋아서 웃고 박수까지 치게 된다는 것이다. 그 코미디언은 바로 그것을 깨우쳤기에 성공할 수가 있었다.

　그래서 나의 유머, 나의 농담도 작전상 일단 '자기 낮춤'으로 시작하기로 했다. 내가 상대방보다 훨씬 모자란 것처럼 티를 내면 상대방은 빙긋이 웃고 나에 대한 경계를 푼다. 그러면 약간 싫은 소리를 해도 먹혀들어 간다. 예컨대 상대방의 실수를 꼭 지적할 필요가 있을 때 내가 그보다 더 멍청한 실수를 저지른 '전과'를 미리 털어놓아 그를 웃게 만든 다음 "지금 같으면 그런 실수를 안 할 텐데…." 하는 식으로 풀어갔다.

　가벼운 농담을 할 때도 나를 낮추는 기법은 그 효과가 매우 뛰어나기에 나는 틈나는 대로 다음에 써먹을 농담 자료를 구상하여 내 머릿속에 저장해 놓곤 했다. 준비한 자료는 적시에 꺼내어 잘 이용했고, 대부분 성공적이었다.

그런데 한번 크게 실수한 일이 있다.

점심시간 같은 때 엘리베이터가 매우 붐벼 내가 올라타면 경고음이 울리는 경우가 곧잘 있다. 그런데 내가 마지막으로 아슬아슬하게 탔는데도 용케 경고음이 울리지 않기에 내가 "저는 원래 있으나 마나 한 사람입니다."라고 한마디 했더니 엘리베이터의 답답한 공간에 있던 사람들이 유쾌하게 웃었다. 내 농담이 먹힌 것이다. 그래서 나는 여기서 한 발 더 나아가 엘리베이터를 탔는데 경고음이 울려 할 수 없이 도로 내리게 될 경우도 그냥 멋쩍은 표정만 지을 것이 아니라 환하게 웃도록 만들 그런 유머를 구상했다. 그렇게 해서 생각해 낸 것이 "제가 워낙 돌대가리라서 무겁습니다."였다. 내가 생각해도 적당히 자기 낮춤을 했고 충분히 유쾌한 웃음을 끌어낼 만큼 좋은 '작품'이라는 느낌이 들었다. 그런데 그 작품이 완성된 이후 내가 엘리베이터를 타면서 경고음이 울리는 일이 영 일어나지 않는 것이었다. 이러다가 이렇게 좋은 작품을 영 못 써먹나 하고 약간 아깝다는 생각도 들긴 했지만 어쩔 수 없었다.

그렇게 그것을 거의 잊고 있다가 법무부에 근무할 때의 일이다. 외부 식당에서 식사하고 4층에서 엘리베이터를 탔는데 마지막으로 후배 부장검사가 막 타는 순간 그만 경고음이 울렸다. 그때 나는 이때다 싶었는지 무심코 "이 친구 워낙 돌대가리라서 무겁습니다."라고 했다. 엘리베이터 안의 사람들은 재미있는지 크게 웃어대는데 멋쩍게 내리며 뒤돌아보는 그 후배 부장검사의 얼굴은 몹시 붉어져 있었다.

아뿔싸! 나한테 써먹으려 했던 그 '작품'을 엉뚱하게 그 후배에게 써먹었으니…. 내 등줄기에서는 식은땀이 흘렀고, 그 충격으로 나는 한동안 유머와 농담을 완전히 끊었다. 소설 『농담』에서 주인공 루드빅이 마르게르타에게 보낸 농담 편지가 몰고 온 비운을 맞은 후에 느낀 깊은 회오(悔悟)와 무력감도 이와 크게 다르지 않으리라.

농담이라고 해서 다 용서되는 것은 아닌데, 정말 지금 생각해도 그 실수는 내 농담사(史)의 돌이킬 수 없는 커다란 오점이다. 벤저민 프랭클린이 "우스개로 원수를 친구로 만들 수는 없지만, 우스개가 친구를 원수로 만들 수는 있다."고 했다는데, 수십 년이 지난 요즘에도 그 후배와 가끔 만나 당구를 칠 정도로 친하게 지내는 건 오로지 그 후배의 너그러운 마음씨 덕분이라고 할 것이다. 깊이 회개한다는 자세로 내가 왜 그런 큰 잘못을 저지르게 된 것인지 그 근본적인 원인을 추적해 보니 결국 내가 참된 겸손 없이 그냥 '작전상' 자기 낮춤을 하는 척했기 때문이라는 결론에 도달했다.

언젠가 고 김수환 추기경의 에피소드를 접한 일이 있다. 그분이야말로 진실로 겸손했기에 그분의 자기 낮춤의 유머는 멋있고 교훈적인 울림까지 있다.

김 추기경이 생전에 어느 복지시설을 방문했을 때의 일이다. 수녀들이 운영하는 그 공동체가 아동들에게 실질적인 도움이 되도록 운영이 매우 잘 되고 있어 방문자들 모두가 감탄했고 나중에 간단한 다과를 나누게 되었다. 그 자리의 분위기를 더욱 돋우겠다는 뜻에서인지 한 젊은 기자가 이렇게 농을 던졌다.

"추기경님은 정말 신부가 되길 잘하셨습니다. 결혼을 하셨으면 틀림없이 추기경님처럼 못생긴 2세를 낳으셨을 거 아닙니까."

그러자 갑자기 화기애애했던 그곳의 분위기가 서늘해지고 그 시설의 수녀들이나 수행한 사제 그리고 다른 기자들까지 어쩔 줄 몰라 했다. 그때 그 어색함을 제치고 김 추기경이 엷은 미소를 지으며 한 말씀했다.

"예, 저도 바로 그런 생각이 들어서 신부가 된 겁니다."

그러자 모두들 껄껄 크게 웃고는 다시 좋은 분위기로 돌아와 밝은 화제로 담소를 나누게 되었다고 한다.

김 추기경의 한마디는 그 자리에 있던 모든 사람의 마음을 밝게 해주고 그 기자를 바로 죄책감에서 벗어나게 해준 명약(名藥) 같은 유머였다.

그렇다. 좋은 유머나 농담을 하기 위해서는 '작전상'이 아니라 우선 진실로 자기 자신을 낮추는 마음 수련부터 먼저 할 필요가 있다고 하겠다. 나에게 바로 그 진실성과 마음 수련이라는 내공이 부족했기에 그런 실수가 생길 수밖에 없었을 것이다.

지금 김수환 추기경이 옆에 계신다면 나는 그분께 이렇게 고해성사를 올려야겠다.

"저는 건방지게 추기경님처럼 되고 싶어 영세받을 때 본명을 추기경님과 같이 '스테파노'로 하였고, 또 '추기경은 추호경의 형님이다.'라고 여러 차례 농담을 한 죄를 저질렀습니다. 이밖에 알아내지 못한 죄도 모두 용서하여 주십시오."

그러면 나의 이런 고백에 그분은 어떤 보속을 명하실지 궁금하다.

《경제포커스》 2023. 8. 15.

약속에 관한 몇 가지 단상

나의 삶에서 '약속'은 늘 가장 높은 위치를 차지하는 가치였다.

먼저 나는 약속은 꼭 지켜야 한다는 가풍 속에서 자랐다. 소설을 쓰시는 문인답게 항상 열린 마음으로 관대하셨던 아버지도 약속에 관해서만은 매우 엄격하셨다. 약속을 지키는 것은 바로 자신에 대한 존경의 표시라면서 자존감을 지니라고 강조하신 것이다. 그리고 "친구가 약속을 어겨도 너는 약속을 꼭 지키는 것으로 보답해야 한다."고 당부하시곤 했다.

불심(佛心)이 돈독하셨던 어머니도 내가 중학교 1학년일 때 함께 절에 다녀오시면서 이렇게 말씀하셨다.

"전생에 한 약속들을 하나하나 지켜 나가는 것이 우리 중생들의 삶이란다."

그러면서 너는 착하고 똑똑하니까 그걸 잘 행할 거라는 믿음을 보이시며 빙긋이 웃으셨다.

내가 군대를 다녀온 후 무모하게 사법시험을 한번 봐야겠다고 아버지에게 말씀드리자 아버지는 언제나처럼 나의 결정을 존중하셨다. 그러시며 "힘들 거다. 그러나 남자 대 남자로서 약속하자. 절대 중간에 포기하지 않는다고!"라고 하셨고, 조금 오래 끌었지만 결국 합격했을 때 아버지는 나를 끌어안으시며 "역시 너답게 약속은 꼭 지키는구나!" 하셨다.

사법시험 준비를 하면서 1차 시험 선택 과목으로 법철학을 공부했는데 법철학자들이 법의 기본원리로 'pacta sunt servanda'를 내세운 것이 매우 흥미를 끌었다. '약속은 지켜져야 한다'는 것이 법의 기본원리라면 나는 그것에 매우 충실할 수 있을 것 같았고, 또 법조인이 내 천직(天職)이라는 생각까지 들었다. 그래서 나는 법 공부를 열심히 했고 또 약속을 더욱 충실히 지키도록 힘썼다.

여기서 'pacta'란 '약속'이기도 하지만 양 당사자 사이의 거래에선 '계약'이고 법과 같은 구속력이 있는 것이며, 국가 간에는 '조약'으로 꼭 지켜져야 하는 국제법의 원칙이다.

사람과 사람이 서로 관계를 맺으면서 'pacta sunt servanda'의 원칙만 잘 지켜진다면 서로가 상대방의 신의를 믿게 되어 다툼 없는 평온한 사회가 될 것이며, 아마도 법률가는 필요 없게 될지도 모른다. 그러나 약속을 지킨다는 일은 참으로 어려운 일이다. 얼마나 어려우면 약속을 어기지 않는 최고의 방법은 약속을 하지 않는 것이라고까지 했겠는가.

검사 임관 후 본격적으로 사회생활을 하면서 약속과 관련된 많은 경험을 하게 되었다.

서울에서의 초임 검사 생활을 마치고 두 번째 임지인 지방에 근무할 때의 일이다. 새로 그 지방의 기관장으로 부임한 사람이 인사를 왔다.

같은 연배고 육사를 나와 행정부 공무원으로 전직한 이른바 '유신 사무관' 출신인데, 얘기를 하다 보니 나와 같은 해에 장교 임관을 했고 내 친한 ROTC 동기와 같은 대대에서 소대장 생활도 함께했기에 매우 반가웠다. 인사를 마치고 헤어질 때 그 기관장은 "다음 주 주말에 가족끼리 식사나 한번 합시다."라고 말해 나도 "그럽시다." 했다.

마침 서울에서 동생 내외가 그즈음 내려오겠다고 하는 것도 선약이 있으니 다음에 오라고 미뤄 두었는데, 정말로 그다음 주 주말이 다가오는데도 그쪽에서는 아무 연락이 없었다. 그 기관장과 약속을 하긴 한 건데 그렇다고 내가 또 전화를 걸면 밥을 사라고 재촉하는 것 같아 대책 없이 외출도 못 하고 전화통 앞에서 토·일요일을 자택에서 보냈다(그때는 핸드폰이란 게 나오기 훨씬 전이다).

비교적 순진했던 내가 사람들이 "언제 식사나 한번 합시다."라고 하는 것은 그냥 인사치레일 뿐 꼭 약속한 것은 아니란 것을 알게 되기까지는 그 뒤에도 상당한 기간이 필요했다.

약속은 명확하게 해야 한다. 어설프게 한 약속은 약속을 안 한 것이나 마찬가지다. 시간도 "2시쯤 만나지 뭐."라고 할 게 아니라 '2시 정각' 또는 '2시 15분'이라고 명확히 정하고 그 시각을 지켜야 한다. 만날 장소를 그냥 '광화문'이라고 해서는 결코 만나기 쉽지 않을 것이다. '광화문 교보문고 F-6 서가 앞'이라고 특정해야만 제대로 만날 수 있다. 시간과 장소는 아니지만 오래전 애매한 조건으로 만날 약속을 해서 큰 실수를 범한 일이 있다.

대학 시절, 두 번째 미팅에서 만난 여학생은 외모도 준수할 뿐만 아니라 예술적 감수성이 풍부하고 상대방을 편안하게 해주는 특별한 장점이 있어 꽤 마음에 들었다. 나는 그녀에게 점수를 따려고 영화에 관한 나의 잡다한 지식을 늘어놓는 등 여러모로 노력했고, 미팅이 끝날 즈음에는 한껏 낭만적으로 보이려고 다음 만날 약속을 '첫눈이 오는 날 다섯 시에 비원 정문 앞'으로 정했다. 그녀도 정겨운 웃음을 지으며 내 의견에 동조했다.

그런데 문제가 발생했다. 11월 하순으로 기억된다. 오후 3시쯤 재미없는 전공과목 강의를 듣고 있는데 갑자기 창밖의 하늘이 어두워지더니 눈이 내리는 것이었다. 눈송이는 제법 컸지만 바람이 세게 불어 눈발이 마구 휘몰아쳐 첫눈이 주는 그런 서정적인 맛은 하나도 없었다. 게다가 그런 눈이 오는 것도 잠깐이고 한 15분쯤 그러더니 바로 그치고 잠시 후엔 언제 그랬냐는 듯이 해까지 났다. 강의가 끝나고 밖으로 나와보니 땅바닥엔 눈이 온 흔적이 전혀 없었다.

나는 고민이 생겼다. 이걸 '첫눈'이라고 봐야 할 것인가? 잠깐 오다만 눈을 그녀가 보기는 보았을까? 우리가 말한 첫눈은 이런 것이 아니지 않은가….

나는 그녀가 눈 오는 걸 못 보았을 것이고 설사 보았더라도 이걸 '첫눈'으로 생각하지는 않았을 것이라고 편한 대로 여겼다. 그러고는 내가 꼭 보고 싶어 했던 오래된 프랑스 영화를 상영하는 문리대 시네클럽 영화 감상 모임 자리로 향했다.

그 뒤 얼마 지나서 그 미팅을 주선했던 양쪽 대표가 마련한 'ing 커플' 자리에 어찌어찌하여 나와 그녀도 참석하게 됐다. 사실 내가 약간은 죄를 진 것 같은 느낌도 들어서 조심스럽게 그녀에게 혹시 그날 눈이 잠깐 왔던 걸 알았냐고 물었다. 그녀는 "그날이라뇨?"하고 되묻더니 "아, 며칠 전 오후에 잠깐 눈발 날리던 날 말씀하시는 모양이네요. 글

쎼요, 그게 첫눈일까요? 그날 비원에 나가셨더랬어요?"라고 이어 묻는 것이었다. 내가 대답을 못하고 잠시 멈칫하는데 그녀가 "아이고, 미안해서 어떡하죠." 하며 안타까운 표정을 지었다. 내가 그런 게 아니라고 얘기할 타이밍을 놓치는 바람에 그만 거짓말을 한 셈이 돼버려 그날 그 자리는 매우 어색하고 불편했다.

그런데 그 뒤에 내가 들은 얘기는 하나의 쇼크였다. 그 눈 오던 날 동숭동 쪽과는 달리 신촌 쪽에서는 눈이 제법 많이 와 바닥에도 약간 깔릴 정도였고, 이를 '첫눈'으로 받아들인 그녀는 비원 앞으로 나가 그 추운 데서 한 시간 동안이나 나를 기다리고 있었다는 것이다.

약속을 지키지 않았고, 그것을 솔직히 고백하지도 못한 내가 그녀를 계속 만날 수 없음은 당연한 일이다.

'pacta sunt servanda'인데….

약속은 주로 남과 하는 약속이지만 자기 자신과 하는 약속도 있다.

'나는 무슨 일이 있어도 내일부터는 새벽 6시에 일어나 1시간 동안 산책을 하고 하루 8,000보 이상을 꼭 걸을 것이다.'

'말을 함부로 하는 것이 모든 화(禍)의 근원이니 그 자리에 없는 사람을 비판하는 언사는 절대로 하지 않겠다.'

'나이가 들어 술을 못 이기는 경우가 곧잘 생긴다. 이제는 소주 석 잔 반까지만 마시는 정도로 자제하기로 한다.'

뭐 이런 '자기 다짐' 같은 것들이 자기와의 약속이라 할 것인데, 어떤 분은 지키지 못할 약속은 절대로 하지 말고 특히 자기 자신과 약속할 때는 신중에 신중을 기하라고 충고한다. 사람의 성품은 자신과의 약속을 지키는 성실성에서 형성되는 것이고, 자기와 한 약속을 어겼을 때는 자기에 대한 신뢰를 크게 잃어 다른 사람과의 약속을 지키지 못했을 때보다도 더 기분이 찝찝해지기 때문이란다.

맞는 말이다. 자기 자신에조차 믿음이 안 간다면 세상에 믿을 게 하나도 없고 나중엔 별로 살맛도 없게 될 것이다.

그런데도 사람들은 자기와의 약속을 너무 쉽게 하고, 또 너무 잘 어기곤 한다. 심리학자들은 남이 아닌 나와 하는 약속이 더 지키기 어려운 이유는 나 자신을 합리화시킬 수 있기 때문이라고 한다.

사실 그렇다. 늦잠을 자고 아침 산책을 제대로 하지 않고는 '어제 야근하고 밤늦게 퇴근해서 자정을 훨씬 넘어 잠들었는데 6시 기상보다는 충분한 수면 확보가 더 건강에 보탬이 되지.', '꼭 8,000보를 걸어야 하나? 걸음 수보다는 걸음 속도와 걸음의 질이 더 중요한 요소지.' 하는 식으로 자기합리화하곤 한다. 그 자리에 없는 친구의 정치적 성향이 너무 한쪽에만 쏠려 과격하다고 폄훼하고는 '아차!' 했다가도 바로 '이 정도는 건전한 비판이고 이런 말도 하지 못한다면 그야말로 언론의 자유가 없는 거지.'라는 논리를 세우곤 한다. 또 '소주 한 잔 더 마신다고 죽기까지 하겠어?' 하고는 한 잔, 또 한 잔 더 마신다.

약속은 일단 내뱉으면 그것을 지킬 것에 대한 믿음이 그 약속 유지에 필수적 요소가 된다.

'자기 자신과의 약속을 지켜 나가다 보면 내가 지킨 약속들이 나를 지켜 준다.'는 말이 있다. 자기 자신과의 약속을 지키는 동인(動因)이 되는 참으로 좋은 말이다. 그러나 반대로 생각하면 나와의 약속을 어기면 어길수록 나를 지켜주는 것들이 사라진다는 뜻이 되니 끔찍한 말이기도 하다.

자기 자신에 대한 신뢰를 쌓아가고 나를 지켜주는 든든한 호위무사

를 양성하기 위해서라도 자기 자신과의 약속은 꼭 필요한 경우에 최소
한으로 하고, 일단 약속했으면 반드시 지켜야 할 것이다.

약속에는 작은 약속 큰 약속이 없다. 작은 약속을 어겨도 약속을 어
긴 것은 어긴 것이다. 아버지는 작은 약속을 어기면 큰 약속을 어기게
된다면서 약속을 함부로 하지 말고 작은 약속부터 꼭 지키는 버릇을
들이라고 하셨다.

그런데 약속은 의도적이지 않게 무심코 하게 되는 경우도 있고, 그
상대방과 직접 한 것은 아니지만 간접적으로 약속을 한 셈이 되는 경
우도 있는데, 이때도 약속은 약속이므로 지켜야 할 것이다.

2년쯤 전, 잡다한 가사일과 마당의 꽃 가꾸는 일로 그러잖아도 바
쁜 아내가 양발의 무지외반증 수술을 받아 무척 힘들어하기에 부엌의
설거지를 내가 한번 해준 일이 있다. 그런데 그게 만만치 않았다. 식기
와 조리도구를 다 씻고 가스레인지 바닥까지 깨끗이 닦아내니 1시간이
훌쩍 지났다. 팔목도 아프고 어깨도 쑤시는 것 같았다. 이런 생색 안
나는 일을 1년 365일 하는 아내가 참으로 딱하다는 생각이 들기도 해
서, 마침 청탁받은 칼럼 원고에 여성의 가사노동이 정말 힘든 거라고
마치 큰 경험이라도 한 것처럼 쓰면서 앞으로 설거지만은 아내에게 맡
기지 말고 내가 꼭 해줘야겠다고 다짐을 해 버렸다.

물론 아내와 직접 한 약속은 아니고 그 매체의 여성 독자들에게 점
수 좀 딸 심산으로 부엌일은 꼭 여자가 해야 한다는 사고는 버리고 남
자들도 상당 부분 도와줘야 한다고 강조하면서 그냥 쓴 것이었다. 그
런데 어느 날 새벽에 일어나 아침 작업을 하려고 노트북을 열자 거기에
그 칼럼이 실린 신문 스크랩이 끼어 있고, 설거지는 꼭 내가 해야겠다

는 부분에는 형광펜 밑줄이 쳐져 있었다. 물론 그것은 약속은 반드시 지켜야 한다는 평소의 소신을 저버리지 말라는 아내의 무언의 압력이었다.

그 이후 지금까지 나는 하루도 빠짐없이 우리 집 설거지를 도맡아 하고 있다.

엊그제는 날씨도 아직 덥고 해서 오후에는 양평도서관에서 시간을 보냈다. 가지고 간 노트북으로 몇 가지 간단한 업무를 해결한 다음 서가에서 눈길을 끄는 책 한 권을 꺼냈다. 정말 요즘 젊은 글쟁이들은 아는 것도 많고 글도 참 재미있게 잘 쓴다. 한참 그 책의 내용에 푹 빠져 헤매고 있는데 벌써 문 닫을 시간이란다. 확실히 즐거운 시간은 빠르게 지나간다.

집으로 가기 위해 건물 뒤쪽의 자전거 도로 오르막길로 막 올라서면서 꺼두었던 핸드폰을 열었다. 카카오톡 단톡방에 여러 글이 올라와 있고 문자메시지도 두어 개 와 있었다. 사무실의 비서한테서 연락이 온 것부터 열어보았다. 급히 마을변호사 상담을 원한다면서 남겨놓은 전화번호가 있어서 눌렀다.

"추호경 변호사입니다. 마을변호사 상담을 원하신다고요. 제가 도서관에 있는 바람에 연락이 너무 늦었습니다."

"아, 괜찮습니다. 전화 주신 것만으로도 고맙습니다."

나보다도 훨씬 더 나이가 많아 보이는 노인 목소리인데 매우 정중한 톤이었다.

"예, 문의하실 사항이 어떤 것인지요?"

"부끄럽습니다. 아까는 아들 녀석 일로 버럭 화가 나서 불쑥 전화를 걸었던 것인데 이제는 많이 풀렸습니다. 아무튼 전화를 주셨으니 하나 여쭤보겠습니다. 약속은 꼭 지켜야 하는 것입니까?”

다소 엉뚱한 질문에 조금 당황스러웠지만 그분이 워낙 진지하게 물었기에 나는 그냥 “약속을 했으면 당연히 지켜야 하겠죠. 법이란 것도 약속은 지켜져야 한다는 원칙 아래 있는 것이니까요.”라고 원론적인 답변을 했다. 그랬더니 그분이 “그렇겠죠….” 하고 한숨을 쉬듯이 내뱉더니 얼마간 뜸을 들인 뒤 “충신과 역적의 차이가 도대체 뭡니까? 저도 평생을 학교에서 역사를 가르쳐 왔습니다만 주군(主君)에 대한 충성 서약이란 걸 꼭 지켜야만 하는 것인지 영 알 수가 없습니다.”

그분은 무슨 큰 한이라도 맺힌 것처럼 이렇게 토로했으나 나는 어떻게 대응해야 할지 몰라 망설이고 있는데 그분이 이어서 또 질문을 했다.

“약속도 나중에 지킬 수 없는 사정이 생길 수 있는 것이고, 또 약속을 지키는 것이 오히려 정의에 어긋나는 경우도 있지 않겠습니까? 그런데 제 아들이 역린을 건드렸다면서 쫓겨났어요. ‘배신자’라고 낙인까지 찍고요. 그게 말이 됩니까? 제가 보기엔 아들의 주장이 옳은데….”

“전화로 다 얘기하실 사항은 아닌 것 같습니다만, 우선 ‘약속은 지켜져야 한다’는 대원칙도 예외가 있다는 말씀부터 드리겠습니다. 우리 대법원판결 중에 일단 계약했어도 그 뒤에 사정이 변경되어 계약 내용대로 하는 것이 정의에 부합하지 않으면 그대로 이행하지 않아도 된다고 한 것이 있습니다. 구체적인 내용은 모르겠습니다만 아드님이 정의롭게 행동한 것이라면 배신이라고 할 수는 없겠죠.”

“그러면 제 아들은 범법자가 아닌 것이죠?”

“글쎄요, 그건 대면상담이라도 하면서 상세히 사안을 파악해야만…."

"저는 남의 신뢰를 깨뜨리지 말라고 가르쳤습니다. 제 아들은 절대로 배신자가 아닙니다. …오늘 좋은 말씀 감사합니다."

내 말을 중간에 끊듯 하긴 했지만 그분은 깍듯이 인사를 하고 대화를 마쳤다. 잠깐이었지만 참으로 어려운 마을변호사 상담이었다.

조금 더 걷다 보니 벌써 집 앞까지 다 왔다. 집에 도착하자마자 나는 대법원판결부터 검색해 보았다. 다행히 "계약 준수의 원칙('pacta sunt servanda'를 말하는 것으로 보인다)도 계약 체결 후 사정 변경이 생겨 계약 내용대로의 구속력을 인정한다면 신의칙에 현저히 반하는 결과가 생기는 경우는 이 원칙의 예외가 인정된다."라고 판결한 것이 있어(대법원 2007.3.29. 선고 2004다31302 판결) 내가 거짓말을 한 건 아니었다.

요즘 정치판을 보면 '배신자'라는 타이틀이 너무 쉽게 붙이는 것 같다. 나는 정치를 잘 모르지만 배신자라고 불리는 그 정치인이 무엇을 배신했다는 것인지 잘 이해가 안 간다. 자기를 키워준 '주군'의 방침에 반대하고 충성 서약을 어겼기 때문에 '배신자'라는 모양인데, 그렇다면 주군은 무류(無謬)이고 잘못이라고 간(諫)하는 것 자체가 불충(不忠)이란 말인가? 도대체 요즘 세상에 주군이 어디 있고 충성 서약은 또 무엇인가? 아니, 주군이 있고 충성 서약도 했다고 치자. 그 주군이 정말로 국익에 반하는 행위를 할 때도 서약을 한 신하는 '예! 예!' 하며 그대로 따라야만 충신이 되는 것인가?

아까 그분의 아들이 왜 쫓겨났는지 나는 모른다. 그 아들이 근무했던 곳이 회사이건 정당이건 정부이건 그 조직의 최고 우두머리의 최측근에서 보좌하다가 쓴소리를 하는 바람에 쫓겨난 것으로 보인다. 모시는 분의 심기를 몹시 불편하게 했으니 불충이고 배신이라는 불명예를 뒤집어쓴 모양이다. 그런데 그것만은 분명하다. 아무리 중요한 약속이라도, 비록 그것이 충성 서약이라 할지라도 반드시 지켜야만 하는 것은 아니라고….

어, 약속을 그런대로 잘 지켜왔다고 자평(自評)하는 내가 'pacta sunt servanda'라는 것이 과연 절대 어긋나서는 안 될 지상 명제(至上命題)일까 하는 의문을 품다니….

사실 대법원이 판시했듯이 법적으로도 'pacta sunt servanda'가 절대적으로 꼭 지켜져야 하는 불변의 원칙은 아니다. 그 원칙도 그 자체로 완벽한 것이 아니고, 계약(pacta; 약속) 내용이 강행법규에 위반되거나 사회상규에 반할 때(예컨대 하루 16시간 노동이나 인신매매 등을 내용으로 하는 계약)는 구속력이 없다 할 것이다.

그렇다! 약속은 그 내용이 정의에 합당해야만 한다. 그러니 우리는 약속을 지키지 않은 사람을 무조건 비난하지 말자. 더구나 충성 서약을 했다고 하더라도 그 서약을 지킬 수 없을 만큼 주군이 정의롭지 못하다면 그 주군을 따르지 않았다고 하더라도 함부로 '배신자'라고 부르지 말자. 때로는 그 배신자가 주군보다 훨씬 더 역사적으로 좋은 평가를 받을 수도 있는 것이다.

여기서 나는 새로운 사실을 발견했다. 약속을 지키는 것도 중요한 일이지만 상대방이 나와의 약속을 꼭 지키도록 만드는 것이 더 중요할 수 있다고. 나와의 약속을 지키도록 만드는 길은 나에게 깊은 인간적인 신뢰를 갖도록 하여 감히 그 뜻을 저버리지 못하고 저절로 약속을 지키게 하는 것이라고…. 어떤 역경에 처하더라도 자신에게 진실하고 상대방을 존중하며 의로움을 지키는 그런 의연한 모습을 보여서 말이다.

나는 이제부터 남에게 나와의 약속을 지키도록 요구하기보다는 다

른 사람이 나를 믿고 나와의 약속을 지킬 수밖에 없는 그런 사람됨부
터 갖춰야겠다. 이것은 바로 내가 나와 하는 약속이고, 나는 이 약속을
지킴으로써 나를 지키도록 하겠다.

《경제포커스》2025. 8. 27.

건강한 신체에 건전한 정신

　요즘 날씨가 너무 덥다. 추위는 유난히 많이 타지만 그래도 더위는 미련할 정도로 잘 견뎌내던 내가 요즘엔 그야말로 살인적인 무더위에 완전히 두 손을 들었다. 땡볕이 내리쬐는 한낮에는 아예 마당에도 나가지 않는다. 너무 덥다 보니 머리가 띵하니 아무것도 생각하기가 싫고 무슨 일을 하겠다는 의욕이나 뭘 먹겠다는 식욕도 없으며 모든 게 다 귀찮다. 서재에 앉아 책을 읽다가도 책장이 잘 안 넘어가고 시름시름 졸다가 잠들어 버리기도 한다.

　점심에 장어구이까지 정성스레 준비해 올렸는데도 먹는 게 시원찮은 나를 보고는 아내가 작년 여름에 한 잔소리를 또 똑같이 꺼냈다.

　"당신 '건강 무시증'이 또 도졌군요. 연장을 손질하지 않는 목수는 일을 제대로 할 수 없어요. 건전한 영혼은 건강한 몸에 깃드는 법이니, 제발 새벽 기도 빼먹지 않듯이 걷기도 꼭 하시고 마당 일도 조금씩은 하세요.".

　아내는 나의 '건강 무시증'을 곧잘 지적한다. 사실 어떤 의미로든 건강을 증진시키는 것을 목표로 삼는 학문인 보건학을 공부한 사람답지 않게 나에겐 건강을 무시해 버리는 못된 성향이 있는데, 그건 아주 오래전부터 내 몸과 마음에 깊이 밴 습성이라 쉽게 고쳐질 수 있는 게 아니다.

　흔히 '건강한 신체에 건전한 정신'이라고 말하는 것에는 건강한 신체에만 건전한 정신이 깃든다는 논리가 깔려 있는데, 이것이야말로 말도 안 되는 궤변이요 편견이라고 본다. 그 논리대로라면 신체가 온전하지 못하거나 병약한 사람은 '큰일'을 할 정신력이 있을 수 없다는 것이 되는데, 인류 역사상 큰 업적을 남기고 우리의 정신을 깨우쳐 준 위인들 가운데는 오히려 장애가 있거나 환자라고 할 수 있는 분들이 많다. 역으로 몸 가꾸기에만 신경 많이 쓰고 육체적 건강을 좇는 사람일수록 '머리'는 비어 있어 인류 사회에 별 도움이 못 되는 경우가 많음을 우리는 경험적으로 잘 알고 있다. 건전한 정신은 깊은 사색과 폭넓은 독서 그리고 끝없는 자기반성을 통한 수양을 거쳐서만 이루어질 수 있다는 것이 오래된 나의 신념 같은 것이다.

　'건강한 신체에 건전한 정신'이라는 격언은 그 유래가 로마 시대의 시인 유베날리스까지 올라간다. 하드리아누스 치하의 로마 시민, 특히 젊은이들은 검투사들의 죽고 죽이는 잔인한 경기를 보면서 운동으로 다져진 멋진 검투사들의 근육질 몸매에 열광했다고 한다. 바른말 잘하기로 이름난 유베날리스는 미래를 위한 학문 연구나 정신적 수양은 하지 않고 검투사처럼 몸짱이 되기 위해 운동만 해대는 이 꼴을 보다 못해 자신의 풍자시에 '건강한 육체에 건전한 정신까지 깃들면 바람직할 텐데…'라고 빈정대는 말을 끼워 넣었다고 한다. 그러니까 신체가 건강하면 정신이 건전해진다는 것이 아니라, '몸만 튼튼하면 뭐 하나? 정신이 똑바로 박혀야지.'라는 뜻에 더 가까운 것이다. 유베날리스가 한 말을 거두절미하여 본래의 취지와는 달리 엉뚱하게 쓰인다는 것을 알고는 내 '건강 무시증' 내지 '운동 기피증'은 더욱 확고해졌다.

내가 운동을 얼마나 폄훼했느냐 하면, 중학교 때 방과 후에 운동장으로 뛰어가 송구나 야구 연습을 하는 친구들을 보면 공부나 독서는 뒷전인 한심한 녀석들로 치부하고 나는 바로 도서관으로 향하곤 했다. 우리 동급생들이 중학교에서 고등학교 진학할 때 학력고사 총점 200점 중 체력장이 25점이나 되었는데(그래서 따로 과외받는 친구도 있었다), 나는 예의 그 '운동 기피증'으로 체력장에서 11점밖에 못 받아서 아마도 컷 라인 가까운 점수로 간신히 합격했을 것이다.

대학에 들어와 전공 공부를 하면서 '건강한 신체에 건전한 정신이 깃든다는 말은 오늘날 행복한 상태를 짧지만 완벽하게 설명한다.'는 영국의 철학자 존 로크의 교육론을 접할 수 있었다. 현대에 들어와 스포츠와 교육 영역에서 신체 건강이 정신적 웰빙의 출발점이라고 가르치고 있는 것도 이런 사고에 기초를 두고 있다고 하겠는데, 너무 몸 중심인 것 같아 역시 나는 따를 수가 없었다.

이런 식으로 서양의 과학적이고 합리적이라고 할 사고방식보다는 중국의 경서 『대학(大學)』에 나오는 '마음을 바르게 한 후에 몸을 닦으라[心正而後身修].'고 하는 것이 여전히 나에게 심정적으로 가까이 다가왔다. 그러니까 나의 사고방식에는 '건전한 정신을 갖춰야 건강한 신체가 이뤄진다.'는 것이 더 맞는 것이다.

요즘 고등학교 또는 대학 동창들이나 군대 동기들을 만나면 '건강 타령'이 심하다. 건배사라도 하게 되면 '나의 건강, 너의 건강, 우리의 행복!', '9988 탱탱탱!' 등 건강을 기리는 것 일색인데, 나에겐 이러한 건강 지상주의적인 사고가 몹시 거슬린다. 돈도 명예도 다 소용없고 건강을 잃으면 모든 것이 무(無)라고 열변을 토하는 것을 보고 있노라면 한심하다는 생각까지 든다. 물론 내가 그런 생각을 하는 것은 아직 '건강을 잃은' 상태까지는 아니기 때문이기도 할 것이다.

점심 식사 후에 날이 뜨거워 산책하러 밖에 나갈 엄두를 못 내고 오수(午睡)를 즐기기 위해서 침대에 누워 눈을 붙였으나 그때까지도 계속 '건강'이 내 뇌리를 떠나지 않았다. 그러다가 잠이 든 모양인데 그만 가위눌리는 꿈을 꾸고 말았다.

먼저 기억나는 꿈은 고등학교 입학시험 결과 발표를 보는 것이었다. 다행히 필기고사는 모두 다 맞아서 175점 만점이지만 체력장을 11점만 맞는 바람에 총점 186점이 되어 컷 라인 187점에서 1점이 모자라 그만 낙방하는 장면이었다.

그러고는 몇 가지 자질구레한 병치레하는 꿈을 꾸고는 바로 사법시험 2차 시험을 치르는 장면이 나왔다. 셋째 날까지는 별문제 없이 잘 치렀다. 넷째 날도 첫 시간은 그런대로 무난하게 마쳤는데, 마지막 과목 문제의 방(榜)이 내려지고 잘 아는 문제여서 막 답안을 작성하려고 하는데 갑자기 체력이 딸려 손목에 힘이 빠지고 글씨를 쓸 수가 없는 것이었다. 그래서 식은땀만 흘리다가 결국 백지 내용의 답안지에 겨우 이름만 쓰고 나와 버리는 꿈이었다.

그 뒤의 꿈은 시간적 순서가 마구 뒤엉켜 섞였는데, 아버지가 돌아가셨을 때 빈소에서 손님을 맞다 쓰러지고, 3일 휴가까지 내어 닷새 이상 잠을 거의 안 자고 박사학위 논문을 간신히 마무리한 다음 출근하여 집무실에서 피의자를 조사하다가 졸도하고, 열이틀 동안 집에도 못 들어가고 하명 사건 수사를 완료한 뒤 언론 브리핑을 하고 녹초가 된 상태로 귀가했는데 뭔가 못마땅했는지 아내에게 크게 호통을 친 것이라든지 하는 별로 안 좋은 일들이 이것저것 뒤섞여 영화 예고편처럼 마구 돌아갔다. 그러다가 뮤지컬 〈지킬 앤 하이드〉에서 혼자 부르는 이 중창 'Confrontation'이 크게 들리는데 커피를 준비해 올라온 아내가 나를 흔들어 깨웠다.

"무슨 낮잠을 그렇게 오래 자요? TV는 켜 놓고….."

나는 TV를 켠 기억이 없는데 TV 속의 뮤지컬 배우는 몸과 마음을 다해 열창하고 있다. 지킬로서는 자기 속의 하이드를 강하게 부인하고 하이드로서는 지킬에게 '네가 나라는 걸 모르겠어?'라고 지킬과 하이 드가 한 인격임을 강조하고 있는데, 주인공을 맡은 배우가 조승우가 아니어서 그런지 아무래도 낯설게 느껴진다.

넓은 챙이 달린 모자를 건네며 떠미는 아내의 성화에 못 이겨 며칠 만에 산책길로 나왔다. 한낮의 뜨거운 태양 아래를 걸으며 나는 지킬 박사와 하이드를 생각했다.

중학교 때 학생용 세계문학전집으로 『지킬 박사와 하이드 씨』를 읽 고는 나는 한동안 두려움에 떨었었다. 인간의 선과 악을 분리하기 위 한 연구를 진행하던 지킬 박사는 임상실험 대상자를 구하지 못해 괴로 워하다가 자기 자신을 실험 대상으로 삼기로 한다. 드디어 한 인간에 서 다른 인격체를 분리해 내는 약물을 개발해 내는데 거기서 탄생한 것이 악의 화신인 살인마 하이드였다. 하이드가 갖은 악행을 저지를 때마다 나는 오싹오싹 소름이 끼치고 떨렸는데, 내가 마치 그런 짓을 저지르는 것 같은 죄책감이 들기까지 했다. 내가 선생님과 부모님 말 씀 잘 듣는 모범생이고 착한 학생 같지만, 내 깊은 곳에는 하이드 같 은 악한 인성이 도사리고 있어 그것이 언제든지 튀어나와 못된 악행을 저지를 수 있을 거라는 걸 생각하니 너무나 끔찍했다.

그리고 많은 세월이 지났다. 뮤지컬 〈지킬 앤 하이드〉가 국내 초연

되었다. 조승우의 팬인 아내가 가만히 있을 리가 없다. 내용을 이미 다 아는 것이고 또 별로 신나지 않는 음울한 스토리여서 내키지 않았으나 아내가 적극 원하기에 나도 함께 관람했다. 뮤지컬의 특성상 어쩔 수 없다고는 하겠지만 원작을 훼손할 정도로 비튼 것이 조금은 못마땅했는데, 끝에 가서 조승우가 혼자서 열창하는 이중창 'Confrontation'이 완전히 나를 매료했다. 우리말 가사 제목으로는 '나와 나'라고도 한다는데, 한 몸에 담겨 있는 두 인격체의 '정체성의 싸움'이 번갈아 가며 보이는 조승우의 고뇌에 찬 옆얼굴과 절규로 나에게 짜릿하게 그대로 전달됐다.

아내 역시 모처럼 공연을 잘 감상한 모양인지 집으로 오면서도 계속 흥분된 목소리로 "역시 조승우야!"라고 감탄사를 연발했다. 그런데 집에 도착해서 잠자리에 들기 전 아내가 끔찍한 소리를 하는 바람에 그날 밤 나는 잠을 설쳤다.

"당신은 지킬 박사처럼 정말 착한 심성을 지녔어요. 그래서 나는 당신이 너무 좋아요. 그런데 가끔은 당신에게서 지킬 박사가 아닌 하이드가 튀어나와 당황스럽고 겁이 나기도 해요. 때로는 어느 쪽이 당신인지 헷갈리기도 하고요."

중학생 때 걱정했던 것이 그냥 걱정에 그치는 것이 아니고 현실이었나…. 내 속에는 내가 부인하고 싶은 나의 또 다른 인성, 바로 하이드가 숨어 있다가 불쑥 아내에게 나타났었는데 나만 몰랐던 모양이다.

나는 특별히 병약하지는 않지만 또 결코 튼튼하다고 할 수도 없는 체질이다. 게다가 운동은 기피한다고 할 정도로 거의 안 하기 때문에 대체로 몸 컨디션이 썩 좋은 편이 아니다. 더욱이 어떤 일에 깊이 빠져들어 며칠 잠을 제대로 못 자거나 하면 꼭 탈이 생기며, 그렇지 않으면 매우 짜증스러워하고 신경질을 부린다. 그나마 내가 그동안 이만큼이라도 예의를 갖추고 지적인 품위를 유지할 수 있었던 것은 내 인격이 고매해서가 아니라, 그것을 받쳐줄 최소한의 건강이 뒷받침되었기 때문임을 깨달았다.

건다 보니 어느새 양근 성지 앞까지 왔다. 일요일이면 양평 본당보다 이곳에서 미사를 많이 보기 때문에 익숙한 곳인데도 한낮의 땡볕이 내리쬐는데 인적이 없고 깊은 적막이 깔려 있어 약간 낯설게 느껴졌다. 그래도 햇빛을 등지고 서 있는 예수님의 입상은 양팔을 벌리며 나를 반가이 맞아 주었다. 이곳 성지의 예수님 입상은 현대적으로 단순화하여 매우 평온한 모습인데 어떤 귀찮은 호소도 다 들어 주실 것만 같다. 나는 나도 모르게 경건한 마음으로 성호를 긋고 나에게서 하이드를 몰아내고 지킬 박사만 고이 간직하게 해 달라고 기도했다.

기도를 마치고 성지의 경내를 막 나오려는데 사이클 선수 복장을 한 세 남자가 자전거를 입구에 세워놓고 나와 엇갈려 경내로 들어섰다. 나는 본의 아니게 그들이 하는 대화를 듣게 되었다.

"야, 너 정말 자전거를 타고 나더니 성질도 좋아진 것 같다. 요샌 짜증을 내는 걸 통 볼 수 없으니 말이야."

"응! 사이클을 육 개월 정도 타니까 정말 건강이 몰라보게 좋아졌어. 그래서 그런지 나도 모르게 애들에게 잔소리를 안 하고 마누라한테도 화를 안 내게 되더라고. 나한테 사이클 타게 해준 니들이 정말 고마워!"

나는 내 산책 코스대로 양강섬 공원으로 가는 부교(浮橋)를 건너갔다. 윤슬이 부드럽게 반짝이는 남한강 물을 바라보고 천천히 걸으면서 나는 마음속으로 몇 번이고 되뇌었다.

'건강한 신체에 건전한 정신!'

그렇다. 조지 산타야나의 말처럼 몸은 도구이고 마음은 그 도구를 움직이는 기능이다. 도구가 시원찮으면 마음 역시 제 기능을 할 수 없다. 내 안의 '하이드(Hyde)'는 이름 그대로 꼭꼭 숨겨 둬야 할 존재인데, 그를 가둘 감옥의 문틀과 자물쇠가 낡고 헐거워지면 그는 언제든 튀어나와 소중한 이들에게 상처를 입힌다.

이제 나는 알반 사람들의 '건강 숭배'를 옛날처럼 비웃지 않기로 했다. 성인이나 위인들 중에는 오히려 신체적 장애나 질병을 극복하고 더욱 위대한 정신력을 보여준 분들도 있지만, 나 같은 보통 사람은 내 몸이라는 연장을 잘 손질해 두어야만 나쁜 마음이 쳐들어오지 못하게 막을 수 있다. 건강을 유지하여 하이드가 튀어나오지 않게 잘 단속하자. 이제 나는 연장을 잘 손질해 놓는 목수가 되는 거다.

어찌 됐든 유베날리스는 맞는 말을 했다.

'건강한 신체에 건전한 정신!'

《경제포커스》 2025. 7. 18.

자존심과 자존감

오래전 내가 평검사로서 국회 법제사법위원회 파견 근무 시절, 미대사관 소속의 한 미국인 친구를 알게 되었다. 그는 금발에다 파란 눈을 가진 전형적인 앵글로 색슨계 미국인인데 처음 보는 사람도 경계를 풀게 하는 그런 선한 인상이었다. 미리 충분히 준비했는지 한국어에 능통했을 뿐만 아니라 한국의 현 상황은 물론 역사와 문화 등에 대하여 속속들이 많은 것을 알고 있었고, 이해의 정도를 넘어 한국인에 대한 애정 같은 것도 상당히 가지고 있는 것 같았다. 그가 임기를 마치고 귀국하기 바로 전, 송별의 자리에서 내 부탁에 따라 그가 건넨 마지막 충고는 지금도 내 뇌리에 박혀 떠나지 않는다.

"한국 사람은 자존심은 무척 센데, 자존감은 좀 부족한 것 같아요."

그의 한국어 실력은 익히 알고 있었으나 지금과 달리 그때만 해도 자기계발서 같은 데서 '자존감'이라는 걸 거론해도 그게 무슨 말인가 하고 낯설게 느껴질 때니까 말이다. 더구나 우리 국민에게 자존감이 부족하다는 점까지 파악해서 따끔한 지적을 한다는 것에는 약간의 두려움까지 느껴졌다. 아무튼 그는 자존심과 자존감의 문제라는 커다란 숙제를 나에게 내주고 떠난 것이다.

사전에는 자존심을 '남에게 굽히지 아니하고 자신의 품위를 스스로 지키는 마음'이라고 정의하고 있다.

떳떳한 자세로 남에게 굽실대지 않고 기품을 지키는 것은 삶의 올바른 자세다. 우리 조상들은 예부터 선비정신, 즉 끊임없이 학문과 덕성을 키우고 세속적 이익보다 대의를 위하여 목숨까지도 버릴 수 있는 불굴의 정신을 기본자세로 삼아왔다. 따지고 보면 그 선비정신도 바로 남에게 굽히지 않고 자신의 품위를 지키는 바로 이 자존심에 기초한다고 본다.

자존심은 개인뿐만 아니라 국가나 사회조직에서도 중요한 역할을 하는데, 일제의 암울한 지배하일 때 도산 안창호 선생이 교육으로 민족의 자존심을 일깨워 준 것처럼 자존심이라는 것은 자기 비하에서 벗어나 나라를 일으키는 동력이 될 수도 있는 것이다. 그리고 "손흥민은 한국 축구의 자존심이다."라고 할 때는 어떤 집단의 가치나 품위를 지키는 데 본보기가 될 만한 존재를 비유적으로 이르는 것이다.

그런데 이런 자존심도 항상 좋은 뜻으로만 쓰이지는 않는다. "김 과장은 자존심이 너무 센 게 문제야." 식으로 말할 때는 부정적인 함의를 지니게 된다.

자신의 품위를 스스로 지킨다는 것은 바로 우리 내면의 도덕적 동기의 근본이라 할 것이지만, 내가 지킨다는 품위가 다른 사람이 자기를 하찮게 여길까 두려워 내세우는 것이라면 그 자존심은 존귀해 보이지 않고 오히려 초라해 보인다. 일반적으로 자존심이 센 사람은 '품위를 갖춘 사람'이라기보다는 '품위 있어 보이고 싶어 하는 사람'인 경우가 많다. 그래서 실제로는 이들은 대부분 열등감에 빠져 있는데, 그렇기 때문에 그것을 감추기 위해서 허세를 보이며 자존심을 내세우나 오히려 자신의 천박함만 더 드러날 뿐이다.

이렇게 자존심이란 단어에는 양면성이 있다.

자존감 역시 사전에는 '스스로 품위를 지키고 자기를 존중하는 마음'이라고 풀이하고 있다.

아직도 일반 사전에는 표제어로 잘 올라 있지 않은 이 단어의 사전적 풀이만으로는 자존심과 쉽게 구별하기 어려운데 대체로 '자존심의 긍정적인 측면'을 따로 도려내어 부각시킨 것 같은 느낌도 든다.

학술용어로 '자아존중감(自我尊重感; self-esteem)'이라는 것이 있다. 모든 개념이 그러하듯이 'self-esteem'이라는 용어도 그 사용 분야에 따라 조금씩 다른 의미로 쓰이는데, 발달심리학에서는 이 개념을 '자아개념의 평가적인 측면으로 자신의 가치에 대한 판단' 또는 '그러한 판단과 관련된 감정'이란 뜻으로 쓰고 있는 반면, 미국의 철학자인 윌리엄 제임스는 '자기 자신이 가치 있고 소중하며, 유능하고 긍정적인 존재라고 믿는 마음'이라는 의미로 사용하였다. 자기계발서를 쓰는 저자들이 부정적인 의미까지 포함된 자존심보다 이런 좋은 의미를 가진 '자아존중감'을 택하면서 '자존감'으로 줄여 부른 것으로 보는 것이 일반적인 견해다.

그러면 자존심과 자존감이 차이는 무엇인가?

자존심이 없으면 자존감도 없다. 그러므로 자존심을 지키는 일은 자존감을 지키는 일이기도 하다. 그렇다고 자존심이 센 사람이 바로 자존감이 높은 것은 아니다.

자존심과 자존감의 결정적인 차이는 시선의 향방에 있다(양상순『우리말 어감 사전』, 유유, 2021). 자존심의 시선은 자신의 밖을 향하고 있고, 자존감의 시선은 자신의 안을 향하고 있다는 것이다. 아주 명쾌한 설명이다. 자존심은 남들이 나를 어떻게 바라보는가에 민감하지만, 자존감은 내가 스스로를 어떻게 바라보는지가 중요하다. 즉, 자존감은 상황에 관계 없이 스스로에 대한 존중이 확고한 것이고, 자존심은 상대방의 평가를 통해 자기만족감을 얻는 것이다.

앞의 미국인 친구가 던지고 간 자존심·자존감이라는 말이 제법 그럴듯해 보이고, 그의 지적에 따라 나와 우리 국민이 자존심보다는 자존감을 세우도록 하는 일이 나의 과제가 된 듯했는데, 사실 그 개념이 명확히 다가오진 않았었다. 이제 개념 정립이 되었으니 그 과제를 제대로 수행해야겠다.

사실 우리는 그동안 너무 타인의 시선을 의식하면서 살아왔다. 남이 불편하지 않도록 배려하는 차원을 넘어서 아예 남이 나를 어떻게 바라보느냐 하는 생각에 지배당하면서 살아온 것이다. 심하게 말하면 타인의 시선에 내 삶이 저당 잡혀 내 삶의 주인은 내가 아닌 타인이 되는 식이다. 자존심을 살리려다가 오히려 자신에 대한 존엄이 훼손되는 형국이 된 셈이다.

이것이 바로 '체면 문화'다. 명절이면 빚을 내서라도 고급 차를 빌려 고향에 가고, 형편에 넘치는 호화로운 결혼식을 고집하는 것은 모두 '남에게 어떻게 보일까'를 우선하기 때문이다. 그 미국인 친구와 어느 식당에 갔을 때 "설렁탕 집에 왜 그리 '특'이 많은지 모르겠어요."라고 말했던 것이 생각난다. '특'이라고 해봐야 고기 좀 더 넣어 주는 것뿐이고, 고기의 진액은 이미 국물로 다 빠져서 특별할 것도 없는데 꼭 '특'을 시켜야만 면이 서는 걸로 생각하는 것이 이해가 안 간다고 했다.

영국의 《이코노미스트》지 한국 특파원이었던 다니엘 튜더가 꼬집었듯이, 우리는 세계적인 수준의 경쟁력을 갖춘 경제 대국을 만드는 기적을 이뤄냈지만, '내가 누구인지'가 아니라 '내가 누구여야 하는지'에 대한 강박(should-be complex) 속에서 스스로를 닦달하며 행복을 잃어버렸다(『기적을 이룬 나라 기쁨을 잃은 나라』, 문학동네, 2013). 세계적인 '성형 대국'이나 '명품 선호' 현상 역시, 외모를 완벽하게 꾸미면 자존심이 세워질 것이라는 착각에서 비롯된 서글픈 자화상이다.

그러나 이렇게 타인의 시선을 의식해 체면을 지키고 자존심을 내세우는 것은 진정으로 자신의 품위를 지키는 것이 아니다. '자존(自尊)'이란 말 그대로 자기를 스스로 존중하고 지키는 것이다(철학에서는 '자존'을 '자기 인격성의 절대적 가치와 존엄을 스스로 깨달아 아는 일'이라고 정의한다). 남이 어떻게 평가하느냐가 아니라 내가 나를 어떻게 보고 어떻게 생각하느냐에 의해 지켜지는 것이 자존인 것이다. 자존심이 세어서, 남의 평가에 예민하여 아무리 거기에 맞춘들 자존은 찾아오지 않고, 오히려 자존심을 죽여 남의 평가에 연연하지 않고 자신에 충실함으로써 자존은 나의 것이 되는 것이다. 이렇게 해서 자존이 찾아진 상태를 자존감이라고 부르는 것 같다.

자존감이 높은 사람들은 자신을 존중하고 사랑받을 만한 가치가 있는 존재라고 여긴다. 또한 이들은 자신의 감정에 충실하기에 타인을 이해하는 공감 능력 역시 뛰어나고 대인관계가 원만하다(심리학에서는 자존 감정과 타자에 대한 태도에는 플러스의 상관관계가 있다고 한다). 또한 자기에게 맡겨진 일을 잘 해낼 수 있다는 자신감에 차 있기에 새로운 일에 도전하는 것을 두려워하지 않는다.

이렇게 자존감과 자존심은 자신에 대한 긍정이라는 공통점이 있지만, 자존감은 '있는 그대로의 모습에 대한 긍정'을 뜻하고 자존심은 '경쟁 속에서의 긍정'을 뜻하는 등의 차이가 있다.

자존감을 갖춘 사람의 가장 좋은 점은 경쟁 속이 아닌 있는 그대로의 자기를 스스로 긍정하는 마음을 가졌기에 자신과 타인에게 전혀 부정적인 반응을 불러오지 않는다는 것이다.

우리 국민은 이제 잘사는 편인데도 행복지수는 매우 낮다고 한다. 이왕이면 행복한 것이 좋다. 행복해지려면 자존감을 살려야 한다.

그렇다면 어떻게 해야 자존감은 잘 살릴 수 있는가?

자기계발서나 인터넷에서 제시하는 거창한 자기최면 같은 묘책들도 물론 효과가 없지는 않을 것이다. 그러나 나는 아주 현실적인 제안을 하겠다.

무엇보다도 중요한 것은 '비교하는 마음'을 버리는 것이다. 그것은 근본적으로 내가 남보다 나아야겠다는 비교 의식이 근저에 깔려 있기 때문이다. 남과 비교하는 버릇만 없애면 자존감 세우는 작업은 80% 이상 이룩된 것이다. 굳이 꼭 비교를 하고 싶다면 '미래의 나'와 '현재의 나'를 비교해 보라.

다음으로 아주 작은 목표 내지 과제를 정하여 이를 하나씩 실천해 나가는 것을 권한다. 예컨대 아침 식사 전에 스쿼트를 50번 한다든가, 오래 연락이 안 된 친구에게 전화를 걸어 안부를 묻는다거나 하는 것

말이다. 그런 것들이 쌓이면 내가 한 일들이, 그리고 내가 할 수 있는 일들이 점점 많아짐을 알게 된다. 이러한 소소한 성취감은 자기 자신에 대한 믿음을 도탑게 해준다.

한 가지만 더, 자기 자신을 너무 몰아붙이지 말라는 것이다. 나를 가장 깊이 이해하고 위로해 줄 수 있는 사람은 결국 나 자신이기 때문이다. 비우면 여유가 생긴다. 이렇게 내려놓고 비우면 내 삶에서 더 중요한 것들이 그 자리를 차지할지도 모른다.

지금 우리 사회에는 해결해야 할 시급한 문제들이 많다. 계층과 상관없이 늘어만 가는 자살률도 그렇고, 세대 간과 지역 간 그리고 남녀 간의 갈등도 더 이상 방치할 수 없을 정도이며, 서로가 불신하고 비방하며 그리하여 명예훼손 고소나 소송 건수가 자꾸만 늘어나고, 청소년의 외모지상주의와 학력 부풀리기나 거짓 스펙 쌓기 같은 것은 이미 심각한 수준을 넘어섰다. 나는 이 모든 것의 밑바닥에는 '낮은 자존감과 허울뿐인 자존심'이 자리 잡고 있다고 본다. 진정한 자존감을 바탕으로 자신을 사랑하는 사람만이 남도 사랑할 수 있다. 껍데기뿐인 자존심을 던져 버리고 내면의 자존감을 채울 때, 우리 사회는 비로소 건강해질 것이다.

좋은 결과를 이루려면 그에 상응하는 대가가 요구된다. 우리 국민 모두가 껍데기인 자존심은 이제 던져 버리고 진정한 자신을 찾겠다는 그런 자세로 자존감을 올리는 데 끊임없는 훈련과 노력을 기울여야 할 것이다.

왠지 우리 각자가 스스로를 귀하게 여기며 내면의 빛을 발하는 그런 사회가 곧 올 것만 같다. 그때쯤 이제 노인이 된 앞의 그 미국인 친구가 다시 한국을 방문해서 "한국 사람 자존감이 넘쳐나는데, 그게 바로 국력입니다."라고 한마디 할 것이라고 상상하면 그냥 흐뭇하기만 하다.

내 엉뚱한 상상이 맞다고 하는 것인지 아래층의 TV에서 자신감 넘치는 뚱뚱한 몸매의 여가수 Lizzo의 〈Juice〉가 흘러나온다.

If I'm shinin', everybody gonna shine…

(내가 빛나면, 모두 다 빛이 날 거야…)

《경제포커스》 2022. 9. 11.

명예에 관한 작은 생각

　최근 언론에 자주 오르내리는 명예훼손 고소와 손해배상 청구 기사들을 접하다 보니, 문득 검사 시절 취급했던 약간 특이한 사건 하나가 떠오른다.

　고소인은 나이가 좀 든 관광해설사였다. 주말에 문화유적을 해설하던 중 잠깐 모자를 벗었는데, 한 관광객이 "선생님, 언제부터 대머리가 되셨어요?"라고 물었고, 그러자 곁에 있던 이들이 까르르 웃음을 터뜨렸다. 모멸감을 느낀 이 해설사는 질문한 관광객을 명예훼손으로 고소했다.

　담당 경찰관은 조사 후 무혐의 의견으로 송치했고, 검사 역시 '단순한 질문일 뿐 구체적 사실을 적시한 것이라고 볼 수 없고, 또 명예 감정을 해쳤다거나 경멸의 의사가 있다고 보기도 어렵다'는 이유로 '혐의없음' 불기소 처분을 했다. 그러나 사태는 거기서 끝나지 않았다. 해설사는 담당 경찰관과 검사를 직무유기와 명예훼손으로 다시 고소·고발한 것이다. 그의 주장에 의하면, 이들은 국민의 존엄한 인격을 지켜주기 위해 성실하게 수사해야 할 신성한 의무를 방기(放棄)한 채 위 사건을 무혐의 결정을 하여 자신을 명예훼손에 관한 기본적인 법리조차 모르는 무식한 사람인 것처럼 만천하에 공표했다는 것이다.

내가 맡은 사건은 바로 이것이었다. 해설사는 생업에 바쁘다며 일과 후에야 고소인 보충 진술을 하러 왔고, 검사인 나의 질문 하나하나에 토를 달며 밤늦도록 애먹였다. 나는 책잡히지 않을 만큼 추가 조사도 하고 관련 문헌 검토도 했으나 피의자로 되어 있는 경찰관과 검사에게 직무유기나 명예훼손의 범죄 혐의를 인정할 수 없기에 나 역시 두 담당자에 대하여 혐의없음 불기소 처분하였다. 다행히 그는 나를 고소하지는 않고 대신 푸념 섞인 진정서를 내는 것으로 갈음했다. 참으로 우스운 것은, 해설사가 그 진정 사건을 담당한 나의 상급자에 대하여 제대로 조사 않고 그냥 종결했다고 또 직무유기죄로 형사 고발했다는 것이다. 훗날 우연히 본 신문 귀퉁이의 상습 무고 사범 구속자 명단에서 그 해설사의 이름을 발견하고, 나는 '명예'라는 이름의 지독한 집착에 대해 깊이 생각하게 되었다.

도대체 명예란 무엇인가? 사전적으로는 '세상 사람들로부터 받는 높은 평가와 이에 따르는 영광'을 뜻한다. 명예에는 자기 자신의 인격적 존엄에 대한 자각과 다른 사람들의 그것에 대한 승인·존경이라는 두 가지 요소가 포함되어 있다고 하겠다.

서양에서는 그리스 스토아학파 이래 건강·부(富)와 더불어 명예를 지고선(至高善)으로 향하기 위한 수단으로 보아 매우 소중히 여겼고, 이를 지키기 위해서는 목숨을 건 결투도 불사했으며, 유교적 전통문화를 지켜온 우리나라에서도 명예는 선비들 사이에 매우 중요한 도덕적 품위로 여겨왔다. 법적으로도 명예는 생명·신체와 더불어 보호받아야 할 중대한 인격권이다.

그런데 법률상 '명예'라고 할 때는 사람의 인격적 가치에 대한 사회적 평가를 말하기 때문에, 그 사람이 가지는 진가(眞價), 즉 내부적 명예와는 관계없이 외부적 명예만을 의미한다. 여기에는 악사추행(惡事醜行) 등 윤리적인 것에 국한하지 않고 사람의 신분·성격·혈통·용모·지식·능력·직업·건강·품성·덕행·명성 등에 대한 것이 다 포함된다.

일부 검찰청에서는 명예 관련 범죄를 전담하는 검사를 지정하여 관리하기도 한다. 그러나 그 업무는 검사들이 별로 선호하지 않고 오히려 피하려고 한다. 감정을 건드리는 예민한 부분이 있어 수사하기가 까다로울 뿐만 아니라, 법이론적으로도 논란이 되는 점들이 곳곳에 깔려 있어 무죄를 받을 가능성이 제법 있기 때문이다.

우리나라는 법적으로 명예를 매우 두텁게 보호하는 국가에 속한다. 그러나 과도한 법적 규제는 때로 언론의 자유를 위축시키고 기득권층에 대한 정당한 비판을 막는 도구로 악용되기도 한다. 반면, 확인되지 않은 사실로 조회수 올리기에 급급하는 사이비 언론이나 평판에 특히 예민한 연예인 등을 죽음으로 몰아넣기도 하는 악플러들의 행태를 보면 법의 엄중한 심판이 절실해 보이기도 한다. 명예라는 가치를 법적으로 어떻게 취급할 것인가는 참으로 풀기 어려운 고차방정식이다.

명예에 관하여 법적 규제를 하더라도 거기에는 '평가'라는 것이 따르기 때문에 법관에 따라 판단 기준이 달라 다른 결론이 나오기도 한다.

앞서 말한 관광해설사의 경우 '대머리'로 문제가 되었는데, 온라인 게임 도중 채팅창에 상대방을 '뻐꺼, 대머리'라고 칭하여 정보통신망법상의 온라인 명예훼손죄로 기소되어 형사재판까지 간 사례(속칭 '뻐꺼 사건')에서 1심 무죄, 2심은 유죄, 그리고 대법원은 다시 무죄를 선고했던 것(대법원 2011. 10. 27. 선고 2011도9033 판결)을 보면 명예에 대한 사회적 평가가 얼마나 까다롭고 어려운지를 단적으로 보여준다.

명예심이 우리가 살아가는 데 있어서 도덕적으로 그 품위를 떨어뜨리지 않게 지켜주는 방부제 역할을 하는 것은 분명하다. 지금은 어떤지 모르지만 내가 검사 생활을 할 때까지만 해도 검사들은 '검사는 명예를 먹고 사는 직업인'이라는 긍지 하나로 그 모든 어려움을 이겨낼수 있었다. 그래서 책상머리에 '진정한 무사는 얼어 죽더라도 겻불을 쬐지 않는다!'라는 결연한 좌우명을 붙여놓은 검사들도 제법 있었다.

그러한 마음가짐 자체는 좋다. 그러나 이제 검찰을 떠나 꽤 오래 지나고 보니 너무나 당연한 것 가지고 무슨 의혈단 결의라도 하는 것처럼 치기(稚氣)를 부린 것 같다는 생각도 든다. '검사스러움'이 반드시 좋은 뜻으로만 사용되지는 않듯이 명예를 검사의 전유물이라도 되는 것처럼 너무 앞에 내세우는 것은 바람직하지 않다고 본다(이런 얘기를 막 하는 걸 보면 이제 내가 검사가 아닌 건 분명한 모양이다).

이참에 명예에 대하여 좀 다른 측면에서도 생각해 보았으면 한다.

명예에 욕심이 붙으면 문제가 된다. 명예롭게 사는 것은 고귀하고 아름답기까지 하지만 명예욕에 사로잡히면 결코 명예스럽지 못하게 되는 것이다. 오죽하면 영국의 시인 존 밀턴은 "명예를 좇는 마음은 고결한 인격의 최후의 약점이다."라고 했겠는가? 『채근담』에서도 이욕(利慾)의 해독보다 명예욕의 해독이 더 깊다고 경고한다. 이익을 좇는 이는 그 해독이 겉으로 드러나지만, 명예를 좇는 이는 도의 속에 숨어 있어 그 해독이 보이지 않게 깊어지기 때문이다.

대학 시절 윤리학을 가르치시던 교수님이 종강 때 하신 말씀이 생각난다. 명예를 얻고 싶으면 욕심부터 내지 말고 자신이 드러내고자 하는 모습이 되도록 계속 노력하라고 하셨다. 그리고는 "진정한 존엄 (dignity)은 명예를 소유하는 데 있지 않고 명예를 누릴 자격을 유지하는 데 있다.”는 아리스토텔레스의 말로 결론을 내리셨다.

사실 명예란 내가 갖고 싶다고 해서, 내가 욕심낸다고 해서 가질 수 있는 것이 아니다. 그런데 이를 빼앗기거나 손상되었을 때는 어떤 태도를 취해야 하는가?

자신의 명예를 실추당한 사람이 그 명예를 지키기 위해 가해자를 상대로 손해배상 청구를 하거나 형사 고소를 하는 것 자체를 탓할 수는 없다. 다만, 그 행위가 내가 남보다 잘났으니까 나는 반드시 존경받아야만 한다는 식의 우월감이나 자만심에서 나온 것은 아닌지 한 번은 꼭 짚어 볼 필요가 있다고 할 것이다. 명예는 사람의 인격적 가치에 대한 사회적 평가이지만 남에게 내가 남보다 낫다고 인정해 줄 것을 강요할 수는 없기 때문이다.

한편 나의 명예는 매우 소중하게 여기나 남의 명예는 하찮게 생각하는 풍조 또한 문제다. 인터넷 등 전자통신매체의 발달로 자기 의사를 표현할 장(場)은 넓게 열려 있고 익명성까지 어느 정도 보장되니까 마음껏 자기 내심의 악성(惡性)을 발산하고들 있다. 반면에 요즘 명예 관련 형사 사건의 추이를 보면, 단순한 감정싸움이라고만 볼 수는 없는 경제적 이익을 얻거나 정치적 입지를 확보하기 위하여 불순한 의도로 이루어지는 ‘기획 고소’나 범죄집단 또는 가해자가 피해자에 대하여 입막음용으로 행하는 비열한 방법의 ‘역고소’도 횡행하고 있다. 이런 범죄성 고소·고발은 철저히 가려내어 무고나 협박 등 죄로 엄단해야 할 것이나 현실적으로는 쉽지 않은 형편이다.

그리고 언론의 자유를 빙자하여 무분별한 가짜뉴스로 피해자만 양산하는 언론 매체도 자꾸만 늘어나는데, 이에 대하여 크게 걱정하는 학자들과 논객들이 언론의 자유를 침해하지 않는 범위 안에서 이를 억

제할 방안들을 제시하고 있지만 국회나 관계 부처는 마냥 신중하기만 한 것 같다. 현실적으로 심각한 폐해를 일으키고 있는 '악플러'들에게 효과적인 법적 제재가 필요하다는 것은 모두 공감하면서도 아직은 무대책인 형편이다.

그렇다고 명예를 해치는 모든 행위를 형사처벌로 엄단하는 것만이 능사는 아니다. 여기서 나의 순전한 개인적인 의견 하나를 말하고자 한다.

명예에 관한 인격권은 그 가해자에게 형사처벌을 하는 것보다는 민사상의 손해배상으로 해결하는 것이 훨씬 더 효율적이고 바람직하다고 생각한다. 고소하여 수사하게 되면 그 과정에서 오히려 피해자가 인격적으로 커다란 모멸감을 느끼게 되는 불상사가 일어나기도 하고, 가해자의 나쁜 의도에 휘말려 큰 곤욕을 치르는 경우도 있다. 예컨대 누구와 간통했다고 허위의 사실을 퍼뜨려 놓고는 그것이 사실이 아니라는 것을 피해자보고 밝히라고 하여 그 해명이 충분치 못할 때 그 의혹은 온전히 피해자가 떠안게 되는 경우도 곧잘 생기는 것이다. 또 앞의 '뼈꺼 사건'에서처럼 거짓을 퍼뜨렸음이 명백함에도 법리상의 견해 차이로 무죄 판결을 받고는 나는 아무런 잘못이 없다면서 오히려 형사고소한 피해자를 비난하고 다닐 가해자를 생각하면 피해자로서는 정말 분통 터질 일이다.

근본적으로 명예 관련 불법행위는 민사상 손해배상을 엄중하게 하여 억제하면 족할 것이지 형사사법권까지 발동할 사안은 아니라고 본다. 민사상 손해배상에는 형사에서보다는 증거법상의 엄격성도 상당히 완화될 수 있고, 배상액을 지금처럼 너무 소극적으로 할 것이 아니라 피해자의 복수심을 잠재우고 응징 효과가 있을 정도로 부과된다면 악의적인 명예훼손은 상당히 줄어들 수 있다고 본다.

진정한 명예란 자기 자신의 인격적 존엄에 대한 자각, 즉 내부적 명예라 할 것이다. 그러니까 진짜 중요한 것은 자기 자신에게 부끄럽지 않아야 한다는 것이지 다른 사람들이 그것에 대하여 어떻게 인정하느냐 또는 존경하느냐 여부는 크게 상관없는 것이다. 공자도 "난초는 깊은 산속에 있어 알아주는 사람이 없다고 하여 향기롭지 않은 것은 아니다."라고 하지 않았는가.

우리 모두 명예에 대하여 다시 한번 생각해 보자. 굳이 명예라는 것을 앞에 내세우지 않고 그냥 서로가 편안하게 상대방을 존중하며 살아가면 족하지 않을까 한다. 그러면 이 사회가 명예에 관한 법적 쟁송도 필요 없는 진정으로 밝고 명예로운 사회가 되지 않을까 한다.

그런 생각을 하면서 겨우내 닫아놓았던 서재의 창문을 활짝 열었다. 기다렸다는 듯이 창밖에 있던 봄기운이 서재로 밀려 들어온다. 하늘은 오늘따라 유난히 맑고, 밝은 햇살이 막 움트고 있는 샛노란 산수유 꽃봉오리를 따스하게 비추고 있다. 내 마음의 명예 또한 저 햇살처럼 맑고 투명하기를 소망해 본다.

《경제포커스》 2023. 3. 14.

아등바등

얼마 전 한 모임에 나갔는데 조금 색다른 일이 벌어졌다. 그 모임은 사회생활을 하다가 이런저런 인연으로 만난 8명의 남자가 회원인 친목 서클인데, 가나다순으로 돌아가며 유사를 맡아 식사를 책임지고 또 그날 회합에서의 사회도 맡기로 되어 있다. 그런데 지난번 모임의 유사를 맡은 친구가 엉뚱한 놀이를 제의한 것이다. 연말이면 대학교수들이 '올해의 사자성어'를 선정하듯이 현재 대한민국의 남자들이 사는 모습을 가장 적절하게 순우리말 부사 한마디로 표현하는 놀이를 해 보자고 한 것이다. 종교와 정치 얘기는 절대 하지 않기로 엄격히 정해진 그 모임에서 적당한 놀잇감도 없고 또 흥미를 끌 만한 마땅한 화젯거리도 없기에 고심 끝에 제안한 것이라고 본다. 가장 다수의 부사를 적어 낸 회원들에게는 소정의 선물도 주겠다고 했다.

A4 용지를 반으로 자른 것을 하나씩 받아 든 회원들은 이거 무슨 국어시험을 보는 거냐고 투덜거리면서도 나름대로 진지하게 궁리하면서 뭐라고 적은 다음 쪽지를 유사에게 제출했다. 뜻밖에도 '투표지'를 열어보니 중구난방이 아니고 결과는 '애면글면 3표, 아등바등 3표, 죽기 살기 1표'로 모아졌다. 유사는 이 중 '죽기 살기'는 대한민국 남자

들이 사는 모습을 제법 실감 나게 표현하는 문구이기는 하나 부사가 아니라서 애초에 해당이 안 된다고 했다. 그랬더니 그걸 써낸 것으로 보이는 친구가 어떤 일이거나 죽기 살기로 매달리는 것이 대한민국의 평균적 남자의 모습이 아니겠냐고 하면서 '죽기 살기로'라고 하면 '부사구'가 되겠지만 사자성어처럼 넉 자로 만들어서 '죽기 살기'를 부사적으로 쓴 것이라고 항의했다. 사회를 맡은 유사가 그 뜻은 충분히 알겠으나 1표밖에 얻지 못했으니 일단 탈락된 것으로 아시라고 달랬다.

'애면글면'과 '아등바등'이 각각 3표씩이라서 동률이니 유사는 뭐라고 썼는지가 궁금했다. 한 멤버가 사회자도 자기 의견을 확실히 밝히라고 했음에도 유사는 그에 대한 대답은 하지 않고 누가 국문과 출신 아니랄까 봐 '애면글면'과 '아등바등'에 대한 말 풀이를 장황하게 늘어놓았다.

국어사전을 보면 '애면글면'은 '몹시 힘에 겨운 일을 이루려고 갖은 애를 쓰는 모양'이라고 풀이하고, '아등바등'은 '무엇을 이루려고 애를 쓰거나 우겨대는 모양'이라고 풀이하고 있다. 다소 힘에 부치는 일을 해내려고 애쓰는 모습을 그리는 점에서 두 단어는 유사어라 할 수 있겠는데, 사전 풀이만으로는 그 차이점이 별로 명확히 드러나지 않는다. 다만 그 용례를 살펴보면 약간 쓰임새가 다르다는 것을 알 수 있다는 것이 유사의 설명이다. "겉으로 약하고 속으로 강한 사람은 애면글면 하면서도 결국 자기 목적을 달성한다."같이 '애면글면'은 애를 써서 꼭 어떤 성과를 이뤄낸다는 긍정적인 뉘앙스가 함축되어 있는데, "키 작은 어린놈이 선반 위의 곶감을 내려 보려고 아등바등 까치발을 하고 손을 뻗쳐 봤으나 소용없었다."처럼 '아등바등'은 아무리 애써 봐도 이뤄지지 않을 것을 하는 듯한 부정적인 의미가 내포된 것처럼 느껴진다는 것이다. 그의 설명을 듣고 보니까 너무 이분법적으로 나눠 보려는 사고방식 같긴 한데, 일단은 그런 뉘앙스가 있는 것 같기도 하다.

나는 '애면글면'이라고 써서 냈다. 뭐 깊이 생각하고 그걸 택한 것은 아니고 한국 사람들이 일 하나는 열심히 한다고 평소에 생각해 왔기에 그러한 모습이 그대로 떠올랐고, 그리고 나 역시 지난 세월을 애면글면 살다 보니 벌써 칠순이 넘은 나이가 되었다는 생각이 들어서 그냥 그걸 써낸 것이다. 말하자면 나는 그 '애면글면'이라는 단어에 긍정적이라든지 부정적이라든지 하는 가치판단을 하지 않고 다만 힘에 부칠 정도로 많은 일을 열심히 하고 있는 모습을 그리면서 써낸 것일 뿐이다.

다른 회원 한 명이 그럼 사회자는 뭐라고 썼냐고 재차 묻자 유사는 앞에 있던 A4 용지 반쪽짜리를 펼쳐 보이는데 거기에는 '아등바등'이라고 적혀 있었다. 그래서 '아등바등'이 4표를 얻어 1위가 되었다.

"여러분과 같이 저도 대한민국 남자들이 참 열심히도 일한다는 생각을 가지고는 있습니다. 그런데 이 나이 들고 보니 왠지 다 부질없는 짓이고 헛된 것 같다는 부정적인 생각이 드는군요. 일종의 회오(悔悟)랄까."

한두 사람은 사회자의 말에 그저 고개를 끄떡였으나 나머지는 시큰둥하며 별다른 반응이 없었고, 유사로서는 색다른 프로그램을 개발하여 회원들의 큰 호응을 기대했으나 무덤덤한 표정들이라 다소 실망스러운 눈치였다. 더구나 '아등바등'을 써낸 나머지 세 사람에게 유사의 부인이 최근에 펴냈다는 시집을 상품이라고 주어도 받는 사람이 별로 신나 하지 않자 서운한 표정이 역력했다. 유사는 '아등바등'에 관하여 좀 더 깊은 이야기를 나누었으면 하는 눈치였으나, 누군가가 요즘 새로 시작한 TV 드라마의 여주인공 이야기를 꺼내자 모두들 거기에 휩

쏠렸다.

　내가 유사 옆에 다가가 약간의 위로 삼아 전혀 관심이 없지는 않다
는 뜻으로 "'남자'라고만 하면 여자는 열심히 일을 안 하는 것처럼 보
일 수도 있어 성차별이라고 오해할 수도 있지 않을까요?"라고 말했다.
그랬더니 그는 다소 굳은 얼굴이 풀리며 "뭐 제가 '남자'라고 한 것은
꼭 성별을 구분해서 말한 것이라기보다는 영어의 'man'처럼 그냥 사람
을 통칭한 것으로 봐 주기 바랍니다. 대한민국 여자들도 열심히 삽니
다. 게다가 강하기까지 합니다."라고 답했다.

　나는 그 모임이 끝나고 서울서 양평으로 오는 내내 그리고 집으로
돌아와서도 한동안 '애면글면'과 '아등바등'에 대한 상념에서 벗어나지
못하고 계속 생각을 더듬었다.

　참으로 오래전 일이다. 내가 사법시험 2차 시험 마지막 과목을 마치
고 수험장을 나왔을 때 기다리고 있던 아내가 안쓰러운 표정으로 "애
쓰셨어요." 했다. '애'는 몸과 마음의 수고로움을 뜻하는데, 그 '애'는
항상 근심에 싸여 초조하다. '애면글면'은 이처럼 근심스럽고 초조한
가운데서도 온갖 힘을 다하여 '애쓰는' 모양을 나타내는 말이다. 내가
살아온 지난 삶을 돌아볼 때 최선을 다했다고는 장담할 수 없지만, 그
래도 애면글면해 왔다고는 말할 수 있다. 남들이 편히 쉬고 있을 때도
나는 미련하게 땀 흘리며 애써 일했고, 남들이 하기 싫어하는 일들을
일부러 찾아서 하기도 했다. 그리고 그 '애면글면함'은 어느 정도 좋은
열매를 맺었다. 내 삶이 그래도 어느 정도 성공적이었다고 평가할 수
있다면 그것은 무언가를 꼭 이루어 내려는 의지로써 나름 애면글면 일
해 온 까닭이라 할 것이다.

그런데 내 주위만 보더라도 나보다 훨씬 더 애면글면 열심히 살아온 사람들이 오히려 그 형편이 영 잘 안 풀린 예를 제법 많이 볼 수 있다. 그건 왜 그런가? 나는 내가 열심이라고 하지만 그런 내가 쉴 때도 더 부지런히 일하고, 나는 주로 나를 위해서만 일하는데 다른 사람들을 돕고 지역사회에서 봉사활동까지 성심껏 하는데도 항상 일의 뒤끝이 안 좋고 지금까지도 어렵게 사는 친구가 몇몇 있는 것이다. 그런 걸 보다 못해 다른 친구는 "모든 걸 다 열심히 하려고 아등바등하지 말고 자기 몫도 챙기고 좀 여유 있게 살자."고 충고하기도 한다. 본인은 애면글면 힘껏 애써 온 것이겠지만 결과는 아등바등 헛심만 쓴 꼴이 된 것이다.

사실 일을 너무 열심히 해서 손해 보는 사람들이 꽤 있다. 그런 사람들은 자기가 맡은 일을 정말 잘한다. 더구나 다른 사람들은 하기 싫어하고 또 생색나지도 않는 그런 궂은일까지 이런 사람들은 잘 해낸다. 그래서 직장 상사들은 안심이 되니까 그런 사람에게 우선 일을 곧잘 맡긴다. 그런데 일을 많이 하고 일을 잘 해낸다고 해서 이런 사람이 꼭 승진을 빨리하거나 출세를 잘하는 것도 아니다. 그래서 '너무 아등바등할 필요가 없다. 열심히 일하는 사람만 손해다.'라는 직장 내 격언(?)도 있다고 한다.

나는 요즘 양평에 내려와서 정말 편안히 잘 지내고 있다. 그리 많지 않은 변호사 일도 주니어 변호사가 잘 챙겨 주어 나는 재택근무를 주로 하고 서울의 사무실은 거의 나가지 않아도 될 정도다. 그러니 이곳의 맑은 공기를 마시며 아내의 정원 가꾸기도 조금 도와주고 읽고 싶은 책을 맘껏 읽으며 오후의 산책을 하면서는 내가 신선은 아니라도 철학자에 준하는 사색인이 된 것 같은 느낌이다. 이렇게 지금 생활이 너무 즐겁고 만족스럽다 보니 지난 세월을 돌이켜보면 큰 후회는 없지만 왜 그렇게 애태우면서 여유 없이 쫓기는 생활을 해왔는지 좀 억울하다는 생각이 들기도 한다.

오늘 아침에는 아내가 텃밭에서 거두어 온 채소 등으로 차려준 식사가 유난히 더 맛있다고 느끼면서 불쑥 한마디 던졌다.

"요즘 대한민국 남자들 왜 그리 아등바등 일에만 매달려 죽기 살기로 사는지 모르겠어. 우리처럼 여유를 가지고 살면 좀 좋아."

아이코! 내가 말을 잘못 내뱉었구나. 무심코 나온 말에 나는 바로 후회했다. 이런 말을 하고 나면 아내가 바로 반격이 들어올 텐데….

아니나 다를까 프라이팬에 올리브유로 구운 방울토마토를 밥상 위에 더 올려놓다가 어이가 없다는 듯이 나를 빤히 쳐다보더니 아내가 한마디 매섭게 톡 쏜다.

"말은 잘하시네요. 당신 검사 그만둘 때 퇴직금을 일시금으로 받았으면 지금도 매달 아등바등하며 살아야 했을걸요."

정말 그렇다. 그때 퇴직금을 일시불로 받아서 아내와 가족들에게도 그럴듯한 선물도 하고 싶었고, 변호사 사무실도 멋지게 꾸미고 싶어서 그런 의사를 표시했다가 아내한테 크게 혼나고 나는 아무 말 못 하고 연금으로 돌릴 수밖에 없었다. 전에도 그랬지만 지금도 영 맡기 싫은 사건은 수임을 거절하면서 아등바등하지 않고 궁상맞지 않게 지낼 수 있는 것은 그때 아내 말을 들은 덕택이다.

그러나 매달 꼬박꼬박 연금이 내 통장에 입금된다는 것이 고맙기는 하지만 한편 몹시 멋쩍기도 하다. 물론 그중 반 이상은 내가 재직 중 미리 불입한 셈이기는 하지만 그래도 우리나라 연금 재정에 많은 문제가 있다는데 나에게 이렇게 매달 보내줄 연금을 대기 위해서는 얼마나 많은 대한민국의 남자들이 아등바등 일을 해야 하는가를 생각하니 송구스러운 생각도 든다.

한편 생각을 달리하면 사람들이 이렇게 아등바등 사는 것이 다 덧없는 것이라는 식의 허무감에 빠질 필요는 없다고 본다. 그렇게 자기 실속은 못 차리면서도 아등바등 일하는 분들 덕분에 나 같은 퇴직 공직자도 미안해하면서도 연금을 받고 약간의 여유를 부릴 수 있으니까 말이다.

그렇게 생각하니까 애면글면 열심히 일하여 꼭 어떤 성과를 올리는 것보다 아무리 애써 봐야 자기가 이루려고 하는 좋은 결과가 안 돌아오는 줄 알면서도 우직하게 아등바등 일하는 것이 더 숭고할 수도 있다는 생각이 든다. 내 집 마련을 해 보려고 먹고 싶은 것, 입고 싶은 것을 다 포기한 채 오로지 일만 열심히 하여 15년 만에 일부 은행 융자를 받아 아파트를 장만했는데 그 아파트가 부실 공사로 된 하자투성이라고 해서 그동안 아등바등 열심히 살아온 그 대한민국 남자의 삶이 모두 다 퇴색되는 것은 아니다. 힘에 부치지만 그래도 뭔가를 이뤄 보려고 아등바등하며 쌓아 올린 것이 있기에 우리나라가 이만큼 일어설 수 있었던 것이 아니겠는가. 자신은 한 푼이라도 더 벌려고 특근도 하고 때로는 '투 잡' 일까지 하여 아들을 유학까지 보냈으나 정작 그 아들은 학위를 받고 돌아와서도 직장을 못 구하고 있다고 해서 아버지로서 자식에게 쏟은 정성이 다 헛것이 되는 것이 아니다.

과학자들과 기술자들이 혼신의 힘을 기울여 쌓아 올린 세계 최고 수준의 원자력 발전 기술을 한 정치인이 하루아침에 이를 사장(死藏)시키겠다는 정신 나간 정책을 편다고 해서 그 노고가 그냥 사라지는 것은 아니다. 또 마치 자기 돈이라도 쓰는 것처럼 온갖 선심 정책을 펴는 개념 없는 정치인 때문에 나랏빚이 걷잡을 수 없이 늘어났는데도 그걸 갚으려면 내가 좀 더 일을 많이 해야지 하고 아등바등 애쓰는 남자들이 있기에 이 나라는 그나마 지탱해 나가는 것이 아닌가 말이다.

정말 우리나라 남자들은 욕본다. 자신이 열심히 일해도 결국은 다 남 좋은 일 하는 셈인데도, 그것을 잘 알면서도 아등바등 참 열심히들 살고 잘들 견뎌낸다. 그저 존경스러울 뿐이다.

다시 나에 A4 용지 반쪽짜리가 주어진다면 나는 '아등바등'이라고 적어내겠다.

《경제포커스》 2024. 9. 10.

승부욕

지난주에는 아들이 카톡으로 검도 대회에 출전한 손자의 사진과 동영상을 보내왔다. 검도복을 입은 손자의 사진을 보니 검사(劍士)답게 눈매가 제법 매섭고, 대련하는 동영상에서는 상대 선수를 끝까지 맹렬히 몰고 가고 또 뒤로 물러나는 듯하다가 약점을 잡아 잽싸게 기습하는 공격기법이 그럴듯하다. 서울시 우수 선수로 뽑혀 소년체전에 출전하게 됐다니 참으로 기특하다.

1년 반 정도 됐을까, 손자 녀석한테서 검도 대회에 나가 초등학교 3·4학년부에서 우승했다고 자랑하는 전화가 걸려 왔었다. 잔뜩 흥분된 목소리로 "할아버지, 할아버지, 제가 4학년 형들도 다 이겼어요!"라고 두 번씩이나 말했다. 아마도 당시 3학년이었고 체구도 약간 작은 편인 그런 자기가 4학년 선배들까지 물리쳤다는 것이 우승보다 더 신났던 모양이다.

언제나 어린애 같기만 하던 손자가 서울로 올라간 지 3년 남짓 되고는 제법 남자다워지고 경쟁사회에서도 잘 견뎌내는 것 같아 매우 흐뭇했다. 그러나 한편 양평에 살면서 이기고 진다는 것을 모르고 자연을 벗 삼아 그 속에서 마음껏 뛰놀며 지내던 유년 시절과는 달리 큰 도시물을 먹더니 꼭 이겨야만 한다는 식의 사고에 깊이 물든 것이 아닌가 하고 걱정이 되기도 했다.

얼마 전 젊은이들을 상대로 고민스러운 문제를 상담해 주는 자리에 나간 일이 있다. 거의 끝 무렵에 아주 의욕이 넘쳐 보이는 건장한 30대 초반의 남자가 내 앞에 앉았다. 미리 제출한 서류를 보니 모 일류 기업의 김○○ 대리로 인적 사항이 기재돼 있었다. 그는 다짜고짜 "저는 승부욕이 너무 강해서 탈입니다. 그런데 남을 이기려는 마음을 꼭 버려야만 합니까?"라고 질문을 했다. 듣는 순간 나는 좀 당황했다. 명확한 즉답을 하기에는 곤란한 질문이기에 일단 "자기 자신을 이겨낸 다음엔 버리지 않아도 됩니다."라고 두루뭉술하게 말한 후 차차 구체적인 얘기를 하기로 했다. 내가 해 놓고도 그 답이 제법 그럴듯해 보여 그 청년도 그 말뜻을 제대로 새기려면 생각을 제법 해야 할 것이라고 예상했는데 대뜸 그가 "선생님은 자신을 이겨내셨습니까?" 하고 반문하는 것이었다. 강적(强敵)이었다.

나는 그의 질문에 바로 답을 하는 대신 말 풀이로 가림막을 쳤다.

"'승부(勝負)'라는 것은 '이길 승(勝)'과 '질 부(負)'라는 두 글자가 합쳐진 것이기 때문에 '이기고 지는 것'을 뜻합니다. 보통은 '승부욕'이라고 하면 이기려고만 하는 욕심이라고 부정적으로 해석하고 있지만, 사실은 이기려는 욕심이라기보다는 이기고 지는 것을 확실히 가리려는 욕구로 보는 것이 더 정확할 겁니다. 승부를 명확히 구별해 내려는 욕구를 두고 꼭 나쁘다고만 할 수는 없겠죠. 나쁜 건 승리만을 너무 탐하는 것이 아니겠습니까?"

"그건 말장난 같은데요. 이기고 지는 것을 가린다는 것은 이미 자기가 이기는 쪽을 차지하려는 마음이 있는 것이라고 봅니다."

역시 강적임이 분명하다. 결코 지려고 하질 않는다. 내가 잠시 미적거리는 동안에 그가 연달아 가격해 왔다.

"자신을 이겨낸다는 게 도대체 뭡니까? 어떤 상태가 자기 자신을 이긴 겁니까?"

끈질기다. 그의 승부 근성은 나보다 더한 것 같다. 그래서 일단 휴전을 제의하는 식으로 내가 고개를 숙이고 들어갔다.

"나도 아직 나를 완전히 이겨내지 못해서 그게 어떤 상태인지는 잘 모르겠는데…. 그러나 우리가 이겨서는 안 되는 상대가 있지만 자기 자신은 얼마든지 이겨도 상관없는 것이 분명합니다. 그래서 나는 별생각 없이 자기 자신을 이겨내라고 한 것입니다."

"아니, 이겨서는 안 되는 상대가 있습니까?"

그가 갑자기 공손한 태도로 진지하게 물어왔다. 나는 이제 다소 여유를 가지고 답을 할 수 있었다.

"그럼은요. 예부터 자식 이기는 부모 없다고 했는데, 특히 아들·딸의 진로에 대해서는 절대로 강요를 해서는 안 됩니다. 그리고 자식보다도 더 이겨서는 안 되는 상대가 바로 배우자입니다. 특히 남자들은 아내에게 무조건 져 주며 살아야 합니다. 이건 가정의 평화, 나아가 국가의 안녕과 세계 평화를 위해서도 꼭 필요한 자세입니다."

그가 처음의 기세와는 달리 공손하면서도 진지하게 경청하는 자세를 보이기에 나는 공연히 신이 나서 마구 이야기를 더 풀어댔다. 내가 결혼식 주례를 설 때 '당·신·멋·져!', 즉 '당당하게 살자', '신나게 살자', '멋지게 살자', '져 주며 살자'라는 결혼 생활의 기본자세를 주로 역설(力說)했는데, 그중에서도 '져 주며 살자'를 특히 강조했고, 그것은

배우자에게 져 주며 사는 것이 바로 행복한 결혼 생활의 가장 밑바탕
이 되기 때문이라고 말했다.

"생각해 보세요. 아내를 이겼다고 해서 뭐 특별한 실익이 있는 것도
아니고 어디 가서 자랑할 것도 못 되는데…."

처음과 달리 진지하게 귀담아듣던 그가 갑자기 내 말을 중간에서
끊으며 "선생님, 인제 알 것 같습니다. 제가 그동안 잘못 생각했던 것이
었습니다."라고 하며 고해성사라도 하듯이 자기에게 최근에 있었던 일
을 털어놓았다.

원래 '지고는 못 사는' 도전적 성품을 타고난 김 대리는 여태까지 아
내를 꼭 이겨야만 하는 상대라고 생각해 왔다고 한다. 특히 친구들이
마누라는 결혼 후 한 달 안에 잡아놓지 않으면 평생 쥐여지내게 된다
고 단단히 충고를 해왔기에 어떤 면에서건 결코 아내에게 져서는 안
된다고 작심했었다고 한다. 그러다 보니 아내를 사랑하지 않는 건 아
닌데 건건이 부딪히고 심지어 욕설 직전의 모욕적인 언사가 곧잘 오가
기도 한다는 것이다. 물론 경제적인 문제에서나 완력에서는 전혀 밀리
지 않는데 먹을 음식이나 볼 영화 선택에서는 대개 아내 주장이 옳은
데도 그걸 받아들이면 아내한테 져서 스타일을 구기는 것 같아서 오히
려 자기주장을 더 강하게 밀어붙였다는 것이다. 아내 역시 자기가 옳지
않다고 생각하는 것은 절대 받아들이지 않는 성품이어서 둘 사이의 마
찰음은 그놈의 '승부욕' 때문에 더 커져만 갔단다.

엊그제는 모처럼 TV에서 사극 드라마를 함께 보다가 뜻하지 않게
'로마 제국의 멸망 원인'이 무엇이냐 하는 것을 주제로 토론을 벌이게
되었는데, 그의 아내는 로마는 게르만족의 침입이나 쇠퇴해 가는 교역
과 재정의 궁핍 같은 것보다 로마인들의 도덕적 타락에 근본적인 원인

이 있다고 주장하고, 김 대리는 최근에 어떤 책에서 읽은 대로 고대 후기 소빙하기(小氷河期)라 불리는 새로운 기후의 변화와 광범위한 역병(疫病)의 만연이 직접적인 원인이라고 주장했다는 것이다.

거기서 그냥 그쳤으면 좋았을 터인데 둘 다 토론도 승부로 끝장을 보는 성품이었던지, 그의 아내는 그에게 왜 그리 근시안적이고 모든 것을 유물론적으로만 보느냐고 질타하고, 김 대리는 아내에게 명확한 근거도 없이 그저 공리공론만 일삼는 것이 인문학을 한다는 사람들의 비과학적 병폐이고 그래서 인류가 더 이상 발전하지 못하는 것이라고 심하게 반박하였다고 한다. 종국에 가서는 '우리가 애를 갖지 못하는 이유가 뭔지 아느냐?'는 식의 상대방 유책론으로 밀고 가다가 이것이 바로 '우리 가정의 멸망 원인'이라는 결론에 이르러 각자 자기 방으로 들어가 버렸다고 한다. 그래서 사실은 이혼까지도 생각하고 상담을 받아 보려고 이 자리에 온 것이라고 했다.

"잘 오셨습니다. 로마가 무엇 때문에 망했든 그게 우리한테 치명적으로 중요한 것은 아닐 것입니다. 저는 로마가 무절제한 번영 때문에 무너졌다고 봅니다. 너무 자기 통치권을 크게 벌려놓아 비대해진 자기 몸집의 하중(荷重)을 이기지 못해 스스로 무너져 버린 것입니다. 물론 이것도 하나의 의견일 뿐 정설은 아닙니다."

이렇게 말하다 보니 나 역시 '로마 제국의 멸망 원인' 논쟁으로 빠지는 것 같아 얼른 말머리를 핵심 부분으로 돌렸다.

"중요한 것은 김 대리께서 내일 아침 맛있는 생태찌개를 먹을 수 있느냐 하는 것입니다. 부인이 생태 두 마리를 사다가 손질까지 다 해 놓았지만, 그건 오늘 집에 가서 김 대리가 부인에게 무조건 로마 제국은 도덕적 타락 때문에 망한 것이 맞다고 해야만 먹을 수 있는 겁니다. 져 주는 게 이기는 겁니다."

"예, 알았습니다. 감사합니다!"

성미도 급한 그는 재빨리 인사를 하곤 서둘러 상담실을 빠져나가
버렸다.

우리에겐 다른 사람보다 우위를 차지하려는 욕구가 있다. 이러한
승부욕은 동기를 부여하고 성취감을 느끼게 해주는 삶의 활력소이기
도 하다. 누구 말마따나 인간은 '경쟁적인 동물'이고, 본능이라 할 수
있는 이러한 승부욕이 없는 사람은 그야말로 '매가리'가 없어 보일 것
이다.

그러나 어떤 사람이 본능에 충실하다고 해서 반드시 훌륭한 인간이
라고 할 수 없듯이 승부욕에 차 있는 것이 항상 바람직한 것은 아니
다.

승부욕은 경쟁적인 상황에서 우리에게 더 나은 성과를 내기 위해 더
욱 열심히 노력하게 하는 동기를 부여하지만, 한편 남을 꼭 이겨야만
한다는 초조함에 매이게 만든다는 문제가 있다. 그래서 승부욕에 빠지
다 보면 자기 자신 외의 모든 사람을 경쟁자로 여기게 되고, 따라서 다
른 사람이 다 잘못되기만을 바라는 못된 심보가 생기게 된다. 그래서
꼭 이기려는 마음이 모든 악의 시발점이라고까지 말한 분도 있다.

승부욕이 강한 사람을 보면, 다른 사람들과의 비교에만 집중하고
자신의 가치를 외부적인 성과에서만 찾기 때문에 내적 만족감은 거의
상실된 상태가 많다.

본능을 무조건 거세할 수도 없지만, 그렇다고 본능에만 따를 수는
없고 어느 정도 이를 제어해야 하듯이, 승부욕도, 이기려는 마음도 자

제하고 조절해야 한다.

승부욕을 적절하게 다루기 위해서는, 자신의 가치를 밖으로 나타나는 가시적인 성과에서만 찾지 말고, 우리 스스로 자기 자신의 내부에서 존귀한 가치를 찾아야 할 것이다.

남을 이길 때 느끼는 승리감을 자신을 이겨냄에서도 찾을 수 있다. 물론 쉽지는 않겠지만 노력을 계속하면 가능한 일이다.

남을 이긴다는 것은 상대방을 정확히 알고 그 기준을 넘어선다는 것인데, 자기 자신을 정확히 알고 이를 뛰어넘을 때 우리는 한층 성숙해질 수 있을 것이다. 그러면 우리는 승부욕에 사로잡혔던 과거의 자신이 남을 이기기보다는 다른 사람들과의 관계를 소중히 여기고 남을 세심히 배려하는 한층 공정해진 자신을 발견하게 될 것이다.

엊그제는 나의 호적수인 친구와 당구를 쳤는데 '지고는 못 사는' 내가 그만 2:1로 지고 말았다. 특히 세 번째 판에서는 마지막 1점을 남겨 놓고 내가 역전을 당하여 극적으로 그 친구가 이긴 것이다. 그런데 주로 지기만 하던 그 친구가 장갑을 벗으며 씩 웃는 모습을 보니까 이상하게도 내가 이겼을 때보다도 더 기분이 좋았다.

손자 녀석도 언젠가는 이렇게 지고서도 더 기분 좋을 수 있음을 알게 되겠지….

《경제포커스》 2025. 2. 24.

민들레 원칙

10월 말이다. 이제는 마당 일이 줄어들 만도 한데 올가을은 유난히 비가 많이 와서 그런지 채마밭이건 위·아래 마당이건 곳곳에 잡초가 무성하다. 아내의 성화에 2층 서재에서 내려와 우선 키 큰 잡풀부터 대충 뽑아낸 다음 본격적으로 잔디밭 정비에 들어갔다. 질경이·좀씀바귀·긴병꽃풀·괭이밥이니 하는 골칫덩이 잡초들을 한창 캐내다가 샛노란 꽃 두 송이를 보고는 바쁘게 호미를 놀리던 손을 멈췄다. 민들레였다. 정말 반가웠다. 게으른 농부가 10월에 볼 수 있다는 민들레꽃 두 송이가 활짝 웃으며 나에게 반갑다고 인사를 하는 것이었다.

나는 바로 A에게 전화를 걸었다.

"나 게으른 농부 됐다!"

"아, 가을 민들레가 핀 모양이구나."

"그런데 과연 내가 민들레처럼 살 수 있으려나 모르겠네…."

"민들레에게 물어봐."

우리가 통화하는 걸 듣고 있었는지 민들레 꽃송이가 바람에 흔들리며 고개를 끄떡였다.

A가 "민들레 원칙도 꼭 지키고…."라고 덧붙였는데 나는 엉겁결에

"알았어."라고 답했다.

지난여름 '환경주의자'였던 후배 의사의 전원주택을 나와 함께 방문했다가 그곳이 졸부의 보여주기식 별장처럼 변한 것을 보고 크게 실망했던 A는 우리 집 마당에 가을 민들레가 피었다니까 무슨 좋은 징조라도 되는 것처럼 좋아했다. 그러면서 한번 놀러 오겠다고까지 했다.

바로 그다음 날 아침 장정이 예쁜 『물고기는 존재하지 않는다』라는 책이 우리 집으로 배달됐다. 나와 통화하고 나서 바로 인터넷 서점에 이 책을 주문한 A의 급한 성질도 알아줘야 하지만, 만 24시간도 안 돼서 이 시골까지 책 한 권을 배송해 주는 판매 서비스 역시 놀랍다. 나는 특별히 바쁜 일감도 없어서 바로 그 책을 읽기 시작했다.

생물학자를 아버지로 둔 룰루 밀러가 쓴 이 책은 전기이자 회고록이고 과학적 모험담이기도 하다. 세계라는 거대한 구조 속에서 '물고기는(그리고 우리는) 어떤 존재인가'에 관해 우리의 관념을 뒤집어엎으며 자유분방한 여정을 그려나가는데, 우리가 사는 이 세계를 과학이라는 렌즈를 통해 전혀 새로운 방식으로 바라보게 해준다.

액자 소설 같은 구조를 취하고 있기도 한 이 책은 너무 많은 내용을 담기도 하고 초반에 복선을 너무 많이 깔아놓아 일반인이 읽기는 좀 힘들 것 같기도 하다. 그러나 나로서는 "우리가 이름 붙여 주지 않아도 이 세계에는 실재인 것들이 존재한다." 같은 구절들에 깊이 공감하면서는 내가 예전에 철학도였음을 다시 상기하게 되었고, "내가 물고기를 포기했을 때 나는, 마침내, 내가 줄곧 찾고 있었던 것을 얻었다." 같은 표현들을 접하고는 글 쓰는 사람으로서 수사학적 훈련이 필요함을 느끼기도 했다.

물론 A가 나에게 이 책을 보낸 이유는 그런 것 때문은 아니었다.

"어떤 사람에게 민들레는 잡초처럼 보일지 모르지만, 다른 사람들에게는 그 똑같은 식물이 훨씬 다양한 것일 수 있다. 약초 채집가에게 민들레는 약재이고, 간을 해독하고 피부를 깨끗이 하며 눈을 건강하게 하는 해법이다. 화가에게 민들레는 염료이며, 히피에게는 화관, 아이에게는 소원을 빌게 해주는 존재이다. 나비에게는 생명을 유지하는 수단이며, 벌에게는 짝짓기를 하는 침대이고, 개미에게는 광활한 후각의 아틀라스에서 한 지점이 된다."(226-227쪽)

이 책은 이렇게 '민들레 원칙'을 소개하고 있다.

민들레는 정원사에게는 잡초이지만, 약재상에게는 약초이다. 이처럼 하나의 사물이나 현상에 대해 패러다임을 완전히 다르게 전환하면 그 양상이 완전히 다르게 전개되는 것을 덴마크의 로버트 D. 오스틴 교수는 '민들레 원칙(dandelion principal)'이라고 명명하였다. 그는 자폐증을 앓고 있는 사람들의 대표적 증상은 제한적이고 반복적이며 일정한 방식이 유지되는 행동이나 활동에 집착하기에 단순 반복하는 노동에 있어서 다른 사람들보다 훨씬 높은 수준의 집중력을 가진다는 강점을 바라보기 시작했다. '자폐 성향'도 장애가 아닌 남다른 경쟁력으로 바라본다는 패러다임의 전환, 개개인에게 숨겨진 강점을 파악해서 잡초가 아닌 약재로서의 효능에 집중했다.

실제로 덴마크 소프트웨어 검사 및 품질 관리 업무를 대행하여 주는 회사 '스페셜리스테른(Specialisterne)'은 전 직원의 75%가 자폐 성향을 지니고 있는데, 창업자 토르킬 손네(Thorkil Sonne)은 반복적인 일에 놀라운 집중력을 발휘하는 자폐 증상이 회사 업무에 매우 도움이 된다는 것을 간파했다. 자폐 성향(민들레)조차도 장애(잡초)가 아닌 '남다른 경쟁력(약초)'으로 바라보는 패러다임의 전환이 얼마나 큰 영향력을 발휘하는지 보여주는 사례라 할 것이다.

일부 우생학자들의 사고처럼 우월하지 않은 유전자는 도태되어도 마땅한 것인가? 오늘날 극도의 경쟁 속에서 사는 우리는 남보다 뛰어나지 않으면 뒤처지고 힘들게 사는 것을 당연한 것으로 받아들여야 하는가?

과연 그런 것인가? 우월한 자들만의 사회 구성이 과연 가능하기나 한 것인가? 그렇지 않다는 것을 우리 모두가 알고 있지 않은가? 그리고 절대적으로 우월하다는 것이 과연 있기나 한가?

사회에는 다양한 존재가 필요하다. 민들레에게 약재, 화관, 염료, 생명의 수단, 침대 등등 다양한 역할이 있듯이 우리의 각각의 존재도 그러할 것이다. 각자는 그만의 가치와 역할을 가진 귀한 생명의 존재들이다.

이처럼 인간이라는 존재에 있어 '민들레 원칙'은 공동선을 이루어 나가려는 선한 의지를 가진 많은 이들에게는, 모든 인간의 존엄과 미소한 생명 하나하나의 소중함을 일깨우는 영감을 준다.

A가 나에게 이 책을 보낸 이유도 여기에 있을 것이다.

그런데 지난번 만남에서 헤어질 때 A가 "민들레처럼 살자구!"라고 강조한 것과 민들레 원칙은 어떻게 연결이 되는 것일까? 내 삶의 정원은 나의 정원이고 나의 것이다. 그걸 남이 어떻게 봐줄까를 너무 의식하지 말고 나대로 하자. 나의 정원에 방문하는 손님도(사람과 식물 모두다) 그대로 받아들이는 것이 편하다. 민들레는 남에게 보여주기 위해서 피지 않는다. … 내 마음 어딘가에 민들레를 닮아 보려는 의지가 있었기에 이렇게 마당 한가운데에서 가을 민들레가 노오란 웃음을 짓는 것을 볼 수 있게 된 것이 아닌가. 내가 민들레의 이름을 불러주었고 민들레가 화답했다. 이제는 민들레 원칙을 지킬 차례다. 이제 내가 만나는 모든 이에게 그 존재 가치와 의미를 부여하고 그에 알맞은 이름을 불러주어야겠다는 다짐을 해 본다.

이렇게 다짐하면서 나는 여러 방법을 동원하여 '민들레 원칙'에 대하여 검색을 더 해 보고, '민들레 원칙'에 관하여 쓴 글들도 여러 편 찾아서 읽어 보았다. 그것은 세상의 모든 법칙이나 원칙 같은 것들을 꽤나 잘 알고 있다고 자부해 왔던 내가 아직까지도 '민들레 원칙'을 몰랐었다는 것이 부끄럽기도 해서, 이참에 그것의 의미를 좀 더 정확히 파악하여 좋은 친구인 A의 우정어린 권유를 잘 지켜보겠다는 뜻에서였다.

그런데 너무 여러 자료를 접하다 보니까 그런지 '민들레 원칙'에 대해 약간의 거부 반응이 생기게 되었다.

'민들레 원칙'은 한마디로 말하면 개인의 다양성과 강점을 인정하고, 겉으로 보기에 '잡초'처럼 보이는 존재도 각자 '약재'로서 가치를 지닌다는 사고방식을 의미한다고 하겠다. 그런데 좀 더 깊이 들어가 보면 이 원칙에는 '효용성이 있는 사물이나 능력이 있는 사람만이 존재 가치가 있다'는 전제를 깔고 있지는 않은가 하는 의문이 든 것이다. 민들레는 약효가 있으므로 소중하고 자폐 스펙트럼 보유자는 뛰어난 집중력이 있으므로 기능인으로서 존중받아야 한다는 논리가 아닌가 하고 말이다.

나는 이렇게 효능이나 능력에 따라 존재를 평가하는 사고가 매우 불편하다. 민들레를 민들레 그 자체로 보지 않고 '우리에게 필요한 약재'인지 여부로만 판단하거나, 사람을 그 인격체 자체로 보지 않고 '이 사회에 필요한 능력' 보유 여부로만 평가한다면 그것은 진정한 존중이 아닐 것이다.

물론 정상과 이상의 경계를 허물고 '신경 다양성(neurodiversity)'을 인정하며, 사람을 직무에 맞추기보다 직무를 사람의 특별한 능력에 맞게 재설계하여 공동체의 이익을 최대화하는 '민들레 원칙'의 리더십은 훌륭하다. 하지만 뭔가 원하는 바를 이루기 위한 가치판단은 결국 공리적인 접근일 뿐, 개개인의 존엄성을 위한 본질적인 질문에는 답하지 못한다.

결국 민들레 자체는 그저 민들레일 뿐이다. 그 가치는 그것을 바라보는 우리의 관점과 필요에 따라 달라지게 된다.

최근 OTT 서비스를 통해서 본 〈티모시 그린의 이상한 삶〉이라는 미국 영화는 이 문제에 대한 섬세한 답을 주고 있다. 불임 판정을 받은 부부가 아이가 생기길 바라는 간절한 마음을 적은 쪽지를 상자에 담아 마당에 묻었다. 그 후 그 자리에서 '나뭇잎이 달린' 그들의 아이 티모시가 태어나면서 펼쳐지는 판타스틱한 이야기인데, 이 영화는 아이의 자라남을 통해 부모가 성장한다는 점을 인상 깊게 보여준다. 티모시는 스케치와 설치미술에 재능을 보이기는 하나 그저 보통 아이일 뿐 축구 등 운동이나 일상생활에서는 아둔하기까지 하다. 하지만 이 영화에서 티모시의 부모는 여러 우여곡절을 거치며 그의 존재 자체만으로 '있는 그대로를 받아들이는 사랑'이 무엇인지 깨닫게 된다. '내가 원하는 대로 자라주길' 바라던 마음에서, '있는 그 자체로 충분하다'는 수용(受容)으로 나아가는 과정, 바로 참부모가 되어 가는 과정이 가슴과 머리 모두 설득력 있게 잘 그려진다.

나는 엉겅퀴꽃을 무척 좋아하는데, 만약 엉겅퀴에 실리마린(sily-marin)이란 성분이 있어 간 기능을 보호하고 간 질환 예방과 치료에 도움이 되기 때문에 그것을 아낀다면 그 효능을 소중히 여기는 것이지 엉겅퀴 자체를 사랑하는 것이 아니다. 자폐 증상이 있는 사람에게 반복적인 일에 놀라운 집중력을 발휘하는 능력이 있기 때문에 그런 사람들을 중용(重用)한다면 진정으로 그 사람을 존중하는 것이 아닐 것이다.

그렇다! 우리는 우리가 접하는 사물이 우리에게 꼭 필요한 효능을 갖길 바라지 말고 그 자체로서 존중할 줄 알아야 한다. 우리가 만나는 사람들도 우리가 바라는 능력이나 인품을 꼭 지니기를 원할 것이 아니라 그 사람 자체를 소중히 여기는 마음가짐을 가져야 하겠다.

민들레를 그 효능이 아니라 민들레 자체로 바라보며 아끼고 사랑하는 것, 그것이 어느 풀도 잡초로 보지 않고, 모든 사람을 그 능력이나 사람됨을 따지지 않고 한 인격체로서 존중하는 것, 그것이 '나의 민들레 원칙'이 될 것이다.

《경제포커스》 2025. 11. 10.

음식 예찬

　나는 음식을 가리지는 않으나 맛있는 걸 좀 찾는 편이다. 게다가 '신선함'을 꽤 중히 여겨 아침에 먹다 남은 미역국이 점심 식탁에 다시 오르면 안 먹겠다며 치우라고 한다. 요즘 서울 출근은 잘 안 하고 재택근무를 주로 하는 '삼식이' 노릇을 하면서도 그런 요구를 하는 것을 보면 보통 배짱은 아닌 듯하다. 다행히도 아내는 "그건 제가 먹을 거예요."라고 하면서 나의 음식 투정을 너그러이 받아준다.

　음식에 관한 한 나는 참 운이 좋은 편이다. 친구들은 요즘 부인들이 다 밥하기를 싫어해서 아침을 대충 빵 조각과 우유로 때운다고 하는데, 아내의 상차림은 아침부터 성찬이다. 우선 루틴으로 구운 은행 열 알, 야채 주스(철 따라 부추·블루베리·케일·알로에 등 내용물이 달라진다) 1잔, 달걀 반숙 1개, 사과 8분의 5쪽(8분의 3쪽은 아내 몫이다), 올리브유로 구운 토마토 1개, 우유 한 잔, 날 김(주로 곱창김) 한 장이 나온다. 메인은 대개 생선구이와 어리굴젓이 곁들인 눌은밥 또는 닭가슴살이나 오리 구이와 김치콩나물국에 잡곡밥인데, 어떤 때는 조금 많다는 느낌이 들기도 하여 디저트로 나오는 식혜가 약간 부담이 되기도 한다.

　놀라운 것은 아내가 태어난 곳과 어머니의 고향이 바로 이웃이어서 그런지 아내의 음식에서 어머니의 손맛이 느껴진다는 점이다. 게다가 아내는 예술을 하는 여자답게 음식 만듦에도 창의력이 넘친다. 찹쌀 도우에 아몬드·블루베리·완두콩 등을 얹어 구운 '안젤라 피자'(아내의 영세명에서 따온 이름)나 신선한 굴과 몇 가지 견과류를 넣은 '영양돌솥밥' 같은 독특한 요리는 다른 곳에서는 맛볼 수 없는 별미다. 체질적으로 허약한 편인 내가 별다른 운동 없이도 병원 신세를 지지 않고 이만큼 이라도 건강을 유지하는 것은 분명 아내의 훌륭한 '음식 처방' 덕분일 것이다. 그래서 늘 속으로 고마워하고 있다.

우리네 일상은 흔히 '의식주(衣食住)'로 표현된다. 어느 것 하나 중요하지 않은 것이 없지만, 옷[衣]을 제일 앞세운 그 순서에 대해서는 다른 의견이 있다. 물론 깔끔하고 세련된 옷차림이 좋은 인상을 주어 사회생활에 도움이 되는 것은 사실이다. 하지만 가장 중요한 것은 역시 먹는 것을 잘 챙겨 자기 내부를 튼튼하게 하는 것이 아닐까 한다.

먹는 것의 중요성은 나이가 들어서 더욱 드러나게 된다. 젊은 시절 무척 쌩쌩해 보이던 사람이 늙어서 각종 성인병에 시달리고 건강 상태가 안 좋은 경우는 대개 잘못된 식습관 때문이다.

'잘 먹는다'는 것이 영양가 높은 것을 무조건 많이 먹는 것을 의미하지는 않고 균형 잡힌 식사 조절이 중요하다. 우리 집 주부는 현명하게도 나에게 하루 세 끼를 제때 챙겨주고, 적당한 단백질 공급원과 제철 채소 등 신선한 식자재로 고른 영양가의 식단을 제공한다. 또 다행히도 아내의 음식 솜씨는 다소 까다로운 내 입맛에도 완벽하게 맞춰 주었다.

최근 아내가 『나는 먹는다, 고로 존재한다』라는 책을 열심히 읽고 있다. 흥미로운 제목이어서 아내가 잠시 자리를 비운 사이 슬쩍 훑어 보니, 가정의학과 전문의가 클레오파트라에서부터 존 F. 케네디에 이르기까지 역사적 인물들의 식습관을 살펴보며 비만을 근본적으로 관리하고 건강을 지키는 길을 모색한 책이었다.

이 책의 제목을 보니 "먹는 음식이 곧 자신이다."라는 말처럼 우리가 먹는 음식이 바로 우리의 건강과 정체성을 결정짓는 중요한 요소임을 다시금 깨닫게 된다. 또한 우리는 과연 '살기 위해 먹는가, 먹기 위해 사는가?' 하는 해묵은 의문이 다시 떠올랐다. 이론적으로야 당연히 '살기 위해 먹는 것'이 맞겠지만, 나이가 들수록 먹는 즐거움이 삶에서 중요한 자리를 차지한다는 것을 부인할 수 없다. 외식이라도 하게 되면 약간 비용이 들더라도 이왕이면 좀 더 맛있는 집을 찾아다니게 되고, 특별히 맛있는 음식을 마주할 때는 '바로 이 맛 때문에 사는 것이 아닐까?' 하는 생각까지 들기도 한다.

물론 그러다가도 곧 그런 미망(迷妄)에서 빠져나와야지 하고 다짐하게 된다. 대학 시절 철학을 전공한 내가 어찌 소크라테스의 "사람은 먹기 위해 사는 것이 아니라, 살기 위해 먹는 것이다."라는 말을 거스를 수가 있는가?

로마의 웅변가 키케로도 같은 맥락에서 "사람은 살기 위해 먹어야지 먹기 위해 살아서는 안 된다."고 말했으며, 마하트마 간디는 더 나아가 "나는 살기 위해서, 봉사를 위해서 먹고, 가끔 먹는 것 자체를 즐기기 위해서 먹을 때도 있지만, 향락을 위해서 먹지는 않는다."라고 구체적인 기준을 제시하였다.

그렇다! 먹는다는 것이 건강을, 즉 인간다운 삶을 유지하기 위한 것이어야지 그 자체가 하나의 목적인 향락에 빠져서는 안 될 것이다.

중국의 사상가 린위탕(林語堂)은 "살면서 참으로 기쁨을 주는 것이 몇 가지나 될까 헤아려 보니 그 첫 번째는 단연코 음식이다."라고 했다. 프랑스의 음식 비평가 브리야 사바랭 역시 "식사의 쾌락은 다른 모든 쾌락이 사라지고 난 후에도 마지막까지 남아 우리에게 위안을 준다."고 했다. 나이가 들어 권력욕이나 성욕까지 사라진 후에도 맛있는 음식을 계속 좇는 것을 보면 이들의 말이 옳은 것 같다.

하지만 동시에 음식에 관한 한 결코 쾌락에 빠져서는 안 된다. 러시아 사상가 니콜라이 베르자예프의 말처럼 '자기 자신의 빵에 대한 문제는 물질적인 문제지만, 동포에 대한 빵의 문제는 정신적이고 종교적인 문제'라는 점을 잊지 말아야 한다. 내가 그동안 너무 잘 먹은 것이 송구스러워서 그런지 요즘 "백 사람을 먹일 수 없다면 한 사람이라도 먹여라."라고 간절히 호소했던 마더 데레사의 말이 자꾸만 생각난다.

이제 우리는 먹는다는 것이 나만의 문제가 아니라 우리 모두의 문제이며, 생리적인 문제를 넘어 하나의 도덕적인 문제임을 깨달아야 한다. 아침에 길에서 동네 어른을 만나 인사를 올렸을 때 그분이 "아침은 먹었는가?"라고 묻는 것에는 먹는다는 것이 공동체를 이어주는 문제라는 인식이 깔려 있다. 시간을 아끼려 대학 근처의 원룸에 나가 살고 있는 아들이 모처럼 본가에 왔을 때 어머니가 처음 묻는 말도 "밥은 먹고 다니니?"가 아니었던가. 먹는다는 것은 이렇듯 공동체의 구성원을 이어주는 무형의 끈이기도 하다.

우리나라는 이제 빈곤과 굶주림에서 벗어나 풍요 속에서 살고 있다. 그러나 역설처럼 매일 엄청난 양의 음식물 쓰레기가 버려지기도 한다. 2023년 자료에 따르면 하루 평균 1만 5천 톤의 음식물 쓰레기가 발생하는데, 이는 만든 음식의 4분의 1에 해당하는 양이다. 이렇게 풍족하고 버려지는 음식이 넘치는데도 여전히 굶주리는 사람이 있다는 것은 큰 모순이다. 지난 4월 선종한 프란치스코 교황은 "음식을 버릴 때마다 그 음식은 마치 가난한 이들의 식탁에서 훔쳐 온 것과 같다.”고 걱정스럽게 말씀한 바 있다.

우리나라에는 절대적인 기아(굶어 죽는 상황)까지는 아니더라도, 영양 불균형이나 불규칙한 식사로 인해 건강을 위협받는 ‘식량 빈곤’ 상태에 놓인 사람들이 상당수 존재한다. 이러한 식량 빈곤은 주로 사회의 취약 계층에서 나타나는데, 결식아동·독거노인·기초생활수급자·노숙인 등이 그들이다. 이들은 단순한 굶주림을 넘어, 영양 결핍으로 인한 건강 문제와 사회적 고립이라는 복합적인 문제에 시달리고 있다.

그렇다면 나 혼자 잘 먹고 건강하다고 해서, 실컷 먹다가 버릴 수 있다고 해서 과연 온전한 삶이라고 할 수 있을까?

우리가 음식을 먹을 때마다 이 땅에는 충분한 식사를 하지 못하는 사람들도 있고 이들을 돕겠다는 마음가짐을 가져 보자. 그렇게 ‘식량 불안정’의 문제를 해결하는 일에 작은 관심이라도 보탤 때, 우리는 비로소 진정한 의미에서 음식의 가치를 알 수 있을 것이다.

지금 생각하니 내가 먹어 본 음식 중 중 가장 맛있었던 것은, 큰 사건 승소 후 대기업 회장이 자기네 최고급 호텔 식당에서 낸 캐비아·송로버섯·푸아그라 등이 연이어 나온 프랑스 요리가 아니었다. 그 옛날 대학 시절, 수해가 난 지방에 복구 작업 봉사를 나갔다가 기차 시간 때문에 밥도 못 먹고 서둘러 떠났는데, 기차가 막 떠나려 할 때 수재민 아주머니가 뛰어와 건네주고 간 신문지 속에 싸여있던 뜨끈뜨끈한 찐 햇감자의 포슬포슬하면서 입안에서 고소하게 녹았던 그 맛이 아니었던가.

음식에는 분명 우리를 서로 모른 체하지 않고 이어주게 하는 그 무엇이 있다. 맛있는 음식이 나를 건강하게 만들고, 더 나아가 우리 사회 구성원 모두를 건강하게 만드는 힘이 될 때, 우리는 비로소 ‘음식은 사랑이다!'라고 마음껏 예찬해도 좋을 것이다.

《경제포커스》 2025. 9. 30.

V.

연민

　고등학교 때 국어시험에 '憐憫'이란 한자에 우리말 음을 달라고 하는 것이 나온 적이 있다. 나는 운 좋게도 그 직전에 유치환의 「바위」라는 시를 읽고 '아예 애련(愛憐)에 물들지 않고'라는 대목에 내 상념의 방점을 찍은 적이 있었기에 쉽게 정답을 적을 수 있었다. 「바위」를 읊어보면서 감정에 흔들리지 않는 강인한 바위의 모습도 믿음직스럽기는 하겠지만, 애정과 번민에 흔들리는 가녀린 풀잎이 더 인간적인 모습이 아니겠나 하는 생각이 들어 바로 공감할 수는 없었는데 국어 점수 잘 나오게는 도움을 준 시였다.

　언제인지 정확히는 모르겠으나 1년도 더 지난 것 같다. 마당으로 나가려고 2층 서재에서 내려와 거실을 지나려는데 TV에서 철 지난 사극 드라마가 나오고 있었다. 무심코 화면을 보자 그때 마침 호위무사처럼 생긴 출연자가 "남을 가엽게 여기고 이해하는 마음, 그것이 없으면 금수의 마음과 뭐가 다르겠느냐?"라고 호통을 치는 것이었다. 나는 그 대사가 마치 나보고 하는 소리인 것 같아 움찔했었다.

　지금 갑자기 그 화면이 떠오르고 쩌렁쩌렁한 그 목소리가 들려오는 건 왜 그런가? 나 스스로도 걱정이 되기는 하는 모양이다. 사실 그동안 살아오면서 '원칙주의자'라는 소리를 들어왔기에 좀 냉정해 보이긴 했을 것이다. 그러나 '바위'까지는 아니었다. 남모르게 눈물도 잘 흘리고, 검사 시절 사건 수사할 때는 기계적인 처리보다는 피의자나 피해자의 어려운 사정을 세세히 잘 살펴보려고 하지 않았는가…. 그런데 지금은 변호사이고 나이도 원숙을 지나 이미 노년에 들어섰는데도 가슴이 점점 더 메말라 가는 것 같으니 어쩐 일인가?

노인이 되면 지혜가 쌓인다고 했는데 너그러이 포용하는 마음은 사라지고 오히려 남을 탓하고 빈정거리는 마음만 넘쳐나는 것 같다. 타인의 생각에 적극 공감하기보다는 이쪽저쪽 다 틀려먹었다는 식의 양비론(兩非論)을 펴면서 정작 생산적인 의견은 제대로 내놓지 못한다. 더 큰 일은 한때 휴머니스트를 자처했던 내가 남의 아픔을 내 아픔으로 느끼는 그런 동정심까지 크게 옅어진 것 같으니 정말 걱정이다.

한 개인은 동정심과 무관심을 둘 다 키울 능력을 지니고 있다고 어느 교수가 쓴 칼럼을 읽은 일이 있다. 그런데 예전에 내가 가슴속에 간직하고 있던 연민의 정은 다 어디 가고 남의 불행은 자꾸만 외면하려 들고 냉소적인 시선이 강해져 빈정거리기만 하는 것 같으니 정말 나는 '꼰대'가 되었나….

인간의 본성이 선하다고 보는 성선설(性善說)을 주장한 맹자(孟子)는 사람에게는 누구나 차마 다른 사람에게 모질게 하지 못하는 마음인 '불인인지심(不忍人之心)'이 있다고 했다. 이에 대한 근거로 '모든 인간이 지닌 네 가지의 마음'인 '사단(四端)'을 제시하였는데, 그 첫 번째로 다른 사람의 불행을 가엾고 불쌍하게 여기는 마음인 측은지심(惻隱之心)을 들었다. 맹자는 제자 공손추(公孫丑)와의 대화에서 "어린아이가 우물에 빠지려 하는 것을 보게 되면 누구라도 측은한 마음에 그 아이를 구하려 든다. …이렇게 측은히 여기는 마음이 없으면 사람이 아니다[無惻隱之心 非人也].'라고 했다.

이렇게 맹자는 본래 인간은 남의 불행을 안타까이 여기는 측은지심을 지니고 있으며, 이는 주변 사람들로부터 칭찬을 듣기 위해서도 아니며, 비난을 받고 싶지 않아서도 아니라고 했다. 앞의 드라마에서 호위무사 같은 출연자는 맹자의 말을 전한 것이다. 마치 전에 연민의 정이 남달라 인간미가 풍부해 보였던 내가 지금은 가슴이 메말라져서 남의 불행을 보고도 안타까워하는 마음이 거의 없어졌으니 이제 나는 사람도 아니라고 매도하듯이….

인간의 본성이 착하다는 데는 나도 찬동한다. 그런데 나는 동정하는 마음, 남의 아픔을 나의 아픔으로 느끼는 그런 연민의 정은 어쩌면 천성으로 타고나는 것만은 아닐 거라는 생각이 든다. 나도 아주 어렸을 때는 오히려 이기적이라 할 정도로 자기밖에 몰랐었다. 배고프면 우선 내가 먼저 먹어야 하고 안 주면 떼를 썼다. 그러던 어린 내가 다른 사람을 통해 조금씩 연민을 배우게 됐다. 처음엔 다른 아이가 우는 것을 보고도 그저 궁금해하기만 하다가 내가 넘어져 무릎이 까져 아픔을 느끼면서 비로소 그 이유를 알게 된 것이다. 그래서 다음부터는 넘어진 꼬마 친구를 일으켜 세워주기도 했었다.

'연민'이란 그저 남의 고통이나 어려움을 이해하고 안타까움을 느끼는 것에서 멈추는 것이 아니고 그 사람을 돕고자 하는 마음까지 포함하는 의미이다. 그 마음이 의지로써 행동으로 표현되면서 사람들은 '남을 먼저 배려하고 보호하면 그 남이 결국 내가 된다.'(리처드 도킨스『이기적 유전자』)는 것을 체득하게 된다. 이렇게 해서 연민이 하나의 인격으로 형성되는 학습이 이뤄지는 것이다.

이런 '연민 학습'이 계속 이어지면 모두 좋은 성품을 갖추게 될 텐데 안타깝게도 대부분 일찍 그 학습을 멈추고 만다. 나 역시 그랬던 것 같다. 살아가면서는 남과 부딪히고 또 상처도 받게 되는데 그러다 보면 미움이 생기게 된다. 그러한 조그만 미움들이 쌓이다 보면 연민보다는 적의(敵意)가 몸에 배게 된다. 게다가 노인이 되어서 몸이 불편하고 생활상의 여러 어려움이 닥치면 모든 게 짜증이 나고 하다 보니 너그러운 포용보다는 빈정거리는 냉소가 더 익숙하게 돼버린다. 그래서 2~30년 만에 만난 친구가 옛날의 그 친절함과 남에 대한 세세한 배려는 어디 가고 사사건건 시비조로 따지고 드는 것을 보고는 깜짝 놀라기도 한다. 이 친구는 그동안 '연민 학습'을 안 한 탓에 빈정거림만 몸에 잔뜩 배어 있는 것이다. 그런데 가만히 보니까 내가 바로 그 친구랑 똑같이 돼버린 것 같아 걱정이다.

오늘 아침에는 모 대학에서 심리학을 가르치는 김모 교수가 시모상(媤母喪)을 당했다는 연락을 받았다. 김 교수는 내가 이런저런 인연 때문에 끊지 못하고 재능 기부 비슷한 것을 하고 있는 복지단체에서 같은 요일에 상담을 담당하고 있어 서로 알고 지내는 사이다.

지난 연말이었다. 그 복지단체에서 베푼 송년 모임을 마치고 전철역 쪽으로 걸어가는데 마침 김 교수와 같은 방향으로 나란히 걸어가게 되었다. 그분은 일찍 남편을 여의고 세 자녀와 연로하신 시어머니를 부양하며 힘들게 살고 있다고 들었는데 항상 밝은 표정이고 얼굴이 어린아이처럼 맑고 깨끗하다.

"김 교수님 어쩜 그리 티 없이 순수한 모습을 지니실 수가 있습니까? 사시는 게 힘들고 짜증스럽지 않습니까?"

"……"

말해 놓고 바로 후회했다. 너무 단도직입적으로 들이대며 물은 것이다.

"죄송합니다. 검사 그만둔 지 20년이 넘었는데 아직도 신문하듯 묻는 못된 버릇은 못 고쳤군요."

"아닙니다. 친구들은 저보고 세상을 하나도 미워하지 않는 여승(女僧) 같다고 놀리지만, 추 변호사님은 저를 칭찬하시는 것으로 알고 고맙게 생각하겠습니다."

"사실은 부럽고 궁금했습니다. 그래서 기회 되면 상담을 받아서라도 김 교수님처럼 맑고 밝은 표정을 갖출 수 있는지 그 비결을 터득하고 싶었습니다."

"저도 원래 빈정거리기만 하는 성질 고약한 여자였습니다….."

얘기가 길어질 것 같아지자 우리는 자연스럽게 길가의 찻집으로 들어가게 됐다. 거기서 나는 뜻밖에도 김 교수의 개인사를 상세히 듣게 되었다.

김 교수는 상당한 미모를 지니고 있다. 게다가 매우 똑똑하기도 하니 젊었을 때는 자신은 아무리 부인해도 남을 다소 무시하는 태도를 지녀 콧대가 세 보였을 것이다. 그래서 그런지 남자들이 쉽게 접근하지 못했었는데 시를 쓴다는 문학 지망지망생 하나가 너무 애절하게 연애편지를 써 올리는 바람에 거기에 넘어가 결혼까지 하게 됐다고 한다.

처음에는 금실이 좋아 아들도 둘이나 연달아 낳고 잘 살았다. 자신은 그동안에도 갖은 노력을 하여 학위도 따고 전임강사를 거쳐 조교수까지 올랐지만, 출판사에 다니는 남편은 책을 예쁘게 펴내는 일 외엔 다른 욕심이 없고 자기 발전을 위한 노력 같은 건 도통 하지 않는 그저 사람 좋기만 한 그런 식이었다고 한다. 그래서 싫은 잔소리를 하기 시작했지만 그래도 남편은 달라지는 것이 없었고 그때부터 짜증 나는 일들이 자꾸 터졌다고 한다.

큰애가 학교에서 옆자리의 급우와 말다툼하다가 필통으로 내리쳐 얼굴에 피가 나 교장실에 불려 가서 각서를 쓰기도 했으며, 김 교수의 논문을 거의 표절하다시피 한 후배 교수가 오랫동안 김 교수가 맡았던 중요한 전공필수 과목을 가로채는 일도 생겼고, 남편은 첫 시집을 출간하는 젊은 여류 시인과 가까이 지낸다는 소문이 나고…. 그러잖아도 남들을 잘 이해하기보다는 빈정거리며 못마땅해 왔던 김 교수는 그즈음부터는 아예 다른 사람에게 너그럽기는커녕 남들의 불행이나 아픔을 즐기는 식이 돼 버렸다고 한다.

나를 이렇게 만든 운명이 너희들은 얼마나 행복하게 만드는지 한번 보자는 식으로 적의를 가지고 남을 대했고, 남편에 대해서도 계속 심하게 빈정거림은 물론 애들에게도 '너도 니 애비하고 똑같다'는 식으로 금기어를 마구 내뱉었다고 한다. 그러니 모든 일이 더 틀어지기만 했다.

이번에는 둘째 애가 가출했다가 사흘 만에 경찰에 붙들려 오고, 김 교수는 학교 재단의 횡포를 못 이기고 대학을 옮겨야만 했으며, 게다가 남편은 그 여류 시인이 다른 젊은 평론가와 결혼한다며 떠맡긴 그 소생인 갓난 계집아이까지 집으로 데리고 들어왔다. 사는 게 사는 것이 아니었다고 한다.

그즈음 김 교수의 말투는 새가 궁하면 아무거나 쪼아 먹듯이 상대방을 완전히 깔아뭉개고 상스러울 정도로 극히 빈정거리는 투가 되어

버렸다고 한다. 남편에게는 그야말로 '당신이 내 인생을 망쳤다'는 식
으로 심한 저주를 퍼부어 댔는데, 결국 큰일이 터졌다. 남편이 '애마(愛
馬)'라며 결혼 전 전부터 몰아오던 소형 승용차와 함께 강변도로에서
굴러떨어져 저세상으로 가버린 것이었다. 자살인지 사고사인지 둘 다
가능성 있는 '의문사'였단다.

호적에 올려놓고 간 어린 계집아이는 나이 드신 시어머니가 불쌍타
며 우유와 이유식을 먹이고 돋보기를 쓰고 육아법 책까지 보면서 정성
스레 보살폈으나, 김 교수로서는 자기 불행의 표상을 보는 것 같아 그
애를 쳐다보는 것조차 싫었다. 또 남편이 가고 나니 그렇게 무능하고
보잘것없었던 그가 자기 삶에서 차지했던 자리가 너무 컸다는 무한한
허전함만 처절하게 느꼈단다. 전공 학문 연구에 몰두해 보려고 했으나
그 역시 잘되지 않고 삶은 고통의 연속일 뿐이었다.

그래서 드디어 자기도 생을 마감하려고 결심하고 병원 서너 군데 들
러 받은 처방전으로 사 모은 수면제를 가지고 밤늦게 집에 들어온
날… 살그머니 자기 방으로 몰래 들어가려다가 아기를 안고 거실로 나
오는 시어머니와 마주쳤단다. 눈치 하나는 9단도 넘을 정도로 빠른 시
어머니는 바로 "너 왜 그러냐? 빈정거리다가 지 남편을 잡아먹더니 이
제 저까지 빈정거리며 잡아먹으려 드는 거니?" 하며 아이를 소파에 내
려놓고 급히 다가와 김 교수의 핸드백을 잽싸게 가로채는데, 바로 그
때 이적(異蹟)이 일어났다. 소파에 있던 꼬맹이가 '엄마!' 하면서 김 교수
한테로 몇 걸음 걸어오더란다. 걷기는커녕 무얼 붙잡고 일어서서 2~3
초만 겨우 버티고 말은 뭐 하나 제대로 못 하던 아이가…. 김 교수는
그 어린 것을 꼭 끌어안고 얼마나 울었는지 모른단다. 그 아이의 눈에
는 그동안 김 교수가 잊고 있었던 연민이 가득 담겨 있었단다.

그 이후 김 교수는 자신에게서 빈정거림을 완전히 털어버리려고 노력했고, 성당에도 다시 나가며 그날 '엄마!' 하며 다가오며 자기를 진실로 불쌍히 여기는 듯한 어린것의 그 천진난만한 눈동자를 자기 가슴속에 계속 담고 살아가게 해 달라고 기도했다고 한다.

커피숍을 나와 전철역 계단을 내려가는데 김 교수가 마무리하듯이 말했다.

"그 딸애가 이번에 중학교 졸업하고 과학고로 진학한대요. 진즉에 '과학 영재'로 선발됐는데 의사는 되기 싫고 육종학(育種學)을 공부해서 새로운 식물을 찾아내고 개발해서 그동안 잃었던 우리나라 식물의 '씨앗권'을 되찾고 싶다나요. 아무튼 저에게 그 애가 주어진 건 큰 축복이에요. 저에게서 빈정거림을 제초(除草)하고 연민이라는 아름다운 씨앗을 뿌려주었으니까요."

타는 곳이 달라 김 교수와 헤어진 후 김 교수가 말한 그녀의 개인사를 되씹으면서, 그 이야기에는 드라마틱하게 꾸며대는 여자 특유의 윤색(潤色) 능력도 가미되기도 했겠지만, 그 젖먹이 어린아이가 보였다는 연민만은 확실히 나에게도 '연민 학습'을 유발하는 느낌이 들었다.

오늘 김 교수의 시모상 부음(訃音)을 들은 것은, 김 교수의 개인사를 듣고도 한 달 가까이 됐는데 본격적으로 연민 학습을 재개하지 않은 나를 재촉하기 위한 것이 아닐까. 빨리 조문을 다녀온 후 본격적으로 연민 학습에 들어가야 할 것 같다.

연민은 타고나는 것만이 아니다. 부지런히 학습을 해야 한다. 특히 빈정거림을 버리는 훈련은 의식적으로도 꼭 해야 하며 절대로 게을리해서는 안 된다.

어린아이 때는 남을 미워할 일들이 별로 없어 다른 사람의 아픔이 바로 나의 아픔으로 느껴진다. 그래서 연민 학습도 비교적 쉽게 이뤄지게 된다. 그런데 나이가 들고 사회생활을 하면서 남과 부딪히며 서운한 일이 생기고 상처도 받고 미움도 생긴다. 이때 적절히 연민의 정을 유지할 훈련을 하지 않으면 바로 다른 사람의 불행을 보고도 가엾고 불쌍하게 여기기보다는 은근히 고소하다는 듯이 비웃는 빈정거림이 앞서고 그것이 몸에 배게 된다.

우리가 본래부터 가지고 있는 측은지심이라는 좋은 성품을 잘 지키면서 연민의 정을 잃지 않으려면 용서와 화해를 하는 학습이 선행되어야 할 것이다. 나에게 서운함을 주고 상처를 가한 사람을 용서하고 그와 화해하지 않는 한 연민이란 있을 수 없다. 다른 사람을 용서하지 않고 그와 화해하지 않았는데 어떻게 그의 불행을 안타까워하는 마음이 생길 수 있는가? 용서하고 화해하지 않은 사람의 아픔은 나의 아픔일 수 없다. 용서와 화해를 하려면 우선 비웃지 말아야 한다. 너는 너대로 살고 나는 나대로 남남으로 산다는 식이나 편 가르기를 하지 말고 상대방의 입장에 서서 그를 이해하려는 마음가짐을 가져야 한다. 이것이 바로 '연민 학습'의 출발점이다.

만약 내가 지금 다시 국어시험을 보고 '빈정거림'을 한자 말로 바꿔 쓰라는 문제가 나온다면 머뭇거리지 말고 '憐憫'이라고 써야겠다. 점수가 어떻게 나오건 그런 건 상관하지 말고….

《경제포커스》 2024. 1. 20.

내가 만난 스크루지 영감

◀ 연극 〈구두쇠 스크루지〉

　며칠 전 친손자·외손자들과 함께 〈구두쇠 스크루지〉라는 연극을 보았다. 잘 알다시피 스크루지 영감은 찰스 디킨스가 1843년에 발표한 중편소설 『크리스마스 캐럴』의 주인공이다. 180년이 지난 오늘날에도 해마다 크리스마스가 다가오면 스크루지를 내세운 연극이나 뮤지컬 등이 세계 곳곳에서 공연되고 TV 등 매체에서도 빼놓지 않고 많이 보여준다. 영화로도 많이 제작되어 내가 본 것만도 5개나 된다.

　『크리스마스 캐럴』의 스토리는 단순하다. 어느 크리스마스 전날, 마음씨 고약하고 돈밖에 모르는 천하의 구두쇠 에비니저 스크루지는 모두가 즐거워하는 그날도 평소와 다름없이 충직한 부하 직원 밥 크래칫과 붙임성 있는 조카 프레드에게 괜히 소리를 내지르며 심술을 부린다. 그날 밤 7년 전에 죽은 동업자이자 친구였던 제이콥 말리의 유령이 스크루지를 방문한다. 그 유령은 자신은 돈만 좇다가 이 꼴이 됐다고 하면서 쇠사슬과 맹꽁이 자물통·금고 등으로 칭칭 묶인 비참한 자기 모습을 가리키며 지금이라도 마음을 고쳐 새사람이 되지 않으면 자신과 똑같은 운명이 될 것이라고 경고한다.

그가 떠난 뒤 그의 예고대로 과거, 현재, 미래의 크리스마스 유령들이 차례로 나타나 스크루지를 이끌고 다니면서 그의 과거, 현재, 미래를 모습을 보여준다. 스크루지는 모든 사람이 비난하며 손가락질하는 자신의 비참한 모습을 보고는 불편한 진실을 깨닫게 되는데, 특히 자신의 죽음조차도 다른 사람에게는 아무런 의미가 없고, 그저 재물 탈취의 기회일 뿐이라는 것을 직접 보고는 큰 충격을 받고 개과천선하여 마침내 사랑과 인정이 넘치는 새로운 사람으로 거듭나게 된다는 이야기다.

메시지가 너무 권선징악적이고 유령에 이끌려 미래의 자기 모습을 보고 개심하게 된다는 것이 구태의연한 발상이어서 약간 진부한 느낌이 들기도 한다. 그러나 빅토리아 여왕 시대에 이르러 급속한 산업화의 영향으로 삭막하게 살면서 돈과 일에만 집착하여 크리스마스는 축제로서 그 의미를 거의 잃어가고 있었는데, 이 소설을 통해 어려운 이웃에게 베풀면서 함께 즐거움을 나눈다는 크리스마스의 정신을 제대로 일깨워 주었다는 평가를 받는다.

이 소설은 당시의 빈민 정책 등에 대한 디킨즈의 개혁적 성향이 분명하게 드러나는 작품이라고 하겠는데, 계층 간의 골을 메우고 조화로운 사회를 구현하기 위해서는 제도화된 자선 행위보다는 개인 간의 즉물적 접촉을 통한 화해야말로 효율적인 자선이라는 그의 복지관(福祉觀)이 꼭 맞는 것인지는 잘 모르겠다. 나에게는 어린 시절 처음 읽었을 때부터 지금까지 '사람은 자기 하나만으로 존재하는 것이 아니라 다양한 관계 속에서 각기 다른 나 자신을 찾아 관계를 맺으며 살아야 한다'는 그 메시지가 계속 가슴에 와닿아 울림을 주고 있다.

이번에 외국에 거주하고 있는 외손자 둘이 겨울 방학을 맞아 모처럼 귀국하여 보름 정도 지낸다기에 나는 국립중앙박물관에 데리고 가 눈으로 보는 우리나라 역사를 체험하게 했고, 또 『크리스마스 캐럴』을 어린이용 연극으로 만든 〈구두쇠 스크루지〉를 관람하기로 한 것이다. 중학교 1학년(우리 학제로는 초등학교 졸업반)인 큰 외손자는 마침 자기가 소설 『크리스마스 캐럴』을 읽고 있었는데 연극까지 보게 되어 너무나 잘됐다고 뛸 듯이 좋아했다.

막상 연극을 보러 가면서도 사실 나는 별로 기대하지는 않았다. 그 스토리를 너무나 속속들이 다 잘 알고 있고, 또 크리스마스 시즌에 어린이들에게 그냥 크리스마스 기분이 나게 맞춰 주는 정도겠지 하면서 손자들과 시간을 함께한다는 데 의미를 두었다(물론 스크루지로 나오는 배우가 할아버지 친구라고 자랑하는 건 잊지 않았다).

그러나 막상 연극이 시작되자 내 예상과 달리 원작을 잘 살려 매우 진지하게 진행되어 그동안 내가 소설과 영화 등으로 읽고 보았던 내용을 잘 정리해 주기에 흐뭇했다. 특히 공연 내내 무대를 떠나지 않는 배우 심우창은 마치 스크루지 영감이 살아 돌아온 것같이 생생한 연기를 하는데, 만 나이로 76세이면서 어떻게 그 많은 대사를 다 외워서 관객들에게 충실하게 전달하는지 정말 탄복할 정도였다.

물론 그 이전에도 TV 드라마와 영화에 다수 출연했고, 연극 〈사람은 무엇으로 사는가〉라든가 김대건·김수환·안중근 등 전기물의 주인공으로 나와 진중한 연기를 보여주었지만, 이번에는 어린이들이 딱 알아들을 수 있게 그 눈높이로 연기하는 것을 보고는 정말로 프로는 다르구나 하는 것을 새삼 느꼈다. 그뿐만 아니라 장면 전환이 많고 유령들도 나오며 아역 배우들도 다수 출연하여 다소 어수선할 수도 있는데 연출자의 능력으로 짜임새 있게 이끌어가 작품의 완성도도 뛰어났다.

공연이 끝나고 나서 운이 좋게 막 분장을 지우고 나오는 주연 배우 심우창을 만나 손자 녀석들과 함께 '인증샷'을 찍었는데 손자들에게는 좋은 선물이 된 것 같다.

▲ 연극 〈구두쇠 스크루지〉 공연이 끝난 후, 손자들과

집에 돌아와서 TV를 켜니 토크 쇼 프로에서 한 출연자가 연말이 되어도 보너스를 주지 않는 대기업의 경영주는 '현대판 스크루지'라고 한마디 한다. 이걸 보던 작은 외손자가 "할아버지, 스크루지 영감이 변호사예요?" 하고 묻는다. 나는 외손자 녀석이 전형적인 악덕 사업주로 변호사라는 직업을 연상했다는 것에 괜히 가슴이 뜨끔했다.

나는 간판에 '스크루지 & 말리'라고 되어 있어 마치 법률사무소처럼 보이지만 스크루지가 변호사 같지는 않고, 직원이 많은 서류를 쌓아놓고 숫자 계산을 하는 걸로 봐서는 공인회계사나 세무사 같은 전문직 같다고 변명처럼 말했다(사실은 사채업자 같기도 했지만 그걸 '직업'이라고 얘기해주고 싶진 않았다). 그리고 너희들도 공부를 열심히 해서 법률가나 의사 같은 전문직에 종사하게 되겠지만, 지식이 많다고 결코 자만해서는 안 되며 배움이 부족하거나 생활이 어려운 사람들에 대한 각별한 배려를 잊지 말아야 하고, 그것이 바로 사회적 존경을 받으며 자신의 직업에 대하여 소명 의식을 갖는 전문가들의 정신이라고 강조했다. 내가 한 말이 다소 꼰대스러운 잔소리 같기도 했지만, 외손자들은 자기들은 아예 전문직이 되지도 않을 것이고 스크루지 영감 같은 사람이 되지도 않을 것이 안심하라는 식의 표정이었다.

내가 막 "자기밖에 모르는 괴팍한 구두쇠가 사랑과 나눔을 실천하는 사람으로 변하는 과정을 그린 이 연극을 보고 너희는 무엇을 느꼈니? 우리가 살아가는 데는 모은다는 것 이상으로 나눈다는 것이 더 중요하다는 것을 이제는 알겠지?"라고 이어가려고 하는 순간 큰 외손자가 "할아버지, 미래의 스크루지 영감은 아무도 슬퍼하지 않는 죽음을 맞이하는 걸로 되어 있는데, 계속 살아계셔서 좋은 일을 하신다면 그건 그분의 '미래'가 아니잖아요?"라고 묻는 바람에 말이 끊겼다.

　그 질문이 다소 애매하긴 하긴 하지만 '미래의 크리스마스 유령'이 보여준 스크루지의 장례 장면이 그의 '미래'라면 반드시 그렇게 되어야 하는데, 개과천선하여 선행을 많이 베푼 스크루지 영감의 실제 장례식 모습이 그렇게 되지는 않을 것이니 그건 모순이 아니냐는 취지로 받아들였다. 그러고 보니 그런 의문이 들 수도 있겠다. 스크루지가 개심한 뒤 좋은 일을 많이 해서 사람들이 존경하고 그가 죽었을 때 진정으로 슬퍼한다면 먼저 유령이 보여준 장면은 스크루지의 '미래'의 모습이 아닐 것이라는 의문 말이다.

　"참 좋은 질문이다. 그런 의문을 품는 것이 바로 지혜의 출발점이니까."라고 일단 외손자를 추어준 다음 다소 장황스럽게 설명을 늘어놓았다.

　"우리가 미래라고 할 때는 영어로 'future'라고 하고 장래의 어떤 확정적인 상태를 말하는 것이 일반적이지. 그래서 이 연극에서 미래의 크리스마스 유령이 보여준 '미래'의 스크루지의 모습도 이미 확정된 것이 아니냐 하는 생각이 들 수는 있겠다. 그러나 이 연극의 원작인 소설 『크리스마스 캐럴』에서 작가인 찰스 디킨스는 '미래'를 'future'라고 하지 않고 'yet to come'이라는 표현을 썼단다(참고로 외손자들은 외국에서 학교를 쭉 다녔기 때문에 이런 정도 어감의 차이는 이해할 만하다고 본다). 즉, 확정적인 미래가 아니라 '아직 오지 않은'이란 뜻이니 그 유령이 보여준 스크루지의 '미래'의 모습은 아직은 확정되지 않은 것이어서 스크루지가 마음을 고쳐먹는다면 얼마든지 다른 미래가 올 수도 있다는 의미가 되는 것이야.

　여기서 우리가 명심해야 할 점은 흔히 '미래'라고 하는 것이 사실은 이미 확정되어 있어 변하지 않는 것이 아니라 현재의 상황에 따라 얼마든지 달라질 수 있다는 것이지. 그러니까 너희들의 미래도 이미 확정되어 있는 것이 아니라 너희들이 지금 어떻게 생각하고 행동하느냐에 따라 그 모습이 정해지는 것이야. 그렇다면 너희들이 공부를 열심히 하고 착한 일을 해야 하며 왜 좋은 습관을 지녀야 하는지 알겠지?”

외손자들은 “예!” 하고 대답을 하긴 했는데 그러고 보니 나는 또 잔소리한 것이 되어 좀 머쓱해졌다. 그래서 외손자들에게는 TV를 더 보라고 하고 나는 자리를 물러나 침실로 가 침대에 누웠다.

보던 책을 읽는 둥 마는 둥 하다가 불을 끄고 잠을 청했으나 바로 잠들 수가 없었다. 아까 본 연극 장면이 어른거리더니 옛날 검사 시절 미로 속에서 헤매다시피 하다가 추리가 맞아떨어져 간신히 해결했던 살인 사건도 떠오르고 최근에 맡았던 형사 사건의 피고인을 의견서를 두 번이나 추가로 더 제출하여 어렵게 보석으로 석방되게 한 일 등이 마구 뒤섞여 내 머릿속을 어지럽혔다. 잡념에 시달려 무척 힘들게 잠이 든 모양이다.

그런데 막 잠이 들어 꿈속인지 잠들기 직전의 머릿속 상상인지 연극 〈구두쇠 스크루지〉에서 스크루지 영감 역을 맡은 배우 심우창이 기다란 검정 연미복을 입고 실크 햇을 쓴 차림으로 나타나 미래의 크리스마스 유령과 같은 어투로 “여보게 친구, 자네의 미래를 보여줄까?” 하는 것이었다. 나는 깜짝 놀라 “아냐! 아냐!” 하고 소리치며 이불을 걷어찼다.

침대 옆 탁자에 있던 물을 마시고 정신을 좀 차렸다. 등에는 식은땀까지 흘렀다. 아니, 친구가 나의 미래를 보여주겠다는데 그렇게 비명 같은 소리를 지르며 깜짝 놀라는 것은 무슨 꼴인가. 내 미래의 모습을 보는 것이 그렇게 겁이 나는가. 그러고 보니 나는 현재의 나를 잘 가꾸지 못하고 있는 모양이다. 그래서 그렇게 겁을 냈나 보다.

그렇다! 따지고 보니 스크루지 영감은 다른 사람이 아닌 바로 나 아닌가. 나는 그동안 남보다 더 멋진 삶을 누리기 위해 누구보다도 더 열심히 일해야 하고 더 많이 알아야 하고 더 많이 가져야만 한다는 강박감 속에 살아왔던 것이 아닌가. 전문직 종사자로서 전문지식이 많음을 내세우고 남의 불행을 내디디며 나의 행복을 찾고 배움이 부족하거나 도움이 필요한 사람을 외면하고는 내가 애써 얻은 기득권만 지키려고 한 것이 바로 나 아닌가. 외손자들에게 너희는 그러지 말아야 한다고 한 그러한 모습을 바로 내가 하고 있었던 것이 아닌가.

아침에 잠에서 깨어난 스크루지 영감은 오늘이 바로 크리스마스라는 사실, 아직 자신의 인생을 바로잡을 시간이 남아 있다는 것에 안도한다.

이렇게 한밤중에 깨어난 나는 스크루지로 분장한 내 친구를 만나 그가 바로 내가 스크루지 영감일 수 있음을 깨우쳐 준 것에 고마움을 느낀다. 다만 나의 미래를 아름답게 꾸밀 시간이 충분한지는 모르겠다. 어찌 됐든 이제부터라도 나는 열심히 현재의 내 정원부터 아름답게 가꿔야만 하겠다. 내 친구가 다시 찾아와 내 '미래'를 보여준다고 해도 지금처럼 겁먹지 않게 하려면 말이다.

《경제포커스》 2023. 12. 28.

사랑의 매

　지난 7월 24일 인천지방법원은 8살짜리 딸을 미니 큐와 옷걸이로 마구 때리는 등 상습적으로 체벌을 가하다가 결국 사망에 이르게 한 친모와 계부에게 살인 및 아동복지법상 상습아동학대 등 죄를 인정해 징역 30년을 선고했다.

　우리는 아직도 '사랑의 매'라는 말을 쓴다. 놀랍게도 인터넷 검색창에 '사랑의 매'를 치면 파워링크 '사랑의 매' 관련 광고가 뜨고 유명 인터넷 쇼핑 몰의 상품으로 연결된다. 거기에 들어가 보면 회초리·죽비·효자손·지시봉·채찍 등 여러 물건이 널려 있는데, 그것들이 과연 부모들이 자녀들에게 '사랑'을 표현하는 도구들인가?

　최근 아이를 때리거나 굶기는 것을 넘어서 쇠사슬에 묶어 두는가 하면 달궈진 프라이팬으로 몸을 지지고 여행용 가방 속에 가두어 죽게 하는 등 끔찍한 사고가 잇따라 발생했다. 위 인천 사건에서는 소변을 빨대로 빨아 먹게 하거나 대변이 묻은 팬티를 입에 물리기도 했다. 그런데 그 가해자인 부모들은 하나같이 아이가 너무 말을 안 들어 이를 바로잡으려고 그렇게 한 것이라고 변명한다. 이에 법 개정 움직임까지 활발히 일어났다.

민법 제915조에 친권자는 그 자(子)를 보호 또는 교양하기 위하여 필요한 징계를 할 수 있다고 규정하고 있는데, 이 조항이 있기 때문에 부모가 자녀에 대하여 체벌하는 것이 법상 허용하고 있는 것으로 오인될 수 있으니 폐지하자는 것이다, 이러한 움직임을 두고 어느 기자는 "부모 회초리에, 법이 회초리 들었다."고 논평하기도 했는데, 대체로 위 조항 폐지에 찬성하는 분위기다. 이에 반하여 성경에도 "매를 아끼는 것은 자식을 사랑하지 않는 것이다."(잠언 13,24)라고 했는데 사랑의 매를 법으로 막는 것은 부모에게 자녀의 훈육 역할을 강제로 포기하도록 하는 것이라고 반발하는 사람들도 있다.

결국 민법 제915조는 2021. 1. 29.자로 개정되어 폐지되었는데, 여기서 나는 법률문제는 잠시 접어두고 정말 '매'에 '사랑'이 있을까 하는 점만을 집중해서 살펴보고자 한다.

먼저 '매'라는 물리적 폭력에 이르기 전인 '꾸짖음'[罵倒]의 단계를 보자. 학교 숙제를 제대로 해 오지 못한 어린 학생에게 담임선생이 "정말 이거밖에 못 해?"라거나 "넌 정말 구제 불능이야!"라고 소리쳤다. 이 경우 그것이 애정의 표현인지 단지 짜증을 낸 것인지 쉽게 구별할 수 있을 것이다. 솔직히 그렇게 소리치며 혼내는 것이 그 학생을 지도하는 것이라고 보기는 어렵다. 여기에 더하여 그 학생의 공책으로 머리를 내리쳤다고 하자. 그러면 그건 짜증을 넘어 폭력으로 화풀이를 한 것이지 정상적인 교육이라고는 할 수 없다. 나는 '사랑의 매'도 '사랑의 매도'도 있을 수 없다고 생각한다. 매나 매도는 사랑을 가지고 한 것이 아니기에 상대방에게 씻을 수 없는 상처를 준다.

'사랑의 매', 나는 그건 허구라고 본다. 단지 '체벌'인데 사랑을 가지고 훈육한다고 미화 내지 자기합리화한 것일 뿐일 것이다. 매는 징계요 벌이다. 벌 주는 사람이 벌 받는 사람을 사랑한다고 할 수 있을지 의문이다. 피고인에게 징역 5년을 구형하는 검사는 그 피고인을 사랑하는 것일까? 사형 집행인이 사형수를 사랑한다고 할 수 있을까?

징계요 벌인 매는 폭력으로 맹목적으로 순종을 강요하는 것이다. 거기에 사랑을 담는다는 것은 이론적으로나 실제로나 불가능에 가깝다. 매를 맞는 사람도 매를 맞으면서 사랑을 느끼지는 않을 것이다.

일부 기독교인은 앞에서 말한 잠언의 내용을 들어 하나님도 사랑하는 자식에게는 매를 아끼지 말라고 했다고 주장하기도 한다. 그러면 루가복음(15,11~32)에 나오는 '돌아온 탕자'의 경우를 보자. 렘브란트의 그림을 보면 늙은 아버지는 그를 반가이 맞으며 따뜻한 미소로써 품에 안아주는데, 만약 아버지가 그에게 사랑의 매를 마구 때려댔다면 그는 '다시 떠나버린 탕자'가 됐을 것이다.

따끔한 매는 우선 맞는 사람에게 고통을 주어 비행 교정 효과가 나타나기도 한다. 그러나 그것은 스스로 잘못을 깨달아 고치는 자발적인 것이 아니라 고통을 못 이기고 또 앞으로 다가올 고통에 대한 불안과 두려움에서 잠시 그 비행을 피하는 것일 뿐이다. 처벌에는 교육 효과가 거의 없다는 이론이 현대 심리학에서는 이미 정설로 되어 있다. 체벌이 계속되면 그것에 길들여진 사람에게 비굴한 노예근성만 길러주게 된다.

매를 때리는 부모는 아파서 고통스러워하는 자식에게 "다 너 잘되라고 그러는 거야!"라고 한다. 진정한 애정이 담긴 관심 대신 이러한 학대를 받고 자란 아이는 자신의 고통을 자기 잘못의 당연한 결과라고 받아들이는 데 익숙해지고 그러한 폭력이 사랑의 한 표현이라는 부모의 말을 그대로 믿는다. 그리하여 그는 부모의 뜻에 맞고 칭찬을 받기 위한 행동만을 찾게 되고 진정으로 자기가 원하는 것을 찾아가는 통로는 막히게 된다. 이처럼 어린 시절 사랑의 매에 길들여진 아이는 예속적인 인간이 되고 마는 것이다. 물론 자신에 대한 사랑과 믿음이 부족하니 다른 사람에 대한 배려 또한 제대로 할 수가 없다.

악은 모든 세대에 걸쳐 새롭게 창조된다는 한 학자의 주장은 섬뜩하게 다가오는데 경청할 만하다.

갓난아기들에겐 잘못이 없다. 어떤 성향을 타고 나든, 갓난아기들은 삶을 파괴하려는 충동을 느끼지 않는다. 오히려 보살핌과 보호, 사랑을 받고 싶어 하며, 또 자신을 사랑하려고 한다. 인생의 첫걸음을 내딛는 시기에 영혼이 학대받은 경우에만, 인간은 파괴적인 충동에 내몰린다. 사랑과 배려를 받으며 자란 아이는 전쟁을 일으키려는 충동을 느끼지 않는다. 악이 반드시 인간 본성의 일부를 이루는 것은 아니다.

언론에서 보고 메모해 뒀던 앨리스 밀러의 『사랑의 매는 없다(The Body Never Lies)』에 나오는 핵심 구절이다. 인간의 파괴적 본능은 타고 나는 것이 아니라 어린 시절의 학대와 사랑 부족으로 인해 형성되며, 악은 본성의 일부가 아니라 환경에 의해 만들어진다는 심리학적 메시지를 담고 있다. 내가 이걸 읽고 섬뜩했던 건 어린아이를 매로 때리는 행위가 사형수도, 사형에 해당하는 범죄도, 사형제도도 만들어 내는구나 하는 생각이 들었기 때문이었던 것 같다.

정말 우리는 이 사회를 더욱 밝고 따뜻하게 가꾸어야 한다. 그러기 위해선 먼저 사랑받고 싶어 하는 어린 영혼에게 진정 어린 사랑으로 보살피고 배려해야 한다. 탤런트 김혜자 님의 말씀대로 "절대 꽃으로도 때리지 말라."라는 말을 되새겨야 한다.

《경제포커스》 2021. 8. 22.

샤먼 여행기

"진정한 여행은 새로운 풍경을 보는 것이 아니라 새로운 눈을 가지는 것이다."라는 마르셀 프루스트의 말처럼, 이번 중국 샤먼(廈門) 여행은 내 삶을 새로운 시각으로 바라보게 하는 내적 성찰의 기회였다.

추석을 앞두고 딸의 간절한 청으로 아내와 함께 누님을 모시고 떠난 4박 5일의 여정, 나는 이 여정에서 가장 소중한 삶의 가르침을 얻고 돌아왔다.

푸젠성(福建省) 남부 연안의 경제특구 샤먼은 전보다도 훨씬 더 역동적이고 아름다웠다. '바다 위의 화원'이라는 별명답게 야자수가 늘어선 거리, 짙은 오렌지색 지붕의 서구풍 고급 주택들, 그리고 마세라티 같은 외제 차들이 줄지어 달리는 모습은 이 도시의 수려함과 번영을 보여주었다.

누님은 듬직한 독일제 고급 SUV를 몰고 공항에 마중 나와 닷새 동안 극진히 모시는 조카딸과, 호숫가 널찍한 복층 아파트를 제공받고 최고의 대우를 받으며 중국 제일의 스포츠용품 그룹의 임원으로 일하는 조카사위의 모습을 보고 흐뭇해했다. 외손자들 역시 국제학교에서 기죽지 않고 학업과 운동에 뛰어난 자질을 보이고 있으며, 게다가 큰 외손자가 이번에 반장이 되었다고 하니까 용돈까지 두둑이 주었다.

아시아에서 제일 아름답다는 샤먼대학교의 캠퍼스를 거닐며 부용호에서 한가로이 노니는 세 마리의 검은 백조(black swan)를 보기도 했고, 딸의 치밀한 계획에 따라 지역별 특색을 살린 중국 음식과 서울의 어디에서도 맛보지 못한 최고의 일본 음식을 먹어 보았으며, 국경절(國慶節)의 중국인 관광객을 피해서 간 반월산 리조트 숲속의 한적한 비경에서 온천욕을 즐기며 끝없는 담소를 나눴고, 사위가 책임진 브랜드 부문이 불과 몇 년 만에 새로 지어 독립해 나온 28층 건물을 방문하여 예술적이면서도 효율적인 건물 내부를 둘러본 것은 모두 좋은 추억이고 또 중국의 발전 속도와 경쟁력을 실감하게 하기도 했다.

한편 직접 보고 느낀 새로 지은 현대식 컨벤션 건물과 깨끗하게 잘 정비된 거리, 이제는 카피한 외제 차를 그 성능까지도 능가한다는 중국제 자동차, 상품 거래에서 현금을 쓰지 않는 거의 완벽하게 디지털화된 문화 등은 우리 사회가 중국을 폄훼하거나 무시하다가는 바로 뒤처질 수 있다는 따끔한 경고로 다가왔다. 역시 여행은 우리를 겸허하게 해주고 현실 인식을 제대로 심어 준다.

그런데 무엇보다도 이번 여행에서 얻은 가장 큰 깨달음은 누님과의 대화 속에 있었다.

드디어 4박 5일의 여정을 마치고 한국에 돌아왔다. 입국 절차를 마치고 식사하기에는 어중간한 시간이었으나, 거기서 양평까지는 다시 전철로 2시간은 가야 할 것이고, 또 누님과 그냥 헤어진다는 것이 왠지 허전하여 출국 전에 맛있게 먹었던 식당을 찾아갔다. 사골칼국수와 맑은 곰탕을 주문하고 나니 무사히 여행을 마쳤다는 안도감 때문인지 나른한 피로감이 몰려왔다. 그러면서 내 나이도 그렇고 두 살 더 많은 누나는 더 그렇고 이제 이 여행이 어쩌면 나와 누님과의 마지막 여행이 될지도 모른다는 생각이 들어 괜히 마음 한구석이 아려 오는 것 같았다.

식사를 어느 정도 하고 아내가 김치 그릇을 들고 추가 반찬 코너로 갔을 때 내가 "이번 여행 괜찮았어?" 하고 넌지시 물었다. 그랬더니 누님이 내 마음을 읽었는지 "그럼. 너와의 마지막 여행일지도 몰라 순간순간을 매우 소중하게 여기며 즐겁게 보냈지."라고 답했다.

누님은 나이를 많이 먹고 보니까 그때그때 매 순간의 모든 일들이 다 마지막이고 다시는 돌이킬 수 없다는 생각이 들어 함부로 보낼 수 없더라고 했다.

아, 이 단순한 진리가 내 마음을 깊게 울렸다. 탈무드가 "매일을 마지막 날이라고 생각하라"고 했고, 알프레드 디 수자가 "살라, 오늘이 마지막 날인 것처럼"이라고 읊은 이유를 이제 비로소 알 것 같았다.

우리는 우리가 살고 있는 오늘이 영원히 계속될 것처럼 착각하며 너무나 많이 삶을 허비한다. 그 때문에 정작 중요한 일은 미루고, 사랑한다는 말은 아끼며, 고통받는 이웃에게 따뜻한 위로를 건넬 기회를 흘려보내곤 한다.

모든 순간은 마지막이다. 지나가 버리면 그만인, 다시는 돌아오지 않을 단 하나의 기회이다.

사랑하는 사람에게 '사랑한다'고 말하는 것을 왜 내일로 미루겠는가? 감사와 위로의 마음을 왜 지금 표현하지 못하는가?

이제는 행동할 시간이다.

샤먼에서 돌아온 나는 '오늘이 바로 나의 마지막 날인 것처럼' 살아가라는 소중한 가르침을 얻었다. 진정한 발견은 외부의 풍경이 아니라, 내부의 성찰과 인식의 전환을 통해 이루어진다는 것을 다시 한번 확인했다.

치밀한 준비와 환대로 좋은 추억을 만들어 준 딸과 사위, 그리고 이 여행을 통해 삶의 깊이와 가장 중요한 가치를 깨닫게 해준 누님께 진심으로 감사드린다.

우리 모두 오늘부터 가장 소중한 마지막 날을 살아내듯, 후회 없이 열정적으로 삶을 채워나갔으면 좋겠다.

《경제포커스》 2025. 10. 8.

죽은 이들을 기리며

요즘 나는 〈바디 오브 프루프〉라는 좀 오래된 미드에 푹 빠져 있다. 'Body of Proof'라는 제목은 "시체가 증언한다." 또는 "모든 증거는 시체 속에 있다."라는 사인(死因)을 밝히는 수사 격언에서 따온 것 같은데, 메건 헌트라는 여성 M.E.(medical examiner; 法醫官)가 동료 및 담당 형사들과 함께 변사 사건을 해결하는 내용이 주를 이룬다.

주연을 맡은 배우 데이나 딜레이니의 매력적인 용모와 뛰어난 연기에 끌리기도 하지만, 무엇보다도 에피소드마다 그 사인을 밝혀나가는 과정에 들어서면 마치 내가 다시 살인 사건 수사 검사로 나서기라도 한 것처럼 몰입하게 되고, 마지막에 사건이 해결됐을 땐 나도 안도의 한숨을 크게 쉬게 된다. 게다가 주인공 메건 헌트가 "시신은 돌아가신 분의 인생을 이야기하고 있습니다."라고 하는 대목에서는 그녀가 다만 사인을 정확히 밝히는 뛰어난 과학자에 그치지 않고 죽은 사람까지도 진정으로 이해하고 사랑하는 휴머니스트임이 느껴져 감동적이기도 하다.

명의(名醫) 평판을 받는 신경외과 의사로 잘 나가다가 불의의 교통사고를 당해 한쪽 손목에 간헐적 마비가 오는 바람에 신경외과 수술을 포기하고 M.E.로 전향한 메건 헌트 박사에게는 자기가 검시나 부검을 하는 시체들도 모두 환자로 보이는 모양이다. 결코 그 '환자'들이 억울해하지 않도록 사인을 정확히 밝히도록 최선을 다하는 그녀의 모습이 참으로 아름답고 경건하다.

▲ 미국 드라마 〈바디 오브 프루프〉

우리 삶은 모든 것이 인과관계로 얽혀 있다. 그렇다면 내가 살인 사건 수사나 사인을 밝히는 일을 전문으로 하는 검사였던 것은 어떤 인과의 고리 때문일까?

영등포교도소에서 재소자끼리 다투다가 죽은 피해자의 시신을 부검 지휘한 것이 검찰에서 사망 사건과 인연을 맺은 첫 기회였는데, 그때 시신의 두개골을 전기톱으로 절단하면서 나는 기분 나쁜 음산한 소리와 메스로 가슴 부분을 Y자 형태로 절개하여 검붉은 피가 흘러내리는 끔찍한 장면이 1주일 내내 꿈속에 나타나 나를 괴롭혔던 것은 이제 하나의 추억이 되었다.

서울지검에서 연세대생 이한열 최루탄 사망 사건의 사인을 정확히 밝혀야 하는 책임을 맡았을 땐 정말 견디기 힘든 중압감에 눌려 그 스트레스로 못 마시는 술도 혼자 마셨었다. 다행히도 부검을 맡은 법의학자들의 철저한 준비와 뛰어난 전문가 정신으로 시신의 뇌실질에 박혀 있던 미처 분말화되지 못한 아주 미세한 파편 조각을 찾아내어 검찰은 당당하게 사인을 공개할 수 있었다.

오대양 집단변사 사건의 사인 밝히는 재수사에 임해서는 은근히 그것이 타살임을 밝혀 32명 사망자의 원혼을 달래 보겠다는 의욕(?)도 있었는데, 수사를 해갈수록 법의학적으로나 다른 정황증거 상으로나 32명 전원이 미혹된 신앙에 빠져 집단 휴거(携擧)를 선택했음이 완벽하게 밝혀지자 맥이 탁 풀리기도 했었다.

아무튼 내가 검사 시절 검시한 시신만 해도 220여 구 되고 부검한 것은 80여 회 된다. 살인 사건 주임 검사로 수사한 것도 40건 정도 된다. 내가 이렇게 사자(死者)와 관련된 사건을 많이 맡았던 것도 분명 무슨 연기(緣起)가 있을 것이다.

오늘은 오후 산책 내내 내가 왜 사람의 죽음과 관련된 사건을 많이 맡았을까 하는 것을 생각하면서 걸었다. 물소리길을 거쳐 양근성지 앞을 지나 양강섬 공원 쪽으로 건너가려는데 지난 집중 호우에 양강섬 부교(浮橋)가 또 떠내려가 버렸다. 할 수 없이 되돌아서는데 문득 오래전 기억이 떠올랐다.

고1 때 가을 고명하신 H 선생께서 모교 강당에 오셔서 특강을 했다. 학옹(鶴翁)이라는 별명처럼 흰 두루마리를 걸치고 머리는 물론 긴 턱수염까지 새하얀 신선 같은 모습이었는데, 노인답지 않게 목소리만은 넓은 강당이 쩌렁쩌렁 울릴 정도로 우렁찼다. 지금도 그분이 "소년들아, 가슴에 대망을 품어라!" 하고 토해내시는 사자후(獅子吼) 같은 그 열변이 내 귓전에 울리는 듯하다. 그분의 호소력 있는 강연 덕분에 그날 이후 나는 정말로 대망을 품었다. '큰 뜻'을 세운 다음에는 그것을 이루기 위해 사소한 장난이나 놀이 같은 것은 멀리하고 열심히 공부도 하고 책도 많이 읽었으며, 물론 그분이 지으신 우리나라 역사 해설서도 구해서 통독했다. H 선생은 아직 어려서 길을 찾지 못했던 나에게 길을 가르쳐주신 것이다. 그분의 영향 때문인지 나는 또래의 다른 친구들보다는 다소 어른스럽게 행동했고 책도 조금 어렵다는 것들을 주로 읽었으며 결국 대학 전공도 철학을 택했다.

대학 4학년 때 10월 하순으로 기억된다. 대반전이 일어났다. 설악산 12선녀탕 부근에서 대학생 4명이 사망하고 3명 실종되는 큰 조난 사고가 발생해 각 보도 매체마다 크게 기사화되었다(사고 내용은 정확하지 않을 수 있음). 대학 산악반원들이라고는 하지만 산행 경험이 거의 없으며, 무전기나 보온 장비와 예비 식량조차 제대로 갖추지 않고 무모하게 겨울 산행이나 다름없는 늦가을 난코스 등정을 하다가 진눈깨비와 폭풍우, 기온 급강하를 만나 조난을 한 것인데, 전문가들은 준비 부족과 위기 상황 속에서 팀 리더의 대처 능력 부족 등을 지적하기도 했던 것 같다.

나는 그 조난자들과는 일면식도 없었지만, 그 사고의 원인이 어떻든 내 또래의 꽃다운 대학생들이 목숨을 잃었다는 것이 몹시 안타까웠다. 그런데 모 일간지에 바로 학옹 H 선생을 인터뷰한 기사가 실렸는데 그 내용이 너무나 놀랍고 실망스러웠다. 사망·실종한 조난자들을 향하여 대학생들이 공부는 안 하고 남녀가 어울려 산에나 다니니 그런 사고가 나는 것이 아니냐고 저주나 다름없는 일갈을 뱉어낸 것이다.

아니, 그럴 수가…. 그 대학생들이 의대생들이었던 걸로 기억되는데, 그들이 과연 공부는 안 하고 싸질러 놀러만 다닌 것이라고 단정할 수가 있는가? 오히려 그동안 너무 공부를 열심히 했기에 중간고사를 끝내고 재충전을 위해 설악산 정기를 보충하러 산행을 한 것으로 볼 수도 있지도 않은가. 남녀가 어울려 다닌다고 비난까지 했는데, H 선생께서는 과연 여성 문제에 대해 얼마나 달관하셨는지 모르겠지만 조난자들의 사인(死因)이 저체온으로 인한 동사(凍死)라는 기사를 보았을 때, 나는 이들이 너무나 순수했기에 죽은 것이라는 '불순한' 생각까지 했었다. 남학생과 여학생이 꼭 끌어안고 구조를 기다렸으면 몸에서 열이 발생할 수 있어 좀 더 오래 버틸 수 있지 않았을까 하고 말이다. 고인이 된 그들에게 이런 발칙한 상상을 해서 좀 미안하긴 하지만 너무나 안타까워서 그런 생각까지 한 것이다. 그런데 남학생과 여학생이 함께 어울려 산행을 한 것이 죽음으로 벌 받을 만큼 그런 못된 짓인가?

그 기사를 본 이후 나는 내 책꽂이에 있던 H 선생의 저서들을 모두 거두어 집 밖의 쓰레기통에 버렸다. 그리고 그렇게 고루하고 옹졸한 사람의 뜻에 따라 내가 대망을 품고 깊이 있는 사상이 담긴 멋진 소설을 써 보겠다는 큰 뜻을 이루려고 철학 공부를 해온 것까지 괜히 부끄럽게 느껴졌다. 그다음부터 나는 종전과 달리 007 시리즈 같은 영화를 즐겨 보았고, 내가 읽는 책들은 추리소설이 그 주류를 이뤘다.

그런데 지금 생각하니 그때 이후 나에게 새로운 인생관 같은 것도 하나 생겼던 것 같다. 절대로 죽은 사람에 대하여 함부로 말하지 말고, 죽은 사람만 억울하게 하는 일이 없도록 하자는 그런 의식이 내 마음

깊숙이 자리 잡은 것이다.

어찌어찌하여 내가 방향 전환을 하여 검사가 됐다. 검사로서 수사를 담당한 많은 살인 사건을 보면 '죽은 사람만 억울한' 경우가 참 많다. 피해자는 하고 싶은 말이 많겠지만 말을 할 수 없으니 오로지 범죄 현장과 시체 부검 결과에서 검사나 수사관이 피해자가 호소할 내용을 찾아내어야만 한다. 살인범은 범행을 자백하더라도 범행 당시의 상황을 교묘하게 꾸며대어 자신에게 유리하게 만들고, 범행 동기도 죽이지 않을 수가 없을 만큼 피해자를 악랄한 사람으로 만들어 버린다. 파렴치하게 돈을 빼돌리는 동업자로 만들거나 연하의 여러 남자와 바람을 피우는 못된 악처로 만든다. 그러고는 "저도 참을 만큼 참았습니다."라고 한다. 그런데 그런 변명 같지도 않은 주장이 검찰에서는 잘 안 통하는데 이상하게도 법원에 가서는 잘 먹혀들어 형량이 대폭 깎이거나 심지어 죄명이 '상해치사'로 바뀌고 집행유예로 석방되기도 한다.

나는 살인 사건 수사를 하면서 우선 살인 범행의 증거를 잘 확보하는 데 노력했지만, 한편 죽은 피해자가 억울하지 않도록 그 정황증거 수집을 제대로 하는 데도 신경을 많이 써 왔었다.

한 가지 예만 들어보겠다. 아주 오래전 부산에서 내가 평검사로 근무할 때의 일이다.

연말의 어느 추운 날 달동네에 사는 부부가 함께 자다가 아침에 부인이 정신을 잃고 일어나지 못한다. 경찰은 연탄가스에 중독된 것으로 보인다며 '일산화탄소 중독'이라는 경찰 공의(公醫)의 시체검안서를 첨부하여 변사 사건 발생 보고를 해 왔는데 나는 바로 의심이 들었다.

한 방에서 젊은 부부가 함께 잠을 잤는데 여자는 죽고 남자는 말짱하여 여자를 리어카에 싣고 병원까지 끌고 갔었다는 것이 쉽게 납득할수가 없었다. 경찰은 단순 변사 사건으로 보고 시신을 유족에게 인도하겠다고 했지만, 나는 한두 가지 의문점도 더 있어 보여 부검하여 사인을 정확히 밝히라고 지휘했다.

그랬더니 담당 경찰관이 직접 나를 찾아와 유족들이 두벌죽음은 절대 안 된다면서 부검을 강하게 반대하니 다른 방법이 없겠냐는 것이었다. 그래서 나는 나의 지휘 내용에 토를 다는 것에 다소 기분이 언짢긴했으나 경찰의 입장도 고려해서 시신의 혈액을 채취해서 혈중 일산화탄소 헤모글로빈(COHb) 농도를 측정한 다음 검토하자고 하고 돌려보냈다. 그런데 그 검사 결과는 내가 걱정한 대로였다. 어렵게 시약을 구해 검사를 3회나 했는데 모두 CO가 0%로 나왔다. 연탄가스에 중독됐다는 시신의 혈액에서 일산화탄소가 전혀 검출되지 않은 것이다. 그래서 원래 지휘한 대로 부검하도록 명했다.

그런데 웬걸, 이제는 10여 명이나 되는 유족이라는 사람들이 검사실로 몰려와 왜 죽은 사람을 억울하게 한 번 더 죽이려고 하느냐고 큰소리를 치며 소란을 피우는 것이었다. 그래서 나는 내 방의 수사관한테호통을 쳤다. "아니, 뭐 하고 있습니까? 이 사람들 주민등록증 다 압수하세요! 이건 살인 사건입니다. 주변 사람들이 다 살인 사건의 용의자이고 그 혐의를 벗겨주려고 부검하라는 것인데, 그 부검을 하지 못하게 하는 사람은 바로 범인일 수 있는 거 아닙니까!" 이렇게 내가 큰소리로 수사관을 야단치고 수사관이 그들에게 주민등록증 제출을 요구하니까 거기 있던 유족들이 갑자기 태도를 바꾸고 "꼭 그런 것은 아니고요…." 하는 식으로 꼬리를 내리며 슬금슬금 나가버렸다.

그 부인의 시신을 부검한 결과 사인은 '외상성 지주막하 출혈'이었고, 이를 토대로 수사하여 그 남편은 신발공장에서 야근 후 늦게 귀가한 부인의 입에서 술 냄새가 풍기자 말다툼 끝에 머리를 장롱 모서리에 짓이겨 죽게 만든 혐의로 구속되었다.

나는 이 사건에서 경찰이 처음부터 피해자의 남편과 짜고 거짓으로 꾸며댄 것이라고 보지는 않는다. 내 방에 와서 호통을 쳤던 유족 중에는 피해자의 친정 오빠라는 사람도 있었고, 경찰 공의가 그런 조작에 가담할 리는 없다고 본다. 담당 경찰관이 경험과 전문지식이 부족한데다가 경찰 공의라는 사람의 무성의가 더해져 이런 오류가 발생한 것이 아닌가 한다. 특히 사인이 '외상성' 지주막하 출혈이기 때문에 피해자가 여성이어서 머리카락이 좀 길더라도 검시 요령에 따라 두피 외관을 잘 관찰했더라면 외부의 상흔을 쉽게 발견할 수 있었을 것이다.

정말로 피해자가 남편에게 맞아 죽고도 단순 연탄가스 중독으로 숨겨질 뻔한 사건이었는데 다행히 내 고집 때문에 사인과 범인이 밝혀진 것이다. 그런데 사건을 송치받고 기록을 검토하니 영 납득이 안 가는 부분이 많았다. 죄명을 '상해치사'로 한 것은 어느 정도로 이해가 된다. 아무리 밤늦게 술 냄새 풍기며 귀가한 처와 다투다가 남편 말대로 처가 "그럼 당신이 돈 벌어 와! 내가 집구석에 편히 있을게."라고 속 뒤집는 소리를 했다고 해서 바로 남편에게 살의가 생겼다고 보기는 어려울 수 있으니까 말이다.

그런데 수사 기록 전체가 피해자를 드라마에 나오는 아주 못된 악녀(惡女)처럼 그려져 있었다. 남편이 다리를 다쳐 공사판에 못 나가기 때문에 자기가 당분간 신발공장에 나가 일을 하는 것을 기화로 매일이다시피 밤늦게 들어오고, 주말엔 직장 야유회다 뭐다 하면서 남편 혼자 남겨놓고 남자 공원들과 놀러 다니곤 했다는 것이다. 자기가 돈을 좀 벌어 온다고 남편을 개무시하고 심지어 '발 병신!'이라고 놀리기까지 했다고 한다. 결혼 후 6년이 되도록 자녀가 없는 것도 결혼 전에 행실이 나빠 그 덕에 나쁜 병에 걸렸던 영향으로 보이는데 남편은 모르는 체하고 그냥 참고 지내왔다는 것도 기록에 살짝 비쳤다.

이러한 경찰 기록이 뭔가 어색하고 신빙성이 없어 보였다. 누군가의 코치에 의해 피의자인 남편의 정상에 유리하도록 꾸며댄 것이 아닌가 하는 의심까지 들었다. 우선 남편의 병력을 조사해 보니(약물에 영향을 받아 심신미약 상태에 있지 않았나 하는 점을 확인하기 위한 것이라는 이유로) 그는 군 복무 중 성병에 걸려 의병 제대했던 것이 나타나 그와 관련 불임이 왔을 것으로 보이고, 피해자의 친정 쪽에서는 여자 쪽에서 문제가 있어 아이를 못 낳는 것으로 알고 항상 시댁에 미안해하였으며, 그래서 피해자 사망 후에도 오히려 가해자를 적극적으로 감싸려고 했던 것으로 보였다.

꼭 필요한 것은 아니지만 동네 반장과 구멍가게 주인인 이웃 주민을 조사해 보니 남편이 술주정이 심하고 성질이 포악해서 곧잘 피해자를 때려왔으며, 피해자는 아침 일찍 출근하면서 남편의 저녁 밥상까지 다 차려 놓고 갔고, 귀가 시간이 늦는 것은 연장 수당을 조금이라도 받아 보려고 했던 것이라고 하며, 주말에도 아마 주휴 특근 수당을 받으러 출근하는 것인데 남편이 미안해할까 봐 둘러대는 것이었을 거라고 귀띔해 주었다.

회사 쪽에도 확인해 보니 이웃 주민의 말 그대로였으며, 피해자는 거의 매일 특근하였고 회식은 사건 당일에 연말이라 회사에서 처음으로 송년 모임을 했던 것이라고 알려줬다. 그야말로 죽은 사람은 이미 죽은 것이니 산 사람이나 살게 하자는 식으로 남편에게 유리하게 조서를 꾸며낸 것이라고 볼 수밖에 없었다. 나는 몇 가지 사항을 더 조사한 다음 피의자인 남편을 불러 하나하나 확인을 시켰더니 그도 눈물을 흘리며 모든 것을 실토하고 이제는 깨끗이 속죄하니 피해자를 고이 보낼 수 있을 것 같다고 했다.

우리 주변에는 정말 억울한 죽음이 많다. 수사 담당자들은 정신 바짝 차려야 한다. 위 사건도 연탄가스에 중독되어 사망한 단순 변사 사건으로 처리될 뻔하지 않았는가 말이다.

내가 아는 한 소설가가 "모든 자살은 그 실질은 타살이다."라고 말한 적이 있다. 어느 한 사람이 자살을 한 경우 그 주위 사람이 그를 끝없는 고립감과 극도의 무력감에 빠지도록 방치한 결과라고 할 수도 있으니 우리 모두 자책감을 가져야 한다고 강조한 그 뜻에 공감한다. 그러나 한편 내 수사 경험에 의하면 법의학적으로 분명 타살인데 자살로 처리되는 예가 상당히 있다. 그러면 절대 안 된다. 최소한 죽은 사람의 사인만은 정확히 밝혀 억울한 나머지 그 원령(怨靈)이 우리 주변을 떠다니게 하지는 말아야 한다.

죽음을 미화하지도 말아야 하지만 결코 죽은 사람을 나쁘게 말해서도 안 된다. 피해자가 사망한 형사 사건의 경우 대개는 위 사건의 경우와 마찬가지로 죽은 사람은 이미 죽었으니 '산 사람이나 살게 하자'는 식이 되어 피해자를 나쁘게 만들어 버린다. 교통사고로 사망한 경우에도 피해자가 술에 취하여 한밤중에 도로를 무단횡단한 것으로 만들고 (합의가 된 이후에는 피해자의 유족들도 적극 도와준다), 가해자가 일방적으로 구타하여 사망한 사건임에도 피해자 쪽에서 먼저 흉기를 들고 도발해서 어쩔 수 없이 옆에 있던 몽둥이를 들어 내리쳤다는 식으로 정당방위 비슷한 주장을 한다(목격자도 만들고, 합의 후에는 피해자 쪽에서도 원래 자기 아들이 불량기가 있었고 학생인 가해자의 장래를 위해 처벌을 원치 않는다는 탄원서를 제출하기도 한다). 그런 것들이 법원에서는 너무나 쉽게 받아들여지는 것 같다. 참으로 안타깝다.

나는 또 사회적 이슈가 되는 사망 사고가 일어났을 때 정작 죽은 사람을 위해서는 별로 행해지는 것이 없고 그로 인해 살아 있는 '연고자'들만 큰 혜택을 보고 있는 것도 문제라고 본다.

비근한 예로 세월호 침몰 사고나 이태원 압사 사고만 두고 보더라도 과연 그 참사로 죽은 사람들을 위해서는 무엇을 했나 돌이켜보자. 솔직히 죽은 사람을 위해서라기보다는 산 사람들을 위한 잔치가 돼버린 감이 없지 않다. 무슨 무슨 위원회다 뭐다 하는 것도 만들고 경찰뿐만 아니라 인권단체 같은 데서도 나서서 특별조사다 뭐다 하면서 야단법석을 피웠지만 정작 사고의 원인은 속 시원히 밝히지 못했을 뿐만 아니라 그 참사로 세상을 떠난 망자들에게 제대로 위안이 될 만한 일을 한 것이 별로 없다.

오히려 그 참사가 일어난 덕분에 뜻하지 않게 큰 경제적인 보상을 받은 사람이 있는가 하면 진상 조사다 뭐다 하는 일에 관여하다가 유명 인사가 되고 고위직 공직자까지 되는 행운을 얻은 사람도 있다. 이 또한 죽은 사람만 억울한 일이라 할 것이다.

우리는 전통적으로 죽은 사람의 넋을 위로하여 그 영혼이 고통과 미혹에서 벗어나 좋은 곳으로 인도해야 한다는 의식이 강했다. '천도재(遷度齋)'라는 불교 의식이나 서도 재담 소리 '배뱅이굿'도 다 그런 전통을 반영한 것이라 하겠다. 황진이를 연모하다 상사병으로 죽은 동네

머슴의 상여가 그녀의 집 앞을 지날 때 멈춘 채로 영 움직이지 않았는데 황진이가 속적삼을 벗어 관을 덮어주니 그제야 움직였다는 일화도 죽은 사람의 한을 풀어 주는 하나의 의식이라 할 것이다.

죽은 사람이 너무 억울해하면 그 혼령이 원한을 품은 채 이 세상을 떠나지 못하고 떠다닌다고도 한다. 물론 그렇게 해서는 안 된다. 진실을 왜곡하지 말고 죽은 사람만 억울하지 않게 하기 위해서는 먼저 그들이 왜, 어떻게 죽었는지 정확히 밝히고, 그다음에 단연코 그들의 죽음을 폄훼하는 언사나 행동을 삼가야 할 것이다.

드라마 〈바디 오브 프루프〉에 나오는 법의관 사무소를 보면 부검을 기다리거나 부검이 끝난 시체를 두는 안치소가 있다. 주인공 메건 헌트 박사가 일이 영 안 풀리거나 가정사로 몹시 괴로울 땐 그 안치소로 달려간다. 이상하게도 헌트 박사는 거기에만 가면 마음의 안식을 찾을 수 있다. 그 입구에는 이런 글이 붙어 있다.

"Hic locus est ubi mors gaudet succurrere vitae."

(여기는 죽음이 살아 있는 자를 기꺼이 도와주는 곳이다.)

정말이지 이 세상 자체가 우리보다 앞서간 사람들이 이뤄놓은 것이다. 그러므로 살아 있는 사람들은 죽은 이들이 억울하지 않게 그들의 죽음을 잘 살펴주고 진정으로 그들을 잘 기려야 할 것이다. 그러면 이 세상 사람들은 그들 영혼의 도움을 얻어 마음의 안식을 찾고 축복받게 될 것이다.

《경제포커스》 2024. 8. 3.

〈소풍〉과 〈비밀〉

　달포 전 〈소풍〉이란 영화가 개봉되던 날 아내와 나는 만사를 제쳐놓고 영화관으로 향했다. "60년 만에 찾아간 고향, 16살의 추억을 만났다. … 한 편의 시가 되는 우정, 어쩌면 마지막 소풍이 시작된다."라는 홍보성 시놉시스에 끌렸던 나는 노인들의 따뜻한 우정과 첫사랑을 회고하는 이른바 '힐링 영화'를 기대했다. 〈수상한 그녀〉 이래로 '광팬'이 된 나에게 나문희는 〈아이 캔 스피크〉 이후 또 한 번 명연기를 펼쳐주었고, 게다가 연기파 김영옥이 나문희의 여학교 동창이자 사돈 사이로 나와 단짝을 이루면서 호흡을 잘 맞춰 흐뭇한 공감의 영역으로 끌어들였다. 그래서 영화 중반까지 보면서는 나는 내심으로 〈델마와 루이스〉의 노인네 판이랄 수 있는 멋진 '버디 무비'라며 성급하게 9.5점의 평점을 주기까지 했다.

　그런데 웬걸! 후반으로 가면서 이야기가 기성세대에게 희생을 강요하는 신세대와의 갈등과 죽음을 앞둔 소외된 노인에 관한 무거운 사회적 이슈를 너무 직접적으로 다룬다 싶더니 결국에 가서는 두 주인공이 동반하여 '마지막 소풍'을 떠나는 것으로 끝나고 만다.

　마음씨 좋은 주인공 나문희가 죽는 것이 안타깝기도 하지만 그렇게 너무 쉽게 결말을 내버리는 작가와 감독에게 왈칵 화가 치밀기까지 했다. 영화가 끝나자마자 나는 '에잇!' 하고 일어서는데 엔딩 크레딧이 올라가며 임영웅의 「모래 알갱이」가 애잔하게 흘러나왔다. 아내는 그냥 자리에 앉은 채 훌쩍이며 임영웅의 노래를 듣고 있는데 나는 화풀이하듯 아내에게 "빨리 안 일어나고 뭐 해?" 하며 버럭 짜증을 냈다.

▲ 영화 〈소풍〉

▲ 영화 〈비밀〉

그 뒤 한참 지나서 넷플릭스에 뭐 볼만한 영화가 없나 하고 찾고 있는데 〈비밀〉이라는 낯선 제목이 영화 순위 1위에 올라 있다고 떴다. 별로 알려진 영화도 아니고 감독이나 주연 배우도 익숙하지 않아 그냥 넘길까 했다. 그러다가 혹시나 하고 핸드폰으로 검색을 해 보니 평점이 물경 9.15나 되며, 장르가 미스터리·스릴러로 되어 있고, 살인 사건과 이를 수사하는 형사 그리고 피해자들의 숨은 과거에 얽힌 이야기라고 소개되어 있었다. 물론 상투적인 문구들의 조합이긴 하지만 옛날 검사 시절의 직업의식을 충분히 발동시키기에는 충분하여 나는 리모컨의 '보기' 버튼을 누르게 되었다.

영화는 돈을 덜 들인 티가 날 정도로 화면이 좀 거친 것이 아쉽긴 해도 스토리 전개가 탄탄하고, 2인 감독이지만 끝까지 일관된 주제 의식을 흩트리지 않는 듬직한 연출력도 돋보였다. 우리 사회가 안고 있는 '왕따' 문제, 그리고 국가기관의 피해자에 대한 너무 안일하고 무책임한 대처와 도와줄 위치에 있는 사람들의 자기 편의적 외면 등을 정면으로 다루고 있고, 이로 인하여 야기되는 비극적 범죄를 심도 있게 그렸다. 등장인물들 사이에 감춰진 비밀스러운 관계가 하나씩 드러나면서 몰입감도 상당히 있었으며, 배우들의 연기가 과장되지 않고 있는 그대로를 보여주는 식이어서 와 닿는 공감의 밀도도 제법 높아 마지막에 밝혀지는 범인이 다소 엉뚱할 수 있는데도 그 범행에 이르게 된 동기에 충분히 수긍이 갔다.

이 영화는 잔인한 가혹행위의 가해자에 대한 복수담이나 단순한 미스터리 수사물이 아니다. 사회적으로 소외된 약자를 괴롭히는 악인도 문제지만 그 약자의 고통을 애써 외면하는 이웃 역시 그 공범일 수 있다는 것과, 무심코 뱉은 말 한마디가 심약한 누군가에게는 얼마나 큰 파국을 초래할 수 있는지 그 메시지를 잘 전달해 주는 작품이다. 그래서 다 보고 나면 시원하고 통쾌한 인과응보나 잘 추리하여 미궁에 빠진 사건이 깔끔하게 해결되는 상쾌함보다는 너무나 억울하고 비참하게 죽어간 한 인생을 목격한 것 같아서 안타깝고 먹먹한 기분이 든다.

아마도 그래서 이 영화가 관람객이 그리 많지도 않고 유명한 영화도 아닌데 평점이 좋은 것이 아닌가 한다.

그런데 웬걸! 이 영화도 그 한 많은 범인이 아파트에서 뛰어내림으로써 이야기를 마감한다.

정말 왜 그런가? 우리나라 드라마나 영화는 죽음으로 끝나는 것이 너무나 많다. 심하게 얘기하면 작가가 한껏 스토리를 이리저리 얽히게 벌려놓아 나중에 감당하기 버거우면 주인공을 죽여 버린다. 또 작중 인물들에 닥친 어려운 문제들을 해결하기 어려우면 아예 주인공을 죽여버림으로써 관객이나 시청자를 안타깝게 만든다. 게다가 그 주인공이 죽는 것도 아주 멋지게 치장하여 보는 사람에 따라 아름답게도 느껴져 일부 모자란 사람들은 이를 따라 하기까지 한다. 우리나라의 자살률이 유독 높은 것이 이와 무관하지 않다는 일부 의견도 있다(인구 10만 명당 24.6명이 극단적 선택으로 숨져서 OECD 국가 중 1위를 차지했다는 통계도 있다 – 보건복지부 『2022 자살예방백서』).

그런데 분명한 것은 죽음은 소풍이나 어떤 해결이 아니라는 점이다. 천상병 시인이 죽음을 말하면서 '소풍'을 언급했기에 '귀천[歸天]'을 소풍 떠나는 것으로 잘못 이해하는 사람들이 간혹 있는데 전혀 그렇지 않다. 천 시인은 이 세상에서의 삶을 '소풍'이라고 칭했고, 이제 생을 마감하면서 원래 있었던 하늘로 돌아가[歸天] 소풍이 참 아름다웠다고 말하겠다고 읊은 것이다. 결코 하늘로 올라가는 것이 소풍은 아니고, 또 억지로 하늘로 올라가는 자살이 아름다울 수도 없다. 물론 자살한다고 해서 어떤 문제가 해결되는 것은 더욱더 아니다.

영화 〈소풍〉에서 나문희와 김영옥이 마지막에 떠난 것은 소풍이 아니다. 또 진정한 귀천도 아니다. 다른 선택은 없었을까? 너무나 마음 착한 두 사람이었기에 그들의 선택이 최선인 것으로 잘못 이해하고 따라 하는 노인네가 있지나 않을까 하는 걱정이 앞선다. 노인 자살률이 특히 더 높다는 우리 사회가 안고 있는 문제점을 작가나 감독이 적나라하게 드러낼 의도였다면 이들의 '마지막 소풍'을 이렇게 아름답게 그리지는 말았어야 했다.

〈비밀〉에서도 마찬가지다. 자기 자식이 의무 복무 중 죽음에 이르렀음에도 그 진상이 제대로 밝혀지지 않고 그 가해자들은 오히려 사회적으로 성공하여 잘살고 있다. 연약하기 이를 데 없는 피해자의 어머니는 어느 누구도 도와주지 않자 스스로 오랜 기간 치밀하게 준비하여 하나하나 복수를 마치고 마지막으로 아들의 제사상을 차린 다음 외면한 이웃이기도 한 담당 형사 앞에서 아파트 베란다로 나가 뛰어내린다. 너무나 안이한 마무리다.

나는 그 어머니가 당당하게 체포되어 재판받는 것을 기대했다. 그래서 마지막 법정에서 떳떳하게 재판장을 정면으로 마주 보면서 이렇게 최후 진술을 하는 것으로 끝맺음하는 것이 그 메시지의 공명(共鳴)이 크지 않았을까 하는 생각을 해 보았다.

"아무도 도와주지 않았기 때문에 나 혼자서 내가 할 일을 했을 뿐입니다. 내가 한 일에 대하여 법이 복수를 해야 한다면 최고형을 내려주십시오!"

알베르 카뮈는『시지프의 신화』에서 "단 하나의 진정으로 중요한 철학적 문제가 있다. 그것은 바로 자살이다."라고 했다. 그렇다고 카뮈가 자살을 예찬하고 부추긴 것은 결코 아니다. 인생을 괴로워하며 살 만한 가치가 있나 없나 판단하는 것, 이것이 철학의 기본적인 질문에 대답하는 것이라는 취지로 말한 것이라고 본다.

두 영화를 보고 또다시 자살이라는 문제를 생각하게 되었다.

살인 사건을 전담했었고 부검과 검시를 유난히 많이 다뤘기에 검사 시절 나는 '죽음'과 매우 가까이 지낸 셈이었다. 특히 오대양 집단 변사 사건의 사인을 정확히 밝히기 위한 재수사를 맡으면서는 죽음, 그중에서도 자살에 대하여 많은 생각을 해 보게 되었다. 그때 내가 얻은 작은 결론은 죽음이 끝이 될 수는 있으나 그것으로 무엇이 해결되지는 않는다는 것이었다. 자살의 경우는 더욱 그렇다. 자살자는 스스로 자신의 생명을 끝장냄으로써 자신이 이겨내지 못할 문제들이 모두 해결된다고 생각할지 몰라도 주위 사람에게 혹독한 마음의 상처와 참담한 고통을 남길 뿐 오히려 더 큰 문제가 남는다.

그런데 왜 사람들은 자살을 하는가? 자살의 원인론에 대하여 학자들은 많은 연구를 해 왔다. 학자들마다 자신의 관점에 따라 여러 가지로 분석하고 설명을 하지만, 근본적으로는 모든 것에서 단절된 듯한 끝없는 고립감과 아무것도 할 수 없다는 극도의 무력감 때문에 자살에 이르게 되는 것이라고 진단한다.

따지고 보면 위 두 영화에서도 극단적 선택을 한 등장인물들은 고립감과 무력감에 빠져 그 고통의 무게를 감당하지 못했던 것이다. 작가나 감독은 영화적 장치로써 그 사람들을 그런 어려움에 빠져들게 한 것이겠지만, 현실에서라면 그 사람들을 고립감에서 벗어나도록 도와주어 그 고통의 무게를 덜어준다면 자살은 막을 수도 있었지 않았을까 한다.

그렇다면 어느 한 사람이 자살한 경우 그 주위 사람이 그를 끝없는 고립감과 극도의 무력감에 빠지도록 방치한 결과라고 할 수도 있다. 그런 의미에서 내 친구이기도 한 소설가가 "모든 자살은 타살이다."라고 말한 것도 이해가 간다.

두 영화를 보고 나서 공연히 그 등장인물들의 자살을 막지 못한 것이 바로 내가 정신적·도덕적으로 취약해서 그런 것이 아닌가 하는 자책감이 들기도 하여 씁쓸하다. 정말이지 내가 할 도리는 다 못하더라도 영화에서나 현실에서나 자살은 없었으면 좋겠다.

《경제포커스》 2024. 3. 13.

통과의례

　새벽에 일어나 습관적으로 핸드폰을 열어보니 대학 동기의 부음(訃音)이 기다리고 있었다. 어제 한 친구가 떠나가더니 오늘 또 한 친구를 보내게 되는구나. 가까운 친구들이 자꾸 먼저 가니 이제는 카톡 여는 것마저 두려워진다. 문득 나 역시 그 친구들을 곧 따라갈 거라는 생각에 아침 과제인 글쓰기도 잊은 채 나는 과연 그동안 잘 살아온 것인가 하고 지난날을 회고하는 깊은 상념에 잠겨 들었다.

　평균적으로 볼 때 나는 비교적 순탄하게 큰 어려움 없이 살아온 편이다. 그렇다고 내 인생에 크고 작은 문제들이 전혀 없었던 것은 아니다.

　돌이켜보면 여태까지 살아오면서 나에게 닥친 문제가 절대 풀 수 없다고 판단되면 바로 포기하곤 했다. 그리고 그것이 현명하다고 생각했다. 해결할 수 없는 문제에 매달리기보다는 내가 할 수 있는 일에 집중하여 최선을 다하는 것이 성공으로 나아가는 길이라고 믿었기 때문이다. 실제로 내가 그동안 이룬 몇 가지 성과들은 이러한 '선택과 집중' 덕분이었고, 그 방식에 대해 '참 잘했다!'라는 확신을 지니고 있었다.

　그러나 이렇게 나이가 들고 친구들의 부고를 연이어 접하다 보니 전에 없던 자책감 같은 것이 매섭게 고개를 든다.

내가 할 수 없다고 포기한 일, 그것이 정말로 불가능했었나?

엄밀히 따지면, 한 사람의 의지나 능력의 유무와 어떤 문제가 해결될 수 있느냐 하는 가능성 유무와는 다른 문제라 할 것이다. 내가 그동안 부딪혔던 여러 문제를 '자제'라는 명분으로 너무 일찍 포기하여, 꼭 해결했어야 할 일들까지 놓친 것 같아 깊은 회오(悔悟)가 치민다.

아내가 오늘은 동창 모임이 있다고 아침 일찍 서둘러 서울행 전철을 타는 바람에 덩달아 나도 일찍 따라나서서 도서관으로 향했다. 도서관에 와서도 새벽에 못 한 글쓰기를 시도했으나 진도가 영 나가지 않아서 그냥 잠시 눈을 감고 생각에 잠겼다. 문득 존 F. 케네디의 명언이 떠올랐다.

"모든 문제는 인간이 만든 문제이므로 인간에 의해서 해결될 수 있다. 인간은 원하는 만큼 꿈을 펼칠 수 있는 것이다. 인간이 벗어나지 못할 운명의 굴레는 없다."

사법시험에 몇 차례 낙방하고 나서 '아, 이것은 내가 넘을 수 없는 벽인가?' 하고 절망에 직면했을 때, 나는 이 경구를 책상머리에 써 붙이고 다시 일어섰다. 그 덕분이었는지 결국 합격의 기쁨을 맛보았다.

그러나 그에 못지않게 포기한 것들도 많이 있다. 검사가 되고 나서도 마찬가지다. 검사 노릇을 충실히 하면서 많은 것을 이루고 보람도 느껴 왔으나, 한편으로 5형제의 맏형으로서 꼭 해결해야 할 문제들을 뒤로 미뤄야만 했고, 친구와의 소중한 우의(友誼)를 지키지 못하기도 했다. 내가 더 가치를 두었던 것을 꼭 지키기 위해 이와 상충되는 것을 포기함으로써 때로는 가까운 사람에게 큰 상처를 주었다. 지금에 와서 생각하니 지키려고 했던 것과 포기했던 것 중 어느 것이 더 가치 있고 소중한 것인지 가늠하기 어렵다.

이런저런 상념에 빠져 헤매다 보니 점심때가 된 것도 몰랐다. 1층 편의점으로 가서 컵라면이나 먹을까 하고 일어섰을 때 핸드폰이 울렸다. K가 지금 양근성지에 와 있다면서 점심을 함께하자고 했다.

K는 고2 때 독서 클럽 회원으로 처음 만났다. 알베르 카뮈를 좋아한다고 하여 나와는 특히 가깝게 지냈는데, 항상 밝은 표정으로 매사에 긍정적이고 책임감이 강해 믿음이 가는 친구였다. 독후감도 논리정연하고 설득력 있게 잘 써 문학평론가가 되면 대성하겠다 싶었는데, 아쉽게도 상대 경영학과로 진학하여 조금 실망했었다. 대학 졸업 후 대기업에 입사하여 성공 가도를 달려 마지막에는 손꼽히는 상장기업의 CEO로서 그 직을 마쳤다.

다목적 열람실에서 짐을 챙겨 후문 주차장 쪽으로 내려와 조금 기다리니 K가 멋진 지프차를 몰고 와 어서 타라고 했다. 우리는 이야기를 나누기 좋은 조용한 식당을 찾아갔다.

오랜만에 만나는 것이라 서로의 근황을 묻는 것으로 대화를 시작했다. 내가 K에게 50대처럼 건장한 걸 보니 형편이 좋은 모양이라고 했더니, 일에 쫓기지 않는다는 것이 이렇게 좋은 것인 줄 몰랐다면서 초빙교수라는 타이틀로 두어 군데 경영대학원에 가끔 강의 나가는 것 말고는 애마(지프차)를 몰고 가톨릭 성지를 찾거나 방방곡곡 험산 준령을 누비는 것이 일이라고 했다. 그러면서 나에게 왜 이렇게 풀이 죽어 있냐고 물었다. 가끔 보내주는 칼럼에서는 양평에서 형수씨와 오순도순 아주 행복한 전원생활을 누리고 있는 것처럼 자랑하더니만 오늘 보니 영 맥이 없어 보인다고 했다.

그래서 할 수 없이 내가 요즘 연달아 친구들의 부고를 접한 것에서 부터 오늘 나의 지난날을 돌이켜보니 꼭 해결했어야 할 문제들을 너무 쉽게 포기해 버려 잘못 살아온 것 같은 생각까지 든다고 신세타령을 해댔다. 존 F. 케네디의 말까지 인용해 가며 늘어놓는 내 긴 사설을 중간에 끊지 않고 다 듣고 나서 K는 고개를 끄덕이며 이렇게 응수했다.

"역시 자네도 통과의례를 치르는군."

"통과의례?"

"응. '열심히 살아온 사람의 통과의례'지. 그저 대충대충 살아온 속물들은 이런 통과의례조차 거치지 않아."

그러면서 K는 이렇게 부연 설명을 했다. 자기가 2주일 전에 어느 'CEO 포럼' 조찬 모임에서 대기업 중역들을 상대로 특강을 했는데, 그 내용이 통과의례를 먼저 치른 선배로서 충고를 해주는 것이었단다. 즉, 바로 얼마 안 있으면 현역에서 물러나야 할 수강생들이 곧 겪을 통과의례를 슬기롭게 헤쳐 나갈 수 있도록 그 지침을 일러주었다는 것이다.

사람들은 현역을 물러나거나 큰 변곡점에 이르러서 자기 삶을 되돌아보고는 곧잘 자기가 해결하지 않고 그냥 넘어간 문제들, 시도하지 않고 포기한 일들에 대한 깊은 회한(悔恨)에 빠지게 된다고 한다. 나의 경우도 잇따른 친구들의 부음에 자신도 생을 마감할 시간이 다가온 것이 아닌가 하는 생각이 들어 이 의식을 치르게 된 것이라고 진단했다. 그러면서 별생각 없이 되는대로 살아온 사람들은 그런 고민도 하지 않는데, 이 증상이 찾아왔다는 것은 나름 인생을 낭비하지는 않았다는 징표일 수 있으니 나쁠 것까지는 없다고 북돋아 주었다. 그리고 그것은 끝을 맞이하는 것이 아니라, 하나의 새로운 시작이라고 했다.

K가 진즉에 오늘 내가 겪고 있는 '통과의례'를 치렀고, 또 마치 나에

게 제대로 된 충고를 해주기 위한 준비인 것처럼 2주일 전에 이러한 통과의례에 관한 주제로 특강을 했다는 것이 신기했다. 그리고 내가 이러한 통과의례를 겪는 것은 바로 내가 열심히 살아왔다는 증거인 것같이 말해 주니 오늘 새벽부터 응어리지어 가슴을 꽉 막았던 것이 조금은 풀어지는 듯했다.

식사 마친 뒤 바로 옆 커피숍으로 자리를 옮겼는데, 거기서 K의 '강의'는 계속 이어졌다.

"케네디 그 친구 바람둥이이긴 하지만 참 멋있어. 중국 사람들은 '위기(crisis)'를 '危'와 '機' 두 글자로 쓰고 있음을 두고 '위기 속에서는 위험을 경계하되 기회가 있음을 명심하라'고 했으니 말이야. 나는 그래서 위험이 없으면 기회도 없다는 사고로 살아왔고, 사업도 그렇게 해왔어. 그러다 보니까 내가 부딪힌 문제는 아무리 어려운 문제라도 그 문제 속에 이미 답이 있는 것 같더라고…."

예화(例話)도 들고 종이를 꺼내어 영어 단어를 쓰기도 하며 본격적으로 들어간 K의 뒤이은 '강의'는 과거의 '선택과 집중'에 그 가치를 인정하면서도 또 다른 삶을 위한 새로운 접근법을 제시하는 내용이었다(내가 메모해 둔 것을 토대로 간략히 정리해 본다).

열심히 살아온 사람의 새로운 시작: 통과의례를 넘어서

1. '전략적 포기'의 재정의

실제로 우리의 삶에서 '선택과 집중'은 여전히 효율적이고 현명한 전략이다. 통제 불가능하거나 해결 비용이 얻는 이익보다 훨씬 클 때의 포기(보류)는 자기 보호이자 전략적인 '자원 재분배'이다.

그러나 '자제'라는 명분으로 포기했던 문제들 중에는 사실 '당시에는 어려웠지만 나의 잠재력을 키울 수 있었을' 것들도 숨어 있다. 여기서 오는 자책감은 앞으로의 삶에서 도전해 볼 가치가 있는 영역이다.

2. 어려운 문제에 대처하는 새로운 3단계 접근법

이제는 '무조건 포기'나 '무조건 극복' 대신, 다음과 같은 단계를 통해 문제를 헤쳐나가야 한다.

① 1단계: 문제의 크기 측정 - '풀 수 없는 문제'의 정의를 바꿔라

○ 문제 쪼개기(segmentation): 거대한 문제를 가장 작은 단위로 쪼개어, 내가 할 수 있는 부분을 명확히 한다('내가 이 문제 전체를 해결 못 하는구나.' → '이 문제의 A, B, C 세 부분 중, 나는 B는 못 하지만 A와 C는 할 수 있다.').

○ 통제 가능성 구분(control vs. concern): 내가 통제할 수 있는 영역에만 에너지를 집중하고, 통제 불가능한 일(타인의 행동, 시장 상황 등)은 주변 요소로 간주하고 받아들인다.

② 2단계: 태도의 전환 - '해결' 대신 '접근'에 집중하라

포기하지 않는다는 것을 '반드시 답을 낸다'가 아니라 '최대한 깊이 접근해 본다'로 정의를 바꾼다.

○ 시도 횟수 늘리기(iteration): 성공은 시도의 마지막 단계에서만 오는 것이 아니다. 해결책을 찾지 못하더라도 '최소한 다섯 가지의 다른 방식으로 시도해 본다'는 목표를 세워본다. 다섯 번 시도했는데도 진전이 없다면 그때 '전략적 보류'를 결정해도 늦지 않다.

○ 도움 요청(humility): 어려운 문제에 부딪혔을 때 '나 혼자 힘으로 해결 못 하면 실패다'라는 생각을 버린다. 도움을 구하는 것은 약함이

아니라 지혜다. 전문가·유경험자 등에게 조언을 구하고, 함께 문제를 해결할 파트너를 찾아라.

③ 3단계: 실패의 재정의 – '결과'보다 '과정'에서 배움을 얻어라

문제를 해결하지 못하고 끝났더라도, 그 과정에서 '무엇을 새롭게 배웠는지' 또는는 '다음에는 어떻게 시도하지 않아야 할지'를 명확히 기록하고 얻어낸다면, 그것은 더 이상 단순한 포기가 아니다. 그것은 다음의 성공을 위한 귀중한 데이터를 획득한 과정이 된다.

K의 '강의'를 간추리면 이러한데, 참으로 논리적이고 설득력이 있다.

이미 포기한 것에 대한 자책감이 드는 것 또한 자연스러운 성장의 과정으로 이해하고, 이것은 과거의 방식이 틀렸다는 것이 아니라 시야를 더 넓히고 싶은 내면의 욕구가 생겼다는 의미로 해석하는 것은 그의 긍정적인 사고방식에서 비롯된 것으로 보인다. 또 오랜 기간 기업의 최일선에서 일해 온 실무가답게 '사람이 해결 못 할 일은 없다'는 식의 이상론에 흐르지 않고, 우리가 가진 자원(시간·에너지·능력)에는 한계가 있음을 인정하며, 정답은 '무조건 포기하지 않아야 한다'가 아니라, '어떤 종류의 문제를 어떤 태도로 대할 것인가' 그 지혜로운 균형을 찾는 데서 현실적인 해답을 찾으려고 한 것 역시 미더웠다. 특히 '도움 요청' 부분에서 나는 그동안 내가 겸손하지 못하고 알량한 자존심 때문에 상당한 기회와 해결책을 놓쳤음을 다시 한번 반성하게 되었다.

기나긴 '강의'를 마무리하면서 K는 이렇게 강조했다.

"이러한 통과의례는 끝이 아니라 새로운 시작이라는 의미를 지니고 있어. 앞으로는 '이것이 정말 풀 수 없는 문제인가, 아니면 내가 아직 시도하지 않은 다른 접근법이 있는 문제인가'를 구분하는 데 조금 더

시간을 들여보게. '회피하는 자제' 대신 '극복을 위한 도전 후 지혜롭게 보류하는 자제'의 균형을 찾는다면, 과거의 효율성과 미래의 성장이 시너지를 일으킬 수 있을 것이네."

나도 모르게 박수를 쳤다. 박수 소리를 듣고는 그제야 K는 자기가 대화식이 아니라 강의 조로 혼자서만 길게 말했다는 것을 깨닫고는 조금 멋쩍어했다.

"명강의야. 나보다 늦게 통과의례를 치를 후배들에게 새롭게 멋진 시작을 할 수 있도록 오늘 들은 '강의' 내용을 그대로 전달해도 되겠나?"

"물론이지. 무슨 저작권이 있는 것도 아니고…."

우리는 '통과의례' 이야기는 그 정도로 하고, 먼 옛날에 카뮈의 『페스트』를 두고 지식인의 '사회적 책임'을 심각하게 논의하던 일, 내가 제주지검 차장검사로 있을 때 K가 무슨 청탁을 하러 급거 제주까지 내려왔다가 너무나 준엄해 보이는 내 모습을 보고는 말도 못 꺼내고 바로 돌아갔던 일 등 추억을 더듬기도 하고, 또 요즘 세상 돌아가는 이야기도 나눈 다음 헤어졌다.

K가 서울로 돌아가는 길에 나를 다시 도서관까지 태워다 주었다. 마침 아까 내가 앉았던 자리가 비어 있어서 나는 거기에 앉아 다시 노트북을 열었다. 그리고 아침에 수행하지 못한 글쓰기 과제를 위해 이 글을 쓰기 시작했다. 오전과 달리 신기하게 글쓰기가 술술 잘 풀린다. 이렇게 해서 나는 오늘 부딪힌 작은 문제 하나를 해결하게 되고, 통과의례도 마치게 되는 것 같다.

나에게 새로운 시작이 열린 것이다.

《경제포커스》 2025. 12. 11.

어머니와 영화

　나는 영화를 참 좋아한다. 지금도 1년에 영화를 100여 편 보고, 소장하고 있는 영화 DVD가 1,300편이 넘는다. 영화는 내가 동원할 수 있는 상상력 이상의 것을 실현해 주고, 또 영화의 주인공들은 내가 도저히 경험할 수 없는 어려운 일들을 나를 대신해서 잘해준다. 아마도 그래서 내가 영화를 좋아하는 것 같다. 그런데 내가 이렇게 영화 마니아가 된 것은 어머니에게서 비롯된 것이고, 내가 지금도 영화에 푹 빠져 지내는 것은 어머니를 그리는 마음이 투영된 것인지도 모른다.

◀ 영화 〈허리케인〉

어머니도 영화를 무척 좋아하셨는데 영화를 보실 때는 곧잘 나를 데리고 가셨다. 어머니와 처음 함께 감상한 영화는 초등학교 5학년 때 아현동 동네 '3류극장'에서 본 〈허리케인〉으로 기억된다(그전에 아버지나 다른 가족들과 함께 본 영화도 있겠으나, 어머니와 단둘이서 데이트하듯이 본 것은 〈허리케인〉이 처음인 것 같다). 이 영화는 어린 나에게 문화적 충격 같은 것을 꽤 주었는데, 프랑스라는 '좋은 나라'가 남태평양의 평화로운 섬나라를 그렇게 악랄하게 통치했나, 감옥에 갇힌 죄수들이 다 나쁜 사람은 아니구나, 때로는 허리케인과 같은 자연재해가 사람들이 일으켜 놓은 복잡한 문제들을 한 방에 해결해 주는구나 하는 것들을 한꺼번에 받아들이기에는 너무 벅찼다. 그리고 여배우가 정말 예뻤다. 그래서 나도 커서 이런 미녀와 결혼해야겠다고 생각했다. 남자주인공도 멋있었다.

그래서 나도 커서 이 남자처럼 불의(不義)에 대항하여 싸우리라고 생각했다. 극장을 나오면서 어머니는 "영화 괜찮지? 역시 존 포드는 잘 만들어." 하셨다. 그 후 고등학교 입학 무렵까지 나는 내가 〈허리케인〉의 남자주인공이 되어 감옥을 탈출, 경사진 비탈길을 맨몸으로 굴러 내려오는 꿈을 자주 꾸었다.

그 뒤 광화문에 있던 국제극장에서 〈홀쭉이 뚱뚱이 논산훈련소에 가다〉를 보고는 얼마나 재미있게 보았던지 홀쭉이·뚱뚱이가 출연하는 영화만 나오면 보여 달라고 어머니를 졸라댔다. 어머니는 말씀으로는 '공부 열심히 하면' 하고 단서를 붙이셨지만, 내 공부 성적에 전혀 구애받지 않으셨을 뿐만 아니라 홀쭉이·뚱뚱이가 나오지 않는 영화까지 나를 데리고 가서 보여주셨다. 그리고 의도적인 것은 아니었겠으나 그 무렵 어머니는 장 가뱅의 〈현금에 손대지 마라〉, 이브 몽땅의 〈공포의 보수〉 같은 프랑스 영화들을 보실 때도 나를 데리고 가셨다. 물론 어린 나는 그 영화들을 제대로 이해할 순 없었지만 내 영화 취향을 조금 고급스럽게 하는 데는 많은 도움이 되었다. 또 1960년에 들어서면서 아버지가 시나리오를 쓰신 〈바위고개〉와 〈견우직녀〉 같은 영화가 개봉되면서 나까지 영화인이 된 듯한 느낌이 들고 영화는 더욱더 내 삶의 중요한 일부가 되었다.

영화에 관한 취향이 뭐 특별하달 것이 없는 어머니였지만 심성이 착하셔서 너무 슬픈 영화는 우시느라고 잘 못 보셨고, 또 심장이 약해서서 그런지 공포영화는 별로 즐기지 않으셨다.

정확한 시기는 모르겠는데 〈저 하늘에도 슬픔이〉라는 영화를 보시면서는 손수건이 흠뻑 젖을 정도로 내내 울기만 하시느라고 영화 감상은 제대로 못 하셨다. 영화가 끝났는데도 바로 일어서지 못하셔서 옆에 있던 내가 민망할 정도였는데, 극장 밖으로 나오면서도 뭐가 그리 안타까운지 "그러면 안 되는데. 어른들이 그러면 안 되는데…"라고 몇 번이고 되풀이하셨다.

어머니와 영화와 눈물을 이야기하자면 그보다 훨씬 먼저 본 〈산하는 요원하다〉와 〈눈물 어린 포옹〉을 빼놓을 수 없다.

〈산하는 요원하다〉는 중학생일 때 '2류극장'인 서대문극장에서 보았는데, 영화가 시작하기 전에 '요원하다'가 무슨 뜻이냐고 묻자 어머니가 '아득히 멀다'는 의미라고 가르쳐주셨다(나중에 알고 보니 이 영화의 원제는 'The Search'인데 우리나라 제목도 멋지게 잘 붙인 것 같다). 제2차 세계대전이 끝난 독일, 부모와 떨어진 아이들은 전쟁과 수용소의 끔찍함을 경험했기에 군복과 수용시설만 보아도 두려움에 떤다. 수용소에서 말을 잃고 지내다가 탈출한 카렐도 그중 한 명인데, 우연히 만난 미군청년 몽고메리 클리프트가 카렐을 자신의 거처로 데려와서 영어를 가르친다. 그리고 카렐의 어머니는 아들을 찾으려고 애절하게 온 독일을 헤매고 다닌다.

영화는 이런 식으로 진행되는데, 나는 주연인 몽고메리 클리프트의 우수 어린 눈동자가 너무 멋있어 보여(그 뒤 거울을 보고 나도 그렇게 보이려고 해 보았는데 잘 안 되었다) 거기에 푹 빠져 있었지만 어머니는 카렐의 어머니만 화면에 나오면 가슴에 북받치는 게 있는지 훌쩍거리셨다. 영화가 끝나고 나오는데 이번엔 어머니가 아무 말씀 안 하시고 내 오른손을 꼭 쥐셨다. 그때 내 손등에 어머니의 눈물이 한 방울 떨어졌다. 어머니가 마음속으로 "나는 널 절대로 놓치지 않을 거야!" 하시는 것을 나도 느낄 수 있었다.

〈눈물 어린 포옹〉도 대충 그 무렵에 본 것 같다. 동영극장(지금 신세계백화점의 옛 명칭이 '동화백화점'이고 그 백화점에 있던 영화관이다)에서 보았는데 사람이 너무 많아 상영시간 내내 서서 봐야 했다. 나는 너무나 흥미진진한 내용에 빠져들어 다리 아픈 줄도 몰랐는데, 나중에 보니 중간에 자리가 하나 났었지만 어머니도 일부러 나와 함께 계속 서서 보셨던 것이다.

영화의 내용은 멕시코의 소작농의 아들 레오나르도와 암송아지 지따노('이따노' 같기도 하다)와의 우정을 그린 것이다. 나중에 그 송아지가 커서 유명한 투우 쇼에 팔려 가는데 거기에 나가기만 하면 거의 100% 소가 죽게 되기 때문에 레오나르도는 지따노를 살리기 위하여 고군분투·동분서주한다. 나는 레오나르도의 순수한 눈망울과 지타노로 나오는 암소의 멋진 연기(?)에 완전히 마음을 뺏기고, 투우장에서 지따노가 창살에 온몸을 찔려 피를 흘리며 슬픈 표정을 지을 땐 잔인한 게임을 즐기는 어른들이 미워 분노에 주먹을 불끈 쥐기도 했다. 영화가 끝나고 보니 어머니는 많이 우셨는지 눈가가 젖어 있었다. 그리고 한마디 하시는 것을 잊지 않으셨다.

"호경아, 너도 사랑하는 대상을 위해서는 끝까지 포기하지 말아야 해."

이번에는 내가 어머니의 손을 잡아 내 가슴에다 대었다.

나중에 이 영화의 원제가 'The Brave One'이라는 걸 알았는데, 정말이지 레오나르도나 지따노나 모두 용감하였기에 마지막에 감격의 '눈물 어린 포옹'을 할 수 있었던 것이다. 이 영화 보고 난 얼마 뒤에 우리 집에서 키우던 스파니엘 종 어미개가 강아지 네 마리를 낳았는데, 나는 그중 제일 용감하게 짖어대는 강아지의 이름을 '따노'라고 지어주었다.

(수십 년이 지난 뒤 〈트럼보〉라는 영화를 보면서 이 영화가 매카시즘의 희생자로서 이름을 감출 수밖에 없었던 달톤 트럼보가 〈로마의 휴일〉에 이어 1957년에 두 번째로 아카데미영화제 각본상을 받은 작품임을 알게 되었다.)

참, 어머니하고 공포영화도 한 편 보았다. 명동극장에서 상영한 〈프랑켄슈타인의 역습〉이라는 영화였는데, 나 역시 호러 영화는 별로 안 좋아하지만 공짜표 썩히기는 아깝다고 하시는 어머니를 따라 함께 보러 갔었다. 정말로 시체를 꿰매어 엮은 괴물이 나오고 해서 너무 무서웠다.

내가 보다 말고 고개를 푹 숙이고 있으니까 어머니가 작은 목소리로 "호경아, 이렇게 손바닥으로 가리고 보면 돼."라고 하시는 것이었다. 고개를 살짝 들어 보니까 어머니는 오른손으로 얼굴을 가리시고 손가락 사이로 스크린을 보고 계셨다. 그 모습이 얼마나 웃기던지 나는 한참 동안 소리를 죽이며 킥킥거리다가 영화의 나머지는 나도 그런 식으

로 다 보았다. 그렇게 보니까 이상하게도 별로 무서운 것 같지가 않았
다. 그 영화를 보고 나오면서도 어머니는 "그 괴물 연기 하나 잘하네."
라고 한마디 하셨는데, 나중에 알고 보니 괴물로 나와 대사 한마디 없
었던 그 배우가 후에 드라큘라 역으로 이름을 날리게 되는 크리스토퍼
리였다.

영화를 좋아하는 나는 어머니를 이용하여 곧잘 '연소자관람불가' 영
화를 보곤 했다. 사복으로 갈아입고 모자를 눌러쓴 다음 어머니와 함
께 영화관엘 가면 누구 하나 제지하는 사람이 없었다.

〈벙어리 삼룡〉도 명보극장에서 그렇게 본 영화다. 주연인 김진규가
삼룡의 이미지와 잘 안 어울릴 것 같았는데 그건 기우였다. 〈오발탄〉에
서 치통에 시달리며 고뇌하는 지식인 가장 역을 기막히게 해낸 그였기
에 삼룡 역도 멋지게 소화했다. 박노식·도금봉 등 조연들의 연기도 돋
보였는데 다만 최은희의 밋밋한 연기는 좀 아쉬웠다. 나도향의 원작
소설과 다소 다른 스토리에다 내용이 '한(恨)'의 여운이 느껴지지 않고
그저 슬픔에만 그치는 것 같아 이것이 신상옥 감독의 한계구나 하는
생각을 주제넘게 해 보았다.

물레방앗간에서 벌어지는 박노식과 도금봉의 짙은 정사 신은 신상
옥다운 상업성이 드러나는 장면인데, 고3인 내가 어머니와 함께 보는
데 매우 불편했던 기억이 지금도 남아 있다. 이 영화를 보실 때도 어머
니는 제법 많이 우셨는데, 그러시면서 "착한 사람이 고통받지 않는 세
상이 와야 할 텐데…"라고 말씀하셨다.

〈초원의 빛〉도 그 당시에는 '연소자관람불가'였다. 어머니는 별로 내
키지는 않았지만 내가 졸라대는 바람에 중앙극장까지 그냥 따라오셨
는데 영화가 시작되자 매우 흥미 있게 보시는 것 같았다. 영화가 끝나

고 나서는 '초원의 빛'과 '꽃의 영광'이 무엇을 의미하냐, 그리고 이 영화에서는 어떻게 연결되냐 하고 나에게 물어보셨다.

나는 마침 영어 선생님한테 들어 놓은 게 있어서 윌리엄 워즈워스의 『서정가요집(抒情歌謠集; Lyrical Ballads)』에 수록된 시의 한 대목이라고 하고 나름대로 아는 체를 하면서 설명을 해 드렸다. 어머니는 다소 장황한 내 설명을 귀 기울이시는 것 같지는 않았는데, 내 말이 끝나자 혼잣말처럼 "모든 순간이 다 빛나기만 할 수는 없지." 하셨다. 그러시고는 얼굴 표정을 바꾸시고 "나는 네가 맘에 들어 하는 색시면 무조건 오케이 할 테니까 걱정 말아라." 하셨다.

나는 그 말에 괜히 얼굴을 붉혔다. 어머니는 듬직하게 생긴 맏며느리를 원하셨는데, 먼 훗날 내가 약간 가냘프고 예쁘장한 지금의 아내를 어머니 앞에 데리고 갔음에도 기꺼이 환대하시고 무척이나 귀여워해 주셨으니 어머니는 그때의 약속을 지키신 셈이다.

어머니는 독실한 불교 신자셨다. 음력 초하루와 보름날이면 꼬박꼬박 절에 가심은 물론 새벽과 저녁 주무시기 전에는 '천수경'을 독송하셨는데 그 은은한 운율은 우리 형제자매들의 마음까지 깨끗하게 해주는 듯했다. 나도 한때는 "나무 사만다 못다남 옴 도로도로 지미사바하…" 하면서 어머니의 독경을 흉내 내곤 했는데, 어머니는 나에게 불심을 가지라고 권하지는 않으셨다.

대학 1학년 때인가 〈목련구모(目連救母)〉라는 영화를 어머니와 함께 보았다(지금은 없어진 파라마운트 극장으로 기억된다). 그 영화를 보고 나오면서는 내가 먼저 말을 꺼냈는데 그만 큰 실수를 하고 말았다. "나도 나중에 목련존자처럼 엄마를 구해줄게요."라고 했으니 말이다.

이 영화의 내용인즉 어머니가 생전에 갖은 악행을 저질러서 사후에 지옥에 떨어져 큰 고통을 받고 있자 부처님의 제자인 목련존자가 지옥까지 내려가 어머니를 구하는 이야기이기 때문이다. 내가 이미 내뱉은 말을 거둘 수도 없어 어정쩡하니 서 있는데 어머니는 씩 웃으시면서 "우리 아들은 수행에나 전념하세요."라고 목련의 어머니의 대사를 흉내 내며 응답하셨다. 나도 영화 속의 목련처럼 "어머니도 못 구하면서 어떻게 중생을 제도한단 말입니까?"라고 말할까 했는데 입술이 떨어지지 않았다.

어머니는 절대 지옥으로 가실 분이 아니다. 평생 남에게 조금치라도 해를 가하지 않으신 분이고, 마음이 한없이 너그러우신 분이어서 곱고 훤한 어머니의 얼굴을 뵈면 저절로 '보살님!' 소리가 나오는 그런 분이셨다. 내가 오늘날까지 별 탈 없이 이승에서 잘 지내고 있는 것이 다 어머니의 공덕일진대 내가 어머니를 구하겠다고 했으니 어디서 그런 망언을….

어머니와 〈벤허〉도 함께 보았다. 내가 세 번째로 볼 때였던 것 같다. 그때까지만 해도 나는 복수심에 이글거리는 벤허의 파란 눈동자, 벤허를 향한 에스더의 애틋한 애모의 정, 그리고 웅장하고 격렬한 전차 경주 장면 등에만 빨려 들어가 있을 때인데, 어머니는 영화를 보고 나오면서 이렇게 말씀하셨다.

"그분은 부처님 같은 분이시구나. 벤허가 가슴 속에 품었던 칼까지 내려놓게 하셨으니…."

어머니의 이 말씀을 제대로 이해하기까지는 나는 〈벤허〉를 몇 번이고 더 보아야 했다. 어머니는 그 뒤 예수의 수난을 그린 〈골고다〉인가 하는 영화도 보셨는데(나는 이 영화를 못 봤다), 이 영화를 보신 날 밤 어머니의 독경 소리는 다른 날과 달리 상당히 비탄에 잠긴 톤이었다. 그 후 수십 년이 지나 예수의 마지막 12시간을 그린 영화 〈패션 오브 크라이스트〉를 보면서 골고다 언덕에서의 수난 장면에 이르러서는 나도 그만 왈칵 눈물을 흘리고 말았는데, 그때 예수와 함께 어머니의 얼굴이 내 눈앞에 다가왔던 것은 왜 그랬을까….

내가 대학에 들어와선 '연소자'를 면하기도 했지만 함께 볼 친구들이 많이 생겨 어머니와 영화를 함께 본 경우가 급격히 줄었다. 그래도 아버지가 쓰신 방송극이 영화로 만들어져 시사회를 할 때는 어머니를 모시고 많이 갔다. 〈마포 사는 황부자〉, 〈동백아가씨〉, 〈이층집 새댁〉, 〈날개부인〉, 〈섹스폰 부는 처녀〉 등 열 편이 훨씬 넘는데 다 기억이 나지는 않는다.

◀ 영화 〈타워링〉

어머니와 마지막으로 본 영화는 〈타워링〉이다. 내가 사법시험에 합격하고 나서다. 사법연수원에 들어가면 다시 공부에 전념해야 되니 영화 보기도 어려울 것이라 생각되어 아내와 나는 어머니를 모시고 모처럼 외식도 하고 국제극장에서 이 영화를 보았다. 〈타워링〉이라면 더 이상 말이 필요 없을 정도로 135층의 당시 세계 최대의 고층 빌딩 화재를 소재로 잘 만들어진 최고의 재난영화다.

끝없이 치솟아 오르는 불길과 이를 막기 위한 물탱크의 폭발, 로프를 이용한 아슬아슬한 탈출, 그리고 불길에 갇힌 여러 인간 군상이 보여주는 가장 고귀한 모습에서부터 가장 비열한 추태까지 보노라면 2시간 반이 넘는 시간이 어떻게 지났는지 모를 정도였다. 특히 이 영화를 이끄는 폴 뉴먼과 스티브 맥퀸 두 주연배우의 열연이 매우 인상적이었는데, 영화관을 나오면서 어머니는 역시 이렇게 한마디 코멘트를 하셨다.

"전문가라면 모름지기 자기 직업에 저렇게 충실해야겠지."

어머니가 말씀하신 '전문가'가 자기가 맡은 일은 끝까지 책임지고 완벽하게 해내려는 135층짜리 글래스 타워 설계자인 건축가 폴 뉴먼인지, 화재를 진압하고 인명을 구하기 위해 온갖 궂은일을 마다하지 않는 희생정신을 보여주는 소방관 스티브 맥퀸인지, 아니면 둘 모두를 뜻하는 건지 명확하지는 않았다. 그러나 그 말씀이 곧 법조인의 길에 들어설 나에게 법률전문가로서 부끄럽지 않게 정신 차리고 자기 일을 충실하게 잘 해 나가라는 따끔한 충고인 것만은 틀림없었다. 그런데 그로부터 열흘 뒤 어머니가 급환으로 세상을 떠나시고 말았으니 어머니의 위와 같은 충고의 말씀은 그만 유언이 되고 말았다.

어머니는 너무 일찍 가셨다. 그러나 어머니와 함께 영화를 본 추억은 내 마음 깊은 곳에 그대로 살아 있다. 그리고 영화를 보고 나서 어머니께서 한마디씩 해주신 말씀들은 알게 모르게 내가 가야 할 바른길로 이끌어주었다. 특히 〈타워링〉을 보고 나서 해주신 말씀은 검사 그리고 변호사라는 전문 직업인으로 일을 해온 나에게 마음가짐이 흐트러지지 않게 감독관 같은 역할을 40여 년 내내 해준 것 같다.

아, 어머니에게 한없이 고맙고 또 고맙다. 그리고 어머니가 그립다. 어머니가 그리워지면 영화를 본다. 그런데 영화를 보면 어머니가 더 그리워진다. 그러면 또 영화를 볼 수밖에….

《경제포커스》 2021. 10. 18.

아버지, 오 나의 아버지
— 아들이 그리는 추식(秋湜)의 삶과 문학

□ 먼저 인간이 돼라

아버지는 1920. 10. 20.(음력 9. 9.) 충북 청주에서 태어나셨다. 그리고 1987. 5. 10. 서울 영등포구 문래동에 있는 국화아파트에서 돌아가셨다. 맏며느리인 아내가 나를 당시 근무지인 부산에 떼어놓고 아이들과 먼저 상경하여 폐암 확진을 받으신 아버지를 모시고 있었다. 항암 치료 등을 받으시며 무척 고통스러우셨을 텐데도 신음 소리 한 번 내지 않으시고 끝까지 의연한 모습으로 깔끔하게 생을 마감하신 아버지가 참으로 존경스럽다고 아내는 지금도 얘기한다.

장례를 치르고 얼마 뒤 방송작가 한운사 선생께서 짤막한 편지를 보내셨다.

"… 秋君은 이제 고아일세. 선친께서는 항상 자네 걱정을 했다네. '검사이기 전에 먼저 인간이 돼야 할 텐데…' 하고 말이야. 나한테 잘 지켜봐 달라고 부탁했네만, 秋君 스스로 그 뜻을 잘 받든다면 나는 선친과의 약속을 쉽게 지키게 되는데…. 雲史"

아, 아버지는 임종을 앞두고도 검사 노릇을 하고 있는 내가 인간다운 모습을 잃어가지나 않을까 불안해하셨던 것이다.

어느 평론가는 아버지의 작품을 분석하면서 "…그의 주인공들은 한 결같이 가난하고 힘이 없는 사람들이다. …우리는 과연 그가 문학정신을 통해 무엇을 구하고 호소하려는가를 짐작할 수 있다. 그가 구하려는 것은 인간이고 호소하는 것은 그 인간성의 옹호이다."라고 했다(장백일「추식론 – 삶과 불신시대의 얼굴들」)

내가 검사 발령을 받았을 때 아버지는 "미워하지 마라. 네가 검사로서 만나는 사람들을 절대 포기하면 안 된다."고 당부하셨다.

또 다른 평론가는 "대부분의 작가들이 사회의 암흑과 생의 절망을 노래하고 있을 때에 그는 보다 더한 암흑과 절망의 세계에 있으면서도 맑은 음성으로 노래했던 것이다. 그것은 그의 옵티미즘이 타고난 성격에서 우러나온 것이 아니라 인간의 근본적인 선의(善意)에 대한 신념에서 비롯된 것이라는 것을 말해준다."(정창범「욕구불만의 인텔리 – 왜가리」)고 했다.

"작가 추식은 어느 경우에도 휴머니즘이라는 당면과제를 잊지 않으려 했다."는데(조미숙「1950년대 휴머니즘 문학 –추식을 중심으로–」) 그 아들인 나는 어떤가?

한운사 선생의 편지를 받고 나서 나는 내가 좀 달라져야겠다고 다짐했다.

□ 나에게 아버지는 누구인가

아버지는 참으로 자상하셨다.

초등학교 저학년 시절 우리는 대전에 살았는데 신문기자인 아버지는 출장을 자주 다니셨다. 아버지가 돌아오시는 날은 초저녁잠이 많은 나도 누나와 함께 밤늦게까지 기다렸다. 아버지는 대개 통금 직전에야 귀가하셨는데 자는 척하는 우리의 뺨을 부비면서 '나마가시'(생과자)를 내놓으셨다. 어디서 그렇게 맛있는 걸 구해 오셨는지 그때 먹었던 생과자 속의 달콤하고 상긋한 '앙꼬'(팥소)는 지금도 생각하면 침이 솟는다.

아버지의 자상하신 점은 담배와도 연결된다. 대학입시 구술시험을 마치고 우리 집으로 함께 온 친구가 권하는 바람에 나는 생애 첫 담배를 피우게 되었다. 그 날 그 친구와 나는 멋진 대학 생활을 기대하며 밤늦게까지 많은 얘기를 나눴고 담배도 꽤 피워댔다. 다음 날 아침 일어나 보니까 내 머리맡에 '파고다' 담배 한 갑과 새 깃털 모양이 새겨진 라이터(상표가 'Storm Master'였던 것으로 기억됨)가 놓여 있었다. 아버지는 '너 이제 담배 피워도 돼.' 하는 허여(許與)의 의사표시를 이렇게 하신 것이다,

그리고 삶의 고비에서 어떤 결정을 내려야 할 때 아버지는 언제나 내 의견을 존중해주셨다. 고등학교 3학년 말 철학과를 지망하겠다고 하자 아버지는 "잘 생각했다. 그러나 사르트르가 되려고는 하지 마라. 카뮈라면 몰라도…." 하며 나를 지지하셨다. 철학적 깊이가 있는 소설을 쓰기 위해 철학을 전공하겠다는 것이 순진하고 어설픈 생각이란 것을 잘 아셨겠지만 일단 내 판단을 밀어주신 것이다.

물론 그 훨씬 전에 내가 소설가가 되겠다고 했을 때도 아버지는 흔쾌히 승낙하셨다. 아버지는 일단 상대방의 의견에 적극 찬동한 다음 약간의 보충의견을 다는 그런 화법을 잘 쓰셨다. 내가 고등학교 2학년 때 백일장에서 장원을 한 작품을 아버지에게 보여드리자 꼼꼼히 읽어 보시고는 "잘 썼다. '교차로 맨 가운데의 이정표는 확실히 0km였다.'로 마무리하면서 자신의 방황이 끝났음을 표현한 것은 정말 감탄할 만하

다. 그런데 관념의 과잉은 좀 …."이라고 말씀하셨다. 내가 대학 2학년 때 ROTC 지원을 하겠다고 했을 때도 "좋지. 장교로서의 리더십은 사회생활에 큰 도움이 될 수 있으니까. 뭐 소설가가 꼭 모범적일 필요까지는 없지만…."이라고 하셨다.

나는 보병 소대장과 통역장교로 근무하고 제대를 한 후 한동안 내 청춘을 총결산하는 멋진 소설을 써 보겠다고 대들었다. 그러나 여러 달 동안 원고지 파지만 양산하고 내가 소설가가 될 자질이 부족하다는 사실만 확인했다. 결국 나는 작가의 길을 포기하고 무모하지만 사법시험에 도전하기로 마음먹었다. 이런 내 결심을 고하자 아버지는 역시 "잘 생각했다. 넌 분명히 훌륭한 법관이 될 거야."라고 적극 지지하셨다. 이제야 말하지만 정말 이때만은 아버지에게 몹시 서운했다. 아버지는 나의 롤 모델이셨고, 나의 멘토이셨으며, 아버지를 이어 훌륭한 소설가가 되겠다는 것이 확고한 나의 포부였는데, 그걸 포기하겠다고 하는데도 이렇게 쉽게 승낙을 하시다니….

검사 임관 후 내가 서울대 보건대학원에 진학하겠다고 했을 때도 "참 좋은 생각이다. 이 사회를 진짜로 건강하게 좀 만들어 봐라."고 북돋아주셨다. 그 덕분에 나는 보건학 석·박사 과정을 잘 마칠 수 있었고, 많은 보건·의료 사건은 물론 사인(死因)을 정확히 밝혀야 할 연세대생 이한열 최루탄 사망 사건이나 오대양 집단변사 사건 같은 것도 맡아서 잘 해낼 수 있었던 것이다.

아버지는 나만 아니라 5남 1녀의 자녀들을 하나같이 따스하게 보살 피셨다. 세상의 모든 부모가 다 그렇겠지만 아버지의 내리사랑은 정말 남달랐다. 둘째가 고1 때 가출하여 마산의 중식당에서 '시다' 노릇을 하는 것을 찾아와서는 목욕물을 따뜻하게 데워 땟국이 흐르는 몸뚱어리와 동상 걸린 발을 손수 씻겨주셨는데, 이런 아버지의 모습은 그대로 영화의 한 장면이었다.

돌아가시기 직전에는 나를 따로 부르셔서, 마음 여린 둘째는 물론이고, IQ가 150이나 되면서도 이를 제대로 살리지 못한 셋째, 갓 결혼해서 생활이 어려운 넷째, 해병대 군 복무 중인 착하기만 한 막내, 그리고 시집가서 잘살고 있는 누나까지 하나하나 거명하면서 당신께서 충분히 잘해주지 못한 것을 안타까워하셨다. 물론 장남인 나에게 가족들을 잘 보살피라는 유언 같은 말씀이었지만 참으로 애절하게 느껴졌다. 생각과 행동이 자유스러운 아버지를 얽매는 게 딱 하나 있었다면 그것은 가족, 특히 자식들에 대한 사랑이 아니었을까 한다.

아버지는 친자식만 아니라 며느리들에게까지 '난정(蘭汀)', '옥계(玉溪), '가은(嘉恩)' 같은 예쁜 호를 붙여 부르실 정도로 자상하시고 다정다감하셨다.

□ 소설가로서의 아버지

어릴 때 내가 한번 "아버지는 기자예요, 소설가예요?"라고 물었는데, 아버지는 머뭇거리지 않으시고 "나는 소설가 추식이다."라고 대답하셨다.

그렇다! 아버지는 소설가이고 끝까지 소설가이고 싶으셨던 것이다. 사회부 기자로서 부조리한 현실을 직접 현장 취재하신 많은 경험이 아버지를 더 이상 기자에 머무르게 하지 않고 소설가로 내몬 것이다.

아버지는 1955년 「부랑아」로 데뷔하신 이래 1961년까지 약 6년에 걸쳐 30여 편의 장·단편소설을 쓰셨다(대중잡지에 실린 '명랑소설'까지 합치면 그 배 가까이 된다). 정말 대단한 필력이다. 어린 시절 나는 새벽에 소변이 마려워 잠이 깨면 아버지가 그때까지 서재에서 담배 연기를 뿜으시며 원고를 쓰시는 것을 보면서 자랐다. 그러고도 아버지는 하루도 빠짐없이 신문사에 출근하셨다.

1962년 언론사 통폐합 사태가 일어나자 아버지는 이를 계기로 신문기자 생활을 접으시고 전업 작가의 길로 들어서셨다. 아버지의 첫 작품집 『인간제대』의 발문(跋文)에서 '이제는 올 데까지 온 모양이니 딴짓은 하지 말자.'고 쓰셨는데 정말로 한눈팔지 않으시고 글만 쓰셨다. 이때 지방신문에 연재소설을 쓰시기도 하고, 낙도(落島) 분교에 부임한 여선생을 주인공으로 내세운 장편소설 『가시내 선생』을 내시기도 했다. 『가시내 선생』은 아버지가 신문사 재직하실 때 벌이셨던 '어깨동무학교운동'(도서·산간의 벽지 학교와 서울 학교를 연결하여 서로 도와주는 운동) 경험을 토대로 한 작품인데, 그때 을유문화사의 '한국신작소설전집'의 하나로 같이 출간된 박경리의 『김약국의 딸들』과 함께 인기 좋은 베스트셀러였다. 쇄(刷)를 거듭할 때마다 판권 인지에 아버지 도장을 내가 찍었는데, 한번은 3,000번을 연달아 찍는 바람에 손가락에 물집이 생기기도 했다.

그러나 아버지는 곧 타협하시고 만다. 한창 커 가는 자식들을 서울서 제대로 먹이고 공부시키려면 소설 원고료만으로는 태부족이라는 것을 절감하시고는 본격적으로 라디오 드라마 집필을 시작하신다. 그 첫 번째 작품이 〈단골지각생〉이었는데 인기가 대단하여 바로 임권택 감독에 의하여 영화화되었고, 그 뒤 연달아 발표하신 〈동백아가씨〉, 〈김순경〉, 〈마포 사는 황부자〉, 〈사랑의 배달부〉, 〈섹스폰 부는 처녀〉 등도 모두 인기를 끌었고 거의 다 영화로도 만들어졌다. 어느 달은 KBS,

DBS, TBC 세 방송국에 겹치기가 되어 그때 하루에 120장의 원고를 써 대시는 아버지의 모습은 가히 초인(超人)의 그것이라 할 정도였다. 그 덕에 우리 집은 경제적으로 어느 정도 윤택해졌고 나도 아르바이트를 안 하고 학업에만 열중할 수 있었다. 이 점 아버지께 고맙고 또 고맙다. 그러나 한편 나와 가족들 부양 때문에 소설가로서의 순수성을 지키시지 못하게 된 것이 몹시도 안타깝고 송구스럽다.

아버지는 문학지망생인 나를 멘토로서 잘 이끌어주셨다. 어떤 때는 주제와 문체 같은 것을 두고 토론하다가 밤을 꼬박 새운 적도 있는데, 한번은 내가 제임스 조이스의 『율리시즈(Ulysses)』 원서를 사 들고 와 자랑삼아 세계에서 가장 난해하다는 이 소설을 독파해 보겠다고 말씀드렸다. 그러자 아버지는 "너는 충분히 『율리시즈』를 읽을 실력이 될 거야. 그런데 체홉이나 효석의 단편들은 다 읽었냐?"라고 말씀하셨다.

그때 나는 아버지가 체홉과 효석을 그리 높이 사는 이유가 잘 이해가 안 갔었다. 도스토예프스키나 이상(李箱)이라면 또 몰라도…. 나로서는 사회적 약자의 삶을 진정성 있게 따스한 시선으로 그린 체홉의 여러 단편이나 우리 고유의 정서를 잘 담아낸 향토색 짙은 효석의 「메밀꽃 필 무렵」 같은 깔끔한 단편도 좋지만 주제가 묵직하여 메시지가 강한 아버지의 단편들이 더 좋았다.

초등학교 5학년 때 아버지가 한국문학가협회상을 받으시는 그 시상식에 갔었는데, 유명한 작가들이 많이 나오시고 월탄 박종화 선생께서 시상하시는 걸 보고 너무나 근사해 보여 나도 빨리 멋진 소설을 써서 이 상을 받아야지 하고 생각했었다. 그 상의 수상작 「인간제대」는 그보다 훨씬 뒤 고등학생이 돼서야 읽었는데, '아내를 죽이지 않은 것만은 다행이었다.'로 시작되는 첫대목부터 전율을 느꼈다. 낯익은 사람들이 하나도 없는 서울역에 가서는 그 틈새에 끼지 못하고 그들을 그냥 떠나보내는 주인공의 '군중 속의 고독'이 절실하게 내 가슴에 전달됐다. 또 마지막에 "나는 정신분열을 일으킨 것이 아닙니다. 확실히 아내를 죽였습니다."라고 절규함으로써 첫 문장과 마지막 문장이 절묘하게 맞아떨어질 때는 짜릿한 쾌감까지 맛볼 수 있었다.

그 이후 나는 아버지의 소설에 나오는 주인공들 — 「부랑아」의 박달이, 「곰선생」의 강한수, 「황색시인」의 홍 선생, 「인간제대」의 '나', 「기적궁」의 봉순이, 「왜가리」의 송병순, 「색시」의 철구, 「거짓말장이」의 윤구 등등과 친숙해지고 이들의 행동과 사고방식을 이해하게 되었다. 하숙집 종업원, 창녀, 제대군인, 대안학교 선생, 소매치기, 홀아비 택시운전사, 실업자, 소년범 등등 ….

이들은 하나같이 정상적이고 건강하게 살아가는 인간의 대열에서 영영 떨어져 나갔기에 '생명의 걸인(乞人)'이라 할 수 있다(이어령 「패자의 곡예 – 인간제대」). 이들은 현실세계에 소속감을 느끼지 못하고 외톨이가 되어 정상적인 사회에서 배제된 채 삶을 무의미하게 소비하며 지낸다. 아버지는 이들의 비참한 모습을 있는 그대로 그려 전후 사회의 모순된 현실을 드러내지만 이들을 방치하지 않고 따스한 시선으로 감싸주신다(구창환 「비인간사회의 인간성 추구 – 추식의 문학세계」). 어쩌면 내가 검사 생활을 하면서 만나게 된 인간 군상들도 이들과 크게 다를 바 없었는데, 나는 그들을 따스하게 보듬어주지 않고 그저 처리해야 할 대상으로만 여겨 온 것이 아닌가 반성해 본다.

아버지의 소설을 말할 때 배경이 된 시대상황과 주제에 관하여만 주로 논의를 하는데, 나는 문체에 대하여도 주목할 필요가 있다고 본다. 아버지의 문장은 참으로 간결하다. '박달이는 삘기새끼를 잡는 재미가 여간 꼬솜하지 않았었다.'(『부랑아』), '봉순이는 숫제 자기가 생각하고 있는 것을 말로써 쏟아놓지 않기로 작정했다.'(『기적궁』), '늦게사 웬 그런 도벽이 생겼는지 모르겠다.'(『도묘기』), '윤구는 자기 자신이 미워졌다. 그리고 무서워지기까지 했다.'(『거짓말장이』), '나는 사람을 죽였다, 아무도 모른다.'(『다락 속의 서노인』), '그저 그런 마을이다.'(『참초』), '그것이 단순한 버릇인지 아니면 영 고칠 수 없는 불치병인지 한 선생 자신도 단정을 내릴 수 없었다.'(『무골충』)와 같은 단편들의 첫머리를 보면 그야말로 간결하면서도 작품의 주제나 전개과정을 암시하고 있는 것이다. 아버지는 나에게 "사람은 너저분하면 안 돼. 단정해야지. 글은 그보다도 더 깔끔해야 되고."라고 하시며 문체에 대하여 지도를 해주셨다.

아버지가 소설에서 사용하신 그 어휘의 풍부성도 대단하다. 삘기새끼, 피조리, 초간나, 꽃제비, 쫄망구니, 씽, 돛달다 등등의 은어가 많이 나와 현장감과 리얼리티가 살아나는 것도 그렇지만, 적재적소에 그 단어가 아니면 안 될 적확한 단어를 골라 쓰시는 것은 정말 놀랍다. '집가심을 해야 한다고 북새를 놓는 것이었다.'(『부랑아』), '눈만 끄먹거리고 헐커니 앉아'(『대도신문사』), '눈살이 깔쿠랑해가지고 앵돌아지는 것이었다.'(『귀순 어머니』), '북데기 단 같은 머리채를 움켜잡고 추스르자 썩은 고주박처럼 …'(『인간제대』), '추근추근 걸으면 해동갑해서 …'(『귀촌』), '달이 삐죽히 비친다. 바다 한복판에서 말랑말랑한 홍시 빛깔의 달이 삘겨져 오르는 것을 바라보고 있자니….'(『가시내 선생』), '족제비만은 이씨라는 성조차도 사그랑이가 됐다.'(『참초』) 등 예를 들자면 끝이 없다. 언젠가 아버지는 "소설가라면 벽초(碧初:『임꺽정』을 쓴 홍명희) 정도로 우리말을 자유자재로 구사해야 하는데…." 하셨다.

아버지가 쓰신 작품은 단편소설, 장편소설, 콩트, 방송극, 시나리오,

희곡, 수필, 기행문 등 실로 다양하기가 그지없다. 그러나 아버지의 작품의 본령은 역시 단편이다. 아쉽게도 발표된 단편 중에서도 '작품'으로 대접받고 있는 것은 30여 편뿐이다. 그런데 이런 단편들 말고도 아버지가 쓰신 장·단편들이 무수히 있다는 것을 아는 이는 많지 않다. 문학에 대하여 결벽이 있었던 나는 아버지의 소설이 순수문예지가 아닌 《아리랑》, 《명랑》, 《소설계》, 《실화》 같은 대중잡지에 실리는 것을 무척 싫어했었다. 그 제목만 봐도 내용이 짐작되는 「종아리를 때려라」, 「하필이면 요 꼴로」, 「간지러워라」, 「50점짜리 신랑」, 「왈패구락부」, 「그게 아니래도」, 「네가 도둑놈이다」, 「그 노처녀 잘됐다」 같은 식이었는데, 그래서 어느 잡지에서는 아버지를 '명랑소설가'로 소개하기도 했다.

"나는 이제 상업작가가 돼버렸다."

아버지가 생전에 하셨던 말씀이다. 정확히 언제인지는 기억나지 않으나 아버지의 라디오 연속극들이 방송계를 휩쓸다시피 하고 영화화도 많이 되어 속된 말로 한창 잘 나가실 때였던 것 같다. 나는 위로한답시고 "아버지, 체홉도 가족의 생계를 위해 여러 오락잡지에 기고를 많이 했었죠. 그러나 아무도 그의 남작(濫作)을 비난하지 않습니다."라고 말씀드렸다. 아버지는 더 이상 말씀 없이 그냥 자리에서 일어나셨다.

아버지는 작가로서의 당신에 대하여 부족한 점이 많다고 자책하셨지만 나는 아버지가 여전히 훌륭한 작가라고 생각한다. 일반적으로 명랑소설이나 방송극 같은 대중적인 것에 대하여는 '작품'으로 평가를 잘 하지 않는다. 그러나 아버지가 쓰신 작품은 예컨대 《소설계》에 실렸던 단편 「독사와 장미」, 라디오 연속극 〈동백아가씨〉, 〈마포 사는 황부자〉, 〈나는 몰랐다〉, 〈삽다리 총각〉, TV 연속극 〈미스터 곰〉 등 그 어느 것이든 거기에는 아버지가 아니면 도저히 창출해 낼 수 없는 풍자와 페이소스 그리고 인간성에 대하여 포기할 수 없는 신뢰 같은 것이 담겨 있어 그냥 '대중문학'으로만 치부할 수는 없는 그 무엇이 있다.

□ 자유로운 영혼의 소유자

여기서 나는 아버지를 롤 모델로 삼은 멘티 추호경은 끝내 소설가가 되지 못하고 아버지는 돌아가시는 날까지 작가일 수 있었는가 곰곰이 생각해 본다. 미련하게도 나는 최근에 와서야 그에 대한 결론을 내릴 수 있었다.

한마디로 아버지는 증인으로서 세상을 관찰하신 반면 나는 법관의 시각으로 세상사와 사람들을 판단해 온 것이 아닌가 한다. 판단하기 위해서는 기준이 필요하다. 그 기준은 규범이다. 법관은 판단기준인 규범에 얽매일 수밖에 없다. 규범에서 벗어나지 못하므로 새로운 것을 창조해 내지 못한다. 그러고 보니 언젠가 아버지가 "작가라면 그 시대상황을 충실히 기술하는 객관적 증인이 돼야만 하지."라고 말씀하신 것 같다. 증인은 판단하지 않고 어느 것에도 얽매이지 않는다. 오직 진실만을 말하면 된다.

아버지는 나의 모범생적인 사고방식과 생활태도를 진즉부터 간파하셨고, 그래서는 작가가 될 수 없음을 아셨기에 내가 사법시험 얘기를 꺼냈을 때 "넌 분명히 훌륭한 법관이 될 거야."라고 작가의 길을 포기하도록 종용하셨던 것이다.

그렇다! 아버지는 나와 달리 '자유로운 영혼'의 소유자이셨고, 그것이 바로 아버지를 작가가 되도록 한 동력이었을 것이다.

아버지는 어느 것에건 얽매이는 것을 싫어하셨다. 이념적으로도 그러하셨고, 어떤 정파나 단체에 소속되어 그 울타리에 갇히는 것도 싫어하셨다. 나는 현재 내가 처해 있는 상황을 벗어나야 할 것으로 보지 않고 오히려 현실에 충실하려고 하는데 아버지는 그런 나와는 정반대다. 아버지의 멋진 아호 '고우(古雨)'는 'GO'로도 읽을 수 있는데(아버지와 칼럼을 번갈아 쓰시던 심연섭 선생은 호를 '수탑(須塔: STOP)'이라고 하셨음), 어느 것에도 안주하지 않으시는 아버지의 성품과 잘 맞는 것 같다. 아버지가 어느 한 직장에 오래 머무르지 못하시고 집 이사를 자주 하시고 하는 것도 이러한 성향과 무관하지 않다. 또한 아버지 소설에 나오는 인물들은 대개 자신이 속한 공간을 부정하는 경향을 보여 그들이 살고 있는 곳을 자신의 정착지라 여기지 않고 오히려 그곳을 떠남으로써 인간다운 삶이 가능하리라 믿는 것도(김영애 「추식 소설 연구-'인간제대'를 중심으로」) 아버지의 이러한 내심이 투영된 것이라고 볼 수도 있다.

얽매이지 않으시는 성품이니 체면이나 주위 평판에도 그렇게 예민하지 않으셨다. 나는 주위 사람에게 비쳐진 나에 대한 평가에 신경을 쓰는 편이지만, 아버지는 어떤 기준을 지키기보다는 당신이 하고 싶으신 대로 거리낌 없이 사셨다. 아버지는 일찍부터 빨간 소형 승용차를 직접 몰고 다니셨는데, 한번은 동생이 "빨간색은 좀 심하지 않나요?" 하니까 아버지는 "내가 좋은데 뭐."라고 답하셨다.

여자관계만 해도 그렇다. 어려서부터 나는 아버지를 따라다니는 일종의 팬덤 같은 많은 여성을 보아왔다. 짓궂게도 나는 그 여자분들에게 '진짜 아줌마', '가짜 아줌마' 같은 별명을 붙이기도 했는데, 지금의 새어머니도 아버지의 팬 중의 한 분이다. 그리고 돌아가시기 직전까지도 아버지 주변에는 젊은 여성들이 많이 모였는데, 돌아가신 후 기일이

나 명절이 되어 아버지의 산소에 가면 누군가 다녀간 흔적인 꽃다발이 많이 보였던 걸 보면 아마도 내가 알지 못하는 아버지의 여성 팬이 더 있었으리라고 생각된다.

생전에 아버지가 어머니에게 너무 소홀히 하시는 것 같아 아버지의 '여성편력'(?)이 못마땅하다는 의견을 말씀드린 적이 있다. 그랬더니 아버지는 "야, 그렇다고 나를 찾아온 여자들을 어떻게 매정하게 쫓아내냐? 그리고 그 여자들이 내 작품의 등장인물이 되기도 하거든."이라고 하셔서 나는 더 이상 말을 하지 않았다. 그런 아버지여서 특별히 어느 한 여성에게만 집착하지는 않으셨다.

아버지는 생각과 행동에 거리낌이 없는 만큼 권위나 권력 같은 것에 결코 타협하지 않고 저항하는 정신을 가지고 계셨다. 아버지 소설의 기본적 시각을 '탈권위적'으로 보기도 하는데(김택호「오래된 권위에 대한 냉소적 시선 — 추식 소설론」) 맞는 것 같다. 비교적 젊은 나이에 신문사에서 좋은 대우를 받으셨으면서도 한 군데 오래 버티시지 못한 것도 기사나 논설에 대한 사주와의 의견 충돌 때문인 것으로 안다(단편「대도신문사」나「왜가리」 같은 데서 그 편린을 엿볼 수 있다). 작가로서도 절필하면 했지 결코 곡학아세하는 글은 쓸 수 없다는 철저한 의식을 가지고 계셨다.

10월 유신으로 공안기관의 서슬이 퍼랬던 시절 아버지는 동아일보의 '청론탁설' 칼럼에 〈지문 없는 장발족〉이라는 글을 쓰셨는데, 그 글 속에 농촌의 젊은이들은 너무 바빠 이발할 틈이 없고 손금이 닳을 정도로 일을 많이 하는데 무슨 장발 단속과 지문 채취냐고 정부를 빗대어 강하게 비판하셨다. 또 일본 조총련계에서 남·북한 단편소설을 일본어로 번역하여 수록한 『三人の靑年』을 발간한 일이 있는데, 북쪽의 소설들은 '위대한 령도자'의 뜻을 받들어 조국 건설에 매진하는 희망적

내용이었음에 비하여 남쪽의 소설인 아버지의 「인간제대」는 우리의 암울한 현실을 너무나 어둡고 절망적으로 그린 것이었다. 이 때문에 공안기관으로부터 모종 의심을 받아 약간의 고초를 겪기도 하셨다. 그 밖에도 밝히기 껄끄러운 몇 가지 에피소드가 있지만, 아무튼 아버지는 '힘 있는 자'에 대하여는 끝까지 냉소적이셨다.

□ 해학과 여유로운 마음

아버지는 유머로써 주변 사람들을 달래는 독특한 장점을 가지고 계셨다.

한 예를 들어보자. 나는 호적에 실제보다 1년 먼저 태어난 것으로 되어 있다. 그래서 검사가 된 후 "왜 1년 빠르게 출생신고를 하셔서 저를 중늙은이 검사를 만드셨어요?"라고 푸념을 한 일이 있다. 그랬더니 아버지는 이렇게 받아넘기시는 것이었다. "인마, 난 정확하게 신고했어. 니 엄마한테서 나온 거가 아니라 나한테서 나온 걸 기준으로 했을 뿐이지." 그러니 나는 웃음을 터뜨리고 더 이상 할 말을 잊을 수밖에….

아버지는 일상생활에서 유머를 많이 쓰셨는데, 화가 치미는 일이 생기거나 스트레스가 쌓일 때 곧잘 유머로 이를 해소하셨다. 한번은 원고 심부름을 하던 사람이 영화사에서 방송극 원작료를 받아서는 그대로 종적을 감췄다. 그 돈의 액수가 제법 컸고 그때 우리 집에는 그 돈이 꼭 필요했기 때문에 꽤나 난처한 상황이었는데 아버지는 "내 돈은 꼭 나보다 더 필요한 사람한테로 간단 말이야." 하고 웃어넘기셨다. 또 한때 손목 관절을 다치셔서 문하생처럼 우리 집에 기식하던 사람이 아버지가 불러주시는 대로 원고지에 이를 받아 적은 적이 있었다. 그런데 그 사람이 방송국마다 다니면서 아버지 작품은 다 자기가 쓴 거라고 떠들고 다녔다는데, 방송국 PD 한 분이 이를 귀뜸해 주자 아버지는 "그거 그 친구가 다 쓴 거 맞아. 어쩜 내가 구상한 거와 글자 하나 안 틀리고 똑같이 쓰는지 나도 감탄할 정도야."라고 응수하셨단다.

아버지의 해학 능력은 아버지가 쓰신 수많은 '명랑소설'들에서도 잘 드러난다. 우리 형제들을 모델로 해《학원》에 연재했던「미완성부대」는 10대의 유머러스한 감성을 잘 어루만져 대단한 인기를 끌었고 특집 화보가 나가기도 했다. 라디오 드라마 쪽 예를 하나 들면, 요즘도 일본사람이 우리말을 하는 투를 '…했으무니다.' '…아니무니다'. '…그랬으무니까?' 하는 식으로 꼬집는데, 이 해학적 표현도 아버지가 MBC 라디오 연속극 〈태양은 내 것이다〉에서 쓰신 것이 원조다. 아버지는 익살스러운 연기를 직접 하시기도 했다. 문인극(文人劇) 〈살구꽃 핀다〉에서 고집쟁이 방앗간 주인 역도 잘 하셨지만, 〈춘향전〉에서 방자 역을 맡고서는 아예 당신이 주인공인 것처럼 관객들을 웃겨대며 무대를 독차지하셨다(오랜 시간 뒤 영화 〈방자전〉에서 김주혁이 하는 코믹한 연기를 보면서 한참 웃던 나는 아내 몰래 손수건을 꺼내어 눈가를 눌렀다).

아버지는 또한 위기나 난처한 입장일 때도 그것을 이겨내는 도구로도 유머를 잘 활용하셨다. 아버지가 유명 여성잡지의 여기자와 사귀시다가 그만 그 사이에서 어린애가 태어났다. 그때도 몹시 화가 나 있는 어머니에게 아버지는 "미안하오. 그렇지만 당신 배 하나 안 아프게 하고도 아들 하나 선물한 것 아니오."라고 농을 치셨다. 그래서 어머니는 어이없어하시면서도 "선물을 주신다니 받아야죠." 하시며 그 여기자의 거처로 달려가 바로 그 애를 데려오셨다. 그러고는 함께 따라온 그 여자분을 가리키며 우리에게 "야, 니들 아빠가 엄마 하나를 더 너희들에게 선물하신단다.” 하셨다. 그래서 우리는 그때부터 한 집에서 두 어머니를 모시게 됐으며, 그때의 그 갓난아기는 우리 집 막내로서 귀여움을 독차지하며 자랐고 커서는 우리 형제들의 귀찮은 대소사를 도맡아서 잘 해결해 주는 보배가 되었다.

□ 소금이 달다

중학생 때 읽은 『현대수양전집』(좌우명편)이란 책에 아버지의 좌우명도 나왔는데 “소금이 달다!”였다. 6·25 때 상당 기간 지하 토굴에 은신하며 지내셨는데, 그때 어머니가 몰래 들여 넣어준 주먹밥과 소금이 그렇게 꿀맛이었다고 한다. 그 이후 소금이 달다고 느끼게 됐으며, 어떤 어려움이 닥치더라도 그때를 생각하면 다 이겨낼 수 있었다고 쓰셨다.

아버지 세대의 다른 분들도 다 그러셨겠지만 아버지는 참으로 치열하게 세상을 사셨다. 할아버지가 일찍 돌아가시자 엉겁결에 가장이 된 아버지는 학업도 포기하고 바로 충북도청 산림과에 취직하여 가족의 생계를 책임지셨다. 얼마 뒤 공직을 그만두신 다음엔 극단을 조직하여 희곡을 집필하고 무대에도 서셨으며, 지원병으로 나간 주인공이 백골 상자로 돌아오는 내용 때문에 상당 기간 고등계 형사의 감시를 받기도 하셨다. 작품 내용에 대한 극단주와의 의견 충돌로 극단을 나와 만주 외숙의 농장에서 식객 노릇을 하며 희곡을 쓰셨고, 다시 청주로 돌아오셔서 홈스펀 방직공장 등을 경영하였으나 모두 실패하셨다.

그 뒤 심기일전하여 신문기자의 길로 들어서시는 등 참으로 고생을 많이 하셨다. 아버지는 언론 관계 지식도 독학으로 습득하셨는데, 어릴 때 아버지의 서재에 꽂혀 있던 12권짜리 『現代ジャーナリズム講座』 총

서를 펼쳐 본 나는 그 책들 여백에 빽빽이 각주처럼 적혀 있는 깨알 같은 메모를 보고는 경외심마저 가졌었다. 나중에 내가 사법시험 공부를 할 때도 그렇게 열심히 하지는 않은 것 같다.

아버지가 지방신문의 편집을 맡으셨을 때 인쇄용 잉크가 떨어져 조판을 마치고도 신문을 못 찍게 되자 임기응변으로 난로 연통의 검댕과 모빌유를 섞어 인쇄하셨다는 전설 같은 얘기도 남아 있다. 대전에서는 민둥산 허허벌판 일부를 불하받아 집을 지으셨는데 우물을 아무리 깊이 파도 물이 안 나왔다. 착정(鑿井)을 맡은 업자도 포기하다시피 하고 모두 그만두라고 말렸지만, 아버지는 끝까지 파 보자고 밀어붙여 결국 토관 42개의 깊이에서 물길을 찾았는데, 그때 "내 이름이 湜(물 맑을 식)인데 맑은 물이 안 나오고 배겨?"라고 말씀하셨다고 한다.

이런 식의 근성은 글을 쓰시는 데도 보이셨는데, 한 소설가는 아버지가 추운 겨울날 난방이 안 되어 잉크까지 얼어붙는 냉골 여관방에서 손가락 동상을 입어 가면서도 소설 원고를 완성하셨고, 장맛비에 물난리가 나서 방까지 물이 차오르는데도 그 방보다 조금 높은 곳의 아직 물이 차지 않은 툇마루로 소반을 들고 가 다음날 마감인 원고를 마저 쓰셨다는 에피소드를 전해주기도 한다(정태륭 「한국 문단사 – 전후문학의 빛나는 별, 추식 선생」).

아버지는 '소금이 달다!' 정신으로 무장이 돼서 그러신지 상당히 진취적이셔서 어떤 난관이 닥쳐도 그대로 주저앉지 않으시고 그것을 이겨내셨다. 환갑 조금 전에 손목 관절통이 너무 심하여 펜을 잡을 수 없을 정도가 되었는데 바로 한글타자기를 구입하셔서 독수리타법으로 열심히 타자연습을 하신 다음 바로 깔끔하게 작성된 원고를 방송국에 보내셨다. 나중에는 전동타자기로 바꾸어 더욱 효율적으로 세련된 원고 작성을 하셨는데, 다른 작가들에게도 타자를 권해 이때부터 많은 작가가 타자로 원고를 작성하게 됐다고 한다(박서림의 從心漫筆⑮ – 「추식 선생의 전동타자기」).

□ 미완에 대한 그리움

2012년 나는 한국의료분쟁조정중재원의 초대원장으로 취임했다. 이 기관을 운영하면서 나는 원훈(院訓)을 '바르게, 따뜻하게'로 정했다. 감정(鑑定)과 조정(調停)을 정확하고 공정하게 함은 물론, 의료사고로 인해 정신적·경제적으로 큰 고통을 겪고 있는 환자 측과 의료분쟁으로 시달려 몸과 마음이 피폐해진 의사 측 모두를 따뜻하게 보살펴주는 것이 그 조직의 과제라고 생각한 것이다. 검사 시절에는 그 어느 쪽도 편을 들지 않는[impartial] '차가운 정의'를 지향했지만, 늦게나마 양쪽 당사자 모두를 보듬는[omnipartial] '따스한 정의'를 실현하자고 한 나를 아버지가 보셨다면 어떻게 말씀하실까? 이제 인간이 좀 돼 간다고는 하실까?

아버지가 그립다. 아버지는 나를 깨우쳐주신 분이다. 돌아가시는 순간까지, 아니 돌아가시고 나서도 내가 잘못되지 않도록 길을 일러주신 것이다.

지금 이 사회는 어떠한가? 아버지의 초기 작품의 배경이 되는 1950년대 중·후반을 모두들 암울한 '비인간화'의 시대라고들 칭한다. 그러면 지금은 '인간화'된 사회인가? 아무도 쉽게 긍정하지는 못하리라.

아버지의 문학세계에 대하여 "… 단적으로 요약해서 전흔(戰痕)으로 실의에 빠져 생활전선을 헤매다가 차라리 인간 그것을 포기해 버리는 것이 낫겠다고 부르짖는 전후의 인간상들이다. 그러면서 그 속에서 인간성을 되찾는 얼굴들이다."(장백일 「추식론 – 삶과 불신시대의 얼굴들」)라고 말할 수 있겠다. 이렇듯 전후 한국인의 실존의 허상(虛像)이 아버지의 서민문학의 주제가 되었는데(김영기 「생존조건의 어둡고 긴 터널」), 아버지의 소설에 나오는 주인공들은 인간성을 상실한 것으로 보이지만 사회 그리고 스스로에게 항변하면서 인간으로서의 자존감을 끝까지 지켜낸다. 예컨대 「인간제대」에서 '나'는 전신주에 올라가다가 떨어져 전공(電工) 시험에 실패하면서도 '동물원의 원숭이가 아니라는 것'을 느끼는 것이다. 이것은 분명히 자각이다. 지금 이 시대를 살아가는 우리들은 이 만큼의 자각이라도 하고 있는가?

여기서 나는 아버지의 마지막 작품이라고 할 수 있는 소설 「무골충」에 대하여 말하지 않을 수 없다. 《문학사상》 1980년 9월호에 게재된 이 소설에 대하여 그때 잡지사 측은 "인간의 실존적 의미에 처절한 물음을 던져온 중견작가 추식이 10여 년의 침묵을 깨고 다시 실존의 표적을 향해 터뜨리는 존재의 폭음!"이라고 거창하게 광고했는데, 사실 이 소설에는 많은 아쉬움과 안타까움이 남는다. 내가 사법연수원을 마칠 즈음 아버지가 구상 중인 새 작품에 대하여 말씀하신 적이 있다.

대쪽같이 꼿꼿한 국어선생이 10월 유신 때 학생들 앞에서 "이게 정말 헌법이냐?"고 한탄한다. 한 학생이 정보기관에 근무하는 자기 아버지에게 이 사실을 고한다. 결국 그 선생은 국가모독죄인가 뭔가 하는 죄로 구속까지 됐다가 풀려난 후 낙향하여 농사를 지으며 지낸다. 농사의 '농' 자도 모르면서도 생활력 강한 부인 덕으로 몇 년 동안 그럭저럭 시골 살림을 꾸려간다. 세상 돌아가는 것과는 아무 상관 없이 살아가던 그 선생은 뜻밖에 대통령이 안기부장이 쏜 총탄에 시해되었다는 충격적인 뉴스를 접한다. 그 이후 그는 시도 때도 없이 실없이 히죽 히죽 웃어댄다. 이런 그를 보고 동네사람들은 '무골충'이라고 부르며 힘든 일을 마구 시켜대는데, 그는 무엇이 좋은지 히죽히죽 웃으며 그 궂은일들을 다 해준다.

대충 이런 내용이었는데 말씀하시는 아버지의 얼굴에는 결연한 의지까지 보였다. 그런데 정작 발표된 「무골충」에선 '한 선생'이 교단을 뛰쳐나온 시점이 3·15 부정선거 때로 되어 있고, 부인에게서 얻어 피운 고급담배가 '아리랑'으로 나와 작품의 시제가 1970년보다 앞선 시점으로 보이게 된다. 시대적 배경을 1980년으로 해야 아귀가 딱 맞아떨어지고 작품에서 말하고자 하는 주제도 훨씬 선명하게 드러나는데 왜 최초의 구상과 달리 10년 이상 거스른 시점으로 하셨을까? 그 답은 분명하다. 검사를 지망한 아들, 군사정권이 지속되는 5공 치하에서 곧 검사로 봉직하게 될 아들에게 어떤 피해가 가지 않도록 하기 위한 배려였을 것이다. 이 「무골충」이 게재된 잡지의 '작가의 말'에서 아버지는 다시 광맥을 찾아 표토(表土)부터 차근차근 끈질기게 파들어 가겠다고 소설 창작에 커다란 의욕을 보이셨다. 그러나 그 뒤 특별히 주목할 만한 후속작이 나오지 않았다. 무엇이 아버지에게 더 이상 소설을 못 쓰게 했는지 참으로 안타깝고 죄책감까지 든다.

아, 아버지, 아버지가 그립다.

아버지가 살아계셔서 지금 소설을 쓰신다면 어떤 내용이 될까? 정치인들의 공허한 주장과는 달리 최저 생활의 절대선 밑에서 허덕이는 '생명의 걸인'들은 줄지 않고 오염된 정의와 가치관의 전도로 더욱 비인간화된 오늘의 우리 사회에 아버지는 어떤 메시지를 던지실까? 지금

도 여전히 '흐느적거리면서 히죽히죽 웃는 병신을 만드는 세상'인데,
아버지가 다시 「무골충」을 쓰신다면 할 말을 다 하실까?
　아버지의 미완이 안타깝고, 그래서 아버지가 더욱 그립다.

《월간문학》 2020년 11월호

*이 글은 《월간문학》이 마련한 '추식 탄생 100주년 기념 특집' 기사 중
아들 추호경이 아버지 추식을 회고하며 쓴 글이다.

참 좋다

추호경 지음

발행처   도서출판 청어
발행인   이영철
영업   이동호
홍보   천성래
기획   육재섭
편집   이설빈
디자인   이수빈 | 구유림
인쇄   정우인쇄

등록   1999년 5월 3일
(제321-3210000251001999000063호)

1판 1쇄 발행   2026년 2월 20일

주소   서울특별시 서초구 남부순환로 364길 8-15 동일빌딩 2층
대표전화   02-586-0477
팩시밀리   0303-0942-0478
홈페이지   www.chungeobook.com
E-mail   ppi20@hanmail.net

ISBN   979-11-6855-428-3(03810)